Joanna Bourne

Elle excelle dans le genre des romances historiques ayant pour cadre l'Angleterre et la France durant les guerres napoléoniennes. *Le maître de mon cœur* a reçu le prix RITA 2009 de la meilleure romance historique dans la catégorie Régence.

Le maître du secret

Du même auteur
aux Éditions J'ai lu

Le maître du jeu
N° 9187

Le maître de mon cœur
N° 9536

JOANNA

BOURNE

Le maître du secret

Traduit de l'anglais (États-Unis)
par Lionel Évrard

J'AI LU

POUR elle

Titre original
THE FORBIDDEN ROSE

Éditeur original
The Berkeley Publishing Group, published by the Penguin Group

Remerciements

Je dédie ce livre à Lily et à Maya.

J'aimerais remercier Wendy McCurdy, ma merveilleuse éditrice chez Berkley, et mon agent, Pam Hopkins, de Hopkins Literary Associates.

Je voue une reconnaissance sans bornes à mes bêta-lecteurs : Leo Bourne, Mary Ann Clark, Laura Watkins et Wendy Rome. Je remercie les *Ladies Who Drink Coffee* pour leur soutien et leur amitié. Je dois beaucoup aux excellents membres de *Compuserve Books and Writers Community* : Diana Gabaldon, Deniz Bevan, Beth Shope, Jenny Meyer, Jennifer Hendren, Donna Rubino, Susan Adrian, Julie Weathers, Linda Grimes, Tara Parker, et d'autres, trop nombreux pour être tous cités.

Je n'aurais pu écrire cette histoire sans les avis d'experts de David Barnes et de Hugo Clément, qui en savent énormément sur la géologie et les grottes, et de Linda Weaver, qui en sait beaucoup sur les ânes. « The Beau Monde », une section thématique de *Romance Writers of America*, m'a offert son expertise sur tout ce qui concerne le XVIIIe siècle. Pour tout ce que j'ai réussi dans ce livre, le mérite revient à ces gens merveilleux. Pour tout ce que j'ai raté, je suis seule responsable.

Un merci tout particulier à Franzeca Drouin, chercheuse, éditrice et de manière plus générale experte en tout ce qui touche à l'histoire et au langage historique.

1

— Ce n'est pas que tu te sois montré stupide, assura Marguerite. Mais tu n'as pas eu de chance. Le résultat est le même.

Naturellement, le lapin ne lui répondit pas. Il pantelait, couché sur le flanc, et semblait ruisseler de terreur, pris au collet qu'elle avait posé. Elle l'avait fabriqué avec des bandes de soie rouge arrachées à sa robe. L'animal ne pouvait s'échapper. Même lorsqu'il l'avait entendue écarter les buissons et qu'il avait senti la mort venir, il ne s'était pas débattu. Raisonnablement, il s'était rendu.

— On peut voir là une analogie avec ma propre situation, reprit-elle dans un soupir. C'est indéniable.

Marguerite de Fleurignac s'accroupit, puis souleva ses jupes avant de s'agenouiller dans l'herbe. Celle-ci était glissante et un peu coupante sur la peau nue de ses chevilles. Les ruines du château s'élevaient dans son dos. Elle évitait autant que possible de regarder dans cette direction.

— Je meurs de faim, tu sais, poursuivit-elle. Pas comme dans les livres, avec grâce et noblesse : non, je crève de faim stupidement. J'ai dû racler de l'avoine au fond des mangeoires. J'ai cueilli des baies. J'ai déterré des carottes sauvages que je suis allée grignoter dans mon repaire, sous le pont. Rien de tout cela n'est très bon pour mon estomac. C'est assez sordide, je te passe les détails.

On aurait dit que le lapin voyait à travers elle.

— La vie ne ressemble pas aux fables. Aucun oiseau magique ne se posera sur le faîte du toit, porteur d'un message. Toi-même, tu ne vas pas m'offrir trois vœux pour que je te libère. Aucun prince n'arrivera sur son blanc destrier pour me sauver.

Toutes les nuances de brun d'une tartine de pain grillé se mêlaient dans la fourrure de l'animal, plus sombre sur le dos que sur le ventre. Un velours délicat de poils couleur crème garnissait l'intérieur de ses oreilles, sous lequel apparaissait le rose de la peau. Une rangée de poils plus épais ourlait le haut de ses yeux, ce qui étonna Marguerite. Jamais elle n'aurait imaginé qu'un lapin puisse avoir des cils. Mais ce qui la frappa davantage encore, ce fut la terreur qui hantait le regard de la bête prise au piège...

Elle regretta alors d'avoir examiné sa prise de si près. C'était une erreur, et elle n'aurait pas dû lui parler non plus.

Alors qu'elle n'avait que cinq ou six ans, le vieux Matthieu l'avait laissée le suivre dans ses rondes de garde-chasse à travers bois. Les pièges qu'il posait faisaient de gros dégâts parmi les lapins de garenne. Il les fourrait dans une grande gibecière en cuir avant de les ramener chez lui.

Cela faisait quinze ans qu'il était mort. Dans les derniers jours de sa maladie, elle était allée quotidiennement lui rendre visite dans sa cabane sale et encombrée au bord de la rivière. Pour atténuer sa douleur, elle lui apportait du brandy chipé dans les caves du château.

L'oncle Arnault – à l'époque le marquis en titre – l'avait grondée et avait donné des ordres, qu'elle avait ignorés.

— Tu gâtes trop ces paysans ! s'était-il emporté. Ce ne sont pas tes animaux de compagnie.

Le père de Marguerite, lui, avait fait valoir que l'alcool n'était pas bon pour les humeurs corporelles, et qu'il valait mieux offrir au vieux Matthieu de l'eau de mer et de la purée de betteraves. Et quand elle s'était obstinée, son cousin Victor l'avait suivie, avait renversé sur le sol et brisé tout ce que contenait son panier.

Pour avoir voulu discuter politique avec la guillotine, oncle Arnault était mort depuis longtemps. C'était le père de Marguerite qui était marquis désormais, pour autant que quiconque pût encore se prévaloir de ce titre obsolète. Victor avait rejoint les Jacobins, le plus radical des groupes révolutionnaires. Les tonneaux de brandy avaient explosé dans un déluge de flammes bleues lorsque l'incendie avait gagné les caves à vin du château. Qu'importait-il donc qu'elle ait pu subtiliser un peu de liqueur pour atténuer les souffrances d'un vieil homme à l'agonie ?

Les fils du vieux Matthieu avaient fait partie de la foule d'incendiaires venus saccager le domaine. À la lueur des torches, elle les avait reconnus sur la pelouse.

Le pouls du lapin battait à son cou, seul signe de vie. En regardant cette pastille de poils de la taille d'un sou se soulever obstinément, Marguerite ajouta d'un ton rêveur :

— J'invente dans ma tête des histoires dans lesquelles je me conduis toujours de manière héroïque. Mais quand des hommes sont venus pour me tuer, je me suis sauvée comme un lapin, si tu veux bien me pardonner cette comparaison.

Elle essuya son visage mouillé de pluie sous son avant-bras. Sa manche rugueuse sentait l'herbe foulée, la sueur et la fumée.

— À te raconter mes problèmes, reprit-elle, je vais te faire périr d'ennui. Ses propres tracas sont toujours d'un intérêt capital ; ceux des autres, beaucoup moins...

Le plafond de nuages bas avait une couleur semblable à celle d'un hématome qui commençait à passer. Alors qu'elle levait la tête, quelques gouttes lui martelèrent le visage. Même à distance respectable du château, les cendres noires avaient sali le feuillage des arbres. Les averses se mêlaient de suie depuis l'incendie.

— Voilà toute l'histoire, si elle t'intéresse tout de même.

Marguerite recueillit quelques gouttes au creux de sa paume. En soulevant au bout d'un doigt un fragment noir qui s'y était déposé, elle poursuivit :

— Ça, c'est tout ce qui reste des rideaux du salon bleu. Et ça...

Sur la manche de sa robe, elle cueillit d'autres dépôts de cendre et enchaîna :

— ... ce doit être un point à la fin d'une phrase de mon journal. Quant à ceci, c'est tout ce qui subsiste d'un vieux conte d'autrefois. Le voilà définitivement perdu, à présent.

Marguerite s'essuya la paume sur sa robe. Elle mourait de fatigue. Elle était restée éveillée deux nuits de suite afin de mettre à l'abri le dernier contingent de moineaux. Elle avait ainsi conduit à travers champs trois hommes, trois femmes et un enfant jusqu'aux ruines du moulin qui constituait leur prochain point de rendez-vous. Elle avait attendu avec eux que le fils de Héron vienne les prendre en charge pour les mener un peu plus loin sur le chemin de l'exil. Puis elle avait rebroussé chemin parce que Corneille – le pourtant fiable et prudent Corneille, qui n'avait jamais manqué un rendez-vous – ne s'était pas encore montré. Il était en retard, et cela l'inquiétait.

Les moineaux s'étaient plaints qu'elle n'ait pas de nourriture à leur offrir, mais personne ne s'était inquiété de savoir ce qui lui était arrivé quand le château avait brûlé.

Enfin parvenus à Londres, ces moineaux raconteraient à qui voudrait les entendre combien ils avaient été courageux et à quels dangers ils avaient échappé en fuyant la France. Aucun d'eux n'aurait un mot pour évoquer la bravoure du jeune fils de Héron, qui était venu seul, de nuit, les prendre en charge, pas plus qu'ils ne se souviendraient de l'héroïsme de Jeanne – alias Roitelet –, qui avait risqué sa vie pour les faire sortir de Paris. Aigrette, Alouette et tous ceux qui les avaient cachés n'auraient pas droit non plus à leur reconnaissance. Leur aide, les moineaux la tenaient pour acquise.

Marguerite frissonna. À rester assise à même le sol, sous la pluie, pour faire la conversation à un lapin, elle ne devait pas s'attendre à autre chose.

— Je vais te dire ce que je devrais faire, reprit-elle. Je devrais m'enfoncer dans les bois avec ta dépouille – si je puis me permettre d'être aussi abrupte –, construire un feu, t'embrocher sur un bâton et te faire rôtir. Après quoi, j'aurais assez de force pour gagner Paris, de nuit.

Même si cela ne parvenait pas vraiment à la réchauffer, elle se frotta les avant-bras et poursuivit :

— Corneille est plus qu'avisé. Je devrais le laisser se débrouiller avec ses propres moineaux et aller prévenir les autres.

Son bavardage n'y changeait rien : la terreur primitive qui émanait de l'animal lui parvenait toujours, semblable au chant lancinant d'une meule à aiguiser.

— N'attends aucune pitié de ma part, citoyen Lapin, le prévint-elle. Je n'ai plus de cœur. C'est la première chose que j'ai dû dévorer pour ne pas mourir de faim.

Le lapin ne tressaillit pas quand elle posa les mains sur lui, mais sous sa fourrure, elle sentait un tremblement ininterrompu. Le couteau que Marguerite tira de sa poche était beaucoup plus aiguisé que quatre jours plus tôt, quand il n'était encore qu'un innocent coupe-papier. Glissant le doigt sous le lien de soie qui avait servi de collet, elle marmonna :

— Mais au lieu de me montrer raisonnable, évidemment je vais devoir me contenter de vieilles céréales qui ne me réussissent guère et te libérer.

D'un coup sec, elle trancha le lien et ajouta :

— Tu ne me témoigneras aucune reconnaissance, je le sais bien. Tu reviendras cette nuit, à la tête d'une centaine de tes congénères, pour brûler le pont, et moi avec.

Libéré, l'animal ne bougeait pas.

— Allez, va-t'en ! s'impatienta-t-elle. Tu m'ennuies, à faire le mort. Sauve-toi avant que je change d'avis et décide de te manger accompagné d'oignons sauvages et de cresson.

Un long tressaillement parcourut le corps du lapin, des pointes de ses oreilles à celles de ses pattes. Il se redressa vivement et bondit dans l'herbe haute du fossé. Avec lui disparut la lancinante plainte inaudible de terreur.

C'était un soulagement d'en être débarrassée. Dans un soupir résigné, Marguerite marmonna :

— Sa viande aurait été gâtée par la peur, de toute façon. Cela m'aurait rendue malade.

2

Parce que la tête lui tournait, Marguerite demeura encore un moment agenouillée dans l'herbe, à observer la trace laissée par le lapin en s'enfuyant. Elle se demanda s'il vivrait jusqu'à un âge avancé et deviendrait un patriarche entouré de ses petits-enfants, ou s'il finirait, sous peu, croqué par un renard.

Puis, sous le bruit de fond de la pluie, des voix se glissèrent jusqu'à elle – des voix d'hommes.

Empoignant ses jupons, elle se redressa et se mit à courir.

N'ayant pas le temps de rejoindre les bois, elle se dirigea vers le château. Sur le long chemin du jardin de fleurs, lavandes, digitales et soucis s'accrochèrent à elle. Ses sabots dans le gravier faisaient trop de bruit, bien trop de bruit…

Ces hommes qui remontaient l'allée de derrière ne pouvaient être des villageois. Les habitants de Voisemont ne seraient pas venus à une heure si tardive, et ils auraient attendu qu'il fasse meilleur pour piller le château. De plus, ils seraient arrivés dans des charrettes grinçantes qu'elle aurait entendues depuis longtemps. Quant au messager de Corneille, il resterait parfaitement silencieux quand il la rejoindrait – s'il finissait par arriver.

Marguerite traversa la cour sans ralentir l'allure et s'engouffra dans l'écurie par la porte restée ouverte. Ses sabots martelèrent l'allée située derrière la rangée de stalles, dont les ouvertures donnaient sur la grisaille extérieure. Aucun relent animal ne lui monta aux narines. Aucun bruit de sabot ne retentit dans le noir. Seuls se faisaient entendre les piaillements secs des hirondelles nichant entre les poutres de l'avant-toit. Sans les chevaux pour donner vie à ce vaste espace dont le faîtage culminait à une grande hauteur au-dessus d'elle, l'endroit semblait vide et désolé.

Les villageois étaient passés par là, âpres au gain, économes et l'œil aux aguets. Pas un seul objet de valeur n'était resté en place : la moindre couverture, le plus petit grelot, les rênes en cuir comme les cordes, tout avait été emmené. Ils avaient même vidé l'avoine des mangeoires pour l'emporter dans des sacs, n'en laissant ici ou là que quelques poignées. Les poules de Voisemont mangeraient à leur faim cet été...

Arrivée au bout de l'allée, Marguerite s'arrêta sous l'échelle inclinée menant au grenier à foin. Elle se tapit dans l'ombre, de la paille jusqu'aux chevilles, pour espionner ce qui se passait à l'extérieur. Le vent jouait avec les portes à l'anglaise des stalles restées ouvertes et chassait l'averse jusque dans l'écurie. Il n'aurait fallu que trois minutes pour les refermer, mais nul n'avait pris cette peine. Peut-être était-ce un principe révolutionnaire, que de laisser de la bonne paille se gâter sous la pluie.

Son poste d'observation lui offrait une vue dégagée. Elle allait s'assurer que ce n'était pas le messager de Corneille qui arrivait, puis elle se glisserait par la porte de derrière et laisserait les intrus à leur pillage.

Elle distinguait à présent les voix de deux hommes qui approchaient : l'une grave et profonde, l'autre plus enjouée et plus haut perchée. Il pouvait s'agir de vagabonds à la recherche d'un gîte pour la nuit, ou de philosophes, d'érudits, de chevaliers errants, de pèlerins, de héros grimés... Peut-être l'un d'eux était-il un prince avide de faire le bien, empli de bienveillance.

Mais la potentielle bienveillance des hommes laissait Marguerite sceptique, ces temps-ci.

Ils émergèrent enfin dans la cour, sous l'averse qui les voilait un peu à ses yeux. Celui qui ouvrait la marche était grand, habillé comme un marchand prospère mais aussi hâlé qu'un paysan. Un jeune garçon, qui devait être son serviteur, le suivait, luttant pour faire avancer une paire d'ânes.

L'homme imposant, qui lui tournait le dos, s'arrêta au centre de la cour et leva la tête pour observer la façade du château maculée de stries noires. Il n'avait certes rien d'une gravure de mode, mais il ne ressemblait pas non plus à un vagabond. Ses vêtements – un simple manteau, de hautes bottes – étaient ceux, confortables et utilitaires, d'un voyageur. Les jambes écartées, les pouces crochetés dans sa ceinture, il semblait s'abîmer dans quelque méditation.

Il aurait pu être un soldat examinant une cité conquise, se préparant à la raser et à recouvrir ses fondations de sel. Ou un bâtisseur inspectant les ruines d'une villa romaine, évaluant un tonnage en vue de racheter et de transporter le marbre de récupération. Sans cesser sa contemplation, il ôta son chapeau et le cogna contre sa cuisse d'un geste décidé qui témoignait d'une grande force parfaitement maîtrisée.

Marguerite n'aimait pas cela. Pas du tout, même.

L'homme n'arborait aucun signe indiquant qu'il aurait pu être le messager de Corneille : un ruban rouge portant un nœud, ou n'importe quel vêtement de cette couleur noué de même. Ce n'était qu'un étranger qui s'aventurait dans son domaine.

« Tu n'as rien à faire ici. Va-t'en ! » lui ordonna-t-elle en silence.

Naturellement, il n'en fit rien. Il recoiffa son chapeau, remonta le col de son manteau, puis se retourna et se dirigea vers la laiterie et le hangar à voitures. À cette distance, elle ne distinguait pas ses traits. C'était à peine si la lumière chiche lui permettait de discerner les méplats de ses pommettes hautes, sa mâchoire assombrie d'un chaume de barbe, son nez proéminent. Ses cheveux châtains tombaient en désordre dans son cou.

S'il avait été un personnage de conte de fées, ç'aurait été le géant, pas le prince. Or, il était plus risqué de se frotter au premier qu'au second.

Voilà ce qu'elle avait récolté à s'accrocher au château comme de la mousse aux pierres. N'étant pas allée au-devant du danger sur la route de Paris, celui-ci avait fini par la rattraper. Elle était comme cet homme qui avait fui la Mort de Baghdad à Samarkand, et que la Mort avait néanmoins trouvé, car tel était son destin.

L'étranger poursuivait sa visite entre les dépendances. Lorsqu'il arriva aux abords de l'écurie, l'espace d'un instant, Marguerite eut l'impression qu'il la regardait. Elle retint son souffle tant il semblait concentré. Même en se sachant invisible, blottie qu'elle était dans les ténèbres, elle se figea. Il détourna enfin les yeux, reporta son attention sur le muret de pierre ceinturant le jardin où se trouvait le bassin aux poissons, la grande grille en fer restée ouverte et, au-delà, les plants d'herbes aromatiques des cuisines, dont la porte elle aussi béait. Peut-être existait-il un règlement non écrit stipulant que les foules en colère et les pillards devaient laisser les lieux ouverts à tous les vents en les quittant.

Le jeune serviteur attachait ses ânes à un piquet en débitant une litanie saccadée de griefs.

— Pieds d'âne au beurre... Âne en croûte... Soupe d'âne... Ils ne perdent rien pour attendre...

Il avait un accent gascon. De la Gascogne, il avait également le type : cheveux noirs et peau hâlée des habitants du sud de la France. Le service de son maître l'avait mené bien loin de chez lui.

Les deux hommes étant fort occupés, Marguerite pourrait en profiter pour se glisser hors de l'étable par la porte de derrière, et rejoindre l'abri de jardin en s'efforçant de se faire aussi discrète qu'un hérisson. Mais peut-être ferait-elle mieux d'attendre encore un peu. Le duo allait probablement finir par rejoindre l'abri d'une chambre et le confort d'un vrai lit au village après avoir fureté tout son soûl. Elle pouvait aussi grimper dans le grenier à foin et continuer de les espionner. Après tout, il n'était pas exclu qu'ils finissent par lancer l'un des cris de reconnaissance.

Il lui était également possible de rester plantée là comme une idiote. Elle ne parvenait pas à sortir de l'indécision.

— Il y a du verre brisé partout ! lança l'homme au physique impressionnant. Gare à tes pieds, et n'amène pas les ânes par ici.

Un accent breton. L'individu venait donc de la région la plus ancienne et la moins évoluée de France.

Il ne paraissait pas décidé à s'engager davantage dans les ruines. Planté au milieu, il observait tout et semblait ruminer. Marguerite n'avait aucune envie de se frotter à un homme qui avait autre chose en tête que les joies faciles du pillage.

Debout sous le crachin français, William Doyle, espion britannique, méditait sur les forces de destruction.

Decorum et Dulce, les oreilles couchées, rechignaient à entrer dans la cour. Ces bêtes n'aimaient peut-être pas l'odeur de l'incendie, à moins qu'un relent de décomposition ne les ait alertées. Quelle qu'ait pu être la raison de leur refus, elle leur causait une profonde aversion.

Le jeune Hawker n'avait pas appris à apprécier ces ânes à leur juste valeur. Ils avaient la prudence du chat.

Rien d'évident n'expliquait pourtant leur attitude. Pas de cadavre en vue, pendu à un arbre. Bien sûr, il ne fallait pas exclure la présence d'un mort laissé à pourrir dans un coin.

D'une brusque détente de la tête, Dulce tenta de mordre Hawker ; il ne le rata que d'un cheveu. Le garçon ne manquait heureusement pas d'agilité et avait évité les dents de l'âne.

— Espèce de saloperie de... moine sodomite ! cria-t-il.

« Celle-ci, c'est de moi qu'il la tient, songea Doyle. Je suis vraiment un brillant exemple pour la jeunesse. » Hawker connaissait quelques rudiments de français quand il l'avait rejoint. Il se chargeait d'enrichir son vocabulaire.

Les ânes lui posaient un problème dont il ne pouvait se débarrasser par quelques paroles ou un coup de poing au menton. Parfois, c'était un vrai plaisir d'éduquer ce garçon.

Hawker tira sur les rênes d'un geste sec. Il donnait l'impression de savoir ce qu'il faisait, ce qui en disait long sur ses dons de comédiens.

— Je vais mettre à bouillir vos entrailles pour en faire de la colle ! menaça-t-il.

— Quand tu auras fini de discuter avec le bétail, intervint Doyle, nous pourrons peut-être faire une petite reconnaissance des lieux ?

Il lui ordonna par geste de passer par le jardin jusqu'à l'abri et de faire ensuite le tour par l'ouest. Hawker était toujours prompt à comprendre ce qu'il attendait de lui. Foulant l'herbe humide, le garçon disparut derrière les haies de buis. Sans rien perdre de l'habileté acquise en ville, il commençait à se mouvoir comme un vrai campagnard.

Manifestement, ils avaient le château de Fleurignac pour eux seuls. Pas de jacobins radicaux pour leur agiter sous le nez des papiers officiels. Pas de domestiques pour faire cogner leur seau dans le puits ou casser de la vaisselle dans les cuisines. Pas de poules dans les pieds ni de chevaux à l'écurie. Pas même un chien pour venir leur disputer la jouissance des lieux. Aucun signe, non plus, de ce vieux fou de marquis de Fleurignac ou de sa fille.

À la taverne de Voisemont, on leur avait expliqué que le vieil homme s'était enfui avant l'arrivée des jacobins venus l'arrêter pour le ramener à Paris et le guillotiner. Il était parti dans un carrosse tiré par quatre chevaux, les poches pleines de diamants, et on l'avait vu rejoindre dans le Nord les armées attaquant la France.

D'autres avaient affirmé qu'il avait été secouru par l'une des fraternités de héros et de fous qui, faisant la nique à la Révolution, aidaient les aristocrates à prendre le chemin de l'exil. Caché dans le double fond d'une charrette, il devait être en train de rejoindre la côte.

Un autre groupe – le plus véhément – assurait que le marquis avait péri dans l'incendie du château. Ils en étaient certains : ils l'avaient vu, de leurs yeux vu, tambourinant aux fenêtres avant de s'enflammer comme une torche. Il était à présent enseveli sous huit pieds de cendres et de débris, serrant dans ses poings carbonisés une fortune en or, qu'il suffisait d'aller chercher.

Doyle, quant à lui, était persuadé que Fleurignac n'était pas au château quand celui-ci avait été attaqué. C'était un citadin dans l'âme. Il devait être allé chercher refuge là où il se sentait en sécurité : à Paris. C'est là-bas qu'il les trouverait, sa satanée liste et lui.

La fille du marquis, en revanche, n'avait pas quitté les lieux. Les hommes de la taverne étaient tous d'accord pour affirmer qu'elle se trouvait au château à l'arrivée des jacobins, mais nul ne s'était étendu sur son sort. À peine avaient-ils échangé quelques coups d'œil entre eux. Ce dont les gens refusaient de parler était toujours intéressant.

D'un lent regard circulaire, Doyle examina les environs tout en esquissant mentalement son rapport. Le château était aussi grand que la demeure de son père, Bengeat Court, et devait, comme elle, avoir été construit au XVIe siècle. Ses murs avaient été bâtis avec ce granit dont ils avaient noté la présence dans les champs au cours de leur voyage depuis la côte. Le toit s'était affaissé de manière inégale au gré des poutres qui cédaient, donnant à ces ruines l'apparence d'un triste bossu. Un éventail de suie couronnait chaque fenêtre.

Ils avaient vraiment transformé cet endroit en enfer.

Des statues étaient tombées de leurs niches sous les avant-toits. Brisée en plusieurs morceaux, une main de pierre tenant un parchemin gisait à ses pieds. Un peu plus loin, le drapé d'une toge se devinait dans un bout de marbre. Une œuvre de la période classique tardive, romaine et non gallo-romaine. Empereurs et poètes, renversés par les fermiers de Voisemont-en-Auge, s'étaient écrasés dans la cour, solitaires, loin du soleil d'Italie.

De même, dans les jardins d'agrément tirés au cordeau, les statues de nymphes en marbre avaient été systématiquement décapitées. Telle était la mode en France, ces derniers temps.

Hawker revint et se fraya un passage à travers la cour jonchée de débris en faisant très attention où il posait les pieds.

— Des belettes, grommela-t-il. Voilà ce qu'il me faut. Je les ferai rentrer par leurs longues oreilles d'ânes et je les laisserai leur boulotter le cerveau.

— Cela pourrait marcher, convint Doyle, se prêtant au jeu.

— Je veux les voir mourir lentement. Prendre tout mon temps pour les regarder crever à petit feu. Il y a personne dans ces jardins, mort ou vif. L'herbe est toute piétinée par des voitures et des chevaux. Quatre voitures différentes, puisque vous allez me poser la question. Et il y a plus rien à voler.

Il jeta un coup d'œil dédaigneux aux chaises brisées, aux tableaux défoncés et maculés de boue qui l'entouraient, avant de conclure :

— Si vous voulez mon avis d'expert, on peut piller un château ou on peut le brûler jusqu'aux fondations, mais c'est une erreur de vouloir faire les deux en même temps.

— Quelqu'un aura sans doute commis une erreur de minutage, commenta Doyle. Regarde un peu là-haut.

Du regard, il désignait le bord du toit, où le plomb fondu des toitures avait formé d'épaisses stalactites noirâtres.

À la recherche du mot français correspondant, Hawker se creusa la tête et hasarda :

— C'est du… plomb, non ?

— Oui. Du plomb. Sais-tu pourquoi je m'y intéresse ?

Hawker n'en savait rien, et il détestait cela.

— Ça vous rappelle les soldats de plomb avec lesquels vous jouiez quand vous étiez mioche ? hasarda-t-il, narquois.

Très drôle.

— Il y a actuellement une pénurie de plomb en France, expliqua Doyle. Il doit y avoir ici trois tonnes – peut-être trois tonnes et demie – de ce métal qui pourraient être fondues pour faire des balles républicaines. Un jour ou l'autre, ce plomb risque de nous causer des soucis sur un champ de bataille ou un autre.

Le regard froid, Hawker rétorqua :

— À vous, peut-être. Pas à moi. Je suis pas assez fou pour aller mourir sur un champ de bataille.

« Pas une once de patriotisme en toi, mon garçon, songea Doyle. Étant donné la fosse d'aisance où tu as vu le jour à Londres, je ne vois pas comment il pourrait en être autrement. »

— À ta place je n'en serais pas si sûr, conseilla-t-il. Les dieux peuvent avoir un curieux sens de l'humour. Nous allons camper ici pour la nuit.

Le feu semblait avoir joué à saute-mouton avec les dépendances. Si la laiterie était intacte, il ne restait que des ruines du hangar à voitures. Celles-ci avaient été renversées dans la cour et incendiées. N'en subsistait que des carcasses de bois noirci et quelques liens de cuir. L'écurie, quant à elle, était intacte.

Autrefois à Bengeat, lorsque son père était en colère contre lui ou que ses frères lui faisaient passer un sale quart d'heure, il arrivait à Doyle de dormir dans l'écurie. Mais dans un pays hostile, pas question d'aller dormir dans un lieu clos. Mieux valait choisir l'orangerie.

— Par là, indiqua-t-il d'un signe de tête. Allons nous mettre à l'abri de la pluie.

Il ne restait de l'orangerie qu'une structure ouverte à tous les vents mais encore dotée d'un toit. Toutes les vitres avaient été brisées, les orangers renversés, leurs bacs couchés sur le côté. Les plants mis à l'abri dans la serre avaient été jetés à terre et piétinés. Une couche de verre brisé jonchait le sol, plus épaisse près des parois, éparpillée à quelques mètres tout autour en un semis d'éclats brillants.

Doyle fit le tour de l'édifice, ouvert sur trois côtés. En cas de visite impromptue, il verrait les intrus arriver et les entendrait piétiner les débris. Il détestait être surpris.

Hawker le suivit, faisant craquer le verre sous ses pieds.

— Les morveux du coin ont dû en rêver pendant des années, commenta-t-il. Ceux qui habitent des porcheries dans ce village puant, et qui se contentent de volets clos qui n'empêchent pas le vent d'entrer. Ils devaient envier les plantes qu'on dorlotait ici, bien au chaud derrière des murs de verre. Chez eux, on crevait de froid dans le noir. Ici, on faisait pousser des fleurs.

— C'est arrangé, fit remarquer Doyle. Il ne poussera plus de fleurs ici.

Du coin de l'œil, il vit son compagnon ramasser une pierre et la lancer sur une dernière vitre, qui se fracassa dans un tintement cristallin. Les héroïques révolutionnaires de Voisemont n'avaient pas achevé leur besogne. Celle-ci l'était à présent.

— Ça m'aurait empêché de dormir de savoir qu'il en restait une, marmonna Hawker.

— Autre chose à détruire pour rendre l'endroit tout à fait confortable ? s'enquit Doyle.

— Ça ira comme ça.

Du bout du pied, Hawker repoussa ce qui restait d'un pot d'orchidée et ajouta :

— Ils haïssaient encore plus cet endroit que le château. Je suis étonné qu'ils l'aient laissé debout.

— Ce n'est peut-être que partie remise.

Il y avait tant de haine dans ce garçon, se dit Doyle. Mais s'il était capable de comprendre ce genre de chose, il méritait qu'on lui donne sa chance.

— Va attacher les bêtes dans le jardin des cuisines, reprit-il. Si tu les fais marcher sur du verre, je te ferai enlever les échardes dans leurs sabots avec les dents. Tu iras ensuite chercher de la paille, que nous nous fassions une litière. Autant essayer de bien dormir cette nuit.

— De la paille ! J'adore le luxe.

Trois hirondelles jaillirent soudain de l'avant-toit protégeant le mur-pignon de l'écurie. S'il n'avait pas regardé dans cette direction, Doyle les aurait manquées. Cela ne signifiait probablement rien – ces oiseaux s'envolaient même sans motif –, mais il sentit les poils se dresser sur sa nuque. Les ânes, eux aussi, semblaient nerveux. « Quelqu'un nous observe », devina-t-il.

— Qu'y a-t-il ? s'inquiéta le garçon en portant la main au poignard glissé dans sa ceinture.

— Ne te retourne pas.

— Ils sont où ?

— Dans l'écurie. Tout au bout à gauche. Tu vas partir tranquillement et sortir de leur ligne de mire. Occupe-toi de nos amis à grandes oreilles, comme convenu.

— *Vos* amis, rectifia Hawker. Pas les miens.

Au bénéfice de quiconque les observerait, il assortit sa remarque d'un haussement d'épaules et s'éloigna, les mains dans les poches, en sifflotant, comme aurait pu le faire n'importe quel Français. Le suivant du regard, Doyle songea que ce gosse était vraiment taillé pour ce métier, et qu'il ferait de lui un espion... s'il n'avait pas un jour à le tuer.

En portant les mains à son pantalon tel un homme qui cherche un endroit pour uriner, Doyle se dirigea vers le mur de pierre qui faisait le tour du jardin des cuisines. Quand il y eut une haie de buis entre lui et l'écurie pour le dissimuler aux regards, il se hissa par-dessus le mur, et dut piétiner de l'autre côté un parterre de plantes aromatiques.

L'odeur du basilic lui frôla les narines. Celle-ci allait s'accrocher à lui et risquait de trahir sa présence, mais il n'y avait rien à y faire. Veillant à ne piétiner que la terre pour ne pas se trahir, il longea le mur du jardin et resta à couvert. Trente pas plus loin, il arriva à l'arrière de l'écurie. Il s'immobilisa et étudia les alentours. Il eut bientôt la certitude que personne ne faisait le guet. Tout était tranquille et paraissait désert.

Pourtant, la certitude que quelqu'un l'attendait à l'intérieur était bel et bien là.

La porte de service donnant dans la sellerie était ouverte. Doyle s'avança et pénétra dans le bâtiment.

3

L'inconnue savait se tenir parfaitement tranquille. Ce fut la première chose qu'apprit Doyle à son sujet. Sa patience infinie la rendait quasiment invisible. La plupart des gens ne pouvaient rester plus de deux minutes sans s'agiter.

La jeune femme se tenait tapie dans l'ombre, sous le grenier à foin, d'où elle observait la cour. L'air entrait et sortait de ses poumons sans faire le moindre bruit et son visage lui demeurait invisible. Ses vêtements, confortables mais sans recherche, pouvaient être ceux d'une servante ayant quelques responsabilités ou d'une femme de fermier : une jupe d'un bleu foncé, un tablier blanc, un fichu assez commun drapé sur les épaules. Elle était chaussée de sabots. Ses cheveux, rassemblés en natte dans le dos, étaient retenus par une bande de tissu d'un rouge éclatant. Elle serrait les bras contre elle, comme pour se protéger.

Les taches de boue sur sa jupe et les écorchures sur ses bras indiquaient qu'elle s'était cachée dans les bois et n'y avait pas eu la vie facile. Sans doute avait-elle occupé quelque fonction au château – dame de compagnie, couturière, ou femme du régisseur.

Par chance ou par habileté, elle avait choisi l'ouverture qui offrait la vue la plus dégagée sur la cour, le château et ses dépendances. Cette pensée venait à peine d'effleurer Doyle que l'inconnue porta la main à sa nuque. Il comprit qu'elle se sentait observée, et ce n'était pas un don courant.

Aussitôt après, elle se retourna et le vit. Le temps parut suspendre son cours.

Doyle s'était placé entre elle et la porte de service. Elle n'avait pas songé à se ménager une retraite de secours au cas où celle-ci lui serait interdite.

Dans un tourbillon de jupons, elle pivota et s'élança le long des stalles, sa natte rebondissant dans son dos. Doyle la rattrapa à mi-chemin de la porte principale et l'entoura de ses bras pour la retenir.

L'inconnue fit volte-face et tenta de le griffer au visage. Quand il lui immobilisa les poignets, elle se tortilla telle une anguille et mordit l'une des mains qui la retenaient.

Doyle tressaillit et protesta :

— Tenez-vous tranquille, je ne vais pas…

Un coup de sabot dans le tibia l'empêcha de poursuivre. Réprimant un cri, il poursuivit sourdement :

— Allez-vous enfin cesser ? J'essaie de ne pas vous faire mal…

Elle profita de ce qu'il rajustait sa prise pour libérer une de ses mains et dégainer un couteau. Cette fois, Doyle décida que la plaisanterie avait assez duré. D'un croc-en-jambe qu'elle ne vit pas venir, il la fit tomber dans la paille et plongea sur elle pour l'empêcher de se relever. Dans la mêlée, elle avait lâché son arme, et bien qu'elle continuât à se débattre, elle ne faisait pas le poids.

Outre qu'elle était légère pour sa taille, la jeune femme cédait à la panique et ignorait tout du combat au corps à corps. Contre lui, elle n'avait aucune chance. Elle parvint néanmoins à lui donner un coup de genou qui atterrit bien trop près de son entrejambe à son goût.

Cela ressemblait à un coup de chance. Aucun des hommes qu'elle avait connus n'avait dû lui apprendre le meilleur moyen de s'en prendre au sexe fort. C'était bien dommage, car elle mettait beaucoup d'enthousiasme à lui faire mal.

Doyle ne pouvait la blâmer de s'y essayer. À sa place, il aurait fait de même. Se redressant légèrement au-dessus d'elle, il déclara d'un ton ferme :

— Mordre tout ce qui vous tombera sous la dent ne vous servira pas à grand-chose, et vous allez finir par m'agacer.

Sa capitulation fut brutale. Elle se rendit d'un coup et tout fut terminé. Elle resta allongée sous lui, à le regarder. Ils se retrouvaient aussi proches l'un de l'autre que deux amants peuvent l'être, mais leur étreinte ne ressemblait en rien à l'amour.

« Je lui ai offert la peur de sa vie », se rendit-il compte.

Puis l'inconnue inhala brièvement en découvrant d'aussi près la cicatrice qui barrait la joue de Doyle. Elle courait du sourcil au menton, chef-d'œuvre d'art grotesque. C'était le point saillant de sa physionomie, et il savait qu'elle lui donnait un air dépravé.

— Ce qui me tient lieu de visage n'est pas bien joli à regarder, reconnut-il. J'ai de la chance de ne pas l'avoir constamment sous les yeux.

Il l'écrasait sous son poids, mais ne bougeait pas d'un pouce.

Les yeux écarquillés de la jeune femme étaient de la couleur du café que l'on verse – d'un brun intense et translucide. Sous son léger hâle, elle était blême, et il sentait trembler ses muscles raidis par la peur.

— Lâchez-moi, dit-elle d'une toute petite voix.

Son fichu s'était relâché si bien que la naissance de ses seins était visible dans l'échancrure. Doyle sursauta en découvrant qu'il avait posé la main sur l'un d'eux.

Comment diable était-ce arrivé ? Il fit remonter vivement ses doigts jusqu'à l'épaule de l'inconnue.

— Désolé, s'excusa-t-il. N'y voyez pas malice. C'était un... accident.

Un accident qui lui avait permis de constater qu'elle avait une très jolie paire de seins, d'un blanc crémeux, ronds comme des pêches. Le fichu ne remplissant plus son office, ses mamelons pointaient, semblables à deux appétissantes petites baies roses... Il lui suffirait de baisser la tête pour les cueillir entre ses lèvres.

Que tu te mettes à baver sur ses tétons, voilà qui la rassurerait certainement.

Il se hissa davantage sur les coudes pour la soulager de son poids.

— Je voulais savoir qui m'espionnait, reprit-il. C'est tout. Je ne vais pas vous faire de mal. Vous voyez ? Je vais même vous lâcher.

Les yeux rivés aux siens, il la vit se calmer peu à peu tandis qu'elle retournait ses paroles dans sa tête. Muscle après muscle, il la sentit se détendre.

— Je ne m'attendais pas à trouver qui que ce soit ici, confia Doyle. Au village, on m'a dit que le château avait été déserté. Que faites-vous là ?

— C'est cela que vous appelez me lâcher ? s'impatienta-t-elle en jetant un bref coup d'œil à sa cicatrice. Si vous n'avez vraiment pas l'intention de me faire du mal, vous pourriez peut-être mettre un peu de distance entre nous. Vous êtes très lourd.

Comme il roulait sur le côté, puis s'agenouillait, Doyle se fit la réflexion que l'inconnue ne manquait pas de caractère, et cela lui plaisait. Il n'avait de toute façon pas besoin de l'immobiliser. À la moindre tentative de fuite, il l'aurait rattrapée.

— C'est déjà mieux, reconnut-elle d'une voix qui chevrotait un peu. Mais j'aimerais qu'il y ait encore plus de distance entre nous. Chacun à un bout de cette écurie, ce serait parfait.

Quel sens de la repartie ! Ignorant sa suggestion, Doyle répliqua :

— Asseyez-vous et répondez-moi. Qui êtes-vous ? Pourquoi m'espionniez-vous ?

L'inconnue se redressa sur son séant et remit son fichu en place.

— Je ne vous espionnais pas, se défendit-elle. Je voulais vous éviter. Il y a une sacrée différence.

Son accent était celui du Paris des cafés, des boulevards et des salons. Aucune trace de patois normand. Elle n'était ni dame de compagnie ni femme de régisseur. Par chance, Doyle venait de tomber sur la fille de la maison – la fille de Fleurignac.

— Vous vous montrez bien prudente, commenta-t-il.

Elle allait le conduire droit à son père. Tout ce qu'il avait à faire, c'était de lui coller aux basques.

Peut-être que son expression avait trahi ses pensées. La jeune femme détourna bien vite les yeux.

— Je me méfie des étrangers ces derniers temps, dit-elle.

— Et je ne suis pas particulièrement rassurant.

Doyle passa le pouce sur sa cicatrice. Pour une femme tombant nez à nez avec lui dans une écurie déserte, il devait représenter une vision de cauchemar.

— Pas très joli, n'est-ce pas ? insista-t-il, provocant.

Malgré tous ses efforts, elle ne parvenait pas à dissimuler sa peur. Il devina que cela devait lui être plus insupportable encore que la vision qu'il offrait.

— Pas très joli, admit-elle, soutenant cette fois crânement son regard. Mais pas de quoi non plus empêcher les poules de pondre. On voit pire dans n'importe quel village alentour. Ne vous sentez pas diminué à cause de votre absence de beauté. Je me suis cachée avant de découvrir votre visage.

— Voilà qui me remet à ma place.

Prenant appui sur ses talons, il ajouta :

— Je ne ressemble pas à grand-chose, mais je suis parfaitement respectable, là d'où je viens.

— Là d'où vous venez, répliqua-t-elle, peut-être ne donnez-vous pas la chasse aux jeunes femmes pour les jeter dans la paille comme des quartiers de viande.

Elle s'accroupit à son tour, s'arrangeant pour dissimuler ses jambes sous son jupon crotté en un geste gracieux qui évoquait davantage Versailles que la campagne normande.

— Et là d'où vous venez, reprit-elle, peut-être prenez-vous la peine de vous présenter avant d'agresser une femme.

— Chez moi ou ailleurs, je n'agresse pas les femmes. Je m'appelle Guillaume Lebreton. Originaire de Bretagne, je vis à présent à Paris. Ce n'est pas moi qui me suis caché pour espionner et qui me suis mis à mordre à tout va une fois découvert. Et vous, qui êtes-vous ?

La jeune femme prit une profonde inspiration. Doyle savait que c'était toujours un prélude au mensonge.

— Margaret Duncan, répondit-elle. Dame de compagnie de Mlle de Fleurignac.

— Vous êtes donc anglaise.

— Écossaise, rectifia-t-elle.

Elle est écossaise comme moi je suis Robert le Bruce.

— Vous voilà bien loin de chez vous, Maggie Duncan.

— Détrompez-vous. Je suis chez moi en France. Ma famille habite Arles. Mon père est colonel d'infanterie.

On trouvait effectivement en France de ces petits-enfants aux cheveux roux des hommes qui avaient suivi le roi Stuart dans son exil. Bon nombre d'entre eux servaient dans l'armée française, mais Doyle n'était pas dupe. Cette langue bien pendue et cette tête bien faite ne devaient rien à l'Écosse et tout à la France.

Le regard de la jeune femme alla se poser, par la porte ouverte d'une stalle, sur les ruines noircies du château.

— Mademoiselle a pris la fuite, précisa-t-elle. Quant à moi, on m'a laissée ici pour que je puisse avoir cette délicieuse conversation avec vous.

Doyle réprima un sourire mais n'en pensa pas moins. C'était vraiment une petite futée, cette Maggie.

4

Il ne servait à rien de chercher à se confronter à ce roc ambulant, aussi Marguerite y avait-elle renoncé. Tôt ou tard, elle trouverait bien le moyen de le mettre en échec.

À moins qu'il ne la tue avant.

M. Lebreton l'aida à se remettre debout, puis il ramassa le coupe-papier, l'étudia avec curiosité et le rangea dans une poche intérieure de son manteau. Lui empoignant fermement l'avant-bras, il lui proposa ensuite de le suivre à l'extérieur de l'écurie où la pluie commençait à faiblir. Il n'y avait rien de brutal ni de menaçant dans son attitude. Il se montrait simplement très déterminé, comme un oiseau de proie peut l'être. Un rokh, par exemple, comme dans la fable de Sinbad. Inutile d'essayer de discuter avec un rokh.

Il n'était pas dans ses intentions d'abuser d'elle et de l'étrangler au beau milieu d'un jardin. Sans doute pour plus de discrétion, il la tira jusqu'à l'orangerie. Tandis qu'ils traversaient la cour, Marguerite recroquevilla les orteils à l'intérieur de ses sabots pour ne pas les perdre. Si elle survivait, elle en aurait besoin.

— Adrien ! lança Lebreton. Nous avons une invitée.

Un jeune garçon apparut entre les bacs d'orangers renversés. Noiraud, souple, maussade, il ressemblait à quelque génie invoqué par un magicien impatient. Il ne semblait pas surpris de découvrir son maître traînant derrière lui une femme récalcitrante, ce qui ne présageait rien de bon.

Lebreton barra toute retraite à Marguerite pendant que son jeune serviteur balayait les éclats de verre sur le sol à l'aide d'une palme. Il s'acquitta de sa tâche en boitant légèrement. Contrairement à son maître, qui était laid comme toutes sortes de péchés dans lesquels il était probablement passé maître, ce garçon était assez beau.

Quand un espace suffisant fut dégagé, Lebreton retira son manteau et le jeta sur le sol aux pieds de Marguerite, ce qui lui rappela une histoire. L'un des courtisans d'une ancienne reine anglaise s'était conduit ainsi pour permettre à sa souveraine de traverser une rue boueuse, il devait y avoir plus d'un siècle de cela. Peut-être s'agissait-il d'Elizabeth. Elle ne gardait en revanche pas souvenir du nom du courtisan.

— Asseyez-vous, intima-t-il. Et évitez de vous évanouir.

Joignant le geste à la parole, Lebreton lui appuya sur les épaules. Marguerite tomba lourdement sur son séant. S'il avait l'intention de la contraindre à lui obéir, elle ne voyait pas pourquoi il se donnait la peine de lui donner des ordres.

La peur n'était pas une alliée fiable. Elle permettait de tenir bon face au danger, mais elle vous laissait dans un état d'extrême faiblesse lorsqu'elle refluait. Un long frisson la secoua. La périphérie de son champ de vision s'obscurcit. Le bruit du balai improvisé et du verre brisé s'estompa. Elle avait l'impression de sombrer dans un rêve qui n'avait rien d'agréable.

Elle qui avait incité hommes et femmes de La Flèche à prendre des risques sans compter, à se montrer forts et intrépides en dépit du danger, découvrait à présent ce qu'il en coûtait d'avoir à faire preuve d'un tel courage.

Le manteau de Lebreton était d'un brun foncé qui paraissait noir dans la lumière déclinante, et rayé de lignes rousses. Marguerite se retrouvait assise au beau milieu, telle une grenouille sur un nénuphar, entourée de ce qui avait été autrefois un agréable jardin et n'était plus que désolation. Un nouveau frisson la secoua.

— Vous n'avez pas de raisons d'avoir peur, assura-t-il.

Sa main s'ouvrit. Elle crut qu'il allait la toucher et tressaillit légèrement, ce qu'il ne manqua pas de remarquer.

— Laissez-moi partir, dit-elle. Maintenant.

— Vous vous cachez ici depuis qu'ils ont brûlé le château, n'est-ce pas ? Je ne vous reproche pas d'être effrayée. Il ne manque pas de charognards pour battre la campagne, ces jours-ci. Des déserteurs, voire de véritables bandits. Vous avez de la chance d'être tombée sur moi.

— Croyez bien que je vous en suis reconnaissante.

— Non, rectifia-t-il. Je vous terrifie. Mais je vais arranger cela sous peu. Ne bougez pas.

Si ses paroles étaient destinées à la rassurer, il avait complètement échoué.

Restée seule, elle eut tout loisir de s'interroger sur ce monsieur Lebreton qui s'exprimait comme un villageois de Bretagne et prétendait être un homme simple, alors qu'il n'y avait rien de simple en lui. Que venait-il faire chez elle, puisque le pillage ne semblait pas l'intéresser, et comment réagir face à lui ?

Si elle tentait de s'enfuir maintenant, il se chargerait une fois encore de lui montrer à quel point il était plus fort et plus rapide qu'elle. Mieux valait attendre la nuit.

Un vent aigre et chargé d'humidité soufflait de l'ouest. Elle avait la chair de poule et la faim lui tenaillait l'estomac. Si elle avait tué ce lapin, comme n'importe quelle femme sensée l'aurait fait à sa place, si elle l'avait emporté dans les bois pour le faire cuire, elle n'aurait pas croisé la route de Lebreton et ne se retrouverait pas dans cette situation. Jean-Paul disait toujours qu'elle finirait par les faire tous tuer, à se montrer si fantasque.

Marguerite replia les jambes, les entoura de ses bras, posa la joue sur ses genoux et ferma les yeux. Peut-être, lorsqu'elle se déciderait à les rouvrir, serait-elle ailleurs – au pays de Cocagne, ou sur l'île de Tír na nÓg, ou dans l'Atlantide de Platon, l'un de ces endroits mythiques dont parlaient les vieilles légendes. C'était peu probable, mais pas complètement impossible.

Lebreton envoya son compagnon chercher les paniers chargés sur les ânes et le remplaça pour balayer le sol. Elle l'entendit grogner comme il déplaçait de grands bacs en cuivre. Elle ignorait pour quelle raison il se donnait cette peine, mais n'allait pas se fatiguer à chercher.

Lors de l'incendie du château, les assaillants étaient venus bombarder l'orangerie avec des pierres. On aurait dit qu'à leurs yeux, c'était une femme adultère qu'il fallait punir et détruire. C'était étrange qu'il y fasse à présent si froid alors qu'il y avait toujours fait si chaud.

Quand elle était enfant, Marguerite avait fait de cet endroit son terrain de jeux, son royaume secret, empli de fleurs semblables à des traits de lumière, de fleurs en éventail, de fleurs en forme de plumes, d'épées d'un rouge cireux. La chaudière tournait jour et nuit, tout l'hiver, pour garder en vie orangers, cyclamens et ananas.

Jean-Paul était le fils de maître Béclard, botaniste aux jardins royaux. Il était arrivé au château avec un lot d'orchidées et de broméliacées et y était resté pour s'en occuper. Convaincu qu'elle ne demandait pas mieux que de l'entendre, il lui avait parlé dans le détail de chacune des plantes de l'orangerie.

Un jour, alors qu'elle avait quinze ans, il avait cueilli une fleur d'oranger et la lui avait glissée dans les cheveux.

— Cela vous fera une orange de moins au dessert, avait-il murmuré avant de l'embrasser.

Un bruit de bottes la tira de ses pensées. Lebreton la dominait de toute sa taille. On aurait dit que sa tête atteignait les nuages. D'un geste ample, sans la toucher, il lui drapa une couverture sur les épaules.

S'il voulait s'en prendre à elle, qu'attendait-il ? Elle préférait ne pas imaginer quelles sombres vilenies une telle désinvolture dissimulait.

— Si cela vous chante, ayez peur de moi, dit-il. Mais au moins, cessez de trembler. J'ai froid rien qu'à vous regarder.

— Je m'en voudrais de vous mettre mal à l'aise.

— Bien ! se réjouit-il. Je viens de voir l'esquisse d'un sourire sur vos lèvres. Continuez ainsi.

Sur ce, il s'en alla.

Son jeune serviteur rapporta à leur camp de fortune le dernier des paniers. Il ne lui témoignait ni hostilité ni gentillesse, et se contentait plutôt de l'observer. Rien d'étonnant que le valet se révèle aussi déstabilisant que son maître.

À l'aide de palmes sèches et de brindilles, Lebreton fit démarrer un petit feu qu'il alimenta ensuite avec du bois de récupération noirci par l'incendie. Pendant ce temps, son aide déballa une cafetière et de quoi faire la cuisine. Il était méthodique, preuve que cette tâche lui était familière. Il mit de l'eau à chauffer dans une bouilloire semblable à celle que l'on devait trouver dans toutes les cuisines de Normandie, mais c'est sur un feu de camp alimenté par des pieds de chaises cassés qu'il l'installa.

Après avoir achevé le déballage de ses propres affaires, Lebreton vint s'asseoir en tailleur à côté d'elle, si près que leurs genoux se touchaient presque. Il s'était débarrassé de son chapeau, si bien qu'elle ne pouvait ignorer sa cicatrice, pas plus que le reste de ses traits taillés à la serpe. Il fit peser sur elle un regard inquisiteur, puis annonça :

— Quand vous aurez bu un peu de café, je vous poserai quelques questions.

Sans doute ne comptait-il dans son répertoire aucune expression qui ne paraissait pas menaçante.

Le jeune serviteur – Adrien – tendit bientôt à Marguerite une tasse en porcelaine dont l'anse était cassée et le rebord ébréché. Lebreton referma ses doigts autour des siens et la lui fit saisir fermement avant de déclarer :

— Buvez cela. Ensuite, nous parlerons.

Il avait des mains de laboureur, aux doigts forts, agiles et calleux, aux larges paumes ; des mains capables, qui avaient dû s'aguerrir en maniant nombre d'outils.

— Je ne suis pas un vaurien, Maggie, ajouta-t-il.

« Un homme comme vous peut être ce qu'il veut », répliqua-t-elle en silence.

— Appelez-moi « citoyenne Duncan ». Ou « Mlle Duncan ». Mais pas « Maggie ».

— C'est noté.

Voyant la couverture glisser d'une de ses épaules, il la remit en place.

— Vous n'avez pas sursauté, cette fois, constata-t-il. Nous progressons.

Cela n'avait rien d'un progrès. C'était juste qu'elle était épuisée et ne tenait pas à renverser du café sur elle. Elle ne jugea toutefois pas utile de le détromper.

Le breuvage était chaud et très doux. C'était du véritable café d'Haïti, et non cette infusion à base de racines et d'orge qui inondait le marché ces temps-ci.

— Vous ne me rassurerez pas en me collant ainsi, fit-elle remarquer.

— Bien sûr que non ! Je vous rassurerai en vous prouvant à quel point je suis inoffensif. Regardez cela, citoyenne Maggie.

Il désigna les quatre paniers.

— C'est mon stock d'honnête commerçant que vous voyez là : Voltaire, Diderot, Rousseau, Lalumière – soit la liste d'auteurs approuvée par le Comité d'Éducation. On y trouve des livres pour enfants diffusant les sentiments adéquats : « C, pour Contre-révolutionnaire – puissent-ils tous périr ! D, pour Devoir envers la patrie – puissions-nous y être fidèles ! » Ce genre de choses... J'ai aussi des paquets de cartes à jouer ornées de jolies images d'esprit révolutionnaire. L'as est représenté par une guillotine, ce qui est bien de nature à donner du piment au jeu, n'est-ce pas ? J'ai aussi quelques belles reproductions de la Déclaration des droits de l'homme prêtes à encadrer pour agrémenter le manteau de cheminée. Vous avez devant vous Guillaume Lebreton, marchands de livres ambulants.

Il n'existait pas la moindre possibilité que cet homme puisse gagner sa vie en vendant des livres chargés à dos d'ânes. Cela n'avait aucun sens. Autant croire un loup cherchant à se faire passer pour agneau. Il ne parviendrait pas à la leurrer.

— Un métier fort respectable, déclara-t-elle poliment. À n'en pas douter.

— Diffuser l'idéal révolutionnaire en province, reprit-il, tel est mon métier. Quand je croise des maîtres d'école utilisant encore ces vieux manuels remplis de mensonges et de superstitions, je les emporte et je les brûle. Les livres, pas les maîtres – c'est habituellement ma petite blague, à cet endroit de mon discours.

— Très amusant.

— Je leur présente ensuite les bons de commande pour les nouveaux ouvrages, qu'ils ne sont que trop heureux de signer, je ne sais pourquoi. Avec un peu de chance, les ouvrages en question sont toujours approuvés quand je rentre à Paris.

— Votre vie est certes pleine d'incertitudes, citoyen.

Le feu crépitait et envoyait des gerbes d'étincelles. Le jeune serviteur se rendit à l'écurie et en revint les bras chargés de paille.

Lebreton se redressa de manière que les flammes illuminent son visage ruiné par la cicatrice. Il le faisait délibérément, afin qu'elle s'habitue à le voir sous son jour le plus effrayant, et cela fonctionnait mieux qu'elle ne l'aurait souhaité. Déjà, elle avait moins peur de lui.

Avant même d'être défiguré, sans doute n'avait-il pas été l'homme le plus séduisant de la terre, avec ses sourcils marqués, son nez fort et sa mâchoire carrée. Pourtant, il lui semblait à présent plus impitoyable et déterminé que dangereux ou malfaisant. Il ressemblait à ces gisants de pierre montant la garde dans les caveaux des cathédrales, les mains jointes autour de la poignée de leur épée, attendant d'être rappelés à la fin des temps pour se joindre à la bataille ultime.

Marguerite se réchauffait en buvant le café que ce géant rusé lui avait offert. Derrière les parois de verre brisé, la pluie rendait le crépuscule plus éclatant. Elle releva les genoux et y posa la tasse, soufflant délicatement sur le breuvage avant de le boire à petites gorgées. Ils étaient allés jusqu'à chercher de la porcelaine dans les ruines pour améliorer son confort. Cette attention la touchait et témoignait de l'intelligence de celui qui était assis près d'elle autant que de son amabilité.

— Vous auriez préféré du thé, présuma-t-il. Vous êtes écossaise.

— Je n'aime pas beaucoup le thé. Et je n'ai jamais vu l'Écosse. C'est mon grand-père qui est né à Aberdeen.

Cette histoire familiale était celle de sa gouvernante, la véritable Mme Duncan, qui avait les cheveux blond-roux, des taches de rousseur sur le visage, et était mariée à un banquier guindé de la ville d'Arles.

— Mais vous êtes pourtant écossaise, insista-t-il.

— On ne cesse pas de l'être si facilement.

Puisqu'il lui mentait, elle lui rendait la pareille. Échange de bons procédés.

Il ignorait qu'elle avait appris à mentir à Versailles, dans le bon vieux temps, lorsque le roi était encore vivant. Le mensonge était alors un art, aussi formalisé et élégant que le menuet, l'angle formé par un ruban sous un chapeau, ou le billet discrètement glissé d'une main à une autre dans un corridor bondé. Au palais, l'air était saturé d'intrigues et de ragots. Oncle Arnault avait été au centre de la plupart d'entre eux. Elle-même n'était pas un amateur lorsqu'il s'agissait de repérer les mensonges.

Marguerite but une autre gorgée. Le breuvage avait été adouci avec du sucre blanc, qui s'était complètement dissous. Café de Haïti, sucre de Martinique... De telles denrées se vendaient à prix d'or à Paris, mais devaient être beaucoup plus abordables dans les villes côtières où les bateaux venus des îles débarquaient leurs marchandises.

Peut-être Lebreton avait-il vendu quelques livres à Dieppe ou au Havre la semaine précédente. Ou peut-être avait-il visité quelques villages de pêcheurs où accostaient les contrebandiers. Peut-être était-il de ceux qui permettaient la circulation en France des lettres d'émigrés en Angleterre, des journaux étrangers, des fonds clandestins ou des messages d'espions. Il pouvait même être un espion, royaliste, autrichien ou anglais. Ou un agent de la police secrète parisienne.

Il pouvait faire partie de La Flèche.

Ayant confectionné trois matelas rudimentaires avec de la paille, le jeune serviteur grillait à présent du pain sur le feu. Bien qu'elle mourût de faim, Marguerite continuait de boire son café comme si de rien n'était.

— Nous n'allons pas tarder à manger, assura Lebreton. Avez-vous cessé d'avoir peur de moi ? Je l'espère.

— Je suis étonnamment têtue. Ce café est excellent.

— Meilleur que le vin dont nous disposons. Et on dirait que nous allons finalement pouvoir vous nourrir.

Le garçon apportait une tranche de pain nappée de fromage fondu, la faisant passer d'une main sur l'autre tant elle était chaude. Accroupi devant elle, il la lui tendit.

— Si tu crois qu'elle est capable de manger lentement, intervint Lebreton d'un ton revêche, donne-la-lui. Mais tu te chargeras de nettoyer quand elle aura tout vomi.

Le visage impassible, son serviteur répliqua :

— À vous de la nourrir, alors. Après tout, c'est votre protégée.

Après avoir jeté la tartine en direction de son maître, il les laissa et retourna près du feu.

La patience de Marguerite atteignait ses limites. Ils ne pouvaient pas lui faire miroiter ce pain, puis le lui ôter de la bouche. Elle aurait tué pour mettre la main dessus...

— Je le garde avec moi parce qu'il est aux petits soins pour les ânes, expliqua Lebreton.

Il ramassa la tartine, l'épousseta soigneusement avant de la découper en morceaux qu'il aligna le long de sa cuisse. Il souffla sur l'un d'eux pour le refroidir et le lui offrit.

— Sans parler de son honnêteté, reprit-il. Ce n'est pas si courant de trouver un garçon aussi honnête. Et je n'oublie pas son amabilité.

Marguerite ne se jeta pas sur le morceau de pain comme un animal affamé. Elle le mangea posément, avec retenue. On lui avait si bien appris à se conduire en grande dame.

Quand elle eut terminé, il prit un autre morceau, en croqua la moitié et lui donna le reste.

— Il ne se rendait pas compte qu'il vous fallait manger lentement, poursuivit-il. À présent, il s'en veut.

— On est sincère à cet âge, et facilement offensé.

Peut-être s'était-elle brûlé la langue, mais elle ne l'avait pas senti.

Un autre morceau fut partagé entre eux. Ils auraient pu être deux amis mangeant ensemble. Lebreton continuait de parler mais elle ne prêtait plus aucune attention à ce qu'il racontait.

— ... avec votre esprit qui ne cesse de tourner encore et encore comme un écureuil en cage. Si j'avais l'intention de m'en prendre à vous – ce que, je le répète, j'aurais pu faire à maintes occasions –, vous ne pourriez vous y opposer, vu que je fais deux fois votre poids et que je suis fort comme un bœuf. Et voilà qui suffit pour le moment.

Après avoir déposé le reste des morceaux de pain sur le bac renversé qui leur servait de table, Lebreton se leva.

Il avait raison : elle avait encore faim, mais elle avait tout intérêt à s'en tenir là pour le moment.

— Arrangez-vous pour ne pas rendre ce que vous avez déjà dans l'estomac, dit-il comme s'il avait lu dans ses pensées. Adrien vous en sera reconnaissant.

Il l'avait nourrie et prétendait être inoffensif. Il était subtilement intelligent. De ses longs cheveux, qu'il rabattait sur son visage, aux semelles usées de ses bottes, un tel homme n'était en rien ce qu'il paraissait être et ne pouvait être venu dans ce château par accident.

Était-il des leurs ? Faisait-il partie de La Flèche ?

Pour le vérifier, elle lui offrit l'un des mots de passe les plus courants du réseau.

— Quand le vent est bon, on peut sentir les roses du jardin.

— Les roses ? s'étonna-t-il. Je n'en ai vu aucune.

Ce n'était pas la bonne réponse. Marguerite ne s'était pas attendue à en concevoir une telle déception.

— Quand vous aurez fini de manger, poursuivit-il, je vous donnerai une couverture et vous pourrez dormir près du feu.

Là encore, il avait raison. Si elle devait s'enfuir, il lui fallait d'abord dormir un peu. Une chance s'offrirait bien à elle au cœur de la nuit, quand il se montrerait moins vigilant.

Parce qu'elle était vide, il lui prit sa tasse des mains et conclut :

— Ou vous pourrez simplement rester allongée là, à faire semblant, l'esprit occupé par toutes ces choses que j'aurais pu vous faire et que je ne ferai pas pour l'instant.

L'interminable crépuscule de juillet cédait enfin à la nuit lorsque Doyle revint après avoir fureté ici et là. Une petite bruine s'était mise à tomber par intermittence qui avait achevé de le tremper.

Depuis différents endroits du jardin, il avait observé l'orangerie que signalait le feu de camp. Il n'avait pu voir la jeune femme, allongée sur sa paillasse, mais Hawker était là, le dos tourné au mur, une chandelle allumée à côté de lui, un livre dans son giron. Les sens aux aguets, il montait la garde et levait les yeux après avoir parcouru quelques lignes. C'était judicieux d'aller recruter des petits voyous dans les taudis de Londres. Le personnel de Lazarus, roi des voleurs, était parfaitement entraîné.

Quand Doyle émergea des ténèbres, Hawker posa son livre et le rejoignit. Ils allèrent se mettre à l'abri sous un chêne, suffisamment loin de la Française pour qu'elle ne puisse les entendre.

Recroquevillée sous sa couverture, Maggie s'était allongée face au mur. Elle avait survécu aux hommes qui étaient venus brûler le château et s'était débrouillée quatre jours durant dans les bois. Il avait achevé de l'épuiser en l'effrayant comme il l'avait fait. Avec le ventre plein et sans avoir à souffrir du froid, peut-être parviendrait-elle à dormir toute la nuit.

— Et maintenant ? s'enquit Hawker et se campant devant lui. Vous la récupérez, vous la séchez, vous la nourrissez et vous la réchauffez comme un chaton perdu. C'est la fille de Fleurignac, pas vrai ?

Il attendit qu'il le lui confirme d'un hochement de tête avant d'ajouter :

— Elle sait où est son père ?

— Très certainement.

— Bien. Est-ce qu'on va lui demander poliment où il se trouve, ou est-ce qu'on va la torturer aux petites heures du jour pour la faire avouer ?

— Nous allons la laisser dormir.

Doyle n'aurait su dire si Hawker était déçu de ne pouvoir exercer ses petits talents en la matière.

— Et demain ? demanda-t-il.

— Nous verrons si elle nous mène à lui. Il ne doit pas être dans le secteur, sans quoi il se serait déjà montré.

— Donc, il est à Paris.

— S'il y est, nous la suivrons là-bas. Nous devions de toute manière aller y déposer l'argent.

Les paniers des ânes étaient à moitié pleins de faux assignats destinés au quartier général des services secrets britanniques à Paris. Une autre source d'ennuis potentiels dont ils devaient se débarrasser au plus vite.

De sa balade sous la pluie, Doyle avait rapporté un vêtement roulé en boule.

— J'ai trouvé ceci, annonça-t-il en le tendant au garçon. Qu'est-ce que ça t'inspire ?

Lentement, l'air suspicieux, Adrien déroula le vêtement et l'observa, les sourcils froncés.

— C'est une chemise de femme. Il y a des taches de sang sur le devant, commenta-t-il. Sur l'épaule aussi, et sur la manche.

— On peut dire que ça a saigné.

Tomber sur ce vêtement ensanglanté sous un pont avait été un choc.

— Une chemise de nuit, poursuivit Hawker. Elle est à elle. La bonne longueur. La bonne taille pour couvrir ses pamplemousses.

— Qu'est-ce que tu en sais ?

Il sourit brièvement et répondit :

— J'ai des yeux.

Palpant la broderie ton sur ton située près du col, il ajouta :

— Un travail très soigné. Et ces perles en guise de boutons... Plus que joli : luxueux. Tout à fait elle.

Secouant la tête énergiquement, le garçon conclut :

— Ce sang, c'est pas le sien. Elle est pas blessée. Du moins, pas assez pour justifier une quantité pareille.

— Quoi d'autre ? insista Doyle. Que te dit ton nez ?

Hawker porta la chemise à ses narines et la huma délicatement.

— Sang. Boue. Et une sorte de... parfum ?

— Frais d'une paire de jours, le sang. S'il avait deux ou trois semaines, tu ne sentirais pas la même chose. La boue, c'est parce que j'ai trouvé la chemise cachée sous un pont dans le jardin. C'est là qu'elle doit dormir. Elle a laissé de multiples traces de son passage.

— Sous un pont ? C'est plutôt humide...

Hawker parut sur le point d'ajouter quelque chose, puis se ravisa. Portant de nouveau la chemise à son nez, il la huma de plus belle et ajouta :

— Verdure, boue... j'aurais dû deviner. C'est du savon, cette autre odeur, pas du parfum.

— Savonnette parfumée à la lavande.

Le garçon tendit le tissu et l'examina.

— L'empreinte d'une main dans le dos, fit-il remarquer. Quelqu'un a essayé de l'attraper alors qu'il avait du sang plein les mains.

— Et ?

— Elle s'est enfuie. On dirait bien que citoyen Main Sanglante a pas eu le dessus.

Hawker reporta son attention sur l'orangerie.

— Au village, reprit-il, ils disaient qu'un des hommes de Paris avait été blessé au couteau pendant l'attaque. Pourtant, elle semble pas être du genre à poignarder un homme.

— Les plus doués cachent bien leur jeu.

— Vous croyez qu'elle est de mèche avec son père ?

— Va savoir. Quelqu'un traque de jeunes officiers pour les tuer – la fameuse liste que possède Fleurignac. En fille obéissante, elle pourrait fort bien lui donner un coup de main. Elle est assez intelligente pour cela.

Maggie n'avait pas bougé. Soit elle dormait, soit elle faisait semblant.

— Mais je me demande si elle a suffisamment de cran, conclut Doyle d'un air songeur. Je vais devoir me procurer quelques petites choses. Toujours à faire, quand on a une femme sur les bras. Toi, tu vas brûler la chemise et disperser les cendres. Jette les boutons dans le puits.

— Vous inquiétez pas, il en restera rien.

— Et ne la quitte pas des yeux. Ne la laisse pas s'enfuir. Ne lui fais pas mal. Ne l'effraie pas en lui brandissant un couteau sous le nez.

Hawke laissa fuser un petit rire sec et répliqua :

— C'est pas de moi qu'elle a peur.

Un caillou percuta le bras de Marguerite et rebondit sur le dallage. Elle se réveilla aussitôt. Elle ne dormait que d'un œil, de toute façon.

Elle faisait face à un mur bas blanchi surmonté de châssis aux vitres brisées. Elle se trouvait dans l'orangerie, allongée sur de la paille, enveloppée d'une couverture rêche.

Le deuxième petit caillou alla rebondir à côté d'elle et sitôt après une voix chuchota :

— Bougez pas. Ils peuvent vous voir.

Ces paroles semblaient naître de la pluie elle-même, un murmure liquide.

— Quand le vent est bon, reprit la voix, on peut sentir les roses du jardin.

Le messager de Corneille. Enfin !

Derrière les cadres vides des châssis, la végétation s'était fondue dans la nuit tombante. Le feu, derrière elle, produisait ses bruits habituels mais elle n'entendait pas le jeune serviteur respirer ou tourner ses pages. Prudemment, Marguerite jeta un coup d'œil. Il n'y avait personne dans le cercle de lumière du feu de camp, ni dans l'orangerie ni dans ses environs immédiats.

Dans un murmure, elle livra la réponse convenue :

— Les roses sont magnifiques, mais il est interdit de les cueillir.

Un bruit de feuilles mortes froissées se fit entendre, comme si un corps s'agitait de l'autre côté du mur.

— C'est donc bien vous, Pinson ? s'enquit la voix – une voix d'enfant. J'avais peur. Je me disais que vous aviez peut-être eu le bon sens de partir.

— Je t'attends depuis trois jours. Tu vois quel désastre est arrivé ici.

Marguerite empoigna sa couverture et poursuivit :

— Attends, je vais te…

— Restez où vous êtes ! l'interrompit-il vivement. Les deux hommes sont sous un arbre, pas très loin. Ils vous surveillent.

L'enfant avait raison. Lebreton devait s'être arrangé pour ne pas la perdre de vue. Il n'était pas du genre à la laisser filer par inadvertance.

— J'ai pas besoin de voir votre visage, citoyenne Pinson, reprit la voix avec une franchise enfantine.

Les hommes et femmes – sans oublier les enfants – de La Flèche évitaient toute curiosité superflue. Ainsi, nul ne pouvait les forcer à avouer ce qu'ils ignoraient.

— C'est avisé de ta part, reconnut-elle.

— Je suis très avisé. J'étais aux aguets dans les bois quand cet homme vous a faite prisonnière. Vous voulez que je vous aide à vous échapper ? Ça devrait être possible. Vous pourriez voyager avec nous, si vous voulez.

Les hommes qui avaient incendié le château battaient la campagne pour la retrouver. Pour rien au monde elle ne prendrait le risque de les conduire jusqu'aux roulottes de gitans de la famille de Corneille.

— Merci, répondit-elle. Ce ne sera pas nécessaire.

— À vous de voir. J'aimerais pas me trouver à la merci d'un type aussi impressionnant, mais Corneille dit que vous êtes une dure à cuire. Vous avez un plan ?

Se retenant de s'esclaffer, Marguerite répondit :

— J'en ai même plusieurs sous le coude.

— Dans ce cas, je vais vous délivrer mon message et repartir avant qu'il fasse trop noir pour que je puisse retrouver mon chemin dans les bois. Je suis chargé de vous dire ceci : « Pinson, j'ai vu votre signal. Je ne peux pas repartir par où je suis venu. Alouette est en fuite et poursuivie par des soldats. À l'ouest de Rouen, les dragons arrêtent toutes les roulottes des Roms. Ils me recherchent. Ce n'est pas prudent de garder mes moineaux. Quels sont vos ordres ? »

C'était encore pire que ce qu'elle redoutait. La Flèche était en débandade dans toute la Normandie – Roitelet, Alouette, Corneille : tous démasqués. Que se passait-il à Paris ? Combien de ses amis avaient déjà été arrêtés ? Combien étaient morts ?

— Tu vas dire ceci à Corneille : « Vous êtes livré à vous-même, mon vieil ami. J'ai confié hier à Héron les derniers de mes moineaux. Il n'y a plus personne ici. Nous sommes tous éparpillés et en vol. »

Marguerite se frotta le front avant d'ajouter :

— Dis à Corneille d'aller jusqu'à Saint-Grue. Il connaît les routes côtières mieux que moi. Je n'ai pas de conseils à lui donner.

— Il va pas aimer ça. On...

— On n'a pas le choix, coupa-t-elle. Dis-lui aussi : « Faites passer le mot : la chaîne est brisée. Ordre à chacun de se cacher. Convoyez vos moineaux aussi loin vers l'ouest que possible. »

Ceux qui restaient encore à Paris – hommes et femmes condamnés à la guillotine, cachés et luttant pour sortir de France – devraient attendre.

— On peut pas… protesta l'enfant.

— Il n'y a pas d'autre moyen. À présent, écoute. Nous avons très peu de temps. À Saint-Grue, continua-t-elle dans un chuchotement à peine audible, à environ deux kilomètres au sud du village, il y a un oratoire à un carrefour. Le visage de la Vierge est brisé. Vous laisserez devant trois galets blancs alignés de la taille d'un poing d'enfant, puis vous irez camper dans les dunes. Grèbe vous y retrouvera.

Grèbe était le dernier maillon avant le passeur qui faisait traverser la Manche aux émigrés. Et si Grèbe avait été pris, il ne restait qu'à prier pour que Dieu leur vienne en aide.

— Laisse-moi te répéter tout ça, suggéra-t-elle.

— Inutile, assura l'enfant. J'ai une excellente mémoire. Vous êtes sûre de pas vouloir venir avec moi ?

— Certaine.

— Que la chance soit avec vous, citoyenne Pinson. On en aura tous bien besoin, dans les jours à venir.

Aucun autre bruit ne se fit entendre, mais Marguerite comprit qu'il était déjà parti quand elle murmura :

— Bonne chance, petit.

Histoire de garder un œil sur ce qui se passait dans l'orangerie, elle se retourna. Elle avait menti sur un point : elle n'avait pas le moindre plan pour fausser compagnie au citoyen Lebreton.

Au bout d'un moment, le jeune Adrien revint. Elle entrouvrit les paupières et le vit, assis en tailleur près du feu, un livre ouvert dans son giron. Suivant chaque ligne du doigt, il articulait tout bas ce qu'il lisait.

Marguerite avait remarqué qu'il boitait un peu. Si elle pouvait le prendre de vitesse, peut-être que…

Ses yeux se posèrent sur elle. Leurs regards se croisèrent.

— À votre place, je n'essayerais même pas.

— Si vous le dites, marmonna-t-elle.

Elle reporta son attention sur la fumée qui s'amoncelait au plafond en volutes aux formes étranges, avant d'être dispersée par le vent. Le jeune serviteur de Lebreton retourna à sa lecture des œuvres de Lalumière.

C'était de cet auteur qu'elle s'était inspirée pour baptiser leur réseau. Dans un de ses livres, il parlait des oies sauvages qui migrent en hiver, quand elles sentent que le moment est venu pour elles de se mettre à l'abri, en formant une pointe de flèche dans le ciel.

Lebreton ne revint pas à l'orangerie. Il avait disparu dans la nuit, sous la pluie, pour se livrer à ses mystérieuses occupations.

« Il regarde mes seins quand il pense que je ne le vois pas », songea-t-elle avant de sombrer dans le sommeil.

5

La journée s'annonçait difficile, et cela se vérifia avant même le lever du soleil.

Assise au bord du bassin aux poissons rouges, Marguerite passait sans ménagement dans ses cheveux le peigne, simple mais de qualité, que Lebreton lui avait prêté. C'était pour elle un soulagement de s'occuper les mains. Quand elle les tressa, ses mèches lui parurent lourdes, raides et empestant la fumée.

Lebreton la rejoignit dans le petit jardin clos de murs en faisant délibérément du bruit pour ne pas la surprendre. Il portait un linge de toilette grossier et un vêtement de toile blanche roulés en boule.

— Vous avez le temps de vous laver, annonça-t-il. Adrien s'occupe encore des ânes.

Elle lui prit des mains le vêtement propre et repassé qu'il lui tendait et s'étonna :

— Une chemise de femme ? Drôle d'idée, pour un homme comme vous, de transporter ce genre de chose.

— Je l'ai volée la nuit dernière dans une blanchisserie installée non loin d'ici, au bord de la rivière.

Marguerite constata non sans surprise qu'il avait parfaitement estimé sa taille. Pour trouver une chemise qui lui aille, il avait dû farfouiller dans les effets de la moitié du village. Cet homme possédait décidément de multiples talents.

— Je vais devoir me résigner à jouer les receleuses, commenta-t-elle en faisant la moue. Je suis trop heureuse de pouvoir porter quelque chose de propre.

— J'ai laissé une pièce, l'informa-t-il.

Il déposa sur le rebord du bassin le linge de toilette dans lequel se trouvaient d'autres effets : un fichu propre, un tablier. Marguerite devrait donc se résoudre à porter de pied en cap du linge « emprunté ».

Debout près d'elle, Lebreton apparaissait plus impressionnant que jamais. Le jour achevait de se lever derrière lui dans un formidable déploiement de couleurs. Sous cette lumière, le rebord du bassin paraissait d'un blanc glacial, et l'eau dans laquelle elle plongea la main l'était tout autant.

— Allez-vous me dire ce que vous comptez faire de moi ? finit-elle par demander. Je suis d'un naturel curieux.

— Nous en reparlerons sur la route. Je veux partir d'ici dès que possible. Voici du savon.

Il posa près du linge de toilette une boîte en métal dans laquelle se trouvait un bloc d'aspect mou et graisseux.

— Sans doute pas celui auquel vous êtes habituée, s'excusa-t-il.

— Cela ira très bien, merci beaucoup.

— Prenez garde à ne pas en mettre dans le bassin.

Le savon était un poison pour les poissons rouges. Cela plaisait à Marguerite que Lebreton le sache et qu'il prenne la peine de le lui signaler. C'était à travers de détails de ce genre que les hommes se révélaient le plus.

Les pensionnaires du bassin se pressaient autour de ses doigts, qu'ils mordillaient. Quand elle était enfant, elle les avait tous baptisés. Moïse – parce qu'il séparait les eaux –, Blondine et le gros et paresseux Rousseau. Quand la folie de la racaille jacobine serait retombée, le maire du village, M. Leclerc, viendrait les lui voler. Cela faisait des années qu'il les convoitait. Elle espérerait juste qu'il ne traînerait pas. Ses protégés ne méritaient pas d'être ainsi négligés.

— Je vous laisse vous laver, conclut Lebreton qui pivota et regagna l'orangerie.

L'aube d'un nouveau jour se levait. Il ne pleuvait plus. Elle avait mangé et bu du café. Elle avait réussi à envoyer un message à Corneille. Ses poissons iraient finir leurs jours dans une bonne maison. Toutes les conditions étaient réunies pour qu'elle se sente optimiste.

De l'autre côté du mur, dans l'orangerie, elle entendait Lebreton éparpiller les éclats de verre sur le sol. Les cendres du feu avaient été méticuleusement retirées, la paille remise dans l'écurie. Sous peu, il ne resterait plus la moindre trace de leur passage.

Les extrémités de la ceinture de sa jupe ayant formé de multiples nœuds, Marguerite entreprit de les dénouer. Enfin, le vêtement tomba à ses pieds sur le dallage. Elle acheva de desserrer son corset à demi délacé pour dormir et le fit passer par-dessus tête, puis elle se débarrassa de sa chemise.

Dieu que c'était étrange de se retrouver ainsi nue en plein air.

La surface du bassin lui renvoyait son reflet, plus pâle que le ciel, déformé par les ondes concentriques provoquées par les poissons. Lorsqu'elle s'assit sur le rebord, la surface inégale constellée de flaques lui irrita les fesses. Un petit vent aigre soufflait, qui lui pinçait la peau. Résolument, elle se retourna et plongea les jambes dans l'eau froide. La couche de vase au fond du bassin s'insinua entre ses orteils.

Avant de perdre tout courage, Marguerite s'empressa de mouiller la moitié du linge de toilette et s'en servit pour se nettoyer les bras, la poitrine, le ventre, sans cesser de haleter et de pousser de petites plaintes sous la morsure du froid. Elle passa ensuite aux cuisses, nettoyant soigneusement chaque griffure, chaque coupure. C'était douloureux et se remémorer qu'elle descendait d'une lignée de guerriers ne lui fut pas d'une grande aide.

Moïse, Rousseau et les autres grands seigneurs du bassin se tenaient à l'écart, mais du menu fretin s'attaquait sans vergogne et sans lui faire le moindre mal à ses chevilles et à ses doigts.

De l'autre côté du mur, elle entendit le citoyen Ours Géant s'adresser à son serviteur d'un ton bourru.

Elle sortit en hâte les jambes de l'eau et se redressa, nue comme au premier jour, et frissonnante. Après avoir enfilé ses sabots elle se sécha sommairement et commença à s'habiller. La chemise volée par Lebreton était propre mais usée, et avait été maladroitement reprisée. En dépit de ses défauts, elle la couvrait telle une seconde peau.

Il n'y eut aucun signe avant-coureur. En un instant, Lebreton fut sur elle. Il la souleva de terre sans ménagement et se rua derrière un arbre. Sa grosse main lui couvrait la bouche et le nez pour l'empêcher de crier si bien qu'elle ne pouvait plus respirer.

6

L'assaut avait été aussi puissant, imparable et soudain qu'un glissement de terrain. Les bras de Lebreton s'étaient refermés autour de Marguerite qui était à présent pressée contre son torse. Elle avait beau faire, la main calleuse demeurait plaquée sur sa bouche. En désespoir de cause, elle la mordit sans provoquer la moindre réaction. Si elle avait eu besoin d'une preuve qu'il était vain de lui résister, elle l'avait.

Elle l'entendit murmurer :

— Écoutez.

Marguerite prêta l'oreille, perçut un faible martèlement et cessa de le mordre. Pour la récompenser, il écarta les doigts afin de lui permettre de respirer. Le battement de son pouls à ses tympans se fit plus discret. Elle reconnut le bruit qui avait alerté Lebreton : celui de cavaliers empruntant l'allée principale. Deux ou trois chevaux.

Pour lui indiquer qu'elle avait compris, elle hocha faiblement la tête. Il retira sa main. Leurs regards se portèrent sur la grille du jardin, d'où l'on apercevait une partie de la cour encombrée de débris.

Le village de Voisemont s'était considérablement appauvri depuis la Révolution. L'armée était venue trois fois y réquisitionner des chevaux en échange de paperasses sans valeur. Les rares qui restaient étaient employés aux travaux des champs ou attelés à des voitures. Même le maire ne pouvait plus se permettre de chevaucher pour le plaisir. Dans ces conditions, qui chevauchait ces montures qui approchaient du château à une heure aussi indue ?

Un bruit de chute le long du mur, puis Adrien se matérialisa près d'eux, un couteau entre les dents, qui ne tarda pas à se retrouver dans sa main. Il se tenait parfaitement immobile. Lebreton s'adressa à lui si bas que ce fut à peine si elle l'entendit.

— Amasse de la verdure sur les paniers et fais sortir les ânes. Tu es de corvée de fauchage pour ta grand-mère. Va ! Et cache-moi ce satané couteau.

Sans même un hochement de tête en guise d'assentiment le garçon escalada le mur avec une facilité déconcertante. Des voix troublèrent soudain le silence. Marguerite reconnut l'accent parisien, si déplacé dans ce contexte campagnard.

— Ne bougez pas, lui ordonna Lebreton dans un souffle.

De toute évidence, se cacher pour échapper à des hommes lancés à sa poursuite n'était pas une première pour lui.

Elle se figea, cessant presque de respirer. Il rabattit les pans de son manteau autour d'elle et l'attira contre lui, la maintenant au chaud. Lebreton pouvait se fondre dans le décor. Son chapeau, ses vêtements, et même sa peau ne juraient en rien avec leur environnement. Dans ce coin de jardin, plaqué contre un poirier aux branches tordues, il était invisible – et elle avec lui.

Marguerite referma les poings sur sa chemise, et se serra contre lui. Sa présence, sa chaleur, la force que trahissaient ses muscles bandés l'apaisèrent. Son visage balafré n'était pas moins menaçant, mais cette fois, son apparence était une protection face aux inconnus qui arrivaient.

Il ajusta soigneusement son manteau autour d'elle, ne laissant qu'une mince fente pour lui permettre de voir et de respirer. Lebreton était en alerte, tel un animal sauvage qui perçoit la présence d'un chasseur.

Un bruit de sabots assourdi par la terre battue leur parvint quand les nouveaux venus atteignirent l'allée. Adrien sortit du jardin de la cuisine et apparut dans leur champ de vision, tirant les ânes au bout de leurs longes. Comme convenu, il avait empilé sur leurs paniers des brassées de plantes feuillues sur lesquelles reposaient de longues branches de noisetier dont on se servait dans les jardins comme tuteurs pour les haricots.

Les bêtes disparaissaient presque sous leur chargement. Il avait maculé de boue leurs pattes et leurs encolures afin qu'elles paraissent misérables. De la même façon, il avait fait en sorte de ressembler, par sa mise et son attitude, au plus humble des garçons de ferme. Voûté, nonchalant, il traversa la cour en direction de la sortie.

La réaction des nouveaux venus ne se fit pas attendre.

— Hé, toi ! cria l'un d'eux. Viens un peu par ici !

Un instant plus tard, le même homme reprit :

— Qui es-tu, mon garçon ?

Marguerite connaissait cette voix. Aussi tranchante que le fil d'un rasoir, elle portait l'empreinte du faubourg Saint-Antoine, à l'est de la capitale. Cet homme, c'était celui qui avait surgi dans sa chambre la nuit de l'incendie du château. L'homme qui était venu pour la tuer et auquel elle avait échappé en le blessant.

— Tu n'as rien à faire ici ! s'impatienta-t-il. Qu'est-ce que tu trafiques ? Le pillage est interdit. Explique-toi !

Lebreton n'était pas inquiet, lui semblait-il. Il avait envoyé son serviteur faire diversion, et tout se passait comme prévu.

Le jacobin avait poussé un cri quand elle lui avait lacéré le visage – suffisamment fort pour se faire entendre de la foule qui assiégeait le château. Son sang avait giclé sur la main de Marguerite, maculant le coupe-papier qu'elle brandissait comme un poignard. Dans la bagarre, la chandelle s'était renversée sur son bureau, enflammant ses papiers, puis les rideaux.

L'homme avait survécu. Cachée dans son refuge suintant l'humidité sous le pont, elle l'avait entendu crier son nom. Elle l'avait même vu, la tête entourée d'un bandage sommaire, arrêter des femmes dans la foule pour scruter leur visage, apostropher des hommes trop ivres pour lui répondre ou lui obéir quand il leur avait ordonné de se lancer à sa recherche.

Le serviteur de Lebreton jouait son rôle à la perfection. D'une voix geignarde, il répondit qu'il n'avait rien fait de mal, que « ces messieurs » pouvaient prendre les herbes s'ils le voulaient, que sa grand-mère en trouverait d'autres pour sa cuisine. Personne ne lui avait dit que...

À en juger par le cri outré et le choc sourd qui s'ensuivirent, Hawker venait d'être projeté au sol. Les deux hommes ricanèrent, satisfaits de leur exploit. Malmener un garçon de ferme devait être un sport en vogue dans la capitale.

Lebreton, qui l'avait sentie tressaillir, posa sa main sur la sienne pour l'inciter au calme. Adrien gémissait que sa mère était veuve, que sa grand-mère était âgée, qu'elle n'avait plus de dents.

— Au diable, ta grand-mère !

En hâte, Adrien s'inventa d'autres parents indigents.

— Cette engeance est une vraie peste ! tonna le jacobin. Si nous les laissons faire, ils ruineront la France.

Adrien jura ses grands dieux qu'ils pouvaient reprendre son chargement d'herbes, qu'il n'en voulait plus. Il en était réduit à implorer, à supplier.

— Nous devrions pendre une dizaine de ces gueux pour l'exemple, s'entêta le jacobin.

— Ce n'est qu'un gamin, objecta son compagnon d'une voix plus avenante.

Marguerite l'avait vu, lui aussi, la nuit de l'incendie, déambuler à travers la foule, une bouteille à la main, importunant les jeunes femmes. Une espèce de grand escogriffe aux joues tombantes de chien de chasse.

— Les garçons de son âge doivent se battre pour la France ! tonna l'autre. Que vais-je…

Un cri de douleur, suivit d'un hennissement, vint mettre un terme à sa diatribe.

— Fils de putain ! hurla-t-il. Il m'a mordu !

L'un des ânes devait avoir décidé de goûter à sa personne.

Un flot d'obscénités s'ensuivit. Les chevaux piétinaient nerveusement, projetant du gravier autour d'eux. Adrien se répandait en excuses frénétiques. Marguerite regretta de ne pouvoir assister à la scène. Il semblait, d'après les bruits qui leur parvenaient, que les jacobins, purs citadins peu habitués à chevaucher, avaient toutes les peines du monde à maîtriser leurs montures.

— Déguerpissez, toi et tes ânes puants ! finit par hurler le plus véhément des deux.

Des rênes claquèrent. Les fers des sabots frappèrent la pierre. Un âne se mit à braire. Les hommes insultaient les chevaux. Adrien passa la grille de la porte principale en boitant bas, pauvre hère jusqu'au bout des ongles, mentant avec toutes les fibres de son corps. Les ânes, têtes basses, lents et accablés, semblaient lui donner la réplique. Ce n'était sans doute pas qu'un effet de l'imagination de Marguerite si ces trois-là paraissaient contents d'eux.

D'une nouvelle pression sur la main, Lebreton l'incita à la patience. Les jacobins ne tardèrent pas à passer dans leur champ de vision, l'un derrière l'autre, suivis d'une bête de somme chargée de balluchons et de paquets contenant les fruits du pillage du château.

Ils s'étaient approprié des montures trop fringantes pour leurs maigres capacités. L'homme qui venait en tête, le visage bandé, maniait ses rênes d'une main nerveuse, sans impressionner le moins du monde sa jument. Celui qui le suivait, la face pâle et grêlée, devait s'accrocher à la crinière de son cheval pour ne pas tomber.

Ils n'accordèrent pas un regard au jardin dans lequel se trouvait le bassin aux poissons rouges.

C'était à Versailles, l'école la plus exigeante qui soit, que Marguerite avait appris à ne pas bouger d'un cil. Nul ne pouvait broncher en présence d'un roi. Affamé, assoiffé, épuisé, les jambes et le corps perclus de douleurs, les pieds meurtris, chacun se devait d'adopter le temps qu'il fallait l'immobilité d'une statue. Lors des premières semaines qu'elle avait passées au palais, oncle Arnault n'avait cessé de se tenir derrière elle et de la pincer chaque fois qu'elle donnait des signes de faiblesse.

Le bruit des sabots se fit plus lointain comme les bêtes remontaient l'allée menant au château. Enfin, de longues minutes plus tard, les trois chevaux s'engagèrent sur la route menant à Paris, et le vent vif qui faisait bruire la ramure emporta le martèlement des sabots.

Le temps parut reprendre son cours. Marguerite ferma les yeux, se remit à respirer et se détendit, la joue appuyée contre la chemise de Lebreton. Dans l'espace restreint de son manteau, elle inhalait un air dans lequel leurs souffles et leurs odeurs se mêlaient. De lui s'élevaient des senteurs de cuir, de feu de bois, et de petit matin vivifiant à la campagne.

Elle sentait s'imprimer dans sa chair les moindres plis et coutures de ses vêtements. Nue sous sa chemise, elle percevait avec acuité chaque relief, chaque bouton et son… sexe dur, impressionnant, palpitant contre son ventre.

Il me désire.

L'instant se prolongea. Tous deux demeuraient parfaitement immobiles. Il paraissait aussi étonné qu'elle de ce qui était en train de se passer. Il n'avait rien prémédité. Elle ne s'était doutée de rien. Mais après tout, elle était quasiment nue et plaquée contre lui. Ce n'était en rien étonnant qu'il... réagisse.

Ce n'était pas le premier à lui manifester son désir de si près. Versailles ressemblait à un nid de vipères, où les puissants s'imaginaient pouvoir prendre tout ce qui les tentait. La jeune fille de quinze ans qu'elle était avait retenu l'attention de nombre d'entre eux. Elle s'était fait un devoir d'éviter les corridors sombres.

Elle devinait que si elle le repoussait, il n'insisterait pas. Ses mains étaient prêtes à se disjoindre pour la libérer. De cela, elle était certaine. Il la désirait férocement, mais en aucun cas il ne la forcerait.

La pression mâle, insistante, vigoureuse de son sexe contre son ventre lui occupait tout l'esprit. Une paix étrange s'était faite en elle. L'aiguillon insistant de la pensée avait cédé la place à un monde de sensations. Le début de panique qu'elle avait ressenti s'était mué en un désir ardent, explicite, qui lui montait délicieusement à la tête.

La poitrine de Lebreton se soulevait et s'abaissait avec une régularité de métronome. Son souffle chaud lui caressait la peau. La main calleuse plaquée contre sa nuque glissa le long de son dos, se posa sur ses fesses. Il l'attira à lui, la plaquant plus étroitement contre son corps, et guetta sa réaction.

Marguerite ne désirait rien d'autre que se livrer à ce plaisir qui s'offrait à elle. Ce serait si facile, si naturel, de répondre à son désir. Rien au monde n'aurait pu l'en empêcher... sauf elle-même.

— J'aimerais... commença-t-elle.

« J'aimerais pouvoir coucher avec vous, poursuivit-elle dans le secret de ses pensées. J'ai peur, je suis seule, et cela me réconforterait. » Piquant au hasard l'un des multiples désirs qui l'agitaient, elle murmura :

— J'aimerais être la fille du meunier, et que vous soyez le fils du fermier afin de pouvoir jouer avec vous à des jeux coquins dans le grenier à foin. J'aimerais que vous soyez quelqu'un avec qui…

— ... il vous serait possible de faire des folies, acheva-t-il à sa place.

— Oui, admit-elle dans un soupir. Mais je ne suis pas la fille du meunier. Je suis incapable de vivre un seul instant sans réfléchir aux conséquences.

— Alors faites comme si j'étais quelqu'un que vous pourriez embrasser, suggéra-t-il.

Il inclina lentement la tête, effleura ses lèvres des siennes. Elle sentit sa main remonter le long de son dos et se refermer sur sa nuque.

— Essayons, murmura-t-il. Essayons tous les deux de cesser de réfléchir aux conséquences.

Il l'embrassa avec une lenteur délibérée comme si sa bouche était un territoire exotique à explorer. Sa main sur sa nuque savait être à la fois inflexible et douce. Il la maintenait fermement tout en décrivant du bout des doigts sur sa peau de petits cercles qui lui arrachaient des frissons.

Puis il introduisit sa langue entre ses lèvres, la mêla à la sienne en une suite de caresses savantes. Sans réfléchir, elle se prêta au jeu et lui rendit audace pour audace.

— Bon sang, murmura-t-il.

Elle repartit aussitôt à l'assaut de ses lèvres. Elle ne le laisserait pas surmonter son trouble, échapper au pouvoir qu'elle avait sur lui. Il sursauta, comme s'il était choqué, lorsque à son tour elle insinua sa langue dans sa bouche.

Doucement, Marguerite lui mordilla la lèvre. Il ne se déroba pas, et elle savoura ce bref moment de reddition.

— Vous êtes… je ne sais pas ce que vous êtes, dit-il d'une voix sourde, quand leur baiser prit fin.

Une onde chaude et liquide avait jailli au creux du ventre de Marguerite et se répandait en elle et jusque sous sa peau.

L'un des poissons rouges perça la surface de l'eau, puis retomba. Soudain rappelé à l'ordre, Guillaume tressaillit.

— Ils pourraient revenir, dit-il. D'autres risquent aussi de débarquer à tout moment. Vous me rendez stupide.

— C'est réciproque, répliqua-t-elle.

Elle lui en voulait à présent. Autant qu'elle en voulait à son propre corps.

S'écartant d'elle, il poursuivit :

— Habillez-vous vite. Il nous faut partir.

Et avant de lui tourner le dos, il ajouta :

— Nous parlerons plus tard.

7

Doyle ne craignait pas la chaleur, et il ne s'en faisait pas non plus pour Hawker, en revanche, il lui déplaisait d'avoir à imposer une longue marche à une femme dans une telle fournaise.

Le ciel d'un bleu très pâle semblait chauffé à blanc. Ils progressaient en file indienne dans un paysage de champs bordés de haies. Il était en tête avec Maggie, Hawker fermait la marche, suivi des deux ânes. Au contact de ceux-ci, ce garçon avait acquis un répertoire d'obscénités impressionnant. De temps à autre, il rajustait d'un geste brusque son pantalon, puis se remettait en marche d'un air assuré, parfaitement à l'aise dans la peau de son personnage, jouant le jeu avec aisance et naturel.

Loin de les ralentir, Maggie marchait d'un bon pas, avec détermination, comme une femme qui sait où elle va et qui est pressée d'y parvenir.

Ils avaient sans se concerter pris la direction de la route de Paris. Peut-être cherchait-elle simplement à s'éloigner de Voisemont et des gens qu'elle y connaissait, mais il ne pouvait s'ôter de l'idée qu'elle avait un but. La possibilité qu'elle puisse le mener directement à son père lui semblait de plus en plus probable.

C'était Fleurignac qui avait établi la liste. Il savait qui était condamné à mourir. « Je le trouverai, décréta Doyle. Je lui arracherai sa liste. Et je ne me laisserai pas embringuer dans une histoire avec sa fille. »

Le visage tourné vers le ciel, Maggie ferma les yeux et savoura la caresse du petit vent qui s'était levé. Elle était déjà sale et en nage. Une trace de boue lui maculait la joue, ses vêtements étaient ceux d'une femme du peuple, mais quiconque était un tant soit peu observateur aurait deviné en elle l'aristocrate. Belle comme le cristal et résistante comme le diamant. Guillaume avait beau craindre qu'elle ne se brise, elle tenait le coup.

Il suffisait d'arpenter les routes avec quelqu'un par un mois de juillet caniculaire pour apprendre à connaître le quelqu'un en question. Maggie avait la vaillance inébranlable d'un petit soldat. Il aurait pu l'entraîner jusqu'en Chine, un pas après l'autre, elle n'aurait pas faibli avant d'apercevoir les pagodes.

Il ne pouvait se permettre d'être attiré par la fille de Fleurignac. Ni de l'admirer.

Il ne s'en voulait pas d'avoir à faire ce qu'il avait à faire au père. Mais s'il lui fallait blesser la fille dans la foulée, il le regretterait.

Maggie fit une halte pour ôter la boue de ses sabots en les raclant contre une pierre. Manifestement, elle aimait les causes perdues d'avance. Des mèches châtain foncé voletaient sur son front et ses joues. Bien que de piètre qualité, ses vêtements soulignaient ses formes. Des petites gouttes de sueur perlaient à la naissance de ses seins et, de temps à autre, allaient rouler dans le sillon qui les séparait.

S'il avait pu les cueillir sur sa langue, elles auraient eu un goût salé, savoureux et musqué, qui n'appartenait qu'à elle. Il n'existait pas un endroit de son corps qu'il n'aurait eu envie de goûter.

« Si tu ne l'avais pas embrassée, tu n'en saurais rien et n'en serais pas là, se reprocha-t-il amèrement. Bien fait pour toi ! »

Ils évitaient prudemment la route principale. Ce chemin de charroi boueux menait à la grande route de Rouen en coupant à travers champs. En le suivant jusqu'à son terme, on finissait par déboucher sur la route de Paris. Après avoir parcouru six kilomètres, ils n'avaient rencontré qu'une fille de ferme menant ses deux vaches et une charrette crottée tirée par un cheval si étique que l'armée n'en avait pas voulu.

Au sommet des collines s'étendaient des vergers entre lesquels paissaient quelques vaches. Des champs brun foncé émaillés de meules alternaient avec les étendues vertes et ondulantes qui seraient fauchées dès que le temps le permettrait.

La récolte de blé s'annonçait bonne cette année. Si les paysans récoltaient comme ils l'espéraient vingt boisseaux l'acre, tout le monde mangerait à sa faim. Si la guerre en Vendée ne finissait pas par gagner la Normandie. Si le temps se mettait de la partie. S'il était possible de tout moissonner à temps alors que l'armée avait enrôlé la moitié des hommes valides.

Des chemins envahis de mauvaises herbes couraient entre les champs. Vers l'ouest, Doyle aperçut le clocher d'une église. Ils descendirent une longue pente jusqu'à un petit bois de pins où il devrait faire plus frais. Derrière lui, Maggie grommela comme ses sabots s'enfonçaient dans la boue. Elle s'était enfermée dans une rumination morose et il avait l'impression que ses yeux, fixés sur son dos, allaient y percer un trou.

Il n'aurait pas dû l'embrasser. D'ordinaire, quand il était en mission il ne courait pas le guilledou. Combien de fois n'avait-il répété à certains idiots : « Garde ton engin dans ta culotte quand tu travailles ! » À présent, c'était lui l'idiot.

La première fois qu'il s'était enfui de chez lui – il devait avoir douze ou treize ans –, il s'était caché dans les bas-fonds de Londres et avait travaillé sur les docks. Même à cet âge, sa corpulence était telle qu'il avait pu se faire passer pour un adulte. Il intriguait les femmes. On lui avait fait tant de propositions qu'il aurait pu dormir dans un lit différent chaque nuit. Mais comme il gardait encore la timidité de l'enfance, il les avait déclinées – enfin, la plupart.

Cinq ans plus tard, il évoluait dans un milieu fort différent. Il s'avéra cependant que le fils cadet d'un comte influent obtint le même succès que le jeune docker dépenaillé. Les femmes qui s'intéressaient à lui étaient plus propres et mieux habillées, mais c'était la même lueur de convoitise qui faisait briller leurs yeux… et la même curiosité qui les poussait à vérifier si sa virilité était proportionnée à sa taille. Certaines d'entre elles ne visaient qu'une aventure. D'autres allaient jusqu'à s'imaginer – les inconscientes – qu'elles pourraient se faire épouser et devenir ainsi membre de la famille Markham.

Doyle travaillait déjà pour les services secrets anglais à cette époque. Il avait ses entrées dans des cercles de la société auxquels nombre d'agents n'avaient pas accès. Cela l'amenait parfois à coucher avec des femmes qui jouaient les espionnes pour le compte de la France. Des femmes au corps tendre et chaud et aux mains habiles qui s'enquéraient plus ou moins discrètement du travail effectué par son père au ministère de la Guerre.

La copulation tendait à devenir un exercice fastidieux quand il fallait s'y livrer avec des partenaires qui ne vous inspiraient que du mépris. Il avait perdu tout appétit pour les aventures de circonstance.

Pourtant, Dieu lui était témoin qu'il désirait Maggie. Il mourait d'envie de laisser ses mains courir sur son corps. Et que sa bouche suive le même chemin, la lape consciencieusement, comme un chaton qui ne peut se repaître d'un bol de lait.

Prenant conscience du silence derrière lui, Doyle se retourna. Maggie s'était immobilisée et reprenait son souffle, courbée en deux, les mains sur les genoux.

— Nous sommes assez loin du château. Nous allons faire une pause, décida-t-il, pris de pitié.

À une cinquantaine de mètres de là se faisait entendre le chant d'un ruisseau entouré d'arbres et de buissons. Ils y seraient à l'abri des regards tout en conservant une vue dégagée sur le chemin, dans les deux directions. C'était l'endroit idéal pour s'arrêter.

— Je peux continuer, assura Maggie d'un ton énergique.

— Vous peut-être, mais pas les ânes. Ils doivent boire.

— Ah… Je vois.

Doyle n'était pas inquiet pour les ânes. Pour en venir à bout, il fallait y mettre du sien, même si Hawker s'y appliquait, alors que le premier imbécile venu était capable de crever un pur-sang sous lui. Tant qu'on le sollicitait, un bon cheval courait jusqu'à s'en faire exploser le cœur. Un peu comme Maggie, qui aurait marché jusqu'à s'effondrer plutôt que d'avouer sa fatigue.

Elle se remit difficilement en route pour franchir les quelques mètres qui les séparaient du ruisseau et dit :

— Faire la route à pied, cela n'a rien à voir avec un voyage en voiture. Je le savais, bien sûr. Dans ma tête.

Après un soupir, elle ajouta :

— À présent, je le sens aussi dans mes pieds.

— Rien de tel que l'expérience.

— Rien ne peut la remplacer, approuva-t-elle. C'est une erreur de ne vivre que dans les livres. Ils sont trompeurs.

— Entièrement d'accord.

Ce dont il avait envie, c'était de commencer par lui embrasser le front pour y effacer les plis soucieux. Ensuite, il s'intéresserait à ses paupières, avant de s'aventurer jusqu'à sa bouche. Il pourrait passer un temps fou rien que sur son visage, à vagabonder d'un endroit à un autre. Avant qu'il en ait terminé avec ses oreilles, il l'aurait déjà rendue folle de plaisir.

Sauf qu'il ne ferait rien de ce qui lui passait par la tête. Il devait se contenter d'en rêver. En détail.

Maggie descendit la pente au bas de laquelle coulait le ruisseau en s'accrochant aux troncs d'arbres.

— Je voyage dans ce pays depuis que je suis toute petite, dit-elle. Mais grâce à cette marche, il s'inscrit à présent jusque dans ma chair. Une manière toute différente de voyager.

L'eau du ruisseau était limpide.

— Adrien va faire boire les bêtes, expliqua Guillaume, et vous pourrez vous rafraîchir. Et même vous laver un peu, si vous le souhaitez.

— Volontiers.

Allez-y. Aspergez-vous tant et plus. Mouillez vos vêtements jusqu'à ce qu'ils ne cachent plus aucun secret. Vous ne pourrez me rendre plus fou que je ne le suis déjà.

— Je vais m'installer un peu en amont, annonça-t-elle. Pour éviter les ânes. Ce n'est pas que je ne les aime pas, mais ils ont essayé de me mordre et me font un peu peur. Ce doit être la chaleur qui les rend si irritables.

— Ils sont toujours ainsi, la détrompa-t-il. Ces animaux sont remarquablement constants.

— Possible. Je jurerais pourtant que l'inconfort développe chez eux un appétit pour la chair humaine. Hercule fut chargé d'aller voler les juments de Diomède qui avaient ce régime alimentaire. Le saviez-vous ?

— Je garderai cela en mémoire, au cas où quelqu'un voudrait m'en vendre une.

Maggie remonta le long de la berge et s'accroupit au bord de l'eau. Le ruisseau était peu profond. Large de seulement quelques pieds, il courait sur un lit de pierres plates, rafraîchissant l'atmosphère. D'un geste gracieux, elle ôta son fichu, révélant une vaste plage de peau d'une blancheur éclatante. Le soleil tamisé par les feuillages constellait son buste de petites taches de lumière. Elles glissaient sur les rondes éminences de ses seins, dont on apercevait les mamelons quand elle se penchait. Un homme ne possédant pas une aussi parfaite maîtrise de soi que Guillaume aurait difficilement résisté.

Après avoir trempé l'extrémité du fichu dans l'eau, Maggie se lava soigneusement le visage. Hawker, qui venait de déboucher derrière eux, ne leur jeta qu'un vague coup d'œil et emmena les bêtes boire un peu plus loin.

— Les chemins auront séché cet après-midi, annonça Doyle. Marcher sera moins pénible.

Repérant un gros rocher plat, il alla s'y asseoir, curieux de voir ce que Maggie allait faire à présent. Elle avait encore bien trop de vêtements à son goût.

Il avait retiré sa veste une heure plus tôt, et sa chemise était largement ouverte sur son torse dont les muscles n'avaient rien de poétiques. Même en faisant abstraction de sa cicatrice, il n'y avait vraiment rien de séduisant en lui. Son père avait pris l'habitude de le traiter de « vagabond ». Ils ne s'étaient jamais très bien entendus, tous les deux.

Le fait d'avoir tombé la veste signifiait qu'il n'avait plus sur lui que son bâton de marche et le couteau à lancer caché dans sa botte. Il se sentait un peu désarmé, mais tout était tranquille. Seul se faisait entendre le coassement de quelques grenouilles tapies dans les bois. Si des chevaux approchaient, il les entendrait avant qu'ils aient atteint le sommet de la côte et il aurait le temps de mettre Maggie à couvert derrière les buissons.

En s'aspergeant, elle laissait échapper des petits cris étouffés. Du diable si ce n'était pas excitant ! Un homme ne pouvait qu'imaginer dans quelle autre situation intéressante elle produirait ce genre de bruit…

Bon sang, il devait absolument brider son imagination.

Il aurait pu la regarder indéfiniment se rafraîchir, mais au bout d'un moment, elle s'assit sur ses talons et se frotta la nuque avec un linge mouillé. Tournant soudain la tête dans sa direction, elle lui lança en le regardant droit dans les yeux :

— Juste pour que les choses soient claires : suis-je votre prisonnière ?

— Seigneur, non !

Il avait répondu sans hésiter, s'arrangeant même pour paraître offusqué.

— Partez si cela vous chante, poursuivit-il en désignant le chemin d'un geste. Je ne vous retiens pas.

— Ce n'était pas l'impression que j'avais.

Elle ne fit toutefois pas mine de se lever pour lui fausser compagnie. Il faisait preuve d'une telle bonne volonté qu'il avait fini par gagner sa confiance. Ils n'en étaient plus au point où il risquait de devoir la plaquer au sol pour l'empêcher de fuir. Feignant une vive irritation, il protesta :

— Je croyais pourtant vous faire une faveur en vous permettant de m'accompagner. Ces jacobins venus de Paris doivent encore être dans le coin. Vous ne tenez pas à les croiser seule au coin d'un bois, je suppose.

Elle réfléchit un instant et reconnut d'un ton boudeur :

— Je préfère effectivement les éviter.

— Personnellement, je n'aime pas trop avoir affaire à des officiels par les temps qui courent, assura-t-il. Surtout avec la bande assoiffée de sang qui tient Paris.

Maggie se lava les bras avec le linge mouillé. Quand elle eut terminé, le visage grave, elle déclara :

— Je ne leur fais pas confiance pour traiter avec équité une servante des Fleurignac – surtout une étrangère.

Ces paroles n'étaient que mensonge, mais la peur qu'elles trahissaient n'avait rien de factice.

— Merci de m'aider à leur échapper.

— J'aimerais autant ne pas me faire remarquer, moi non plus. Avez-vous un endroit où aller ?

— J'ai des amis, pas très loin d'ici, que je comptais rejoindre.

Doyle se frotta le menton. Conserver juste le chaume de barbe nécessaire pour parfaire son personnage nécessitait de sa part un maniement habile du rasoir.

— Ce que j'avais en tête, reprit-il, c'est de garder un œil sur vous aussi longtemps que nous irons dans la même direction. Des individus dangereux traînent sur ces routes – des hommes bien pires que moi.

— C'est fort possible, admit-elle, pince-sans-rire.

— Tout le monde alentour a dû entendre parler de l'incendie du château de Voisemont. Les gens vont être à l'affût de ce qui pourrait ressembler à un aristocrate en fuite. Vous ne risquerez pas d'être prise pour l'un d'eux si vous restez avec moi. Personne ne commettrait cette erreur. Et nul n'importunera une femme voyageant sous la protection d'un homme de ma stature.

Une libellule bleu saphir, aussi brillante qu'un joyau, passa au ras de l'eau. Maggie se figea et la suivit du regard. Quand l'insecte eut disparu, elle fit remarquer :

— Je ne vois pas pourquoi vous…

— Cinquante couronnes, l'interrompit-il.

— Pardon ?

— Donnez-moi cinquante couronnes et je vous amène chez vos amis.

Rien de tel que feindre l'appât du gain pour faire de vous un honnête homme. L'altruisme n'inspirait confiance à personne. Doyle se leva lentement pour ne pas inquiéter Maggie, et s'approcha de la berge pour contempler l'eau qui courait sur les roches plates.

— Je n'ai pas cinquante couronnes sur moi, avoua-t-elle, amusée. Je n'ai même pas cinquante sous.

— Dans ce cas, je vais devoir vous faire confiance pour que vous me les donniez plus tard, n'est-ce pas ?

Elle était tentée d'accepter. Elle était à deux doigts de le faire.

— Échange de bons procédés, reprit-il. Vous devez vous-même me faire confiance alors que je vous fais peur.

La tension entre eux était palpable. Soutenant bravement son regard, elle répondit :

— Vous comprendrez que je me montre prudente étant donné les hommes que j'ai rencontrés dernièrement.

Dieu que cette petite me plaît !

— Cela aidera-t-il si je vous présente mes excuses ? Je n'aurais pas dû vous toucher comme je l'ai fait... et je n'aurais pas dû vous embrasser non plus.

— Ce n'est pas grave. Ce qui est arrivé entre nous était un... Rien du tout. Le plus insignifiant des baisers.

Doyle n'eut pas à feindre l'étonnement.

— Vraiment ?

— J'avoue m'y être laissé prendre. Juste un instant.

Elle baissa les yeux sur le fichu mouillé qu'elle triturait entre ses doigts. Une charmante rougeur était apparue sur ses pommettes.

— C'était... une petite erreur de ma part, conclut-elle.

— Je suis heureux que vous le preniez ainsi.

— Vous avez le droit d'être ironique, mais, en vérité, ce n'était pas votre faute. Vous étiez soumis à une rude tentation, et ce n'est pas une fanfaronnade de ma part. Après tout, j'étais quasiment nue. Et vous êtes un homme.

— La dernière fois que j'ai dressé l'inventaire, c'était effectivement le cas. Voulez-vous que je vous promette de ne pas recommencer ?

Se détendant visiblement, elle répliqua :

— Ce ne sera pas nécessaire. Aucun de nous ne le veut. C'est arrivé par accident, sous l'effet de la surprise.

« Cela n'avait rien d'un accident, songea-t-il. Et c'était parfaitement prévisible, ne vous leurrez pas. »

Mais il répondit à haute voix :

— Je n'ai pas pour habitude de violenter les femmes. Si, hier, vous vous sentiez en sécurité en ma compagnie, vous l'êtes encore aujourd'hui. Vous n'avez rien à craindre à vous en remettre à moi.

— C'est logique. Nous sommes tous deux des êtres rationnels.

Après avoir défroissé son fichu humide, elle le drapa de nouveau sur ses épaules et le noua sur sa poitrine.

— Si vous êtes prêt à m'accompagner, décida-t-elle, je vous en remercie et je vous paierai. Je me suis conduite en lâche, à redouter une menace qui n'existe pas.

— Toujours heureux de rendre service en réalisant un honnête profit, assura-t-il. Vous allez avoir besoin de papiers d'identité. Je peux vous en fournir. J'ai ce qu'il faut dans les paniers des ânes.

— Vous êtes aussi faussaire ? se réjouit-elle. Voilà un don très utile.

Le sourire de Maggie lui fit l'effet d'une caresse sur l'entrejambe. Tous ces discours raisonnables n'empêchaient pas son sexe de demeurer obtus.

8

Une heure plus tard, lorsqu'ils eurent franchi la crête d'une colline, Marguerite aperçut en contrebas une troupe de gitans qui avait fait halte au bord de la route, près d'un maigre cours d'eau bordé d'arbres marquant la séparation entre deux champs. Trois roulottes dessinaient un triangle imparfait autour d'un feu de camp. Quelques femmes et fillettes vêtues de jupes et de foulards aux couleurs vives cueillaient des mûres.

En reconnaissant Corneille et sa famille – sa *kumpania*, dans leur langage –, Marguerite eut un coup au cœur.

Elle avait recruté Shandor – *alias* Corneille – des années plus tôt, presque à la création de La Flèche. Chef d'un groupe important, c'était un homme pragmatique, prudent à l'extrême, discret au possible et habile à assurer la sécurité des siens. Qui plus est, il se montrait farouchement protecteur envers les moineaux qu'il convoyait.

Ce jour-là, cependant, il désobéissait aux ordres reçus.

Guillaume Lebreton, qui marchait à côté d'elle, repoussa son chapeau du doigt, l'inclinant de façon que ceux qui les attendaient voient son visage. Ainsi ne seraient-ils pas surpris de découvrir sa cicatrice quand ils s'approcheraient. Il ne ralentit pas le pas – ni ne le hâta – à l'approche de la troupe. Chacun, d'un côté comme de l'autre, disposait ainsi de tout le temps nécessaire pour appréhender la situation.

Shandor avait choisi un endroit tranquille pour attendre Marguerite. Aucune ferme aux alentours. La route menant à Paris se trouvait à un mile de là, hors de vue. Elle ne voyait cependant pas comment ils allaient pouvoir discuter des affaires de La Flèche alors que Lebreton et son elfe indiscret de serviteur étaient présents.

— Les gens du voyage, murmura Lebreton. Occupés à d'innocentes activités.

Il se donnait l'apparence d'un homme de la campagne brave et débonnaire, mais son regard était dur et calculateur.

— Peut-être pas si innocentes, ajouta-t-il. Quelque chose cloche dans leur attitude. Ils sont nerveux. Voyez ces hommes qui entourent, l'air de rien, cette roulotte. Si je portais un uniforme, c'est vers celle-ci qu'iraient d'emblée mes soupçons.

Il valait sans doute mieux qu'il ne soit pas gendarme. Marguerite n'aurait pas aimé avoir à faire passer des moineaux à la barbe d'un homme aussi perspicace.

— Ils se sont juste arrêtés pour cueillir des mûres, rétorqua-t-elle, toute innocence. Peut-être aussi quelques noisettes, bien qu'il soit encore un peu tôt dans la saison, même pour une année aussi chaude. Il doit y avoir des baies à profusion sur ces ronciers.

— Ici comme dans toutes les haies de Dieppe jusqu'à Paris. Et cela m'étonnerait qu'ils aient dételé leurs roulottes pour cueillir quelques mûres.

— Vous êtes fort suspicieux.

Mine de rien, quelques hommes et quelques garçons se placèrent entre les roulottes et les nouveaux venus. Vêtu d'une veste bleue, un foulard rouge autour du cou, Shandor se tenait en tête. Une cocarde tricolore aux couleurs de la Révolution – bleu, blanc, rouge – ornait tous les couvre-chefs, histoire de montrer ostensiblement que chacun d'eux était bon républicain.

Lebreton se frotta le menton. Marguerite avait noté qu'il faisait ce geste quand il était plongé dans ses pensées.

— Ce qui doit être sera, murmura-t-il, comme s'il s'adressait à lui-même. Peut-être ont-ils repéré quelque danger un peu plus loin sur la route.

— Ces temps-ci, il faut s'y attendre en permanence, observa-t-elle.

Shandor avait su qu'elle passerait par là. En faisant halte pour l'attendre, il avait désobéi, risquant ainsi de mettre les siens en danger. Mais devait-elle s'étonner qu'il ait cherché à lui venir en aide ? Corneille avait sauvé les vies d'innombrables hommes et femmes au cours des dernières années.

Alors qu'ils s'approchaient du campement, des enfants cessèrent de jouer et les abordèrent timidement. Les garçons portaient des chapeaux, comme leurs pères. Les filles, habillées de blouses et de jupes multicolores, arboraient deux ou trois tresses mêlées à la masse laissée libre de leurs cheveux. Assise sur un marchepied, une vieille femme au teint d'acajou taillait un bout de bois à l'aide d'un petit couteau.

— Ce sont des Kalderash, expliqua Lebreton. Ils travaillent le cuivre : voyez ces marmites accrochées à leurs roulottes.

Marguerite ne l'ignorait pas. Elle savait également qu'ils affûtaient les lames et les outils. Voilà pourquoi, cinq ans après le déclenchement de la Révolution, la famille de Shandor n'était pas inquiétée. Sa *kumpania* était réputée le long de toutes les routes menant à Paris. Les siens suivaient les armées dans leurs déplacements, affûtant couteaux et baïonnettes. Les soldats faisaient la queue, attendant leur tour, tandis que dans les roulottes, les moineaux se cachaient sous des couvertures.

Lebreton adressa un signe à Adrien. Elle ne l'aurait pas remarqué si elle ne l'avait pas déjà vu faire. Le garçon frappa d'un coup de bâton les jarrets des ânes et leur petit groupe se ressouda.

— Peut-être pourrons-nous nous faire dire la bonne aventure, plaisanta-t-il.

Ils s'avancèrent au milieu du camp. Des chiens vinrent les renifler. Decorum tenta de les mordre, mais ceux-ci furent assez lestes pour lui échapper. Lebreton passa devant une dizaine d'hommes et s'arrêta devant Shandor.

— *Sastipe*, lui dit-il. Bien le bonjour. Il fait une chaleur infernale, pas vrai ?

Il ajouta quelques mots en romani et attendit, l'air totalement détendu. Une conversation s'engagea, dans la langue des gitans aussi bien qu'en français. On tomba vite d'accord pour assurer qu'une telle chaleur n'était pas commune. À n'en pas douter, il devait faire plus frais dans la forge des démons. Oui, il était vraiment agréable de faire halte à l'ombre une petite heure.

Marguerite n'aurait pas dû être surprise qu'il connaisse des rudiments de romani. Il avait probablement mené une vie aventureuse.

La vieillarde mit de côté sculpture et couteau, descendit de son marchepied et gagna le premier rang avec l'assurance que confère un statut privilégié. Lebreton tira une blague à tabac du harnachement de Dulce, l'ouvrit et la fit passer, en commençant par l'aïeule. Adrien se rendit au bord du ruisseau avec les ânes. Bientôt, il se retrouva cerné par une nuée de garçons au milieu desquels, avec ses cheveux noirs et ses vêtements rapiécés, il disparaissait. Sans doute était-ce l'un d'eux qui, la nuit précédente, avait transmis le message de Shandor à Marguerite.

Dulce finit par pousser quelqu'un dans l'eau, suscitant l'hilarité générale.

Après avoir épuisé le grave sujet du temps, Shandor et Lebreton discutèrent du sale tempérament de ces diables d'ânes, pourtant si beaux et attachants. Peut-être Shandor accepterait-il de les lui échanger contre un bon cheval ou deux ?

Chacun se mit à rire de plus belle. Shandor tira sa pipe de sa poche et la bourra généreusement du tabac qu'on lui offrait. Lebreton et lui se servirent de la même paille enflammée. Personne ne faisait attention à Marguerite, car c'était après tout une affaire d'hommes de discuter du temps, des mérites comparés des ânes et des chevaux, et de partager le plaisir de fumer.

Lebreton se montrait d'une humeur placide et amicale qui la rendait méfiante, mais il était vrai qu'elle se méfiait de lui quelle que soit son humeur.

Après avoir relevé son tablier, Marguerite mit un genou à terre et se retrouva aussitôt entourée par un groupe d'enfants. De jeunes garçons aux yeux sombres. Une fille portant sa sœur, pourtant déjà grande, sur sa hanche. Deux petits tenant à peine sur leurs jambes. Une fillette de six ou sept ans au charme mutin, portant déjà bracelets d'or aux poignets et anneaux aux oreilles.

Tous se montraient à la fois délicieusement timides et entreprenants. Ils ne parlaient ni le français ni aucune autre langue qui leur aurait permis de communiquer. Ils se mirent à rire lorsque, les pointant du doigt l'un après l'autre, elle tenta de répéter les noms qu'ils lui indiquaient. Ils allaient pieds nus, comme des enfants de paysans, mais ils débordaient d'énergie et paraissaient en meilleure santé – et nettement plus heureux – que ceux-ci.

— Marguerite, dit-elle en indiquant sa poitrine du doigt.

Puis, parce que Lebreton l'appelait ainsi et qu'elle commençait à s'y habituer, elle ajouta :

— Maggie.

Plus d'une fois, elle avait mis cette *kumpania* et ces enfants en danger. Elle avait envoyé des hommes arrogants et ingrats se cacher dans leurs roulottes, manger leur nourriture, se montrer impolis envers leurs mères et leurs sœurs. Aujourd'hui encore, des moineaux se terraient dans les voitures, à quelques pas de là. À moins que, déguisés en gitans, ils ne se soient mêlés aux femmes qui cueillaient des mûres.

Elle avait risqué leurs vies pour sauver des politiciens en disgrâce ou des marquises. Ce n'était pas le genre de décision qui se prenait de gaieté de cœur.

En tirant sur sa pipe, Shandor annonça :

— Nous avons été retenus à Vaucresson un petit moment. La route n'était pas bonne. Mais en obliquant un peu au sud…

Lebreton lui répondit sans se départir de sa désinvolture coutumière, comme s'il n'était question que de routes inondées, et non bloquées par les gendarmes.

— J'ai entendu qu'à Bois-d'Arcy les conditions n'étaient pas bonnes non plus. Juste une rumeur.

Un hochement de tête. Un conseil en passant pour traverser la Seine à Saint-Cloud. Un autre pour indiquer que la route de Versailles était étroitement surveillée et qu'un homme prudent ferait mieux de l'éviter. Corneille s'efforçait d'apporter à Marguerite toute l'aide qu'il pouvait en renseignant Lebreton.

— Mais aujourd'hui est un jour de chance, conclut-il en soufflant des volutes de fumée. Je vais vous dire ce que j'ai vu ce matin. J'ai vu une aigrette détaler d'un champ en toute hâte.

Agitant les deux mains, il imita le vol d'un oiseau.

— À deux doigts de se faire attraper par une paire de renards. Elle a pris son vol au-dessus de ma roulotte en direction de Caen. Un signe à ne pas négliger, croyez-moi.

À mots couverts, Corneille expliquait qu'Aigrette, menacée, avait dû s'enfuir. Marguerite comprit que le réseau était réellement compromis dans son entier, de Paris jusqu'à la côte. Il était temps pour ses membres de se mettre à l'abri, de changer de nom, d'aller ouvrir ailleurs de nouveaux relais. Tous ceux qui restaient en place devaient être avertis.

Les enfants continuaient de se presser autour d'elle, cherchant à toucher sa natte ou son fichu. Celui-ci n'avait rien de luxueux mais devait leur sembler de meilleure qualité que ce que portaient leurs mères.

De la poche de sa jupe, elle tira la bande de soie rouge arrachée à sa robe. Elle allait s'en servir pour se faire comprendre. Après avoir noué les extrémités, elle fit passer le ruban entre ses doigts et en fit un jeu de ficelle, avant de le faire glisser le long du poignet d'une fillette qui retira vivement sa main en gloussant. Les gitans avaient pour habitude d'amuser leurs enfants, le soir au coin du feu, en se livrant à ces jeux d'adresse. Tous y étaient habitués.

Marguerite fit d'autres tentatives. Certains, vifs comme l'éclair, lui échappèrent. D'autres se laissèrent attraper.

— Vous devez être très rapides pour ne pas vous faire prendre, expliqua-t-elle en élevant la voix. Il faut faire très vite. Vous voyez ? Vous allez d'un côté, et moi de l'autre.

C'était sa façon de faire comprendre à Corneille qu'il devait se mettre à l'abri et qu'elle ne le suivrait pas. D'un regard oblique, elle vit qu'il avait saisi le message.

— Nous avons un dicton, déclara-t-il. « Les moineaux volent vers l'ouest, mais le peuple de la route parcourt la terre. » Qui sait où nous irons ? Peut-être irons-nous à Paris. Il y a du travail pour nous, là-bas. Même quand les temps sont difficiles.

« Non, Shandor ! protesta Marguerite en son for intérieur. Plus pour toi. Plus maintenant ! »

Une dernière fois, habilement elle noua le ruban entre ses doigts en un motif élaboré. Une torsion de poignet, et une échelle apparut. Une autre passe magique de ses mains, et celle-ci se transforma en toile dont le dessin ne cessait de changer. Même les hommes s'étaient tus pour regarder.

Une simple boucle dénouée, et tout disparut. Marguerite ouvrit les mains et n'eut plus qu'un ruban entre les doigts.

— Il est temps d'arrêter avant de perdre la main et que cela tourne mal, conclut-elle. Nous avons joué, nous nous en sommes tirés, contentons-nous d'être satisfaits et ne tentons pas le diable.

Ainsi ordonna-t-elle à Corneille de se tenir à l'écart de la capitale. Les roulottes de sa *kumpania* étaient trop aisément repérables, maintenant qu'ils avaient été trahis. Shandor ne jouerait plus aucun rôle dans La Flèche. Marguerite ne se risquerait plus à mettre ces enfants en danger. Même pour sauver une centaine de moineaux.

9

Paris, La Maison de la Pomme d'or

Madame attendit que le papier soit réduit en cendres dans la soucoupe avant de dire :

— Il s'appelle William Doyle. Il a débarqué en France il y a dix jours. Il est rusé, cultivé et très dangereux. Il est là pour mettre un terme aux assassinats en Angleterre.

Les sources de Madame étaient fiables. Si elle affirmait qu'un espion anglais avait débarqué, il fallait la croire.

Justine attendit en silence pendant qu'elle versait du café sur les cendres, avant de les réduire en bouillie.

— Il devrait arriver à Paris, reprit Madame. Mais ce peut être n'importe quel jour, et il peut entrer par n'importe quelle porte. Il pourrait même faire le tour par l'est.

Les échos du piano-forte du salon leur parvenaient. Il faisait encore jour, mais les hommes se présentaient déjà à la porte pour boire avec les filles. Chaque jour, ils arrivaient plus tôt. Il n'y avait pas beaucoup de salons, à Paris, où le vin coulait si abondamment et où l'esprit n'était pas bridé. Dans un bordel, les clients se lâchaient et avaient du mal à imaginer que leurs paroles puissent être épiées.

En cela, ils avaient à la fois tort et raison. C'était Madame qui décidait ce qui devait être rapporté ou non à la police secrète, dont elle était un des principaux agents.

— Si l'arrivée de William Doyle est imprévisible, observa Justine, ce serait une perte de temps de m'envoyer l'attendre à l'une des barrières. Où faut-il que j'aille guetter cet espion anglais ?

Elles n'étaient pas nombreuses à pouvoir s'adresser aussi librement à la maîtresse de maison. Justine était jeune, mais elle n'était pas la moins douée des agents de la police secrète.

— Sans doute à l'hôtel de Fleurignac, répondit Madame après avoir réfléchi un instant. Je tiens beaucoup à savoir qui y entre et en sort. Doyle s'y présentera tôt ou tard. Tiens, prends cela, s'il te plaît.

Elle lui tendit la soucoupe, que Justine alla rincer sur une desserte garnie de vaisselle, de liqueurs et de vins fins. Après l'avoir soigneusement essuyée, elle remit tout en place et, tout en versant un autre café, elle demanda :

— Les Anglais sont sûrs de l'implication de Fleurignac dans ces assassinats ? Ils ont fait le lien entre les meurtres et ses voyages en Angleterre ?

— C'est M. Doyle qui s'en est chargé. Il a mené une enquête minutieuse sur les victimes et a découvert l'implication de cet érudit français un peu fou qui étudiait chacune d'elles, emplissait ses carnets de leurs histoires et professait d'absurdes théories. M. Doyle est sans aucun doute le meilleur agent des services secrets britanniques. J'aime que nos ennemis envoient le meilleur d'entre eux faire notre travail à notre place.

« C'est le moment de montrer que je suis assez futée pour la comprendre à demi-mot, décida Justine. C'est ce qu'elle attend de moi. »

— William Doyle ne doit pas être éliminé.

— Inutile de faire couler le sang quand ce n'est pas nécessaire, ma fille. Il y a des conventions en la matière. Soyons heureux que les Anglais observent les vieilles coutumes et ne cherchent pas à faire un massacre parmi nous. En tout cas, nous allons les laisser récupérer la liste de ce trouble-fête de Fleurignac et mettre un terme à l'assassinat de ces jeunes hommes. Peut-être Doyle saura-t-il également démasquer le commanditaire de ces atrocités.

Madame but délicatement son café avant de conclure :

— Ensuite, nous verrons quoi faire de William Doyle.

Reposant sa tasse, elle ajouta :

— Il faut que tu sois en beauté, ce soir. Enfile ta robe à motifs de giroflée, avec ce foulard bleu qui te va si bien.

L'espace d'un instant, Justine sentit la peur et la nausée l'envahir. Un an plus tôt, être « en beauté » signifiait se préparer à divertir les hommes ainsi que le fait une putain.

— Folle enfant, se récria Madame en posant une main rassurante sur son avant-bras. Je ne voulais pas te faire peur. Pardonne-moi ma maladresse. Tu ne feras plus jamais cela, je te l'ai promis. Si tu dois te faire belle, c'est que nous allons à l'opéra, ce soir. Toi, moi et le citoyen Soulier. Pour ton anniversaire.

Une joie sans mélange inonda le cœur de Justine. Elle était à l'abri de tout danger, et Madame s'était souvenue de la date de son anniversaire. Après l'opéra, Soulier les inviterait peut-être à aller manger une glace sur le boulevard des Italiens.

— M'achèterez-vous des douceurs ? s'enquit-elle, se laissant emporter par l'enthousiasme. Pourrai-je en ramener à Séverine ?

Elle se montrait impudente. Heureusement, Madame se sentait coupable de l'avoir déstabilisée et n'en prendrait pas ombrage.

— C'est au citoyen Soulier qu'il faut demander de te gâter, répondit cette dernière. Les poches sans fond, c'est lui qui les a. File, à présent. Je dois m'habiller et me montrer en bas avant que les filles n'aient l'idée de s'offrir à nos clients pour la beauté du geste. Je t'enverrai Babette pour te friser les cheveux. Tous les jeunes gens vont tomber amoureux de toi !

Justine sortit d'un pas léger et grimpa en hâte l'escalier menant au grenier pour aller raconter sa bonne fortune à Séverine. On n'avait pas tous les jours l'occasion de fêter son treizième anniversaire à l'opéra, en compagnie des chefs de l'espionnage français. Elle porterait son beau foulard bleu, et peut-être pourrait-elle boire un peu d'absinthe au café si Madame se montrait distraite. Dès le lendemain, elle irait se poster devant l'hôtel de Fleurignac. La semaine suivante, on lui permettrait peut-être de tuer un espion anglais.

La vie n'était-elle pas merveilleuse ?

10

Marguerite était sauvée. De l'autre côté du ruisseau, la maison de Bertille était en vue, sanctuaire où l'attendait la sécurité, l'amitié, de l'argent pour se rendre à Paris, de quoi se laver, se changer, et une épaule compatissante sur laquelle pleurer. Elle pouvait enfin se détendre.

Elle ne se souvenait plus du nom du cours d'eau, mais il était assez large pour qu'on doive le traverser en sautant d'une pierre plate à une autre. À moins d'accepter l'idée de se tremper, ce qui n'avait pas l'air d'enthousiasmer les ânes.

— Il y a des sangsues, lança Adrien lorsqu'il arriva au milieu du gué. De grosses sangsues voraces de la taille de mon pouce. Si vous restez plantés là, elles vont vous sucer le sang jusqu'à la dernière goutte.

Cette fois, quand il tira sur les longes, les ânes suivirent. À n'en pas douter, c'était une drôle de relation qu'il entretenait avec eux.

Le cottage de Bertille, dont la façade était égayée par des rosiers grimpants et des roses trémières, était situé derrière l'atelier de son mari et le grand jardin potager. Des poules brunes picoraient dans les allées, indiquant que la maison n'était pas abandonnée. Ce serait donc à

Marguerite d'annoncer la mauvaise nouvelle et à inciter son amie à fuir au plus vite.

— C'est là qu'habite mon amie, expliqua-t-elle à Lebreton et à Adrien, si toutefois celui-ci écoutait. Elle a épousé un tonnelier, Alain Rivière, un homme austère et peu bavard.

Bertille avait été sa nourrice, puis sa femme de chambre, et enfin son amie.

— Vous pensez qu'elle aura cinquante livres à vous donner ? s'enquit Lebreton, sceptique.

— Oui, bien sûr.

Marguerite n'en doutait pas parce que Bertille n'était autre que Colombe, la plus ancienne recrue de La Flèche, qui avait à son actif des dizaines de missions réussies. Elle avait à sa disposition, comme tout membre du réseau, une bourse de secours de cinq cents livres en pièces, de quoi acheter sa libération en cas de capture, ou un passage jusqu'en Angleterre si nécessaire.

— Mes amis vont s'occuper de moi, assura-t-elle. Et vous serez payé.

Dans la cour de l'atelier, derrière un portail en bois, se trouvait le grand fardier d'Alain, ses ridelles dressées vers le ciel. Il s'en servait pour livrer sa production à ses clients, cidreries et distilleries de calvados des alentours. Ce véhicule comportait également d'ingénieuses caches qui permettaient aux émigrés de faire la dernière étape de leur voyage jusqu'à la côte. Ordinaire au premier regard, il avait nombre de secrets à révéler – un peu comme le citoyen Lebreton.

Celui-ci observait la maison, et tout ce qui l'entourait. Il était homme, songea Marguerite, à repérer la moindre mouche sur la plus petite feuille.

— C'est tranquille, commenta-t-il, le visage indéchiffrable.

Il faisait une chaleur écrasante et l'air semblait brûlant. En cette fin d'après-midi, la vie paraissait suspendue. Les poules elles-mêmes semblaient apathiques.

Aucun chien n'aboyait. Même les vaches dans les prés ne bougeaient pas, si bien qu'elles paraissaient peintes sur le paysage.

— J'aime la tranquillité, répondit Marguerite, en proie à un mauvais pressentiment.

— Tout de même pas à ce point.

Discrètement, Lebreton dessina en l'air un cercle avec deux doigts de sa main droite. Adrien mit aussitôt un terme à sa querelle avec les ânes.

— Ils auraient dû nous voir arriver par la fenêtre, reprit son maître. Y a-t-il une raison pour que votre amie ne vienne pas vous accueillir à bras ouverts ?

— Elle ne s'attend pas à ma visite. Et elle ne me reconnaît peut-être pas à cette distance. Chaque fois que je viens chez elle, c'est en voiture. Ils doivent se demander...

— Ils s'inquiéteront encore plus de nous voir plantés là à discuter, l'interrompit-il en adressant à son serviteur un autre signe cabalistique. Allons voir vos amis.

Ils longèrent le mur de l'atelier. Lebreton marchant à grandes enjambées, elle dut presser le pas pour le suivre.

— Vous avez raison d'être prudent, admit-elle. J'irai seule en reconnaissance. Vous resterez dehors et...

— Non, coupa-t-il sèchement.

Marguerite n'avait pas encore trouvé le truc pour donner des ordres à cet homme. Semblable à un gros rocher dévalant une pente, il était impossible à arrêter une fois lancé.

— S'il y a un problème, insista-t-elle, il est logique...

Il ne la laissa pas achever sa phrase.

— S'il y a un problème, il nous observe à l'instant même par cette fenêtre et sait que je suis là. Vos amis ont une vue dégagée sur tous les environs.

C'était l'une des raisons pour lesquelles Alain aimait cette maison. Il était impossible de s'y faire surprendre.

Ils passèrent devant l'entrée de l'atelier vers laquelle obliquaient les ornières du sentier et pénétrèrent dans le jardin. Les poules se dispersèrent en caquetant. Les volets de la maison étaient rabattus, ce qui n'avait rien d'étonnant par une après-midi aussi chaude. Mais Bertille ne se précipita pas à la rencontre de Marguerite comme elle aurait dû le faire. Sans doute était-elle en train de s'occuper de son bébé. Elle allait sortir d'un instant à l'autre, ravie de la voir.

Lebreton s'arrangea pour faire du bruit afin de s'annoncer, puis tapa du poing sur la porte. Il ne put le faire qu'une fois, car celle-ci s'ouvrit aussitôt. Un soldat apparut dans l'encadrement, pointant sur lui le canon de son arme. Son uniforme – veste bleue, hauts-de-chausses et baudriers blancs, parements rouges – était celui de la Garde nationale, fidèle aux révolutionnaires.

Elle les avait précipités droit dans un piège, comprit Marguerite. La panique lui glaça le sang et lui coupa le souffle.

Derrière le garde, la pièce n'était que chaos : vaisselle brisée, chaises retournées, farine répandue sur le sol dans laquelle s'étaient imprimées des traces de pas. Bertille était assise derrière la table de bois sombre. Elle tenait Charles, son fils de deux ans, serré contre elle.

« Tout cela est ma faute, se lamenta Marguerite. Je les ai tous mis en danger. Je ne les ai pas protégés. »

Où se trouvaient donc Alain et le bébé ? Un apprenti vivait également avec eux. Où était-il passé ?

— Euh… fit Lebreton en se massant la nuque.

Son grand corps s'était ratatiné en une attitude gauche. Son expression trahissait l'embarras. En un instant, il s'était transformé en grand benêt emprunté.

— À ta place, reprit-il, je ferais pas ça, Suzette.

Sans réfléchir, Marguerite s'était portée en avant pour rejoindre Bertille. Le soldat braqua son arme sur elle.

« Suzette ? s'insurgea-t-elle mentalement. Quel prénom ridicule ! »

Le garde était jeune et effrayé. Son doigt tremblait sur la détente. Il tirerait si n'importe lequel d'entre eux faisait le moindre geste inconsidéré. Elle comprit qu'elle devait elle aussi paraître inoffensive.

— Qu'est-ce qui se passe ici ? s'écria-t-elle. Et pourquoi vous brandissez ces armes ? Vous avez aucune éducation d'entrer ainsi armés chez les gens ? En présence d'enfants !

Elle était prête à déblatérer tant et plus et à se conduire en idiote. Un soldat pouvait tourner le dos à une idiote.

— Allons, Suzette, reprit Lebreton d'un ton apaisant.

Marguerite comprit qu'ils devaient y avoir au moins deux soldats, car Bertille regardait fixement un point de la pièce qui leur restait invisible. Sans tenir compte du fait qu'elle heurtait son arme, elle bouscula le garde et s'exclama :

— Il y a pas de blessés, au moins ? On a pas entendu de coups de feu en approchant.

Figé sur le seuil, Lebreton protesta d'une voix de parfait imbécile :

— Euh... il est armé. Tu ferais mieux de te tenir à l'écart de lui et de pas l'ennuyer. Tu voudrais pas te faire tirer dessus par accident.

— Vous deux, assez ! s'emporta le garde. Venez !

Après avoir agrippé le poignet de Marguerite, il la tira violemment à l'intérieur. Déséquilibrée, elle alla cogner tête la première contre le plateau de la table. Sous la violence du choc, ses dents claquèrent et elle se mordit la langue cruellement. Un bol roula à terre et s'y brisa à grand bruit.

Elle se retrouva brusquement face à face avec Bertille. Leurs regards se croisèrent... et ce fut comme au bon vieux temps. Elles avaient déjà affronté le danger ensemble et s'en étaient toujours sorties.

Elle s'imagine que je vais pouvoir nous tirer de là, comme chaque fois.

Lebreton s'avança, les mains ouvertes et largement écartées au-dessus de sa tête.

— Pas la peine de malmener Suzette, maugréa-t-il. Elle pensait pas à mal…

— Hors de mon chemin, gros bœuf ! Mets-toi là-bas.

— Comme vous voudrez, citoyen.

Lebreton tournait la tête d'un côté et de l'autre, feignant l'effarement devant le spectacle de désolation qui s'offrait à lui – comme le bœuf qu'il n'était certes pas.

— Du diable si je sais ce qui se passe ici, conclut-il.

Le deuxième soldat – un sergent – s'était tenu hors de leur vue en se plaquant contre le mur, à côté de la porte. Lui aussi avait son mousquet à la main. Derrière lui, dans l'alcôve masquée d'un rideau qui servait de chambre, Alain était allongé sur le sol, les mains liées derrière le dos, le visage tuméfié et ensanglanté. Son apprenti, un garçon d'une douzaine d'années, était couché par terre près de lui, ligoté lui aussi.

Dieu merci, personne n'avait été tué. La famille n'avait pas été dévalisée non plus. Ces gens n'étaient ni des déserteurs ni des bandits. Il s'agissait de soldats professionnels, obéissant à des ordres et venus procéder à une arrestation.

C'était de mauvais augure, de très mauvais augure…

Marguerite se redressa à demi et se tint le ventre comme si le choc lui avait coupé le souffle. Cela lui permit de ne pas trahir son expression tandis qu'elle réfléchissait à toute allure.

Ils savaient que cette maison était un relais de La Flèche. Ils s'étaient cachés ici dans l'espoir que des complices arriveraient.

— Pourquoi vous m'avez poussée ? gémit-elle. Qu'est-ce qui se passe ? Pourquoi cet homme saigne ?

— Tu es blessée, Suzette ? s'inquiéta Lebreton tandis que son regard effaré passait d'un soldat à l'autre. Vous n'aviez vraiment pas besoin de faire ça, vous savez.

— Vos papiers, ordonna sèchement le sergent.

Lebreton ne lui obéissant pas suffisamment vite à son goût, il lui assena un coup de crosse dans les côtes comme s'il s'agissait d'une bête rétive.

— Vous voulez voir mes papiers ?

— Je viens de te le dire, abruti !

En écartant largement les coudes, Lebreton déboutonna son gilet. Sa chemise, mal taillée dans un tissu grossier, ressemblait à la blouse d'un laboureur. Il en tira maladroitement les pans hors de son pantalon. À même la peau, il portait une ceinture en tissu garnie de poches plates.

— J'y suis presque, s'excusa-t-il avec un sourire un peu niais. Une petite minute.

Enfin, il parvint à produire un portefeuille de cuir brun hors d'âge entouré d'une ficelle.

— Vous voyez, je le garde à l'abri. On prend jamais trop de précautions de nos jours. Les routes sont infestées de voleurs.

Le plus jeune des deux soldats avait fini par se calmer. Il ôta son doigt de la détente et baissa son arme.

Marguerite, quant à elle, balayait désespérément la pièce du regard, cherchant une arme potentielle. Il y avait là un banc de bois, une table, deux chaises, un buffet aux étagères garnies de vaisselle, des marmites dans l'âtre, un berceau vide. Rien de tout cela n'était utilisable pour se défendre.

Lebreton posa le portefeuille sur la table et s'attaqua, toujours aussi maladroitement, au nœud de la ficelle.

— On a suivi cette route à la sortie de Vachielle et on est passés de l'autre côté de la colline. Mais il semble bien que c'était une mauvaise idée…

Le visage crispé par la concentration, il s'acharnait sur le nœud.

— On nous avait dit que c'était un raccourci, poursuivit-il. J'avais pourtant dit à Suzette – en vrai elle s'appelle Suzanne, mais je l'appelle Suzette parce que j'avais une vache qui s'appelait Suzanne avant de me marier, et je pouvais quand même pas appeler ma femme et la vache par le même nom.

Malgré tous ses efforts, il ne parvenait à rien.

— Donne-moi ça, marmonna le sergent, qui appuya son arme contre la table pour s'emparer du portefeuille.

— J'avais donc dit à Suzette, reprit Lebreton, que grimper en haut d'une colline, ça ressemblait en rien à un raccourci.

Il était rusé, mais son habileté ne changeait rien au fait que ces soldats avaient pour ordre d'arrêter tous ceux qui se trouvaient dans cette maison. Marguerite s'efforça de dominer sa peur. L'arme qui était braquée sur eux ne l'était plus. Il fallait qu'elle mette la main sur l'autre.

— Si on s'était pas perdus à cause de toi, feignit-elle de s'emporter, ça aurait effectivement été un raccourci !

Nul ne faisait attention à elle – personne ne s'intéresse à une femme qui vitupère. Avec une prudente lenteur, elle se rapprocha de l'arme abandonnée par le sergent.

Lebreton poursuivait son monologue.

— C'est Boullages qu'on trouvera au bout de cette route, pas vrai ? C'est bien là qu'elle mène ?

— Si tu ne la fermes pas, tu n'iras nulle part !

Le sergent avait fini par ouvrir le portefeuille. Une liasse de papiers en fut laborieusement extraite et étalée sur la table : un passeport, une feuille fatiguée porteuse d'un timbre et un certificat plus petit qui paraissait neuf. Le soldat prit connaissance de chacun d'eux avec soin, en homme peu habitué à manier ce genre de documents.

— Regardez là, intervint Lebreton en posant la main sur le passeport. C'est moi. Vous voyez ? Bo... ni... face... Jo... bard.

Il avait épelé ce nom avec la joie primaire d'un illettré découvrant la lecture.

— Boniface Jobard ! Membre de la section des marchés de la commune de Paris. Et ça, c'est mon certificat de civisme, qui prouve que je suis un bon patriote et un citoyen actif. Mon ami Louis Bulliard…

— Tais-toi ! coupa le sergent, agacé. Je sais lire.

Repoussant la main de Lebreton, il s'empara du document et le consulta en fronçant les sourcils avant d'ajouter :

— Je ne me laisse pas impressionner par des paperasses, citoyen. Les bandits et contre-révolutionnaires qui courent les routes peuvent en produire de semblables. C'est moi qui déciderai qui tu es et ce que tu fais là.

Maguerite longea la table, comme si elle voulait jeter aussi un coup d'œil au passeport. Elle était proche du but. Un pas de plus et elle se retrouverait entre le sergent et son arme.

— Pas faire confiance à la paperasse est la marque d'un honnête homme, approuva Lebreton.

Comme pour le prendre à témoin, il se tourna vers l'autre garde et fit un pas vers lui en poursuivant :

— Je l'ai toujours dit : aucune certitude à tirer de la paperasse.

Tous deux étaient bien placés, chacun à portée de main d'une des deux armes. Le temps était venu d'agir. Marguerite hésitait : devait-elle attendre son signal ou…

Du coin de l'œil, elle vit une ombre passer dans l'entrebâillement des volets mi-clos. Elle crut d'abord à un oiseau. Lebreton expliquait en se grattant l'estomac que l'excès de paperasse pouvait constituer un piège pour la liberté. Puis il joignit les doigts devant lui et elle comprit que le moment de passer à l'action était imminent.

Adrien ! Elle l'avait oublié.

— Citoyen Jobard, fit le sergent en rassemblant les documents, je dois avouer que j'ignore encore si tu es un contre-révolutionnaire doué ou juste un voyageur très, très stupide. Où sont les papiers de ta femme ?

Lebreton retira son chapeau et le tint dans ses mains serrées devant lui.

— Eh bien, en fait… commença-t-il.

Les volets s'ouvrirent brutalement, déversant un flot de lumière dans la pièce. Lebreton s'élança tel un boulet de canon.

11

À l'endroit où s'était tenu Lebreton, il n'y avait plus personne. Après s'être jeté sur le plus jeune garde, il avait roulé avec lui sur le sol. Il incombait donc à Marguerite d'empêcher le sergent de nuire.

Elle percuta le canon du mousquet des deux mains, l'envoyant à terre. Le soldat s'élança pour le ramasser, mais elle poussa l'arme au loin d'un coup de pied. En bout de course, celle-ci heurta la table et le coup partit dans un bruit assourdissant. Le tir atteignit le mur et fit exploser le plâtre.

Charles hurla et commença à se débattre pour échapper aux bras de sa mère. Dans l'autre pièce, le bébé se mit à pleurer. Bertille s'éloigna vivement de la table en emportant son fils.

Pour faire diversion, Marguerite saisit une assiette qu'elle lança à la tête du sergent. C'était tout ce qu'elle avait sous la main, et cela ne lui fit pas grand mal. En jurant, l'homme recula d'un pas et tira un poignard de sa botte. Il hésita, ne sachant visiblement pas s'il devait s'attaquer d'abord à elle ou à Lebreton. Finalement, il pivota vers elle, et la frappa au visage du dos de la main.

La douleur fut si fulgurante que Marguerite vit trente-six chandelles. Le monde autour d'elle parut s'effacer. Quand il redevint net, elle vit le sergent éviter de son mieux des bols que Bertille lui lançait en rafale.

Un genou enfoncé dans le ventre de son adversaire Lebreton avait pris le dessus. Toujours armé de son couteau, le sergent pivota alors vers lui et s'apprêta à le poignarder dans le dos.

Non !

Marguerite agrippa le berceau qui se trouvait près d'elle et le lança sur lui de toutes ses forces. L'homme poussa un cri et chancela. Sans lui laisser le temps de se ressaisir, Lebreton lui attrapa la jambe et le fit chuter, puis il se releva d'un bond et lui assena un coup de pied dans le ventre. Recroquevillé sur le sol, le garde gémit de douleur.

Marguerite eut l'impression qu'un calme étrange retombait dans la pièce, quand bien même Charles et le bébé pleuraient toujours. La plainte rauque du sergent ne cessait pas, et l'autre soldat gémissait en continu.

Adrien apparut dans l'encadrement de la porte. Après avoir balayé la pièce du regard, il s'arrêta sur Lebreton.

— Ne tue personne, lui ordonna celui-ci.

Non sans réticence, le garçon acquiesça d'un hochement de tête. Marguerite aperçut alors le couteau dans sa main.

D'un signe, Lebreton désigna Alain et son apprenti.

— Va libérer ces deux-là, intima-t-il. Et amène-moi la corde, j'en ai besoin.

Il s'approcha de Marguerite.

— Vous saignez.

— Un peu, reconnut-elle en touchant sa lèvre tuméfiée du bout des doigts. Mais ce n'est pas grave.

— Ce n'était pas une bonne idée de sa part !

Lebreton alla se camper devant le sergent et attendit que celui-ci lève les yeux sur lui.

— Si tu l'avais blessée davantage, je t'aurais coupé la main, articula-t-il en poussant du bout de sa botte le poignet droit de l'homme. Celle avec laquelle tu l'as frappée.

Sur ce, il alla s'occuper de l'autre garde.

Les femmes prirent la direction des opérations afin d'organiser leur fuite. Marguerite œuvra de concert avec Bertille pour faire le tri de ce qu'il fallait emporter et charger sur la voiture.

Lebreton transportait les objets les plus lourds et les plus encombrants. De temps à autre, de retour au cottage, il écoutait avec amabilité les gardes ficelés sur des chaises vitupérer et le menacer. Puis il retournait aider Alain à charger ses outils dans la charrette.

Assis près de l'âtre, Charles observait avec de grands yeux toute cette agitation. Mais quand le langage de leurs prisonniers se fit trop ordurier, Bertille le fit sortir.

Après avoir chipé un peu de café dans l'un des paniers des ânes, Marguerite en prépara une cafetière. Lebreton ne lui reprocherait pas ce petit larcin, lui qui, devinait-elle, en avait commis de plus graves. Elle servit ensuite tout le monde, excepté les deux gardes qui ne cessaient de l'injurier.

Lebreton s'installa à table pour boire son café et examina les papiers qu'il leur avait confisqués. Et quand il s'adressa à eux en les appelant par leurs noms – sergent Hachard et deuxième classe Labadie –, ils n'en menèrent pas large.

— Qui vous a envoyés arrêter les Rivière ?

Les soldats lui répondirent par une nouvelle salve de menaces et d'injures, ce que Marguerite trouva bien téméraire. Si elle-même s'était trouvée pieds et poings liés à la merci du citoyen Lebreton, elle s'en serait abstenue.

— Qui vous a demandé d'arrêter ces gens ? insista-t-il posément.

Il s'exprimait à présent comme un homme éduqué, affichant l'air d'autorité de celui habitué à donner des ordres à des hommes tels que ceux-ci.

— J'ai l'intention de vous poser cette question trois fois, reprit-il. Ma patience ayant atteint ses limites, je commencerai alors à vous priver de morceaux de votre corps, dont ceux que vos femmes risquent de regretter. Par lequel commencerais-tu ?

La question s'adressait à Adrien qui passait par là.

— Le sergent, répondit-il sans hésiter.

— Excellent choix, mon garçon. Heureux de constater que tu comprends la chaîne de commandement.

Les gardes s'étaient retranchés dans un silence tendu. Si Adrien paraissait menaçant, son maître, lui, semblait plus que jamais intraitable.

— Sergent Hachard, enchaîna-t-il, vous n'avez aucune raison de ne pas me répondre. Vous avez reçu des ordres. Cela n'a rien d'un secret. Qui vous les a donnés ? Qui vous a ordonné d'arrêter ces gens ?

Adrien dégaina nonchalamment son couteau.

— Je peux ? s'enquit-il.

Marguerite commençait à être habituée à le voir un couteau à la main, mais ce n'était pas le cas des soldats.

— Dans une minute, répondit Lebreton. Commence par les oreilles, tu t'occuperas ensuite du nez. Et fais attention à ne pas te tacher ! Il est hors de question que je t'achète une nouvelle chemise.

Le garçon examina d'un œil critique le fil de son arme.

Le simple soldat craqua le premier et s'écria :

— Deux hommes de Paris, porteurs d'ordres du Comité de Salut public : douze arrestations. Ils ont réparti la tâche et on nous a donné deux noms.

Il jeta un coup d'œil nerveux autour de lui et conclut :

— On est allés arrêter le premier hier, mais l'homme nous a échappé. Ensuite, on est venus chercher Bertille Rivière.

— Intéressant, commenta Lebreton. Dites-m'en plus sur ces hommes de Paris.

Ils ne se firent pas prier, et Marguerite comprit que les hommes en question n'étaient autres que ceux qui avaient conduit la foule au château pour le piller.

L'interrogatoire se poursuivit tandis que les uns et les autres s'activaient. Marguerite écoutait les échanges entre deux allées et venues.

Oui, il y avait bien eu douze individus à arrêter. Non, ils ne savaient pas pour quel motif. Sans doute avaient-ils été dénoncés à Paris. C'était le cas pour des tas de gens. Quant aux hommes qui leur avaient donné ces ordres, ils avaient tout de bons citoyens révolutionnaires, à n'en pas douter.

Lorsqu'elle revint un peu plus tard, les bras chargés de draps, les choses avaient quelque peu avancé. Assis à califourchon sur un banc, Adrien passait avec application une pierre à aiguiser sur le fil de son couteau. Marguerite lui apporta une tasse de café, avec du sucre et du lait, comme elle savait qu'il le prenait depuis le matin même.

Quand elle posa la tasse à côté de lui, il la gratifia d'un regard farouche et remarqua d'un ton rogue :

— C'est à moi de faire ça.

— Vous êtes suffisamment occupé à paraître terrifiant, murmura-t-elle pour n'être entendue que de lui seul. Continuez.

Lorsqu'elle se retourna, Lebreton s'était levé, et elle l'entendit conclure :

— ... cinq ou six bandits, si vous voulez mon avis. Qui vous ont pris par surprise. À votre place, j'ajouterais qu'il s'agissait de Vendéens.

À cela, les soldats se gardèrent bien de répondre.

— Ou si vous préférez, reprit-il aimablement, vous pouvez dire à tout le monde qu'une femme vous a assommés avec un berceau et que vous avez laissé fuir vos prisonniers. Personnellement je n'aimerais pas avoir cette réputation, et que les gens rient dans mon dos. Ce que j'aimerais également éviter, citoyen Hachard...

Il s'approcha très près, presque nez à nez, et ajouta :

— ... c'est qu'on recherche à Paris un homme de ma stature portant une cicatrice comme celle-ci.

Du bout du doigt, il souligna sa balafre.

— J'ai horreur qu'on parle de moi, conclut-il.

— Ça l'agace énormément, renchérit Adrien sans cesser d'affûter sa lame.

Le sergent se racla la gorge.

— C'est qu'on est obligés de...

— Les gens qui m'irritent n'ont généralement pas de chance, l'interrompit Lebreton. Ils se réveillent un matin pour constater qu'on leur a tranché la gorge durant la nuit.

Il dominait le sergent de toute sa taille, et c'était une vision qui ne pouvait qu'inspirer la terreur.

— Les pauvres, feignit de compatir Adrien.

Lebreton paraissait parfaitement capable de mettre ses menaces à exécution. Si elle ne l'avait pas mieux connu, Marguerite l'aurait cru en tout cas. Elle sortit du cottage. Quand elle revint, les gardes se trouvaient face à un mur, toujours ficelés sur leur chaise et bâillonnés. Au moins ne leur manquait-il aucun morceau, ce qui devait être un soulagement pour eux.

Peu après, Lebreton la rejoignit dans la chambre de Charles où elle triait des vêtements.

— Il y a encore beaucoup de choses à faire avant le départ, fit-elle remarquer. Certaines d'entre elles nécessitent sûrement un homme fort. Pourquoi n'iriez-vous pas proposer votre aide ?

Ignorant sa suggestion, il demanda :

— Pourquoi des hommes venus de Paris ont-ils ordonné l'arrestation de votre amie ?

— Je n'en ai aucune idée. Un voisin mécontent parce qu'une vache s'est échappée l'aura peut-être dénoncée.

Marguerite plia deux chemises et les posa sur le lit.

— Je ne comprends pas pourquoi des gardes nationaux sont venus jusqu'en Normandie pour arrêter Bertille et Alain, reprit-elle. Paris est pourtant plein de gens louches. Vous, par exemple : nombre de vos activités pourraient sembler suspectes, pourtant nul ne vous inquiète. Passez-moi ce manteau pendu à la patère juste derrière vous.

— Quelles que soient leurs raisons, commenta-t-il en lui tendant ledit manteau, vous êtes concernée.

Il était inévitable qu'il finisse par la percer à jour. Il était loin d'être idiot.

— Certainement pas, assura-t-elle sans se démonter. Je n'ai rien à voir avec quoi que ce soit. Donnez-moi aussi ce chapeau.

Marguerite plia et aplatit soigneusement le manteau puis posa dessus le chapeau.

— Vous comptez partir avec vos amis ? s'enquit-il.

— Non.

Elle s'accroupit et tira de sous le lit deux paires de chaussures. Après réflexion, elle laissa de côté la plus usée.

Lebreton attendit qu'elle se soit redressée pour ajouter :

— Vous ne pouvez pas rester ici. Et vous ne pouvez pas non plus retourner au château.

Marguerite déposa une dernière paire de bas sur la pile de vêtements et noua les coins de la toile sur laquelle elle les avait posés pour en faire un baluchon. Fermement campé sur ses jambes, Lebreton se tenait devant la porte, l'empêchant de sortir.

Cet homme pouvait l'emmener jusqu'à la capitale, songea-t-elle. L'avoir à ses côtés lui éviterait de devoir couper à travers champs de nuit et de prendre des chemins de traverse pour contourner les villages. Elle gagnerait un temps considérable, et il pourrait probablement aussi lui permettre de franchir plus facilement l'une des portes de Paris.

Pour cela, elle n'avait pas besoin d'avoir une confiance absolue en lui. Il lui suffisait de se servir de lui.

— Vous avez monnayé vos services pour me conduire jusqu'ici, dit-elle. Je vous donnerai davantage d'argent pour me conduire jusqu'à Paris – jusqu'à mon père.

Il l'observait à présent avec la même détermination et la même dureté que celles dont il avait fait preuve pour interroger le soldat. Elle se sentit examinée et jaugée jusque dans les tréfonds de son âme. Et s'il parvint à quelque conclusion la concernant, rien dans son expression ne trahit celle-ci.

Marguerite était pourtant bien décidée à ne pas se laisser impressionner.

— Combien ? demanda-t-il.

C'était un plaisir de traiter avec un homme qui ne pensait qu'à l'argent et allait droit au but. Son manque total de galanterie ne la gênait en rien.

— Mon père vous donnera vingt louis, répondit-elle.

— Cent !

— C'est un prix déraisonnable, même pour mon père.

— Des louis d'or, précisa-t-il. Ni papier ni argent.

— Vous pourriez faire traverser la France à des girafes pour ce prix-là ! Vous pourriez...

— Je prends aussi cet anneau que vous portez au doigt, l'interrompit-il. En gage, jusqu'à ce que je sois payé.

— Vous placez la barre un peu haut.

— Le résultat est garanti. Je vous conduirai jusqu'à votre père.

C'était dit avec détermination, et Marguerite lui faisait entièrement confiance sur ce point. Seule cette résolution inébranlable pourrait l'aider à rejoindre Paris saine et sauve.

Parfois, seul un loup pouvait vous protéger d'une bande de chiens sauvages.

Il lui fallut faire jouer longuement la bague autour de son doigt pour pouvoir la retirer. Année après année, elle avait vendu ses bijoux pour financer les activités de La Flèche, mais n'avait pu se résoudre à se séparer de cet anneau en or gravé d'un motif floral. Il avait appartenu à sa mère, qui était morte en lui donnant le jour. D'après les portraits qu'elle en avait vus, c'était une belle femme. Et pour avoir vécu aux côtés de son mari durant toute une décennie sans succomber à l'envie de le tuer, elle devait être également fort patiente. Il fallait l'être pour supporter les hommes…

Lorsqu'elle lui eut tendu la bague, Lebreton la glissa au fond d'une des poches de son gilet.

— Il vaut de toute façon mieux que vous ne le portiez pas, observa-t-il. Cela ne va pas avec ce que vous prétendez être.

Après avoir lavé le visage de Charles, Bertille alla dire au revoir à ses fleurs et à ses vaches. À croire que c'était une partie de sa famille qu'elle laissait derrière elle. Quand elle revint, elle secoua la tête à la vue du désordre qui régnait encore dans sa maison. Puis, elle se lança à la recherche d'une dernière cuillère en argent, inexplicablement manquante.

Lebreton aida Alain à charger son enclume.

Le moment du départ arriva enfin. Marguerite et son amie s'étreignirent longuement dans le jardin, parmi les roses.

— Prends bien soin de toi, recommanda Bertille.

— Je suis la prudence incarnée, tu le sais bien.

— En effet, reprit-elle, puis effleurant sa lèvre abîmée, elle ajouta : Pose un linge humide là-dessus, pour éviter que ça enfle trop.

— Merci du conseil. Je suis tellement désolée que tu doives partir en laissant...

— Ne te sens pas coupable, Marguerite, l'interrompit-elle. Nous savions que ce risque existait. La maison de Bernay est prête à nous accueillir. La Flèche survivra à cette épreuve. Dans une semaine, Corneille retournera à l'est, au-delà de la ligne de front. Héron a son refuge tout prêt à l'accueillir. Quant à Roitelet, tu sais bien qu'elle est capable de prendre soin d'elle.

Quatre jours plus tôt, vers minuit, c'était Roitelet qui s'était introduite dans le château, cherchant de l'aide, redoutant le pire pour ses moineaux. Elle avait besoin d'argent, de vêtements, de nourriture.

Pour parer à ce genre d'urgence, des sacs restaient à disposition. Marguerite en prit un, puis un autre, et se retourna, surprise, en entendant Jeanne – Roitelet –, qui n'avait jamais peur de rien, s'exclamer d'une voix affolée :

— Non ! Oh non !

Marguerite s'empressa de la rejoindre devant la fenêtre. Des torches illuminaient la nuit, le long de la route, dans les bois. Une foule d'hommes se répandit sur la pelouse, puis se rua vers le château en criant. Ils prirent la porte d'assaut, cassèrent des vitres. Deux cavaliers les menaient.

Marguerite passa l'un des sacs à l'épaule, tendit l'autre à Jeanne.

— Vite, à la cuisine ! intima-t-elle. Nous sortirons par-derrière. Je m'occuperai des moineaux. Toi, va trouver Héron. Tu sais où ?

— Le moulin.

Jeanne tapota la poche de sa jupe et ajouta :

— J'ai un couteau, ils ne m'auront pas vivante.

— Ne dis pas de bêtises, protesta Marguerite. Reste vivante, et je te délivrerai.

Dehors, une voix ordonna qu'on lui amène la fille de Fleurignac.

— Trouvez cette garce et amenez-la-moi !

Les torches faisaient danser des ombres inquiétantes sur les rideaux. De la fumée s'élevait de la bibliothèque déjà en flammes, à l'étage en dessous.

Marguerite s'empressa de chausser des sabots. D'un tiroir, elle sortit une bourse qu'elle lança à Jeanne. Celle-ci l'attrapa et cria, les yeux fixés derrière elle :

— Attention !

Un homme venait de jaillir dans la pièce. Grand, les traits rudes, il portait la veste et le pantalon rayé d'un sans-culotte, et il était armé.

Jeanne se rua vers lui, fit sauter le pistolet de sa main. Il l'agrippa, la poussa en arrière, la renversant sur le bureau. Les mains du sans-culotte se refermèrent autour de sa gorge. En termes orduriers issus du pavé de Paris, il lui promit une mort douloureuse.

Lettres et livres s'éparpillèrent sur le sol. Le coupe-papier suivit le même chemin. Son manche en ivoire se détachait nettement sur le tapis. Marguerite le ramassa et, sans hésiter, frappa l'homme au visage.

Tandis qu'il hurlait de douleur et de rage, Jeanne en profita pour se libérer. La lampe à huile tomba du bureau et se fracassa. Les papiers éparpillés sur le sol s'enflammèrent aussitôt.

Il y avait du sang partout. Jeanne, à genoux, tentait de reprendre son souffle, les flammes projetant des lueurs rouges sur son visage crispé.

Le sans-culotte bondit sur Marguerite et l'agrippa. Les mains poisseuses de sang, elle lutta pour se libérer alors que les rideaux prenaient feu à leur tour.

— Roitelet doit être en Angleterre, à présent.

Marguerite cligna les yeux, surprise de se trouver dans le jardin de Bertille et non dans le château en flammes. Elle déglutit péniblement, s'efforça de chasser ce pénible souvenir.

— Elle doit être à mi-chemin de Londres, approuva-t-elle. Et toi, tu vas aller te cacher. Je m'occupe du reste.

Encadrant le visage de son amie, elle ajouta :

— Que Dieu soit avec toi. Je suis heureuse que tu en aies fini avec tout cela.

— Oublierais-tu que je suis Colombe ?

La plantureuse, fière et indomptable Bertille secoua la tête et poursuivit :

— J'étais la première. Avant Jean-Paul, et Roitelet, et Corneille. Avant les codes secrets, les planques et les messagers par dizaines. J'étais là quand il n'y avait que nous deux et un compartiment secret sous le siège de ton carrosse. Je suis La Flèche tout autant que toi.

— Je préférerais te savoir en sécurité.

— Chut ! Nous n'avons jamais placé notre sécurité avant notre devoir. Quand je serai bien établie à Bernay, je ferai passer le mot. Si tu ne m'envoies pas de moineaux, j'irai moi-même à Paris les chercher.

— Bertille...

— Il est temps de nous quitter avant que nous nous mettions à pleurer comme deux idiotes.

Mais déjà, les larmes dévalaient ses joues.

— Prends bien soin de ton géant, reprit-elle. Il est très impressionnant, celui-là. Et pour l'amour de Dieu, Marguerite, brosse-toi les cheveux ! Ta coiffure est une insulte à la réputation des Françaises.

Bertille rejoignit sa famille, et Marguerite suivit des yeux la charrette qui s'éloignait lentement jusqu'à ce qu'elle disparaisse au sommet d'une colline.

12

— D'accord, dit Lebreton. Dans ce cas, vous n'avez qu'à vous imaginer que je suis un déserteur, venu directement de Vendée.

— Je préférerais ne pas… commença Marguerite.

— Je vous ai prise en chasse, l'interrompit-il. Je suis très grand, très en colère et très dangereux.

— Voilà au moins qui n'est pas difficile à imaginer. Néanmoins…

— Vous arrivez à bout de souffle en haut de la colline, avec l'intention de vous cacher dans ces buissons. Mais je vous rattrape. Et regardez ce qui se présente à moi…

Lebreton empoigna sa natte.

— Je ne peux faire autrement que l'attraper, poursuivit-il. Votre natte est une irrésistible tentation. À présent, que faites-vous ?

Adrien, qui surveillait la route, lâcha un ricanement sarcastique.

— J'essaye de vous soudoyer ? suggéra-t-elle.

— Je suis incorruptible.

— Alors j'ai recours à un stratagème : je vous raconte que je suis la femme du maire et que mon mari ne va pas tarder à me rejoindre.

— Et si je ne vous crois pas ?

— Facile d'arranger l'histoire à votre guise pour qu'il m'arrive toutes sortes de mésaventures ! protesta-t-elle. Et s'il pleuvait des crapauds empoisonnés ? Et si je me faisais enlever par une bande de Huns ?

Marguerite n'aimait pas être retenue captive, quand bien même il n'exerçait qu'une légère traction sur sa natte. Elle sentait la colère monter.

— Très bien, reprit-elle avec détermination. Je vous frapperai, voilà ce que je ferai !

Et le fixant droit dans les yeux, elle ajouta :

— Aussi fort que je le pourrai. Et là, si possible...

Joignant le geste à la parole, elle lui décocha au ralenti un petit coup de poing dans le menton.

Le plus énervant, ce devait être ce regard rieur qui lui prouvait qu'il ne la prenait pas au sérieux. Les secondes s'égrenèrent sans que ni l'un ni l'autre ne détourne les yeux.

— Ce qui me ferait l'effet d'une caresse de papillon, dit-il enfin.

— Je sais, reconnut-elle. Je serai aussi démunie qu'une souris si, par malheur, je croise la route de bandits. La vie est ainsi faite.

Ils se trouvaient au sommet de la colline qui dominait la maison de Bertille, dans un verger que bordait une longue haie d'aulnes et d'aubépine. À plat ventre sur une couverture, appuyé sur les coudes, Adrien surveillait avec une lunette de vision lointaine ce qui se passait en contrebas. Un tel instrument, qu'il avait tiré du compartiment caché d'un bagage, aurait été plus à sa place sur un navire de guerre que dans l'équipement d'un honnête marchand de livres. Ce que Lebreton semblait de moins en moins être.

— Écoutez-moi bien et je vous apprendrai à être une souris qui mord et qui griffe.

— Je ne veux pas être une souris qui mord et qui griffe.

Une lueur amusée apparut dans les yeux de Lebreton – que rien ne décourageait –, mais le reste de son visage demeura impénétrable.

— Je ne vous crois pas, répliqua-t-il. Disons que je vous ai acculée en haut de cette colline. Vous n'avez pas de berceau sous la main pour vous tirer d'affaire. Montrez-moi cela.

Il lui prit la main et lui desserra les doigts avant de les serrer de nouveau, différemment, en expliquant :

— Si vous devez donner un coup de poing, arrangez-vous pour que le pouce soit à l'extérieur, ou il risque de se briser comme un sucre d'orge.

— J'ai du mal à croire que ce sera plus efficace.

— Vous êtes sans doute bien des choses, citoyenne Maggie, mais vous ne serez jamais un bon pugiliste si vous pensez cela. À présent, taisez-vous et écoutez. Vous aurez une seule occasion – avec un peu de chance – de porter un coup fatal à ce déserteur.

— Ou à ce bandit. Ce pourrait être un bandit.

— Un bandit, d'accord.

— Ou un officier des dragons. Ou un laboureur trop entreprenant. C'est sans doute plus courant.

— Ce que vous voudrez. Faites attention à ce que je vous dis. Vous allez combattre cet homme avec toute l'intelligence dont vous êtes capable. Il se rue sur vous de cette façon.

À la manière d'un ours qui charge, il écarta largement les bras, mains ouvertes, la dominant de toute sa taille.

— Que faites-vous ? insista-t-il. Je suis terrifiant.

— Vous êtes surtout ridicule. Un ours de foire faisant le beau en criant : « Frappez-moi. »

— Inutile d'espérer avoir affaire à un petit gabarit, continua-t-il. Cette fois, je vous attaque.

Lebreton prit le poing de Marguerite et le porta à la rencontre de son estomac en précisant :

— Vous ne me frappez pas au ventre, cela ne servirait à rien.

— Je ne vous frappe pas au ventre, répéta-t-elle docilement. Ni ailleurs, monsieur le dragon-brigand-déserteur. Je prends mes jambes à mon cou, et je fuis.

— Pourquoi pas. Courez comme si vous aviez le diable aux trousses, si cela vous est encore possible. Mais si ça ne l'est pas… si vous êtes acculée… faites ceci.

Il lui prit de nouveau la main et lui desserra les doigts pour en faire des griffes qu'il porta à son visage.

— Vous visez les yeux, ajouta-t-il. Avec les ongles. Ne l'épargnez pas : faites autant de dégâts que possible. S'il ne peut plus vous voir, il ne pourra pas non plus vous prendre en chasse.

— Je ne pourrai jamais faire cela, protesta-t-elle. Jamais.

Sous ses doigts, ses paupières avaient la douceur du velours. Il paraissait invraisemblable qu'un tel homme ait le moindre point faible.

— Hier, vous auriez juré ne pas être capable de frapper un homme avec un berceau, fit-il remarquer. Et vous auriez eu tort.

— Vous pouvez aussi lui donner un coup de couteau, intervint Adrien en se tournant brièvement vers eux. C'est plus simple et ça demande pas d'être très fort.

— Sauf qu'elle n'a pas en permanence de couteau sur elle, rétorqua Lebreton. Contrairement à un certain freluquet sanguinaire que je préfère ne pas nommer.

Lebreton lâcha Marguerite. Elle se rendit compte alors qu'il lui avait tenu la main durant tout ce temps.

— Être armé d'un couteau incite à se battre là où une personne sensée ferait mieux de fuir, expliqua-t-il. Si pour une raison ou une autre vous ne pouvez viser les yeux, vous porterez toujours un coup fatal à un homme en le visant ici.

Il indiqua son entrejambe, puis poursuivit :

— Frappez-le aussi fort que vous le pourrez. Quand il sera plié en deux de douleur, fuyez.

« Jamais je ne pourrai faire une chose pareille », songea-t-elle de nouveau.

— Perspective plutôt désagréable, maugréa-t-elle. Je préfère ne pas y penser.

— De vous à moi, un homme préfère ne pas y penser non plus… Ce que je veux que vous compreniez, c'est que vous ne pourrez pas venir à bout d'un homme de ma stature si vous n'usez pas de ruse et de tous les coups à votre disposition. Vous voyez ce gamin ?

Le visage indéchiffrable, Adrien leva le menton.

— Je n'aimerais pas avoir affaire à lui dans un combat à la régulière, reprit Lebreton. À supposer que « à la régulière » fasse partie de son vocabulaire. Il me ferait très mal, et pourtant il est encore plus frêle que vous.

— Mais je suis plus méchant.

Sur ce constat, Adrien reprit sa surveillance.

Les champs séparant l'éminence sur laquelle ils se trouvaient de la maison de Bertille avaient été laissés en jachère. Des moutons y paissaient en un groupe resserré. De temps à autre, un bêlement plaintif leur parvenait. Sourcils froncés, Adrien dirigea sa lunette vers eux.

Lebreton, lui, attendait toujours qu'elle se décide à le frapper. Elle ne lui fit pas ce plaisir.

— Supposons qu'encouragée par vos conseils je fasse de terribles dégâts à vos yeux. Furieux, vous m'étranglez sur-le-champ. Sinistre fin…

— Au moins vous faites face et vous vous battez. Ce qui pourrait suffire. Un ami pourrait ainsi avoir le temps de venir à la rescousse. Ou votre agresseur de faire une crise d'apoplexie. Maintenant…

Il brandit de nouveau les bras et lança d'un ton menaçant :

— Je vais vous massacrer. Faites-moi mal. Vraiment.

À l'évidence, il ne lui ficherait pas la paix tant qu'elle ne se serait pas battue avec lui.

Par lassitude plus que par envie, Marguerite s'efforça de lui donner satisfaction. Sans succès.

— Essayez encore, l'encouragea-t-il. Visez les yeux.

Une fois de plus, il se révéla trop rapide pour elle.

— Je n'ai pas…

— Encore ! l'interrompit-il.

Déjà, il était sur elle. À peine eut-elle le temps de lever les bras pour se défendre.

— C'est déjà mieux, approuva-t-il.

La fois suivante, elle parvint à feinter par la droite quand il chargea.

— Bien ! s'exclama-t-il. Encore.

Il décrivit un cercle autour d'elle, se rapprocha, et elle réussit à lui effleurer la joue avant qu'il la neutralise.

— Cette fois, le coup de grâce. Visez les parties !

Dix fois, vingt fois, il lui fallut répéter le même geste, visant les parties intimes quand ce n'étaient pas les yeux. À bout de souffle et en nage, Marguerite se décida enfin à tenter un coup de genou, qui faillit bien atteindre sa cible.

— Vous devenez vicieuse ! la félicita-t-il. Je ne pourrais être plus fier de vous.

Adrien, qui avait observé toute la scène, applaudit doucement.

— Très distrayant, commenta-t-il. Si j'avais su que vous teniez tant à ce qu'on vous arrache les yeux, je m'en serais chargé.

— Je te fais confiance, grommela Lebreton. Tôt ou tard, tu tenteras le coup.

Il avait posé les mains sur les épaules de Marguerite. Il n'avait aucune raison de les y laisser, mais il les y laissa néanmoins, et elle ne fit rien pour se dérober. Au fond de ses yeux, elle eut l'impression de découvrir son reflet, ou l'image qu'il se faisait d'elle.

Lorsqu'elle était enfant, elle s'était souvent demandé à quoi ressemblaient les yeux des dragons. Elle le savait désormais. Un dragon avait des yeux bruns au fond desquels s'agitaient d'indiscernables pensées. Guillaume Lebreton avait des yeux de dragon dans lesquels il était possible d'entrapercevoir les profondeurs mystérieuses de son être.

Ils demeurèrent un long moment silencieux, plus proches l'un de l'autre qu'ils ne l'avaient jamais été.

— Quand vous aurez fini, intervint Adrien, venez voir ce qui se passe.

Ce fut à Marguerite qu'il tendit la lunette, pas à son maître. Elle s'accroupit dans l'herbe et la porta à son œil.

Le soleil était déjà bas dans le ciel, sur sa droite. La vallée en contrebas offrait un paisible spectacle. Une heure plus tôt, dans le lointain, un groupe d'hommes était venu creuser un fossé au bord d'un champ. Des tas de terre s'alignaient de part et d'autre de leur ouvrage en une sorte de ponctuation.

Au débouché de la route, sur la colline d'en face, deux cavaliers conduisant trois chevaux venaient d'apparaître et se dirigeaient vers la maison de Bertille. Un grand homme maigre et voûté. Un autre plus costaud avec un bandage blanc qui lui couvrait un œil et le front. Marguerite tendit la lunette à Lebreton.

— Ce sont nos amis de Voisemont, dit-il.

— Oui.

En veste rouge et pantalon rayé de rigueur, les cavaliers ressemblaient jusqu'à la caricature à des sans-culottes. Ces jacobins porteurs d'ordres du Comité de Salut public arrivaient tout droit de Paris.

Ils descendirent de leurs montures et pénétrèrent dans le cottage. Quelques minutes plus tard, ils ressortirent accompagnés des deux gardes qui coururent à l'étable derrière la maison récupérer leurs chevaux. Tous quatre regagnèrent ensuite la route principale.

Ils s'arrêtèrent à la hauteur des paysans qui continuaient de creuser leur tranchée. Ces derniers s'attroupèrent autour d'eux. Même de là où elle se trouvait,

Marguerite put les voir hausser les épaules et secouer négativement la tête. Personne n'avait rien vu. À l'heure où Bertille et sa famille étaient parties, il n'y avait personne dans ce champ.

Les quatre hommes se remirent en route.

— Ils se dirigent vers Paris, constata Lebreton.

Envoyés par le Comité de Salut public, on les avait chargés de douze arrestations. Leur cible était claire : La Flèche ; et leur but ne l'était pas moins : démanteler l'organisation. L'identité des membres du réseau comme ses caches secrètes leur avaient été révélées. Marguerite avait été trahie. Et puisque c'était à Paris que cette trahison avait eu lieu, c'était à Paris qu'elle devait se rendre.

13

Marguerite était allongée non loin de Guillaume Lebreton. La nuit était chaude. Un voile de nuages bas masquait la multitude d'étoiles. Les contours de la lune, à moitié pleine, étaient flous. Quand elle tournait la tête pour regarder en contrebas dans la vallée, le paysage apparaissait noir, gris ou blanc, selon ce que la lumière de l'astre nocturne en révélait.

Si on l'arrêtait aux portes de Paris, elle ne verrait jamais la pleine lune, songea-t-elle.

Il faisait suffisamment chaud pour qu'elle puisse se passer de couverture. Celles que Bertille avait abandonnées dans l'étable les isolaient de l'herbe sur laquelle ils étaient étendus. Elles ne pouvaient rien en revanche contre les pierres qui affleuraient, mais elle avait retiré la plupart d'entre elles avant de se coucher. Adrien lui avait donné quelques chemises d'homme roulées en boule à glisser sous sa tête en guise d'oreiller.

Marguerite ne souffrait plus que légèrement du coup que le soldat lui avait assené, mais elle avait pourtant du mal à trouver le sommeil. Ses pensées, qui tourbillonnaient sans fin, n'étaient pas de bonne compagnie, cette nuit-là.

N'y tenant plus, elle se releva et enfila ses sabots pour franchir les quelques pas qui la séparaient de

Guillaume Lebreton. Allongé sur le dos, les genoux pliés, il avait glissé les mains sous sa nuque. Après avoir fait un tour de garde au sommet de la colline, puis ordonné à Adrien de l'imiter, il avait ôté ses chaussures, qu'il avait posées au bord de sa couverture, à portée de main. Il s'était également débarrassé de son gilet et s'était mis à l'aise en sortant sa chemise hors de son pantalon.

Résolument, Marguerite se déchaussa et s'assit près de lui sur la portion de couverture qu'il n'utilisait pas. Elle songea que l'intimité au sein d'un couple devait ressembler à cela. C'était ainsi qu'une femme rejoignait son mari dans la fraîcheur du jardin, les soirs où la chaleur se faisait trop étouffante ; ainsi, également, que deux amants reposaient l'un près de l'autre après l'amour. Elle le savait, même si ce n'était pas par expérience personnelle. Il ne lui avait pas été possible de le vérifier avec Jean-Paul, au cours de ces quelques mois qui s'étaient écoulés entre la fin de son enfance et leur séparation.

Sans doute n'aurait-elle jamais d'époux avec qui goûter la fraîcheur d'un beau jardin. Le risque était grand qu'on l'arrête dès le lendemain et qu'on la conduise devant un tribunal qui la condamnerait. Ce bref rapprochement serait peut-être la seule occasion qui lui serait jamais offerte de goûter à ce fruit particulier qu'est l'intimité entre deux êtres.

Lebreton semblait se satisfaire du silence dans lequel ils se cantonnaient. Elle devinait les contours de son visage, mais ne voyait pas son expression.

— Je n'ai pas souvent pris le temps de rêvasser au sommet d'une colline, murmura-t-elle. Je me sens toute petite, à peine reliée à la terre. Pour un peu, je pourrais m'envoler...

— Très poétique.

— Il m'arrive d'être un peu fantasque. Peut-être parce que j'ai collecté quantité de contes auprès des anciens à travers la campagne, pour les coucher ensuite par écrit. Ou peut-être parce que j'ai passé des heures à m'imaginer être ailleurs.

À Versailles, durant les longs mois où elle avait vécu à la Cour, elle avait dû parader dans des toilettes aussi somptueuses qu'inconfortables. Étant une Fleurignac, elle était constamment en représentation. Il n'y avait rien de plus ennuyeux au monde que de passer des soirées entières à faire de l'esprit. Les dames de compagnie de la reine avaient fait leurs délices de ses petites histoires normandes qu'elles trouvaient si pittoresques et rafraîchissantes.

Lebreton demeurait parfaitement immobile.

— Toutes ces histoires sont parties en fumée avec l'incendie du château, fit-il remarquer.

— Il existe des copies de certaines d'entre elles. Beaucoup, en fait.

Un silence s'ensuivit, au terme duquel il murmura :

— C'est tout de même un rude coup. Vous ne pourrez réécrire ces histoires à l'identique.

— Pas tout à fait, reconnut-elle.

— J'ai dû m'enfuir, une fois, en laissant tout derrière moi. Mes livres. Des idées que j'avais notées. Des essais.

Il n'avait pas bougé, mais son immobilité trahissait à présent une certaine tension.

— Mon père a tout brûlé, conclut-il.

Marguerite s'abstint de répondre aussitôt, au cas où il aurait autre chose à dire.

— C'est comme s'il m'avait amputé d'une partie de moi-même.

Quel que soit son milieu d'origine, il n'avait pas été heureux chez ses parents. Peut-être était-ce pour cela qu'il avait appris à se retrancher dans ses profondeurs intérieures, à observer le monde avec tant d'attention, à lire au fond des âmes. Il était devenu à ce point expert en la matière qu'il avait d'emblée mis le doigt sur celle des pertes qu'elle avait subies qui la peinait le plus.

Avoir affaire à un homme capable d'une telle lucidité n'avait rien de très confortable.

D'un autre côté, il venait également de lui apprendre comment crever les yeux d'un assaillant. Elle avait beau y réfléchir, elle ne parvenait à aucune conclusion concernant Guillaume Lebreton.

— Je prendrai mon tour de garde après Adrien, annonça-t-elle.

— Rien ne vous y oblige.

— Si vous attendez de moi que je crève les yeux de mes ennemis, je peux aussi monter la garde pour éviter qu'ils me tombent dessus.

Il se redressa en position assise. Leurs corps se touchaient presque, à présent. Il lui prit la main, entremêla ses doigts aux siens. Un frisson la secoua, qui la surprit. Elle ne savait que faire de cette réaction.

— Je vous réveillerai un peu avant l'aube, dit-il. Vous pourrez prendre le dernier tour de garde.

Son regard se porta sur leurs mains jointes et il ajouta :

— Généralement, quand une femme me rejoint au milieu de la nuit, je sais ce qu'elle cherche. Pas cette fois.

— Je n'en suis pas sûre moi-même.

Sous l'ancien régime, les dames de l'aristocratie auraient mis un tel homme dans leur lit sans hésiter. Elles se seraient amusées sans honte avec un homme du peuple fort et vigoureux. Marguerite avait vu des jardiniers ou des soldats invités à se rendre discrètement dans les boudoirs des dames de la Cour. À l'époque, elle avait déploré ce qu'elle considérait comme une décadence.

Mais cette nuit, désirer Guillaume Lebreton, le choisir comme amant d'un soir, n'avait rien de décadent.

— Merci d'avoir sauvé Bertille, Alain et les enfants, dit-elle. Et moi. Sans vous, ces soldats m'auraient fait prisonnière. Merci.

— Pas de quoi. À présent, retournez vous allonger et essayez de dormir un peu, suggéra-t-il.

Pourtant, il ne lui lâcha pas la main, et ce lien entre eux, si doux, si bienfaisant, avait tout d'une promesse. Des hommes décidés à anéantir La Flèche sillonnaient les routes de Normandie, à sa recherche. Le lendemain, elle devrait affronter son destin, au péril de sa vie. Restait cette nuit…

— Vous savez que je suis Marguerite de Fleurignac. Vous l'avez toujours su.

— Dès la première minute, confirma-t-il d'une voix égale.

— Mais vous n'avez rien dit.

— Il semblait impoli de vous contredire. Et puis, je vous intimidais. Vous aviez peur de moi.

Guillaume éleva leurs mains jointes jusqu'à ses lèvres. Elle sentit son souffle sur sa peau.

— C'est toujours le cas, reprit-il tout bas. Retournez vous coucher, citoyenne Maggie. Il est tard et une longue route nous attend demain.

Ses doigts se crispèrent entre les siens. Sa cicatrice lui était invisible. Dans la pénombre argentée, il aurait pu tout aussi bien être un gentleman qu'un espion ou un contrebandier. Peu lui importait. La nuit semblait riche de possibilités.

— Je ne suis plus vierge, avoua-t-elle.

Il faisait assez clair pour qu'elle le voie sourire.

— Quelle coïncidence ! s'amusa-t-il. Moi non plus.

— Ce que vous êtes, répliqua-t-elle en libérant sa main, c'est un monument de sarcasme. Guillaume, avez-vous idée de ce que c'est d'être une Fleurignac ? Je suis une femme de devoir, dévouée à sa famille, enchaînée à son statut. Rien de plus morne et assommant. Tout le monde en France dispose à présent de cette *liberté* qui fait tant parler. La seule qui m'appartienne, c'est de disposer de mon corps, de me donner à qui je veux.

— Vous voulez dire… en couchant avec moi ?

— Oui.

Elle sentit une caresse sur son bras, semblable au frôlement d'une aile d'oiseau. Puis la paume de Guillaume se posa sur sa joue. Son pouce lui effleura la narine, descendit jusqu'à ses lèvres, doucement, très doucement.

— Pourquoi ? s'enquit-il.

Elle aurait pu lui répondre qu'elle avait envie de lui au plus secret d'elle-même, entre ses cuisses. Elle aurait pu lui dire qu'il était aussi appétissant qu'une miche de pain pour une affamée, qu'il était comme le couvert d'un arbre pour une promeneuse surprise par la pluie. Elle aurait pu lui faire comprendre qu'il pouvait être son libérateur, rien que pour une nuit. Elle se contenta de chuchoter :

— J'ai l'impression de vivre une de mes histoires quand je vous touche.

Il était si grand. Même assis, sa silhouette se découpait, noire et imposante, contre le ciel nocturne. Du bout du pouce, il suivit le contour de ses lèvres.

— C'est douloureux ? s'inquiéta-t-il. Votre lèvre.

— Plus maintenant.

— Vous avez une jolie bouche.

— Elle n'est pas assez petite et féminine. Ma tante Sophie m'appelait « bouche de singe » quand j'étais enfant.

— Aucun homme sur terre ne vous appellerait ainsi. Aucun ne pourrait ne pas vouloir sentir ces lèvres si douces sur lui. Vous êtes magnifique.

Quoi qu'il arrive dans les jours à venir, Marguerite garderait précieusement le souvenir de cet instant au fond de son cœur.

Les doigts de Guillaume délaissèrent ses lèvres et glissèrent le long de sa gorge. Elle ne portait pas de fichu et sa chemise était déboutonnée. Elle sentit sa main s'introduire sous le vêtement, lentement, lui laissant le temps de s'accoutumer à ce contact.

Il pinça doucement la pointe d'un sein entre le pouce et l'index. Marguerite frissonna longuement. Le plaisir de cette caresse trouva un écho au creux de son ventre. Elle laissa échapper un petit cri étouffé tant l'intensité de ce qu'elle ressentait l'avait surprise.

— Que vais-je faire de vous, Maggie ? souffla-t-il.

Elle était persuadée qu'il le savait. Il poursuivit d'une voix tendue :

— C'est là que je dois vous renvoyer à votre couche. Seule.

Il n'en continuait pas moins de lui caresser le sein.

Marguerite ferma les yeux, trop concentrée sur ses sensations pour bouger. Ses doigts semblaient jouer d'elle comme d'une harpe. Ils étaient calleux et auraient pu être aussi rêches que l'écorce d'un arbre, mais leur toucher était si délicat, si sensible, si affolant…

Guillaume se pencha sur son sein, en embrassa la pointe durcie.

— Dieu ce que j'en avais envie, murmura-t-il. Impossible de me sortir cette image de la tête : vous, au bord de ce bassin, uniquement vêtue de la lumière du matin. Comment un homme pourrait-il oublier pareille vision ?

Il l'attira à lui. Dans l'échancrure de sa chemise, Marguerite sentit sa peau nue sous sa joue. Le battement obstiné de son cœur retentissait contre son oreille. Un tel homme pouvait lui faire perdre la tête, l'emporter dans un monde qui n'existerait que par les sensations qu'ils partageraient. Il n'était plus juste Guillaume Lebreton, être mystérieux aux mille secrets. Il était à la fois plus complexe et plus simple que cela. La nuit le dépouillait de sa condition d'homme, ne laissant subsister que le mythe. C'était ainsi que les dieux se manifestaient autrefois aux simples mortelles : dans les ténèbres épaisses, portant la nuit comme un manteau.

Plus près. Elle voulait être encore plus près de lui, le débarrasser de ces vêtements qui la gênaient.

— Nous allons devoir en rester là.

Elle perçut le grondement que ces paroles faisaient naître dans sa poitrine autant qu'elle les entendit.

Un désir brûlant pulsait sourdement entre ses cuisses. Tout son corps en tremblait.

— Je suis consentante, Guillaume.

— Nous allons devoir en rester là, répéta-t-il. Sinon, je vais vous renverser sur cette couverture et vous prendre au milieu des ânes et des moutons, avec ce satané gamin assoiffé de sang qui risque de surgir à tout moment.

Son souffle faisait voleter les cheveux de Marguerite.

— Nous ne ferons pas cela, décréta-t-il, la lâchant enfin.

Marguerite s'écarta, inspira profondément, se frotta le visage pour tenter de surmonter sa frustration.

— Vous êtes très raisonnable, constata-t-elle.

— Exact.

— Et je vous déteste à cause de cela.

— Je ne suis pas très satisfait de moi non plus. Je vais être bon pour descendre la colline au pas de charge et flanquer quelques coups de pied à un arbre ou deux.

Il n'en fit rien. Cela ne lui ressemblait pas.

Plus tard, elle l'entendit s'adresser aux ânes de sa voix grave, calme et ironique.

Il tint promesse et vint la tirer de son sommeil à l'aube, pour la dernière garde de la nuit.

14

Marguerite n'avait jamais réfléchi au problème d'entrer dans Paris. En faire sortir les moineaux avait été jusqu'alors le plus difficile.

C'était l'heure précédant l'aube, quand la lumière est encore chiche. Deux dizaines de paysans s'alignaient devant eux, à droite de la route, et d'autres arrivaient déjà derrière eux. Tous avaient pris leur place avec une résignation due à une longue pratique.

Les hommes portaient des rubans et des cocardes aux couleurs de la Révolution. Celle que Guillaume arborait était particulièrement imposante. Il l'avait épinglée à son chapeau au réveil.

— Piétiner est bon pour la digestion, dit-il. Patience.

Sur ce, il s'approcha des ânes et tira une miche de pain de sous les légumes qu'il avait empilés dans l'un des paniers.

— Nous en avons pour un moment, reprit-il en la lui tendant. Prenez un morceau.

— Je ne pourrai rien avaler, avoua Marguerite. Merci quand même.

— Fatiguée ?

Il lui caressa la joue comme s'il l'avait toujours fait, puis posa l'index sur ses lèvres. Une façon discrète de lui recommander de ne pas parler trop fort. Son accent trahissait l'aristocrate en elle, et les aristocrates avaient tendance à mourir en nombre à Paris ces temps-ci.

La mort attendait aussi ceux qui dans une queue pour se procurer du pain faisaient grise mine devant la « miche patriotique » emplie de son qu'on leur tendait. Elle n'épargnait pas non plus ceux qui affirmaient que quelque chose – quoi que ce puisse être – était préférable sous le régime précédent, ou qui s'aventuraient dans la rue sans leur cocarde. La mort battait le pavé parisien, plus affamée qu'un loup et peu regardante quant au choix de ses victimes.

Marguerite ne se mit pas pour autant à chuchoter, ce qui aurait attiré l'attention, ni ne se tut, ce qui ne serait pas passé inaperçu non plus. Se rapprochant de Guillaume, elle lui glissa à mi-voix :

— Si ces ânes avaient moins de dents, je m'appuierais contre l'un d'eux et m'endormirais sur-le-champ.

— Appuyez-vous contre moi, proposa-t-il. Ce ne serait pas pour me déplaire.

C'était là une provocation inutile. Il ne l'avait pas touchée depuis leur discussion sur la colline. Ils avaient pourtant dormi côte à côte la nuit précédente, sur le tapis de mousse et de feuilles mortes d'un bois surplombant Chaville, sans que rien ne se produise. Elle était restée éveillée une éternité, contemplant les étoiles et sachant que Guillaume faisait de même. Elle aurait juré qu'ils respiraient au même rythme.

Et voilà qu'il la taquinait. Il s'imaginait peut-être que la mettre en colère lui éviterait d'avoir peur. Si c'était le cas, il se trompait.

Un peu à l'écart, Adrien disputait une partie de dés avec un garçon de son âge à la lueur d'un lumignon accroché à une charrette. Un petit groupe s'était rassemblé autour d'eux et les regardait jouer.

Guillaume était à présent la quintessence du paysan, communiant avec ses ânes, qu'il nourrissait de morceaux de pain. Un homme simple. Un honnête travailleur. Elle n'arrivait toujours pas à comprendre comment il réussissait pareille transformation.

Pour s'occuper les mains, Marguerite tira un tricot de la poche de son tablier – l'un et l'autre appartenaient à Bertille. C'était sa gouvernante écossaise qui lui avait appris à tricoter, professant qu'il n'y avait rien de mieux – à part la préparation du porridge – pour forger le caractère. Elle manquait un peu de pratique, mais s'appliqua à jouer la paysanne industrieuse refusant de perdre son temps.

En outre, cela l'empêchait de trembler.

— Vous connaissez certains des hommes qui contrôlent les entrées ? s'enquit-elle, suffisamment bas pour que leurs voisins n'entendent pas. C'est pour cela que nous sommes ici ? Si tôt de surcroît ?

— Non, répondit-il après leur avoir jeté un coup d'œil. Connais pas. Ils m'ont l'air de parfaits révolutionnaires.

Les hommes en question, sans-culottes volontaires issus des comités de district du faubourg Saint-Antoine et du faubourg Saint-Martin, vouaient une loyauté sans réserve à l'aile radicale des Jacobins. On apercevait leur supérieur par la fenêtre de la guérite, endormi, les pieds calés sur un tonneau, le menton reposant sur la poitrine.

Marguerite ferma brièvement les yeux.

— Je vois.

— Ils sont alertes. Et bien armés.

Guillaume feignait l'approbation avec talent.

— Une vision à susciter la fierté, renchérit-elle.

C'était ainsi, songea-t-elle, que les moineaux devaient se sentir à chaque passage de barrage sur la route : effrayés et impuissants, piégés et en colère.

Après en avoir fini avec une aiguille, elle passa à la suivante. La chaussette allait finir par être plus grande que prévu. Accroupi sur le sol, entre les voitures, Adrien gagna une nouvelle partie et empocha ses gains. Ils étaient désormais cinq à jouer – les deux garçons et trois adultes. L'assistance avait grossi elle aussi.

— Je devrais me demander où ce garçon a trouvé l'argent avec lequel il joue, marmonna Guillaume en donnant à Decorum un morceau de pain. Mais je préfère ne pas savoir.

Se tournant vers le fermier qui les suivait, il ajouta en élevant la voix :

— Citoyen, qui sont ces hommes, là-bas ?

Il désignait quatre cavaliers longeant la file d'attente. Jeunes et bien habillés, ils montaient des chevaux de prix.

— Des délégués, répondit l'homme avec un regard entendu. Ils se rendent à la Convention.

— M'est avis qu'ils sont allés faire appliquer le contrôle des prix dans les villages alentour, intervint celui qui se trouvait devant eux.

— Sûrement, approuva le premier. Il est jamais trop tôt pour bien faire.

— Oh, oui ! s'exclama le second. On peut dire qu'ils travaillent jour et nuit pour le bien commun.

Marguerite savait – de même que tous ceux qui faisaient la queue – où les délégués avaient passé la nuit. De jolies femmes aux charmes onéreux habitaient les villages voisins de Paris. Le prix des oignons et des choux était réglementé, mais pas celui des femmes faciles.

La barrière se leva devant les délégués. Ceux-ci passèrent sans ralentir et sans qu'on leur pose la moindre question. Le garde les regarda s'éloigner en haussant les épaules, puis se tourna vers le premier de la file et lui lança d'un ton impatient :

— Allons, dépêchons !

Un murmure se répandit dans la colonne. Les hommes descendus de leurs charrettes grimpèrent sur le banc de conduite et s'emparèrent des rênes. Des voix s'élevèrent, encourageant les animaux. La première voiture – celle d'un paysan convoyant un chargement de poulets – s'ébranla.

— Vos papiers ! ordonna le garde, main tendue.

Les formalités expédiées, il fit signe de passer au premier et lança :

— Au suivant ! Vos papiers.

Marguerite cheminait derrière Guillaume, les yeux modestement baissés, concentrée sur son tricot. La file avançait avec régularité, les gardes vérifiant à peine les laissez-passer. Les voitures n'étaient même pas inspectées.

— Suivant ! Papiers.

Leur tour vint enfin. Ils s'arrêtèrent à la barrière. Si un ordre de recherche au nom de Marguerite était placardé dans le poste de contrôle, il suffirait d'un garde vigilant. Et si quelqu'un remarquait ses mains lisses. Autant que possible, elle s'efforça de les dissimuler dans la laine de son tricot.

Le garde ne jeta qu'un bref coup d'œil aux documents que lui présentait Guillaume et ne la regarda même pas.

— Suivant ! lança-t-il à l'homme qui venait derrière eux. Jacques ? Te voilà bien matinal.

Guillaume frappa la croupe de Decorum pour la faire avancer. Adrien, surgi de nulle part, se glissa derrière les ânes. Marguerite avait cessé de s'étonner de son habileté à se fondre dans le décor.

— Seize sous, annonça-t-il d'un air satisfait. À croire qu'ils ont jamais entendu parler de dés pipés, dans le coin.

— Une chance pour toi, commenta Guillaume.

15

Même si sa dernière visite ne remontait qu'à trois mois, Paris avait encore changé. Marguerite trouva la ville plus sombre, en proie à l'inquiétude, sur le qui-vive. La peur semblait jaillir de partout, du mortier des maisons, des pavés eux-mêmes.

— Nous allons nous arrêter prendre un café, annonça Guillaume.

— C'est aussi bien. Je vais réveiller tout le monde et mettre la maison en émoi si j'arrive si tôt.

Elle n'avait besoin ni de boire ni de manger. Tout ce qu'elle voulait, c'était vingt minutes de plus en compagnie de Guillaume Lebreton, discuter encore un peu avec lui, provoquer un ou deux contacts accidentels, l'entendre rire une dernière fois.

Ils s'arrêtèrent au Café des Marchands, dans la rue des Lombards, non loin des Halles. Guillaume y était connu. On le salua d'un signe de tête et Marguerite suscita quelques regards appuyés. Le café était fréquenté par des hommes et des femmes du marché, affamés et pressés. Le pain tranché garnissant les corbeilles sur les tables semblait d'une qualité supérieure à celui qu'il était possible de se procurer dans les meilleures boulangeries. Il y avait un certain avantage à manger dans un établissement fréquenté par la coterie puissante et bien organisée des marchands des Halles. Le café aussi était de qualité supérieure, et vendu sous le manteau aux clients choisis.

Adrien, les yeux plissés, observait tout avec méfiance tel un chat dans un nouvel environnement. Il prit son bol de café au lait et alla le déguster auprès des ânes, prêt à empêcher qu'on chaparde les carottes qui constituaient leur chargement.

Guillaume commanda du vin rouge. Il le buvait à petites gorgées rapides, sans le déguster, de même que ceux qui l'entouraient. Il affichait une mine soucieuse, comme s'il ne songeait à rien d'autre qu'aux quelques sous que lui rapporterait la vente de ses légumes. Son pain, il l'avalait aussi à la manière efficace et pressée d'un travailleur habitué à manger sur le pouce. Cela ne l'empêchait en rien de rester intensément conscient de sa présence, Marguerite le sentait. Il pensait à elle, même s'il ne la regardait pas.

Brisant enfin le silence, il lui demanda :

— Toujours pas faim ?

Elle secoua la tête. D'une voix à peine audible, il ajouta :

— Je pense que vous êtes hors de danger. Il n'y avait pas d'avis de recherche à votre nom à la barrière. J'ai regardé quand nous sommes passés devant le poste de guet.

Elle l'avait constaté elle-même. C'était l'un des nombreux mystères auxquels elle était confrontée. Elle aurait voulu lui demander ce qu'il en pensait, mais ce n'était pas prudent, aussi s'en abstint-elle. Ce n'est qu'après avoir presque vidé son bol qu'elle murmura :

— J'aime bien cet endroit. Ils servent du bon café.

— J'y viens régulièrement quand je suis à Paris. Si vous leur laissez un message pour moi, il me parviendra.

— L'occasion ne se présentera pas. Après que vous m'aurez reconduite chez moi, nous ne nous verrons plus.

Bientôt, il leur faudrait quitter ce café et rejoindre l'hôtel particulier de son père. Elle redeviendrait Marguerite de Fleurignac. De nouveau, elle se retrouverait socialement aux antipodes de Guillaume Lebreton, vendeur de livres, vaurien et contrebandier.

Nul ne pouvait remettre sur l'arbre le fruit cueilli. Nul ne pouvait reconstituer l'œuf cassé. Jamais, au grand jamais, elle n'oublierait ce qu'elle avait connu de son corps. Un jour, quand elle serait très vieille, elle ressortirait cette connaissance de sa mémoire, telle une lettre pieusement conservée dont le vieux papier craque sous les doigts. À ce stade, la douleur se serait amoindrie. Elle était presque certaine que les vieilles femmes ne ressentaient plus ce genre de souffrance.

Mais pour l'heure, elle était toujours Maggie, et n'avait pas envie de se conduire raisonnablement.

— Si nous nous attardons, nous allons éveiller la curiosité, observa-t-elle. J'ai une amie qui habite pas loin d'ici.

Reposant son bol vide sur la table, elle regarda Guillaume droit dans les yeux et ajouta :

— Elle me laissera utiliser sa chambre. Voulez-vous m'y accompagner ?

16

Doyle laissa Hawker monter la garde au bas de l'escalier et gravit d'étroites volées de marches jusqu'à une chambre sous les toits. Il n'avait pas besoin de rencontrer l'amie de Maggie pour apprendre deux ou trois choses à son sujet. Un regard dans la pièce lui suffit. Les vêtements pendus à des patères appartenaient à une grisette, vendeuse sur les boulevards à la mode, coquette à en juger par les imprimés colorés de ses jupes et les rubans rouges de ses chapeaux.

Maggie alla tirer les rideaux, puis ouvrit la fenêtre.

— Mon amie Jeanne s'est absentée, expliqua-t-elle. Elle ne nous en voudra pas d'avoir emprunté sa chambre.

« Nous allons faire l'amour dans son lit, songea Doyle. J'espère que cela ne la dérangera pas non plus. »

L'endroit était propre, un peu encombré et charmant. La fenêtre donnait à l'est. Le plafond était mansardé. Il s'y cognerait la tête, s'il ne faisait pas attention. Parfois, ce n'était pas un avantage d'être aussi grand.

Le fracas des charrettes amenant des marchandises au marché était permanent. Ce n'était pas le lieu le plus tranquille pour vivre, mais l'amie de Maggie y avait néanmoins installé un nid douillet. Des touches de couleurs agrémentaient la décoration. Une agréable odeur de lavande s'élevait de la literie. L'occupante des lieux était partie depuis assez longtemps pour qu'ils paraissent désertés, mais pas suffisamment pour que la poussière se soit déposée sur la table et la commode.

Cette Jeanne devait faire partie de la vie clandestine de Maggie, comme les gitans qu'ils avaient rencontrés et la femme du tonnelier. Tous appartenaient à La Flèche, il l'aurait parié. Maggie elle-même semblait taillée pour diriger un tel réseau.

— J'ai toujours été raisonnable, expliqua-t-elle. Presque toute ma vie.

D'une main, elle tenait le rideau écarté et contemplait le ciel. La lumière venue de la fenêtre éclairait sa joue.

« Pas si raisonnable que cela », songea-t-il. Chaque heure qu'elle passait en France la rapprochait de l'échafaud. Mais il n'avait pas grimpé avec elle jusqu'ici pour être raisonnable.

Garni de coussins bleus, le lit était impeccablement fait. Les cordes du sommier gémirent, la paille du matelas craqua lorsqu'il s'y assit pour retirer ses bottes. Ses mains rêches accrochèrent la soie des coussins quand il les poussa sur le côté. Son père les appelait ses « pattes de paysan ».

Maggie, elle, ne paraissait pas s'en formaliser.

J'ai bataillé ferme pour garder les mains loin de vous, mademoiselle de Fleurignac. À présent, je n'en peux plus.

Quoi que son père ait fait, Maggie n'avait aucune responsabilité dans les assassinats qui avaient eu lieu en Angleterre. Son instinct le lui assurait, et il avait pour habitude de lui faire confiance. De plus, un homme ne pouvait demeurer en permanence sur la défensive de crainte que la femme qu'il désirait puisse se retourner contre lui.

Marguerite continuait de parler d'un ton mélancolique et déterminé, s'adressant à elle-même ou prenant peut-être Paris à témoin.

— Une part de moi-même redoute de ne plus avoir longtemps à vivre. Je voudrais, pour une fois, faire ce que Marguerite veut. Ce que Maggie veut.

Doyle ne le voyait pas, mais il imaginait fort bien le sourire qui à cet instant éclairait son visage.

— Figurez-vous, reprit-elle, que je n'ai jamais fait l'amour dans un lit.

Il avait l'impression de s'être tenu devant une maison, à grelotter dans le froid en imaginant la chaleur à l'intérieur, et une porte s'ouvrait soudain pour le laisser entrer.

— Approchez, dit-il.

Et elle vint à lui.

Ils allaient faire l'amour, songea Marguerite, excitée. Maintenant.

Elle avait emmené Guillaume chez Jeanne, lui avait fait monter l'escalier, avait refermé la porte derrière eux en sachant parfaitement qu'ils en arriveraient là.

Il déboutonna sa chemise, la fit passer par-dessus sa tête et la jeta négligemment sur le bois de lit. Il était à présent à demi nu devant elle, plus viril que jamais. Il lui évoquait un marbre antique, ou ces héros représentés dans les livres.

Jean-Paul n'avait que quinze ans quand ils avaient fait l'amour. C'était encore un jeune garçon au corps lisse, aussi beau qu'Endymion.

Guillaume Lebreton, lui, avait tout du Minotaure, homme et bête, civilisé et sauvage. Il n'avait jamais cherché à lui dissimuler sa nature. Elle avait compris à quel point il était puissant et dangereux au premier regard. Il ne tenait qu'à elle d'aller à lui ou de le fuir.

Cette fois, elle était décidée à ne pas fuir.

Toujours assis au bord du lit, il l'attira entre ses jambes écartées. Ses mains étaient lourdes et chaudes sur ses hanches. Elle allait se laisser guider par sa force, et il l'emmènerait où il voudrait. Déjà, elle avait le souffle court, les pointes de ses seins durcissaient, sa peau se hérissait. L'excitation qu'elle ressentait ressemblait à de la peur sans en être. Ainsi s'exprimait son désir.

Ils avaient très peu de temps à passer ensemble. Elle n'avait pas une minute à perdre.

Elle aida Guillaume quand il entreprit de la déshabiller. Un à un, ses vêtements tombèrent sur le sol. Sa coiffe suivit le même chemin. Guillaume dénoua sa natte et lissa ses cheveux entre ses doigts. Et quand il écarta quelques mèches de son visage, elle frissonna.

Elle ne portait plus que sa chemise, mais le contact des doigts de Guillaume à travers le tissu lui donnait l'impression d'être déjà nue. La sensation qui en résultait était trop bouleversante, trop soudaine. Sa peau semblait trop réceptive à ses caresses. Sa poitrine se soulevait au rythme de sa respiration hachée, mais elle ne tentait pas de cacher ce qu'elle ressentait.

Cette heure est mienne. Il est à moi. Plus tard, je...

Les mains de Guillaume venaient d'atteindre ses seins, qu'elles caressaient à travers sa chemise. Inclinant la tête, il embrassa ses mamelons, l'un après l'autre. Marguerite réprima un gémissement et se cambra pour mieux s'offrir à lui.

— Débarrassons-nous de cela, murmura-t-il.

Il empoigna l'ourlet de sa chemise et la lui ôta d'un mouvement fluide. En retombant, ses cheveux masquèrent sa poitrine. Il les écarta, prit ses seins en coupe au creux de ses mains.

Dans cette position, elle le dominait. Il ne voulait pas lui imposer sa force. Tout était sous son contrôle à elle. L'accepter ou non restait sa décision. Il promena lentement ses mains le long de son corps. Ni douces ni soignées, c'étaient des mains de guerrier dont les caresses la fascinaient et l'ensorcelaient.

Elle referma les mains sur ses biceps, ses doigts ne parvinrent pas à en faire le tour.

Elle n'était pas comme ses amies, qui prenaient des tas d'amants et s'en sortaient indemnes. Il y aurait un prix à payer, et il serait élevé, elle le savait.

— C'est une folie, souffla-t-elle. Mais je m'en moque.

— Une folie, confirma-t-il. Nous pourrons la regretter plus tard.

— C'est bien mon intention.

Marguerite ne s'était pas attendue à trouver si douce la peau de son torse. Elle n'avait pas non plus anticipé qu'en le touchant, sa force se communiquerait à elle. Tout nouveau contact était pour elle source d'émerveillement.

Elle se pencha vers lui, posa sa bouche sur la sienne. Elle avait ainsi l'impression d'avoir un géant à sa merci, une force de la nature. Ses lèvres étaient lisses et chaudes. Le tremblement qu'elle percevait était le sien à elle. De même que les doutes et la nervosité. Lui semblait n'avoir aucun doute.

Le baiser qu'ils échangèrent ne dura qu'un instant. Non parce qu'ils hésitaient, mais parce qu'il n'était que le prélude à une longue suite d'autres baisers. Plus intenses, prolongés, tous différents. Il lui inclinait légèrement la tête afin de s'emparer davantage de sa bouche, afin de la conquérir. Le monde n'était plus que sensations, elle s'y laissa glisser, haletante.

Elle pourrait se perdre dans cet homme, comme on se perd dans une tempête.

La main posée sur la joue de Guillaume, elle en éprouva la texture. Il s'était rasé ce matin-là à la lumière d'une bougie, près du ruisseau qui traversait le champ dans lequel ils avaient dormi. Mais déjà, un chaume de barbe avait repoussé.

Elle poussa son exploration jusqu'à la cicatrice qui lui barrait le visage. Elle voulait en sentir la réalité sous ses doigts.

Guillaume lui attrapa la main.

— Arrêtez, murmura-t-il.

Il déposa un baiser au creux de sa paume. Elle frémit. S'il cherchait ainsi à la distraire de son intention première, c'était réussi.

— Faites comme si elle n'était pas là, ajouta-t-il.

Elle n'avait pas imaginé qu'il puisse se soucier de sa balafre.

— Elle n'a aucune importance, assura-t-elle.

— Pour moi non plus. Mais cela n'a rien à voir avec ce que nous partageons aujourd'hui.

Guillaume se redressa lentement. Ils étaient si près l'un de l'autre que son corps caressa le sien. Il l'attira contre lui. Elle le sentit plus qu'elle ne le vit déboutonner son pantalon, le faire glisser le long de ses jambes.

Son sexe fièrement dressé vint se plaquer contre son ventre, conquérant, triomphant.

Marguerite, qui ne s'était pas attendue qu'il soit si… viril, regretta de ne pas avoir prêté davantage attention aux histoires et aux plaisanteries qui couraient sur le sujet.

Son corps entier était chaud, mais son sexe l'était plus encore. Elle s'efforça de l'imaginer en elle, comme il le serait bientôt. Ils parviendraient bien à résoudre ce problème, se rassura-t-elle. Il devait avoir l'habitude, et elle-même ne manquait pas d'ingéniosité. Elle moula son corps au sien, appuya la joue contre son torse. Ils n'auraient pu être plus proches l'un de l'autre. Elle tremblait, mais ce n'était pas de froid.

Elle allait s'ouvrir à lui en toute confiance, car c'était la porte d'accès au plaisir. Ainsi, elle pourrait à son tour découvrir le pays inconnu que constituait son corps.

Il captura ses lèvres, et la passion bouillonna de nouveau entre eux. Chaleur et vertige, émerveillement qui se doublait d'une sourde pulsation au creux de ses cuisses. Elle fut soudain soulevée dans les airs. Tout paraissait si irréel, c'était comme de vivre un rêve. Elle était allongée sur le lit, les coussins éparpillés, et Guillaume était tout contre elle, massif, solide.

Elle n'était plus qu'attente impatiente. Plus rien n'existait que le désir qui la poussait vers lui. Aucune pensée parasite ne l'agitait plus. Il n'y avait plus que le bruit de leurs souffles mêlés, le contact de leurs épidermes enfiévrés. Ce n'était peut-être pas raisonnable, mais elle ne pouvait rien faire d'autre que se livrer à lui.

Il s'agenouilla entre ses jambes, lui souleva les hanches. Elle le sentit entrer doucement en elle. Ses doigts étaient caressants sur ses cuisses écartées, il lui murmurait des mots doux et elle se tendit vers lui de tout son être.

Puis il commença à aller et venir, lentement d'abord, puis de plus en plus vite. Marguerite sentit le plaisir monter en elle, si proche et pourtant inaccessible.

Éperdue, pantelante, elle ondula des hanches pour se porter à sa rencontre, s'accrocha à lui. D'un coup, comme une main qui se referme sur ce qu'elle veut saisir, l'extase l'emporta. Elle s'y livra sans retenue, arcboutée sur le lit, dans un concert de gémissements.

Elle sentit Guillaume redoubler d'ardeur, avec une force sauvage, à peine maîtrisée. Tout son corps se raidit soudain, puis il se retira abruptement et déversa sa semence sur son ventre, longuement, la tête rejetée en arrière en grondant de plaisir.

Le souffle rauque, il se laissa aller sur elle, s'abandonna littéralement. Il était lourd, pesait son poids de chair et de muscles, et cependant elle y puisait du réconfort. Le tenir dans ses bras lui semblait si normal, si naturel.

— Je vous écrase, lâcha-t-il dans un souffle.

Il bascula sur le côté et l'attira contre son flanc. L'étroitesse du lit n'aurait de toute façon pas permis qu'il en aille autrement. L'un de ses bras reposait sur la poitrine de Marguerite, l'autre lui entourait la tête.

Il n'avait pas pris le risque de lui faire un enfant. Même dans les affres de la passion, il avait songé à elle.

Et cela en disait long sur lui et sur la confiance qu'on pouvait lui accorder.

— Laissez-moi vous tenir dans mes bras, murmura-t-il. Juste une minute.

Son souffle lui caressait la joue et il lui semblait entendre leurs cœurs battre à l'unisson.

Cette minute, elle était prête à la lui offrir, et bien plus encore.

Elle était tombée amoureuse, et cela n'y changerait rien.

17

— La rue est vide, annonça Guillaume en revenant près d'elle. Allons-y.

Marguerite n'aurait su dire en quoi sa démarche était différente tandis qu'ils remontaient la rue Palmier, mais il lui semblait évident qu'elle avait changé. Jusqu'à présent, il avait joué les paysans rusés. Mais dès leur arrivée en ville, il s'était transformé en un parfait citadin, aussi à l'aise dans les rues étroites de la capitale que dans les cafés des boulevards.

Il lui tenait le bras, ce qu'il n'avait jamais fait jusque-là. En y réfléchissant, elle comprit que cette attitude convenait davantage à son nouveau rôle.

Cela ne la dérangeait pas que Guillaume Lebreton soit capable de se métamorphoser de manière si subtile. Elle ignorait en grande partie ce qu'il était. Sans doute préférait-elle que ce soit ainsi. Mais il était également l'homme qui lui avait fait l'amour une heure plus tôt. Et c'était à cet homme-là qu'elle allait devoir dire adieu.

— S'il devait y avoir quelqu'un en faction, ce serait ici, expliqua-t-il en ralentissant le pas. Tu vois ?

Il s'adressait à Adrien. Ce dernier observa l'étroit passage crasseux entre les immeubles et haussa les épaules.

— Trop évident, estima-t-il. Pas très subtil.

— La plupart des gens ne s'encombrent pas de subtilité. Un meilleur endroit pour se mettre en planque…

Guillaume leva la tête et observa les combles des immeubles, où les plus pauvres louaient des chambres à bas prix.

— Là-haut, avec les pigeons, à l'une de ces fenêtres, poursuivit-il. C'est là que je placerais un guetteur. Personne ne pense jamais à lever la tête.

L'hôtel de Fleurignac se trouvait à une centaine de pas, sur la gauche. Il avait été bâti une soixantaine d'années plus tôt avec de la pierre extraite du sous-sol de Paris. La demeure n'était pas la plus somptueuse du quartier, mais elle n'avait pas été mise à sac au cours des quatre dernières années, ce qui était un gros avantage.

Guillaume avançait avec l'assurance d'un honnête commerçant ayant des affaires à traiter. Ils n'étaient pas seuls à arpenter la rue. Une femme portant du pain dans un panier les dépassa sans les saluer. Une jeune servante coiffée d'une charlotte informe, tête baissée, balayait un perron.

— D'un autre côté, reprit Guillaume dès qu'ils ne furent plus à portée d'oreilles, si la surveillance était le fait de la police secrète, ce qui semble probable dans cette ville, elle s'arrangerait pour s'assurer le concours des honnêtes citoyens de… euh… cette maison-là. Ou celle d'à côté. Il suffirait d'un homme posté dans le salon de devant.

— C'est un marchand de bois qui habite là, précisa Marguerite, qui avait suivi les diverses fortunes du voisinage. Il y a deux mois, c'était un fervent partisan de Danton. Ce qui n'est naturellement plus souhaitable. Le voici donc à présent acquis corps et âme à Robespierre. Si la police le lui demandait, il accueillerait un bataillon d'infanterie dans son salon.

Mais personne n'irait se donner la peine de la surveiller. Si le Comité de Salut public voulait s'emparer d'elle, il lui suffisait d'envoyer les gendarmes la cueillir chez elle. Terrifiées, la plupart des femmes de la noblesse se contentaient de se calfeutrer dans leurs boudoirs. Il fallait que La Flèche aille les y débusquer pour les sauver presque contre leur gré.

L'hôtel de Fleurignac n'avait pas été offert à un influent marchand de bois ou à un spéculateur immobilier de Lyon. Cinq ans plus tôt, Lafayette lui-même avait fait protéger le bâtiment par la troupe. Au cours des émeutes du pain, des hommes de Danton avaient été postés à l'extérieur, buvant plus que de raison et urinant dans les jardinières en pierre. Après le départ de Lafayette et la décapitation de Danton, l'autorité de Robespierre et du Comité de Salut public avait assuré leur protection. Le cousin Victor veillait à nouer les bonnes alliances, louvoyant d'un parti à l'autre selon ce qu'exigeaient les circonstances politiques du moment.

Fils du plus jeune frère du père de Marguerite, Victor était le dernier descendant mâle à porter le nom, les autres ayant commis l'erreur d'entraver le cours de la Révolution. Son sens de l'à-propos était infaillible. Dans le jeu sanglant de la politique, c'était un tacticien redoutable et aguerri.

— Vous habitez là ? fit Adrien.

Les yeux étrécis, il étudia les saillies en pierre de la façade, ainsi que les rambardes en fer forgé des fenêtres.

— De bonnes prises, faciles d'accès, commenta-t-il. Cambrioler cette maison serait un jeu d'enfant.

— Pour le moment, intervint Guillaume, je veux que tu montes la garde en faisant le tour du pâté de maisons jusqu'à ce que j'en aie terminé ici.

L'heure était donc venue de dire adieu à Adrien. Marguerite se retourna et déposa un bref baiser sur son front, le prenant de court. Ce fut un plaisir de mettre à mal son infaillible assurance, ne serait-ce qu'un bref instant.

— Sois prudent, lui recommanda-t-elle. Si jamais tu as des ennuis, frappe à la porte de service et dis-leur que tu as un message pour moi. Si je suis toujours en vie, je viendrai. N'oublie pas.

— C'est bien plus que ce que tu mérites, maugréa Guillaume. À présent, file.

Marguerite regarda Adrien disparaître au coin de la rue, tirant les ânes derrière lui.

— Vous lui faites trop d'honneur, déclara Guillaume. Et il ne mentait pas en disant pouvoir vous cambrioler facilement.

— Je le crois volontiers, même si je n'ai jamais connu de voleur professionnel. Ce doit être un compagnon de voyage intéressant. Est-ce si facile de nous voler ?

— Pour lui ? Sans aucun doute.

Après avoir déployé tant d'énergie et pris tant de risques pour gagner Paris, cela paraissait stupide de ne plus avoir soudain aucune envie d'y être. Il ne restait à Marguerite que cinq minutes à passer avec Guillaume Lebreton, peut-être dix. Elle avait évité d'y penser, mais ce n'était à présent plus possible. Ils étaient arrivés. Il ne leur restait plus qu'à traverser la rue.

Guillaume ne lui prit pas le bras. Il venait d'endosser une nouvelle identité en se plaçant en retrait, un pas derrière elle, comme tout humble serviteur est censé le faire. Elle devait reconnaître que c'était bien joué.

Marguerite s'arrêta devant la porte. Plusieurs tâches importantes allaient l'accaparer dès qu'elle aurait franchi ce seuil et serait redevenue la citoyenne Fleurignac. Elle aurait pourtant préféré rester Maggie encore un peu.

Au bout d'un moment, Guillaume commenta, amusé :

— Si vous voulez que cette porte s'ouvre, vous auriez tout intérêt à frapper.

— Vous êtes une fontaine de sagesse.

Il semblait ne s'intéresser qu'aux détails de la façade et aucunement à elle, ce qui l'aurait froissée si elle avait cru que cela reflétait réellement ses pensées.

Sans doute, en se jetant dans le vide du haut d'une des plus hautes montagnes des Alpes ou du Jura, devait-on ressentir ce qu'elle ressentait en cet instant. D'abord une sensation de flottement, l'impression d'être immobile entre ciel et terre. Et durant l'interminable chute, peut-être s'imaginait-on que l'issue n'était pas fatale, la destruction inévitable. Peut-être gardait-on secrètement cet espoir au cœur, jusqu'à ce que le sol vienne brusquement à votre rencontre et que tout soit fini.

C'était à cela qu'avait ressemblé son aventure avec Guillaume. Elle n'allait pas tarder à s'écraser au sol, c'était inévitable. Jamais plus elle ne traverserait la Normandie avec lui, ni l'emmènerait dans la chambre de Jeanne. Ils s'étaient déjà dit adieu de la manière qui importait. Debout devant la porte, Marguerite essayait de ne pas penser à ce qui allait suivre. Elle s'efforçait de se résigner à son sort, mais la sagesse avait des limites.

— Nous pouvons aussi rester plantés là un peu plus longtemps, ajouta Guillaume. Après tout, il fait beau.

— Encore une minute… Ensuite, je frapperai.

En lieu et place du cœur, elle avait à présent une pierre, lui semblait-il.

— Allez-vous demander à mon père de vous payer ? s'enquit-elle. Nous n'en avons pas reparlé.

— Je vais même insister.

Son visage était dénué d'expression.

— Cela paraîtrait étrange que je ne le fasse pas, reprit-il.

Un autre silence s'étira entre eux, puis :

— Je ne vous ai pas escortée pour l'argent. Vous le savez.

— Je ne sais rien de vous, hormis un assortiment de mensonges, répliqua-t-elle.

Elle n'avait aucun droit de se montrer mécontente. Elle s'autorisa néanmoins à l'être.

— À présent, vous voilà débarrassé de moi, conclut-elle. Soyez satisfait, vous n'aurez plus à vous donner la peine de me mentir.

— Exact. C'est tout moi. Vous m'avez percé à jour.

Elle n'oublierait pas cette voix rocailleuse. Personne d'autre ne parlait ainsi.

— C'était bien, reconnut-elle de mauvaise grâce. D'être avec vous.

Marguerite s'exprimait avec une prudence extrême. Leur interlude était presque terminé.

— Si les choses étaient différentes, j'aimerais…

Elle s'interrompit, soupira ; il n'y avait rien à dire, en fait.

— Mais les choses sont ce qu'elles sont, acheva-t-elle.

Il avait encore l'anneau qu'il lui avait demandé en gage. Celui de sa mère. Elle ne le lui avait pas réclamé et il n'avait pas offert de le lui rendre. Avait-elle tort de le lui laisser, et d'imaginer qu'il le chérirait ?

Elle l'imaginait le sortir de temps à autre, le tenir au creux de sa main en pensant à elle. Il n'y avait vraiment aucune limite à sa stupidité.

— Terminons-en une, décréta Guillaume.

Il la contourna et abattit le poing sur le battant, et le bruit lui parut assourdissant et définitif.

Elle avait goûté à la caresse de ses mains. Elle s'était nourrie de sa force. Il était à elle, songea-t-elle. Le cœur était décidément dépourvu de raison.

Janvier, le majordome, était déjà levé. Il portait désormais un haut-de-chausse et une veste noire sur une simple chemise. Plus de dentelle et de livrée de soie pour les serviteurs. Le vernis des idéaux révolutionnaires tenait bon dans la maison de son père.

— Mademoi… citoyenne ? Que…

Bouche bée, il se pencha pour jeter un coup d'œil dans la rue, à la recherche de la voiture, du cocher, de la chambrière, du valet de pied déchargeant les bagages. Puis son regard se fixa sur la balafre de Guillaume, et il demanda :

— Que s'est-il passé ? Où est votre voiture ? Pourquoi êtes-vous vêtue ainsi ?

Devait-elle en conclure qu'aucun soldat n'était venu ici pour l'arrêter ? La trahison qui était à l'origine du démantèlement de La Flèche dans toute la Normandie n'avait apparemment pas touché Paris. Nul n'y avait non plus eu vent de l'incendie du château.

— Vous n'avez pas envoyé de message, mademoiselle. Nous vous pensions en sécurité à Voisemont, débita Janvier.

Il s'effaça pour les laisser entrer.

— Il semblerait que je n'y sois pas, répliqua-t-elle. Où est mon père ?

C'était à lui qu'elle devait annoncer toutes sortes de mauvaises nouvelles. Ce serait ensuite au tour de Victor, qui ne se priverait pas de se plaindre et de la blâmer. La foudre aurait causé l'incendie du château qu'il l'en aurait quand même rendue responsable.

Guillaume la suivit dans le hall. Les mains derrière le dos, il étudia d'un air fasciné la statue en bronze d'une nymphe dans le plus simple appareil.

— Le maître n'est pas... commença Janvier.

S'interrompant, il regarda de nouveau dans la rue, comme s'il s'attendait à y voir paraître un attelage, puis il referma la porte.

— Mon père n'est pas quoi ? s'impatienta Marguerite.

— Il n'est pas ici. À proprement parler.

Elle sentit la peur lui mordre les tripes.

— Et où est-il ? À proprement parler.

Janvier ne répondit pas. Il n'était pas pour rien l'homme de confiance de son père. Il ne serait pas resté si longtemps à ce poste s'il n'avait été capable de tenir sa langue. Comme tout bon serviteur, il savait d'instinct quand se taire et quand parler.

Il était arrivé quelque chose, elle le sentait.

— Depuis quand mon père est-il parti ? reprit-elle. Une heure ? Un jour ? Une semaine ?

Janvier allait-il se décider à lui répondre ? Son père avait-il été arrêté ? Tiré de son lit au beau milieu de la nuit et traîné dans la rue par des gardes ? Cela pouvait arriver à n'importe qui, même à lui, si rusé et exaspérant fût-il.

S'il était derrière les barreaux, il était peut-être déjà trop tard. Il était extrêmement difficile de sortir qui que ce soit de prison.

À de nombreuses reprises, Marguerite avait proposé à son père de gagner l'Angleterre où il serait en sécurité. Elle s'était disputée avec lui, mais il n'avait rien voulu entendre. Elle espérait à présent qu'il avait choisi d'aller à Oslo pour observer la nidification des grues, plutôt que sur quelque champ de bataille pour mesurer l'habileté des artilleurs autrichiens. Avec son père, tout était possible.

Guillaume ne la regardait pas directement. Le visage de marbre, il observait son reflet dans un miroir.

Une porte s'ouvrit derrière elle. Ce n'était pas son père, mais Victor, qui n'aurait pas dû être là à une heure aussi matinale.

— Cousin Victor.

Elle s'inclina si brièvement que c'était à la limite de la politesse. Combien de fois son père ne lui avait-il reproché de n'être pas polie avec lui ?

— Janvier a perdu sa langue. Dites-moi : où est papa ?

— Où étiez-vous, Marguerite ? s'enquit-il, ignorant sa question. Nous croyions…

Il écarquilla les yeux, puis :

— Pourquoi êtes-vous habillée ainsi ?

Son regard se porta sur Guillaume, qui admirait d'autres nymphes, son intérêt dénotant davantage l'amateur de femmes nues que l'amateur d'art.

— Et qui est cet homme ? ajouta-t-il.

C'était une question que Marguerite se posait depuis un moment déjà.

— J'expliquerai tout cela à mon père. Où est-il ? Répondez-moi, s'il vous plaît. Pourquoi n'est-il...

— Plus tard, l'interrompit-il.

La dernière fois que Marguerite avait vu son cousin dans cette maison, il n'y donnait pas d'ordres. Quelque chose ne tournait décidément pas rond.

— Que faites-vous là ?

— Pas en présence des domestiques, aboya Victor.

Il lança un regard noir à Janvier, qui connaissait tous les secrets de la famille depuis deux générations, puis toisa Guillaume.

— Vous ne m'avez pas répondu, reprit-il. Qui est cet homme ?

— C'est à mon père de s'occuper de cela. Mais si vous préférez que nous poursuivions en privé, allons au salon.

« Fais comme si Guillaume n'était rien pour toi », s'exhorta-t-elle. Juste avant de quitter le hall, elle s'arrêta et lança comme si elle avait failli oublier :

— Asseyez-vous sur le banc de bois et attendez, citoyen Lebreton. Ne touchez à rien. Mon père va vous payer.

Comme Victor ne bougeait pas, elle ajouta à son adresse :

— Vous n'avez pas à vous soucier de cela.

— En l'absence de votre père, il me semble que si, rétorqua-t-il. C'est à moi que ces explications reviennent. Et c'est à moi de régler cette affaire.

Une lassitude sans nom submergea Marguerite. Guillaume devait quitter cette maison sans attendre, comprit-elle. Il devait s'éloigner de Victor au plus vite.

Victor n'était pas seulement son cousin et le dernier représentant masculin des Fleurignac. C'était un homme puissant. Radical parmi les radicaux, il était membre du Comité de Salut public et ami personnel de Robespierre. C'était un idéaliste, un être dépourvu d'humour, aussi coriace qu'une mauvaise herbe, à la morale rigoriste et aux convictions inébranlables.

Tout le contraire, en somme, de Guillaume Lebreton. Un mot de lui suffirait à le faire emprisonner et exécuter.

Marguerite poussa à dessein un soupir exaspéré.

— Voilà quatre jours que je cours les routes, cousin ! Je suis affamée et sale au-delà du supportable. Ce que vous me dites de papa m'inquiète et mérite d'être discuté en priorité. Le citoyen Lebreton peut attendre.

Jetant un coup d'œil à l'intéressé par-dessus son épaule, elle se ravisa :

— Revenez demain. Nous sommes occupés.

Le regard de Guillaume croisa brièvement le sien. Rien ne transparut de ce qu'ils avaient partagé.

— Qui est-ce ? répéta Victor, inébranlable. Expliquez-vous, Marguerite.

— Fort bien ! s'exclama-t-elle en levant les bras au ciel. Peut-être est-ce à vous de traiter cette affaire, après tout. Je vous présente le citoyen Lebreton, colporteur. Après qu'un désastre se fut produit à Voisemont – et vous n'imaginez pas à quel point c'en est un –, il a été assez aimable pour me prendre sous sa protection et m'escorter jusqu'ici. Je lui ai promis une récompense. Prenez l'argent dans le coffre et payez-le, s'il vous plaît.

— Cent louis d'or, précisa Guillaume.

L'air déterminé, il s'assit sur le banc qu'elle lui avait indiqué, et croisa les bras. En un clin d'œil, il était redevenu le marchand Lebreton, rusé et âpre au gain.

— En pièces d'or, précisa-t-il. Ni argent ni papier.

— Les patriotes acceptent les assignats, fit remarquer Victor d'un ton subtilement menaçant. Seuls les contre-révolutionnaires et les réactionnaires réclament de l'or. Savez-vous qu'il est contraire à la loi de refuser le papier ?

— C'étaient les termes du marché.

Comment réussissait-il un tel tour de force ? se demanda Marguerite, époustouflée. Un coin de la bouche relevé. La tête inclinée de manière à laisser sa balafre bien visible. Un changement de ton. Il n'en fallait pas plus pour le transformer en homme de sac et de corde, habitué des sombres ruelles et des faubourgs populeux du sud et de l'est parisiens. Même ses mains, qui serraient ses avant-bras, semblaient dangereuses – ces mêmes mains qui sur son corps avaient été d'une habileté divine.

« Ne provoquez pas Victor ! le supplia-t-elle en silence. Acceptez les assignats et partez. »

Elle préférait ne pas le regarder. Contrairement à lui, elle n'était pas certaine de pouvoir dissimuler ce qu'elle ressentait.

— Cousin ! Des affaires plus importantes que de marchander avec des commerçants nous appellent. Demandez à Janvier de s'occuper de régler cet homme et passons au salon. S'il vous plaît.

Victor adorait les affaires importantes, surtout s'il se trouvait en position de prendre des décisions.

— Vous avez raison, reconnut-il. Allez devant, je vous suis.

Marguerite se dirigea vers le salon. Alors qu'elle ouvrait la porte, elle entendit son cousin déclarer d'une voix sirupeuse :

— Vous feriez bien de vous méfier, citoyen Lebreton. Des hommes montent à la guillotine chaque jour pour des motifs plus futiles que l'insolence dont vous venez de faire preuve. Janvier va vous apporter l'argent que vous réclamez. Faites en sorte que je ne vous revoie plus jamais.

18

Doyle quitta l'hôtel de Fleurignac muni d'une bourse remplie de pièces d'or.

Hawker ne le rejoignit que lorsqu'il lui eut adressé le signal convenu.

— Vous l'avez laissée là-bas ? s'étonna-t-il.

— Exact.

— Le père était là ?

— Non. Il y avait un cousin, qui semble avoir emménagé chez eux. Drôle de zèbre. Elle ne l'aime pas.

Traînant les ânes en remorque, ils cheminèrent un long moment en silence. Finalement, n'y tenant plus, le garçon formula la question qui lui brûlait les lèvres.

— Drôle comment ?

Doyle sourit, songeant qu'il pourrait lui faire traverser tout Paris en jouant de sa curiosité.

— Drôle par le nombre d'hommes qu'il a tués, répondit-il. Un genre de philosophe utopiste, ce Victor de Fleurignac. Ce qui, de nos jours, revient à couper la tête de tous ceux qui ne pensent pas comme vous. Il en a une petite dizaine à son actif, jusqu'à présent. Il voulait m'ajouter à sa collection, et il l'aurait fait si Maggie ne s'y était pas opposée. À juste titre, je ne lui reviens pas et il se méfie de moi.

Doyle tourna à droite dans la rue Riquier, fit halte et feignit de vérifier le harnachement des ânes. Sans doute n'étaient-ils pas suivis, mais c'était difficile d'en être certain dans ce secteur de la ville.

À ses côtés, Hawker fulminait.

— Vous l'avez laissée avec un assassin ?

— Il n'a jamais tué personne avec ses petites mains blanches, précisa-t-il. Tout se passe dans l'ordre et au nom de la justice, sous les auspices du Comité de Salut public.

— Vous l'avez laissée là parce que vous pensez que son père va la rejoindre.

— À moins qu'elle n'aille le rejoindre. L'un ou l'autre.

Après avoir incité les ânes à se remettre en route d'un claquement de langue, Doyle ajouta :

— Elle est ce qu'on pourrait appeler un appât.

— Vous la traitez comme ça ? grommela Hawker. Après ce qui s'est passé dans cette chambre. J'ai tout de suite compris quand vous êtes redescendus : vous souriez comme un idiot, et elle ronronnait comme une chatte.

Son indignation n'était pas feinte.

— Heureusement que son cousin n'a pas le même flair que toi, se félicita Doyle. Sinon, je serais déjà en route pour l'échafaud.

Hawker haussa les épaules.

— Qu'est-ce qu'on va faire de ces deux-là ? s'enquit-il en désignant les ânes. On en a plus besoin. Autant les vendre.

— Tu ne veux pas les mitonner en ragoût ? Je croyais que c'était ton rêve.

Cette suggestion parut scandaliser Hawker, qui s'écria :

— On mange pas ses propres ânes ! Et on utilise pas sa femme comme...

Il envoya un caillou rouler dans le caniveau d'un coup de pied et conclut :

— ... appât ! C'est le genre de distinction que font les gentlemen.

Un attelage les dépassa à grand bruit. Quand le silence revint, Doyle expliqua calmement :

— La mule est plus savoureuse que l'âne, si tu veux mon avis. Je t'emmènerai dans un café où on peut goûter les deux. Il y en a un sur la rive gauche.

— Je préfère pas. Vous auriez pu trouver un moyen de la garder si vous aviez voulu.

— Je me suis déjà donné bien du mal pour la conduire là où elle est.

Hawker ricana.

— Vous ne me ferez pas croire ça.

— Si elle est complice de son père qui assassine des officiers de notre armée, elle ne mérite pas mieux. Et si elle ne l'est pas, elle demeure notre seule chance de le trouver.

Il faisait grand jour, à présent. Tout le monde devait être levé dans le quartier général du Marais.

— Fleurignac sait qui doit mourir, ajouta Doyle. Quand je lui mettrai la main dessus, nous le saurons aussi. Maintenant écoute-moi. Sais-tu où nous sommes ?

Hawker s'orienta et pointa du doigt deux directions.

— Notre-Dame est là, dit-il. L'hôtel de Fleurignac ici.

Il dévisagea Guillaume un instant avant d'ajouter :

— Ça vous plaît pas d'avoir dû la laisser là-bas.

— Je ne suis pas obligé d'aimer tout ce que je fais.

— On ira la rechercher quand ?

— Quand le moment sera venu. Je vais partir seul par cette rue – la rue Cairel. Tu vas me suivre discrètement, histoire de t'entraîner un peu. Si tu perds ma trace, retrouve-moi sur la rive droite, en aval du Pont-Neuf.

D'un signe de la main, Hawker acquiesça.

« Voyons ce que tu as dans le ventre, mon garçon », se dit Doyle en s'éloignant avec les ânes.

— Brûlé ? Le château aurait brûlé ? Non ! C'est impossible ! Non, non, non, non !

Tante Sophie jacassait comme un perroquet et tapait du pied. Dans un monde soumis à l'incertitude, elle demeurait terriblement prévisible. Pour un oiseau échappé de sa cage comme pour la chute d'un roi, pour un éventail brisé ou l'incendie d'un château, c'était la même réaction outrée.

Marguerite fit de son mieux pour la calmer jusqu'à ce que les servantes viennent la chercher. Victor ordonna qu'on lui prépare une tisane de fenouil et de lavande, ainsi que des compresses pour sa migraine. Lorsque tante Sophie sortit enfin en sanglotant, un silence bienfaisant retomba dans la pièce.

Le salon était aussi sombre qu'étouffant, aussi Marguerite commença-t-elle par tirer les rideaux et ouvrir la fenêtre. Elle alla ensuite éteindre les chandelles qui éclairaient peu et ajoutaient à la chaleur.

Victor donna quelques ordres supplémentaires à Janvier. Toute activité devait cesser dans la maison. La chambre de sa mère devait être plongée dans le noir complet. Une servante devait la veiller en permanence. Sucer des pastilles pouvait aider la malade. Victor considéra gravement les mérites respectifs de plusieurs d'entre elles avant de se décider.

Le cousin Victor devait s'être installé à l'hôtel de Fleurignac depuis quelques semaines déjà. Le temps pour tante Sophie d'encombrer le salon de boîtes de dragées et de représentations de chérubins grassouillets. Des trois horloges dont le tic-tac brisait le silence aucune ne marquait la même heure. Qui avait besoin de trois horloges ?

Il devait s'agir de butin républicain arraché aux demeures patriciennes de la capitale. Marguerite était certaine d'avoir vu deux d'entre elles chez des amies.

Janvier s'en alla surveiller la préparation de la tisane. Victor attendit que la porte se referme et s'exclama :

— Il ne fallait pas lui annoncer la nouvelle de cette manière ! Ma mère est une femme d'une grande sensibilité.

— Difficile d'annoncer en douceur qu'un château entier a brûlé, objecta-t-elle.

— Ma mère n'avait pas besoin de connaître l'étendue du désastre.

Il tournait comme un lion en cage en faisant de grands gestes. On aurait dit qu'il s'adressait à un auditoire.

— Mon Dieu ! reprit-il. C'est une perte irrémédiable. Comment cela a-t-il pu se produire ? Il devait y en avoir pour une fortune rien qu'en tableaux ! Et la bibliothèque ! Savez-vous combien votre père a dépensé en livres ?

— J'en ai une idée assez précise. Rassurez-vous, les serviteurs sont saufs, et je m'en suis tirée à peu près indemne, merci.

— Naturellement, je suis soucieux de votre bien-être, se défendit-il, la bouche pincée, les narines frémissantes.

On disait de lui qu'il était bel homme. Elle ne comprenait vraiment pas pourquoi.

— Si les villageois ont incendié le château, reprit-il, c'est votre faute, Marguerite. Si vous étiez restée à Paris, comme je vous l'avais suggéré, rien ne serait arrivé.

Avoir une discussion avec lui était impossible. Il en arrivait toujours à enchaîner sans la moindre logique les arguments les plus disparates.

— Les hommes qui ont fait cela venaient de Paris, fit-elle remarquer.

— C'est bien ce que je disais ! Des agitateurs politiques parcourent le pays, cherchant à susciter des troubles. Vous les avez provoqués en demeurant au château. Si vous n'aviez pas été là, seule, les villageois n'auraient pas dévasté le domaine.

— N'accusez pas mes villageois, protesta-t-elle. Deux hommes sont arrivés de Paris, avec des ordres du Comité de Salut public et ont excité la lie de la taverne…

— Ridicule ! Si de tels ordres avaient été donnés, j'en aurais été informé. Vous croyez que personne n'a jamais dénoncé les bouffonneries de votre père ?

Il continuait d'arpenter le salon à grands pas.

— J'aurais neutralisé de tels ordres s'ils avaient été donnés, assura-t-il. J'ai jusqu'à présent réussi à garder les Fleurignac à l'abri de la tourmente. Sans même parler de l'affection que j'ai pour vous…

Oui, bonne idée, évitons d'en parler.

— … je ne peux accepter qu'on s'en prenne à ma famille. Pensez-vous que j'occupe la position qui est la mienne en n'ayant pas d'ennemis ? Votre entêtement et la stupidité de votre père qui vous a permis de vivre seule…

— Je m'occupe seule de ce domaine depuis…

— Votre père a fait montre d'une faiblesse coupable ! coupa-t-il. Il n'aurait pas dû accepter de vous laisser n'en faire qu'à votre tête. Dieu sait quels bruits vont courir lorsque la nouvelle s'ébruitera. C'est exactement le genre de notoriété que je cherche à éviter. Si vous étiez restée à Paris, sous la protection de votre père et la mienne, rien de tout ceci ne se serait produit.

— Où est mon père ?

Cela suffit à mettre un terme à son flot de paroles.

Victor garda le silence une seconde de trop, avant de répondre :

— Je pensais qu'il était avec vous. À Voisemont.

Un immense soulagement envahit Marguerite. Si son père avait été arrêté, Victor le saurait. Il ne couvrait donc pas les murs d'une quelconque prison de ses équations, exaspérant ses codétenus et poussant ses gardiens au meurtre. Comme cela lui arrivait souvent, il était simplement porté manquant.

— Savez-vous s'il a quitté Paris ? s'enquit-elle.

Après avoir grincé des dents, Victor répondit de mauvaise grâce :

— Je ne peux que le présumer. Il a préparé un sac et a disparu sans m'informer de sa destination.

Il avait l'air si contrarié que, pour un peu, elle aurait eu pitié de lui.

— Je peux vous assurer qu'il n'a pas émigré, si c'est ce qui vous inquiète.

Hélas, il n'avait pas suffisamment de bon sens pour cela !

— Quoi qu'il ait pu advenir de lui, reprit-elle, c'est en France qu'il se trouve.

Ce qui ne limitait en rien les ennuis dans lesquels il était capable de se fourrer.

— J'aimerais pouvoir y croire, se lamenta Victor.

— Si vous vous inquiétiez pour lui, vous auriez dû m'écrire, je vous aurais rassuré. C'est aimable à vous d'être venu nous rendre visite, bien sûr. De même pour votre mère, même si le moment ne s'y prête guère.

Elle traversa la pièce pour tirer le cordon de service avant d'ajouter :

— Nous retrouverons papa sur une péniche à Puteaux, en train de mesurer le magnétisme de la Seine, ou dans un mausolée, occupé à étudier la boîte crânienne d'un génie. À moins que… je crois qu'il était question de planètes, dans sa dernière lettre. Je n'y ai pas prêté attention. En tout cas, ce n'était rien de politique.

— Tout est politique, Marguerite.

Victor vint se camper devant elle – bien trop près à son goût – et demanda :

— Que s'est-il passé entre ce paysan et vous ?

Elle eut un petit rire amusé.

— Entre ce colporteur et moi ? Ne soyez pas vulgaire !

— Vous êtes restée en compagnie de ce vaurien pendant des jours.

— Ce n'est pas un vaurien, Victor. Un commerçant, certes, mais ils ont leurs propres codes et leurs vertus.

« Fais attention à ce que tu vas dire, s'exhorta-t-elle. Fais très attention. »

— Il s'est montré excessivement respectueux, répondit-elle. C'en était presque gênant. Tous les petits-bourgeois n'éprouvent pas le besoin de se montrer violents vis-à-vis des aristocrates. Certains obéissent encore à l'ordre ancien. Rien d'autre ne l'intéressait que l'argent. Il a des vues sur un certain bout de terrain, au bout du monde, et sur la fille d'un meunier.

Elle s'était arrangée pour laisser transparaître une certaine ironie dans cette dernière phrase.

— Votre père attendrait de moi que je veille à votre réputation, insista Victor.

— Mon père attendrait de vous que vous lui laissiez ce soin, rétorqua-t-elle. Ou à moi.

Plus que jamais, elle en voulait à son cousin. À cause de lui, elle avait dû ignorer Guillaume et le traiter de piètre manière. Il avait gâché leurs adieux.

Victor finit par se détourner.

— Je n'ai pas aimé sa façon de vous regarder, avoua-t-il.

— À cause de son visage balafré, sans doute. Vous avez vu comme il est laid ? Mais le pauvre n'y peut rien.

En pivotant sur ses talons, elle conclut :

— Je vais me retirer, à présent. Toutes ces histoires m'ont épuisée. Je vais prendre le café dans ma chambre et écrire des lettres. Je dois annoncer à toutes mes amies que je suis de retour en ville.

Avec une impolitesse délibérée, elle étouffa un bâillement, puis annonça :

— Je me rendrai aux bains cette après-midi. Cela me fera le plus grand bien. Je me sens souillée jusqu'au fond de l'âme par les événements de cette dernière semaine.

— Ce n'est guère le moment, protesta Victor. Ma mère voudra sûrement...

— Je ne vous demandais pas la permission, cousin.

Marguerite gagna la porte du salon sans se presser. Elle ne tenait pas à tomber sur un valet de pied, l'oreille collée à la serrure.

— Commandez ce que vous désirez pour le déjeuner, lança-t-elle par-dessus son épaule. Je serai sortie. Je n'ai pas besoin de vous dire de faire comme chez vous.

Elle était fourbue. Non pas à cause du voyage – elle aurait pu aller en Mongolie et en revenir avec Guillaume sans éprouver une telle lassitude. C'était d'avoir dû renoncer à lui qui la minait. Un quart d'heure loin de lui avait suffi à lui ôter toute joie de vivre.

Faire son devoir n'était pas si difficile. C'était ensuite que les choses se compliquaient. Hélas, il était possible de survivre longtemps après s'être sacrifiée ! Des années et des années.

Elle était une Fleurignac. Par sa seule volonté, elle était devenue Pinson, et dirigeait La Flèche. Rien de tout cela n'avait à voir avec Guillaume Lebreton, quel qu'il puisse être.

Aimer était douloureux. Jamais elle ne recommanderait à aucune de ses amies de s'y laisser aller.

Derrière elle, Victor lança :

— S'il y a quoi que ce soit entre vous et ce colporteur, il faut y mettre un terme.

Il paraissait contrarié, comme souvent. Le gamin malveillant, prompt aux manigances et aux rodomontades avait laissé la place à un homme déplaisant, dont les menaces ne devaient pas être prises à la légère.

Aussi s'efforça-t-elle de lui répondre d'un ton léger :

— Vous avez l'intention de poursuivre ce pauvre Lebreton jusque dans un taudis du faubourg Saint-Antoine ? Il ne vous appartient pas de jouer les vengeurs, surtout envers un homme qui m'a si bien servie. Mais il est vrai que vous n'avez jamais su comment vous conduire avec les serviteurs.

Le cœur lourd, elle devait se résoudre à parler de Guillaume comme s'il s'agissait d'un moins-que-rien. C'était le seul moyen de le protéger.

— L'année prochaine, conclut-elle, j'enverrai un cadeau de baptême à la fille du meunier. Si ce genre de choses se fait encore. Et si j'arrive à me souvenir de l'endroit où il m'a dit qu'elle habitait.

19

William Doyle se sentait bien dans le Marais. Un homme pouvait s'y promener à toute heure du jour dans la tenue qui lui plaisait sans se faire remarquer. Même les ânes donnaient l'impression d'y être chez eux.

Hawker marchait à côté de lui d'un pas souple, sur le qui-vive, les yeux fureteurs.

— Beaucoup de bruit, commenta-t-il. Trop de monde.

— Des gens de toutes sortes, ce qui est un avantage pour nous, fit remarquer Doyle. Un endroit parfait pour se fondre dans la masse, si tu es poursuivi.

C'était dans le Marais que les services d'espionnage britanniques avaient installé leur quartier général. Des spécimens variés d'humanité vivaient ici côte à côte. Les plus riches dans les appartements clairs et spacieux situés au rez-de-chaussée. Les grisettes et les travailleurs dans les étages supérieurs et sous les combles, où les loyers étaient moins chers. Artisans et boutiquières passaient d'un pas pressé. Des servantes promenaient d'irascibles petits chiens ou rapportaient le pain du jour dans les grandes demeures bordant la rue. Les plus pauvres ne quitteraient leurs greniers que plus tard, quand la chaleur les rendrait invivables.

Quiconque se serait intéressé à Doyle aurait vu en lui un marchand ambulant écoulant sa marchandise aux portes de service des maisons de maître. Mais c'était bien autre chose que le contrôle des prix qui occupait ses pensées.

Il n'aurait pas dû la laisser là-bas.

Le cousin Victor allait deviner ce que Maggie et lui avaient fait ce matin. Il avait beau n'avoir qu'égalité et fraternité à la bouche, c'était l'orgueil des Fleurignac qui s'incarnait en lui. Mieux valait éviter cet homme.

La rue Pierre-le-Sage était un passage étroit dans lequel deux hommes ne pouvaient circuler de front. Pour y pénétrer, Hawker et lui durent se placer en file indienne, chacun tirant un âne. Il avait beau l'avoir abandonnée, Doyle avait l'impression qu'un lien le reliait encore à Maggie.

Elle aurait voulu mettre à la porte cet élégant cousin qui avait tout d'une sangsue, c'était évident. Et c'était là une raison de plus pour retrouver son père. Après tout, n'était-ce pas pour profiter de cette aubaine qu'il l'avait escortée jusqu'à Paris ? Il ferait en sorte que des hommes la surveillent et saurait ainsi si un danger la menaçait. Il n'y avait aucune raison d'imaginer que Victor chercherait à lui faire du mal. Elle ne paraissait pas avoir peur de lui.

« Ce n'est pas comme si tu pouvais l'emmener chez toi pour la garder jalousement à l'abri », se dit-il.

Depuis la rue, on ne voyait des maisons du quartier que de hauts murs aveugles percés de portes cochères gardées par des concierges méfiants.

Le quartier général de l'espionnage britannique était rue de la Verrerie. Doyle avait vingt-neuf ans, servait depuis une douzaine d'années, en tant qu'agent indépendant depuis six ans, mais c'était la première fois qu'une femme venait le distraire de sa mission. Quand il se fut annoncé, un vantail ménagé dans la double porte peinte en bleu s'entrouvrit.

— C'est moi, annonça-t-il. Accompagné de celui-ci...

Ce disant, il tira Hawker pour qu'il soit bien visible. Un agent pouvait se présenter au Q.G. en compagnie d'un tigre sauvage si cela lui chantait, pourvu que le portier enregistre sa présence. Ce dernier s'écarta et ouvrit plus grand le battant pour les laisser passer, suivis de Dulce et de Decorum.

Tout était tranquille à l'intérieur, mais même à cette heure matinale, la maisonnée était réveillée. Les volets de la cuisine ainsi que les fenêtres étaient ouverts. Un balai fut secoué par la porte de la cage d'escalier. Sous les bacs à fleurs disposés sur le pourtour de la cour, des flaques d'eau assombrissaient le dallage. Dulce s'approcha de l'un d'eux et s'attaqua aux géraniums.

— À vous entendre en parler, j'imaginais ça plus grand, avoua Hawker.

Il examinait les lieux d'un œil affûté, supputant sans doute ses chances d'y pénétrer par effraction.

Tous ceux qui se trouvaient là, derrière chaque fenêtre, appartenaient aux services britanniques. Doyle se sentait ici chez lui. S'il y avait en France un endroit où il était en sécurité, c'était bien là.

Il était attendu. La porte de la cuisine s'ouvrit. Helen Carruthers, qui dirigeait la section française sous le nom d'Hélène Cachard, vint à sa rencontre. D'un âge avancé, elle s'habillait de noir, était maigre et avait le dos droit comme un « i », ainsi qu'un visage invariablement sévère couronné de cheveux blancs. Vêtue d'une robe à rayures rouges, son assistante, Althea, ronde, rose et souriante, la suivait comme son ombre.

— Je vois que tu as survécu, se réjouit Carruthers.

Elle posa les mains sur ses épaules, les étreignit brièvement et recula.

— Ce que tu as fait à Londres est arrivé jusqu'à nos oreilles. Pas mal.

De sa part, c'était ce qui devait ressemblait le plus à des effusions. Il se demanda ce qu'elle savait exactement de sa dernière mission à Londres. Tout, probablement.

Restait à faire les présentations.

— Adrian Hawkins. Hawker.

Carruthers était capable de faire du mutisme une arme. Dans le silence glacial qui s'ensuivit, il s'étonna de ne pas voir les fleurs se flétrir.

— Vous n'êtes pas le bienvenu ici, dit-elle enfin en crucifiant Hawker d'un regard noir.

— Je n'ai pas demandé à venir, répondit le garçon dans un français des plus châtiés. Madame.

Un regard suffit à Carruthers pour le tailler en pièces.

— Je n'ai d'autre choix que de vous accueillir, reprit-elle. Mais vous resterez hors de ma vue, compris ?

Elle héla une jeune femme qui passait.

— Claudine ! Emmenez ce... rat dans la chambre sous les combles et faites en sorte qu'il y reste jusqu'à ce qu'on ait besoin de lui. À partir de maintenant, je ne veux plus rien savoir de son existence. Guillaume, veuillez me suivre.

En lui emboîtant le pas, Doyle songea que, tout compte fait, les présentations s'étaient bien passées.

Hawker grimpa l'escalier jusqu'au grenier derrière la jeune Claudine, heureux d'échapper au dragon qui l'avait accueilli en bas.

Avec celle qui le guidait, en revanche, il aurait pu s'entendre comme la flamme avec l'allumette. Même si elle était plate comme une limande, sa démarche chaloupée indiquait qu'elle n'était pas innocente, et qu'elle devait être douée au lit.

Hawker adorait les femmes. Sans elles, le monde aurait été un bien triste endroit, et les moins belles étaient souvent les plus torrides, les plus tendres et douces, les meilleures amies. Quel besoin de courir après de sublimes beautés alors qu'il existait des filles comme celle-ci ?

Quand ils arrivèrent à destination, Claudine le regarda de haut et annonça :

— Voilà ta chambre.

Sans doute se demandait-elle si elle devait le traiter comme un garçon ou comme un homme. Hawker n'aurait pas demandé mieux que de satisfaire sa curiosité.

— Très aimable, mademoiselle.

— Appelle-moi « citoyenne Claudine », dit-elle sèchement. Nous faisons tout pour paraître d'excellents citoyens de la République. Tu as ce qu'il te faut ? Tu auras tes affaires plus tard, quand tes ânes seront déchargés.

Bon courage à celui qui s'en chargerait ! Il espérait que personne n'irait faire l'inventaire de la fausse monnaie, vu qu'il n'avait pas manqué de se servir.

— Tu pourras te laver plus tard à la pompe, dans la cour, ajouta-t-elle. En attendant, tu as de l'eau dans le pichet.

Cela ressemblait à une suggestion. Hawker commençait à y être habitué. On vouait un culte à la propreté, dans les services secrets britanniques.

La chambre était coquette. Il y avait des rideaux à la fenêtre, un tapis sur le parquet, et vu la taille du lit, il serait seul à y dormir. Les draps étaient propres. Dans un coin, une table sur laquelle avaient été disposés une bassine et un pichet de céramique, ainsi que des linges de toilette blancs soigneusement pliés. À ses yeux, c'était un fichu palais.

L'ensemble sentait le propre. Il cambriolait des endroits tels que celui-ci, mais il n'y vivait pas.

— Charmant, commenta-t-il.

Il s'était attendu à être jeté dans un cachot, et peut-être enchaîné. Ils savaient parfaitement qui il était.

— C'est Althea qui prépare les chambres, expliqua Claudine. Il faudra la remercier, ainsi que la citoyenne Cachard, qui t'a attribué celle-ci.

Hawker garda un visage de marbre. Dans cette maison, Claudine pouvait avoir bien des talents, y compris celui de venir l'étouffer dans son sommeil. Ce qui ajoutait – comme Lazarus l'aurait dit – un certain piquant à la situation.

— Reste ici tant qu'elle ne te fait pas appeler, conseilla-t-elle. Si tu es patient, je viendrai peut-être t'apporter à manger.

Sur ce, elle sortit et verrouilla la porte à double tour. Plus il vivait – et cela faisait déjà douze ou treize ans que cela durait –, moins Hawker comprenait les femmes.

Enfin seul, il alla ouvrir la fenêtre. Celle-ci donnait sur la cour, et il ne fallait pas compter en réchapper en cas de chute. Mais le toit se trouvait juste au-dessus, et lui était accessible. « Une fois sur le toit, la maison est à toi », avait coutume de répéter Lazarus. Contrairement à la plupart des choses qu'il disait, cette parole était d'or.

C'était lui qui l'avait mis dans le pétrin. Lazarus l'avait envoyé en mission dans le quartier général des services secrets britanniques de Meeks Street, à Londres. Et lorsque les choses avaient mal tourné, c'était également lui qui l'avait dénoncé et livré.

Tout avait pourtant commencé normalement, par une descente, tête la première, dans un conduit en brique noir de suie. Pendu comme une araignée au bout d'une corde, il s'était félicité que la cheminée n'ait pas été utilisée dernièrement. Ce n'était pas toujours le cas.

En passant avec précaution la tête hors de la cheminée, il avait constaté que la pièce, éclairée par une veilleuse, n'était pas occupée. Il ne lui était ensuite resté qu'à se rétablir et à éviter de marcher dans la cendre pour ne pas laisser de traces de pas. Lazarus avait fait un plan des lieux assez sommaire. S'il existait des preuves de ses activités illicites avec les Français, c'était dans le bureau de Galba, chef de l'espionnage anglais, qu'il fallait les chercher. Trouver ces documents, repartir par le même chemin : rien de bien compliqué, il n'était supposé tuer personne. Ce n'était tout de même pas sa faute si Galba l'avait surpris en pleine action.

Il entendit dans la cour le bruit des sabots de Claudine. Dès qu'elle se fut éloignée, Hawker grimpa sur la fenêtre, satisfait de sentir ses muscles gonfler sous sa chemise. Il s'étoffait, ces temps-ci.

Sachant ce qui l'attendait en bas à la moindre faute, il mit toute son habileté, toute sa souplesse et toute sa force à contribution pour escalader le mur. Ses doigts et le bout de ses chaussures faisaient le meilleur usage de la moindre prise. Enfin, au prix d'un ultime effort, il parvint à se hisser sur le toit. « Beau travail ! » se félicita-t-il. S'il ne se faisait pas de compliment, qui s'en chargerait ?

En veillant à faire le moins de bruit possible, Hawker explora le toit. À l'arrière du bâtiment, la voix de Doyle lui parvint soudain. Comprenant qu'il discutait avec Carruthers, il décida d'aller tendre l'oreille. Recueillir des informations secrètes était pour lui aussi gratifiant que de ramasser un diamant dans une ruelle sordide. Vu sa situation, cela pouvait également lui permettre de vivre assez longtemps pour voir son quatorzième anniversaire.

La gouttière qui courait au coin de l'immeuble, et jusqu'au rez-de-chaussée, se révéla assez solide pour supporter son poids. Au prix de quelques éraflures sur les doigts, il s'y laissa descendre d'une dizaine de pieds. Son genou donnait à nouveau des signes de faiblesse, mais il décida de l'ignorer.

— ... petite fouine enragée, disait Carruthers. Je lui briserai moi-même le cou, si vous êtes trop délicat.

Cette vieille garce s'imaginait qu'elle pourrait le tuer. Il gèlerait en enfer avant qu'elle y arrive.

La réponse de Doyle ne lui parvint que par bribes.

— … de mauvaises habitudes. Nous devons…

Dommage qu'il n'ait pas compris de qui il parlait. De lui, probablement.

— Vous ne voyez que le côté anglais des choses, reprit Carruthers. Il y en a eu sept autres au cours des six derniers mois en Autriche. À peine vingt ans. Les meilleurs de leur classe. C'est ignoble…

Hawker entendit le bruit caractéristique de la porcelaine entrechoquée. Sans doute prenaient-ils le thé.

Le service s'inquiétait de ce qui se passait en Autriche ? Fleurignac avait dû dresser plusieurs listes.

Cette fois, il n'entendit pas la réponse de Doyle.

— … ressources, poursuivit son interlocutrice. Nous faisons profil bas tant que les Français se guillotinent entre eux. Mais je devrais pouvoir réserver un homme ou deux pour surveiller la fille de Fleurignac.

— … me fassent directement leur rapport. Et qu'ils s'y mettent dès aujourd'hui. Qu'ils la suivent chaque fois qu'elle met un pied dehors. J'ai besoin…

Facile de savoir de quoi Doyle avait besoin. Et n'était-ce pas le plus drôle ? Un homme comme lui, qui pouvait avoir toutes les femmes qu'il voulait, rechignait à saisir sa chance avec celle-ci ?

Ils parlaient à présent trop bas pour qu'il saisisse tout. Doyle mentionna les faux assignats qu'ils avaient convoyés, affirmant que c'était un soulagement de s'en débarrasser. Puis Carruthers déclara :

— Cela ne fait pas partie de mes priorités, mais ce serait un plaisir de tordre le cou à ce reptile venimeux que vous avez introduit ici.

C'était lui. Reptile et fouine, il ne manquait décidément pas de qualités.

La voix sourde de Doyle lui fit l'effet d'un grondement, puis :

— … fallait plus pour tuer Galba… récupéré, sauf qu'il ne peut plus jouer de son satané violon et…

Encore un passage inaudible et finalement :

— ... est à moi. Ne faites rien sans m'en parler. J'ai des plans pour lui.

Le temps était venu pour Hawker de lever le camp. Il le sentait intuitivement. Un voleur qui n'avait pas ce sixième sens ne survivait pas longtemps. Lazarus lui avait affirmé qu'il avait un instinct très sûr. Et ce que lui dictaient ses tripes à cette minute, c'était de déguerpir au plus vite.

Il pouvait regagner sa chambre par le même chemin, ou poursuivre sa descente, traverser la cour et escalader le mur pour se fondre dans Paris. Ce que Doyle aurait appelé une conclusion courue d'avance.

Souplement, il se laissa glisser jusqu'à terre. D'extrême justesse, il parvint à s'aplatir contre le cabinet d'aisance quand Doyle passa la tête par la fenêtre. « Pas mal ! admit Hawker. Vous devez être un des meilleurs, mais je suis meilleur encore. »

Cette maison était un vrai moulin à vent. Il s'en échappa en moins de trois minutes et put remonter tranquillement la rue de la Verrerie. Les mains dans les poches, il se mit à siffloter un air qu'il avait entendu ce jour-là – une chanson qui parlait de crime.

Paris était décidément une sacrée ville.

— Je ne le vois pas.

Doyle laissa retomber le rideau et ajouta :

— Mais il doit être caché derrière cette cabane, en bas. Vous me devez un louis.

Carruthers fit la grimace et maugréa :

— Il a rampé le long de ce mur ? C'est donc du sang de lézard qu'il a dans les veines ? Sale petit monstre ! Je dois admettre que je n'ai rien entendu.

— Vous pouvez vérifier dans sa chambre si vous voulez. Mais il ne risque pas d'y être.

Après avoir fendu un petit pain, Doyle le garnit de fromage.

— Ce n'est pas parce qu'il vous a été confié qu'il faut lui faire confiance, observa Carruthers. Vous le savez.

— Il ne m'a pas été confié. Je l'ai gagné aux cartes.

— Il doit mijoter de vous trancher la gorge une de ces nuits dans votre sommeil.

— Qu'il essaye.

Doyle prit quelques morceaux de sucre dans le sucrier et les fourra dans la poche de son pantalon avant d'ajouter :

— Pour l'instant, je crois qu'il va m'être utile pour retrouver l'homme qui a amené la liste de Fleurignac à Londres. Il doit trouver quelque chose coûte que coûte.

Après s'être levé, il poursuivit :

— Je dois y aller. Savons-nous qui dirige La Flèche ?

Un sourcil arqué, Carruthers répondit :

— La branche parisienne est dirigée par un botaniste du Jardin des Plantes : Jean-Paul Béclard. En Normandie, c'est une femme qui a « Pinson » pour pseudonyme.

— Dans ce cas, Marguerite de Fleurignac est Pinson. Je l'ai vue à l'œuvre là-bas : elle donnait des ordres à tout le monde. Je vous en dirai plus à mon retour.

— En détail, s'il vous plaît.

Carruthers collectait avec délice tous les secrets petits ou grands qui circulaient en France.

— Une femme issue de la vieille aristocratie normande, reprit-elle d'un air songeur. Oui, cela paraît vraisemblable. Les Fleurignac n'en ont jamais fait qu'à leur tête.

— Helen, j'ai besoin d'être sûr que rien ne lui arrivera. Pas seulement pour des raisons professionnelles.

Sa remarque lui valut un regard inquisiteur, au terme duquel Carruthers répondit :

— Je la protégerai.

Trois mots. De sa part, il n'avait pas besoin de plus.

— Je vous remercie. Je voudrais Pax pour équipier.

— Il est à vous. Je l'ai prévenu.

Doyle alla récupérer son chapeau. Un regard dans la cour lui apprit que Pax l'attendait déjà près de la porte cochère entrouverte.

— Si mon « rat » revient, prévint-il, ne le tuez pas.

— S'il revient.

— Avec lui, tout est possible.

— Pensez-vous honnêtement que vous pourrez tirer quelque chose de ce petit animal nuisible ? Il n'est pas très avisé d'adopter de jeunes scorpions. Tôt ou tard, ils deviennent venimeux.

— Il sera l'un des plus grands d'entre nous, Helen. Je le sens. Et si ce n'est pas le cas, je le tuerai moi-même.

20

— L'agent William Doyle m'a échappé aux Halles, expliqua Justine, tête basse. Avec ses ânes. Il a pénétré dans la cour de l'écurie d'une auberge, et j'ai perdu la trace de ses montures au milieu des autres bêtes. Je suis moi-même un âne, et j'ai honte.

Madame sourit de sa mésaventure. Non pas ouvertement – elle était trop gentille pour cela –, mais une lueur amusée brillait dans ses yeux.

— Il est fort, commenta-t-elle. Très fort.

— Je ne suis moi-même pas mauvaise, fit valoir Justine. J'en ai le cœur brisé. J'aurais juré qu'il n'était pas né, l'homme qui me sèmerait dans *mon* Paris. Et voilà que je me fais avoir par un Anglais.

Mais elle avait encore pire à confesser.

— Le garçon aussi a disparu peu de temps après qu'ils ont quitté l'hôtel de Fleurignac. Bien sûr, je n'étais pas spécialement chargée de le suivre, mais c'est une mortification à ajouter à la précédente. Je n'ai aucune idée de l'endroit où il a pu aller.

Elles se trouvaient dans le salon, la plus belle des pièces du bordel. Murs peints en beige clair, rideaux bleus à festons dorés, meubles délicats, l'endroit était on ne peut plus élégant. Aucun élément ne se trouvait là par hasard ni ne jurait avec l'ensemble. Un jour, se promit Justine, elle aussi créerait une semblable harmonie autour d'elle.

Madame lui préparait une tasse de chocolat avec le lait chaud que Babette venait d'apporter de la cuisine. Quand Justine était entrée, elle lui avait tendu son propre châle en soie pour qu'elle ne se sente pas déplacée, avec ses habits de servante, dans ce décor raffiné.

— Lorsque j'ai fini par admettre que j'avais perdu non seulement ma cible mais deux ânes, poursuivit-elle, je suis revenue directement ici pour confesser ma faute.

Madame ne s'impatientait pas. Après avoir délayé son propre chocolat, elle le sirota tandis que Justine concluait :

— J'ai déserté mon poste. Vous m'aviez ordonné de faire le guet devant l'hôtel et de surveiller qui venait voir Victor de Fleurignac. À la place, j'ai suivi l'Anglais. J'ai estimé que c'était ce que vous auriez voulu que je fasse.

— Tu as eu raison, approuva Madame. Je ne manque pas de filles pour surveiller des portes et faire des rapports. Tu es la seule sur qui je puisse compter pour prendre des initiatives.

— Je n'en reviens pas que j'aie pu le perdre dans la cohue de ce marché. J'essayerai de faire mieux.

Madame poussa vers elle une assiette de porcelaine blanche sur laquelle était posée une grappe de raisin. Justine savait qu'il n'était pas très sucré, mais il était délicieusement parfumé et arrivait tout droit de sa Bourgogne natale.

Cette femme l'avait tirée de l'enfer. Et alors qu'elle avait commis une faute, elle la réconfortait en lui offrant ce petit présent. Loin de la réprimander, Madame lui sourit de plus belle et remplit de nouveau sa tasse.

— Tu emporteras ce raisin et tu le partageras avec ta sœur, dit-elle. Elle va l'apprécier. Nous savons au moins désormais que l'admirable William Doyle voyageait en compagnie de la fille du citoyen Fleurignac.

— Ils ne faisaient pas que voyager ensemble. J'ai vu son visage quand elle le regardait. Ils sont amants.

— C'est ingénieux de sa part, n'est-ce pas ? Il séduit la fille pour que celle-ci le mène au père.

— Ce serait vraiment stupide de sa part.

— Hélas, même les femmes les plus intelligentes sont capables des pires stupidités au nom de l'amour !

— L'amour, répéta Justine avant de hausser les épaules. Nous en vendons tous les soirs à qui peut payer.

Vivant dans un bordel, elle était capable de donner un prix à chaque variante de cette gymnastique en chambre.

La bague de Madame accrocha la lumière quand elle la fit tourner légèrement autour de son doigt.

— Je ne te le fais pas dire. Souhaitons quand même à M. Doyle de réussir dans sa quête. Avec un peu de chance, il découvrira peut-être aussi qui manipule Fleurignac.

— Et commandite les meurtres en Angleterre.

— Ce qui ne peut qu'engendrer des représailles si nous n'y mettons pas un terme, ajouta Madame comme pour elle-même. Nous avons un chien enragé sur le terrain. J'ai bien peur que ce ne soit un Français de quelque importance.

— La police secrète en a déjà fait tomber plus d'un.

— Exact. Mais je préférerais que ce soit les Anglais qui nous en débarrassent. Comme Rousseau, je suis une grande admiratrice de l'ordre naturel des choses.

Madame se leva et gagna la fenêtre avant de poursuivre :

— J'ai une mission difficile à te confier, Justine.

— Je ne vous décevrai pas, cette fois. Je...

Elle la fit taire d'un geste et enchaîna :

— Écoute-moi. J'ai appris que Pinson n'est autre que Marguerite de Fleurignac.

— Pinson ? s'étonna Justine. La fille de Fleurignac ?

Mais tout bien réfléchi, cela coulait de source. Que La Flèche puisse être dirigée par une femme issue de la vieille aristocratie normande expliquait bien des choses.

— Comment ai-je pu ne pas le découvrir ? se désola-t-elle. Alors que depuis des mois je suis vos yeux dans ce réseau…

— Tu as découvert bien d'autres choses.

— Je ne l'ai jamais ne serait-ce qu'aperçue. Nous sommes tous un peu jaloux, ici à Paris, tellement Pinson se tient à l'écart. Elle n'a de contacts qu'avec ceux qui étaient avec elle dès le début.

— J'espère que tu seras un jour aussi rusée qu'elle.

Madame reposa sa tasse sur le plateau. À en juger par le petit tas de cendres dans une soucoupe, elle avait reçu récemment des messages et les avait brûlés.

— Tu vas la surveiller, reprit-elle. Ainsi que ce William Doyle. Le moment venu, tu te rapprocheras d'elle et gagneras sa confiance.

— Je serai ravie de la rencontrer.

Justine grignota un grain de raisin avant d'ajouter :

— Elle a réussi à faire sortir de Paris plusieurs partisans de Danton. Dans une charrette de fumier ! Admirable.

— Cela m'a moi-même amusée, reconnut Madame en souriant. Tu te présenteras à elle sous le nom de Chouette et tu lui donneras tous les mots de passe nécessaires. Essaye d'avoir plusieurs histoires convaincantes à offrir. Elle sera plus perspicace que ton Jardinier, Jean-Paul.

Au rez-de-chaussée, une dispute éclata entre deux prostituées.

— Zut, maugréa-t-elle. Qu'est-ce qui se passe, encore ?

Elle se dirigea vers la porte.

— Je vais aller calmer ces harpies avant qu'elles ne s'entre-tuent. Termine tranquillement ce délicieux chocolat avant de regagner ta chambre. Je crains, hélas, que tu ne puisses pas te laver tout de suite, ma pauvre enfant. Tu dois continuer à jouer les fleurs de pavé, mais tu pourras dormir quelques heures. Je demanderai à Babette de te réveiller. Tu te rendras ensuite au Café des Marchands et tu te débrouilleras pour te fondre dans le décor. Le citoyen Doyle va sûrement y retourner. Suis-le et vois quelle vie intéressante il peut mener.

Après le départ de Madame, plutôt que de finir son chocolat, Justine l'emporta avec la grappe de raisin dans son grenier afin de les offrir à Séverine. Installée sur leur lit, celle-ci chantonnait et racontait des histoires à sa poupée, Belle-Marie. Elles improvisèrent une dînette sur la couverture, s'assurant que la poupée ait bien sa part – que Séverine finit par dévorer au prétexte que cette dernière souffrait de colique.

Ensuite, Séverine se coucha, la poupée dans les bras, et Justine serra sa sœur contre elle. Après s'être reposée, elle retournerait dans la rue, à cette heure que l'on appelait « entre chien et loup ». Il lui faudrait alors faire appel à toutes ses ressources pour mener à bien sa mission. Dans la vie, elle avait choisi d'être le loup indomptable, pas le chien apprivoisé.

21

Marguerite effectua le trajet la tête penchée à la fenêtre ouverte de la voiture, pour se repaître du spectacle offert par la ville. Le soleil ressemblait à une pièce de bronze dans un ciel chauffé à blanc. Les rues étaient bondées. Sur le boulevard des Italiens, les cafés regorgeaient de monde. À première vue, rien n'avait changé.

« Sauf que cinq ans plus tôt, nous n'avions pas peur », songea-t-elle.

Comme à leur habitude, les restaurateurs avaient installé des tables sur les trottoirs. Des femmes en robes de couleurs vives, coiffées de grands chapeaux, y buvaient du vin ou du café. Elles s'étaient rassemblées à l'ombre des arbres, sur des chaises paillées, et elles s'éventaient en papotant, entourées de leurs servantes, de leurs enfants et de leurs chiens. Des jeunes gens – les flâneurs du boulevard – déambulaient de groupe en groupe. Ils se penchaient vers l'une ou l'autre pour échanger quelques mots d'esprit, flirter un peu.

Ces rires, ces conversations, ces miettes lancées aux pigeons, participaient d'un rituel de survie. À un mile de là, à l'est de Paris, des hommes mouraient sur l'échafaud. La mort et la brutalité la plus dépourvue d'humour y faisaient la loi. Mais pas ici. Ce boulevard animé était le front opposé aux barbares qui s'en prenaient à l'esprit de Paris. Un bon mot, un ruban sur un bonnet, un avis sur une pièce de théâtre étaient les armes utilisées sur ces barricades.

Dans un ultime cahot, le fiacre s'arrêta devant les Bains chinois. Un jeune employé sortit du bâtiment pour ouvrir la portière et déplier le marchepied. Tel un écureuil, il escalada la voiture pour donner au cocher le prix de la course que Marguerite lui avait remis, puis il la suivit à l'intérieur en portant son panier et en bavardant. Oui, bien des citoyennes élégantes, beaucoup de jeunes hommes fringants venaient se rafraîchir aux bains aujourd'hui. Il avait été très occupé toute la matinée. Quelle chaleur ! Tout le monde s'en plaignait.

La décoration de ces bains publics était soignée. Dans le hall, des statues de Chinoises en robes longues, munies d'ombrelles, accueillaient le client. Entouré de jardins, le café où l'on pouvait se rafraîchir occupait une pagode plus vraie que nature. Les bains eux-mêmes étaient situés à l'étage : à gauche pour les hommes, à droite pour les femmes.

Marguerite ignorait si ces installations feraient illusion dans l'empire du milieu, mais pour Paris, ces chinoiseries étaient parfaitement convaincantes.

Après avoir gravi l'escalier de droite, elle retrouva une vieille amie, Olivie Garmand, qui accueillait les clients derrière un comptoir. Au sein de La Flèche, elle était connue sous le nom de « Caille », et de cet oiseau, elle possédait la discrétion. Olivie gardait la porte d'une des voies qui conduisaient les émigrés hors de France. Les femmes et les hommes qui lui étaient confiés entraient aux Bains pour n'en ressortir que sains et saufs en Angleterre.

Olivie la salua d'un signe de tête polie mais sans obséquiosité, comme la plus loyale des révolutionnaires.

— Citoyenne, c'est un plaisir de vous revoir.

— Bonjour, citoyenne Olivie, la salua-t-elle en retour.

Marguerite glissa une pièce dans la main du garçon et le remercia d'un sourire. Profitant de ce qu'elle posait son panier sur le comptoir, elle fit passer le billet qu'elle avait préparé.

— Pour le Jardinier, murmura-t-elle.

Un regard à droit, puis à gauche, et Olivie escamota la lettre.

— Que puis-je pour vous ?

Puis, dans un souffle :

— Y a-t-il des ordres ?

— Aucun, répondit Marguerite sur le même ton, avant d'ajouter à voix haute : Ce sera un bain chaud aujourd'hui, même s'il fait effroyablement étouffant.

Une servante arriva, portant des serviettes et un peignoir chauds méticuleusement pliés. Olivie elle-même conduisit Marguerite jusqu'à une cabine située à l'extrémité d'une longue coursive, où le silence et la tranquillité lui seraient garantis. À sa gauche, une porte discrète menait de la section des femmes à celle des hommes. Que les intrigues de La Flèche et celles de l'adultère puissent avoir beaucoup en commun était une triste réalité à laquelle il fallait se résoudre.

La cabine de bain était une pièce lumineuse dotée de grandes fenêtres dont la lumière était filtrée par des écrans translucides. Une peinture en trompe-l'œil imitant le marbre recouvrait les murs. La servante déposa les serviettes et la robe de chambre sur une desserte et entreprit de préparer la baignoire.

Olivie, qui s'était chargée du panier, le posa également et commença à déballer le linge propre, la brosse et les produits de toilette qui s'y trouvaient.

— Vous prendrez peut-être un peu de vin, une collation légère, suggéra-t-elle. Non ? Vous avez raison. Il fait trop chaud pour manger. Il y a une compresse de feuilles de menthe pour le front, si vous voulez essayer.

Olivie déboucha un flacon d'huile de bain, le porta à ses narines.

— Très agréable, commenta-t-elle. Néroli et coriandre ?

— Oui, confirma Marguerite. Je l'ai trouvée dans cette boutique, au Palais-Royal, près de celle qui vend des éventails. Vous voyez ?

Olivie inspira de nouveau et reprit :

— Cela ne me conviendrait pas. Pour vous, en revanche, c'est parfait. Frais et puissant à la fois. Singulier. Tout à fait ce qu'il faut à une jeune femme telle que vous.

« Je ne suis pas si jeune », songea Marguerite en étudiant son reflet dans le miroir suspendu au-dessus de la desserte. Des cheveux châtains assez quelconques. Une grande bouche têtue. Le nez un peu rougi par le soleil et des cernes sous les yeux.

Pourtant, Guillaume lui avait dit qu'elle était belle.

Qu'est-ce qui pouvait le séduire, dans ce visage ? Que lui trouvait-il ? Peut-être était-ce Maggie que Guillaume trouvait belle. Mais au cours des dernières heures, Maggie avait disparu. Dans le miroir, elle ne voyait que Marguerite.

La servante se pencha et donna un dernier coup de chiffon à la baignoire en cuivre qui n'en avait nul besoin. L'établissement ne lésinait pas sur la propreté. Elle disposa ensuite un drap au fond pour éviter le contact avec le métal, puis actionna les robinets d'eau chaude et d'eau froide, avant de se retirer.

— Est-ce l'une d'entre nous ? s'enquit Marguerite. Je ne la reconnais pas.

— Non, répondit Olivie. Nous craignons plutôt que ce ne soit une espionne de la police. Je vais lui assigner une tâche qui la tiendra éloignée pour les deux heures à venir.

À Paris, chaque café, chaque librairie, chaque marché pouvait devenir un terreau politique. Les Bains chinois n'y échappaient pas. L'endroit était un bastion des jacobins les plus radicaux, ardents partisans de

Robespierre. Trouver refuge dans un foyer de fanatisme était pour La Flèche un pari osé, gage de sécurité, mais un pari risqué. Chacun devait se montrer excessivement prudent.

Tandis qu'elle commençait à délacer la robe de Marguerite, Olivie lui en fit compliment.

— Très joli. Et à la dernière mode. Mais jamais je n'oserais porter une robe pareille. Vous, en revanche, vous avez la silhouette qu'il faut. Vous avez tout ce dont vous avez besoin ?

— Tout, à part le bain lui-même, répondit-elle. Je suis plus que crasseuse – un catalogue de tout ce que la terre peut porter comme saletés. Dans une semaine ou deux, quand j'aurai fini de tremper, je devrais avoir repris figure humaine.

Olivie se mit à rire, puis laissa Marguerite seule. Celle-ci acheva de se déshabiller, se glissa dans l'eau, et ferma les yeux.

Toutes les pensées qui lui venaient à l'esprit étaient douloureuses, semblait-il, aussi décida-t-elle de ne penser à rien. Elle avait une heure, peut-être un peu plus, devant elle avant que Jean-Paul ne quitte le Jardin des Plantes, sur la rive gauche, et ne traverse la Seine pour la rejoindre. Il serait temps de penser quand il serait là.

22

Hawker observa un moment ce qui l'entourait en se grattant distraitement l'aisselle. Il partait du principe que quelqu'un qui se grattait paraissait inoffensif.

C'était étrange de se retrouver dans une ville inconnue. De savoir que quelle que soit la direction qu'il prendrait, il arriverait dans un endroit dont il ignorait tout. D'entendre la musique d'une autre langue autour de lui. De devoir peser ses mots avant d'ouvrir la bouche.

Sans parler des vêtements. Chez lui, il aurait été habillé de manière assez voyante. À Londres, il était connu. N'était-il pas depuis trois ans la Main de Lazarus ? Il avait tué des hommes. Ses semblables attendaient de lui qu'il affiche un certain style.

Alors qu'à Paris, le jeu consistait à se rendre invisible, à se fondre dans la masse.

Les odeurs, elles aussi, lui semblaient étranges. Celle du vin aigre remplaçait celle de la bière. Ici, on buvait du brandy, pas du gin. Des étals s'échappaient des odeurs d'ail et d'herbes aromatiques. Dépaysement garanti.

Il trouvait en outre bizarre d'arpenter les rues sans traîner ces satanés ânes.

Il avait fini par comprendre que ces bêtes servaient de leurres. Personne ne prêtait attention à un homme qui conduisait des ânes. Ils attiraient l'attention sur eux. En leur compagnie, il était possible de s'arrêter n'importe où, aussi longtemps que nécessaire, sans que personne y trouve à redire.

Les pouces crochetés dans sa ceinture, Hawker prit la direction de l'est. Il ne lui avait fallu qu'un instant pour la repérer en fonction des ombres portées. Un autre truc dont il était redevable à Doyle : observer le soleil, avoir une carte dans la tête, toujours savoir où l'on est, prévoir en permanence une issue de secours. Les employés du Service, à Meeks Street, disposaient de centaines de cartes minutieusement annotées. Ils les lui avaient fait étudier durant des heures. Avant même d'y avoir mis les pieds, il était devenu un expert du pavé parisien.

Aie toujours l'air de savoir où tu vas. C'était une autre leçon de Doyle. On pouvait dire que sur son métier, il en connaissait un rayon. Il appelait cela « le Jeu », ce qui était bien trouvé. Hawker était décidé à apprendre tout ce qu'il pouvait de son mentor avant qu'ils aient à se séparer. Ou avant que l'un d'eux se retrouve avec la gorge tranchée.

Il s'engagea dans la rue de Montreuil. Il trouvait bizarre que ces Français éprouvent le besoin de placarder les noms des rues sur les murs. Certains étaient même gravés dans la pierre. Les gens qui habitaient là finissaient-ils par oublier où ils vivaient ? Et si un visiteur n'était pas capable de demander sa route de vive voix, à quoi bon s'en soucier.

De drôles de gens, ces Français...

Le Brochet ne serait pas difficile à trouver. Avec cette chaleur, il avait dû se réfugier dans quelque taverne pour se rincer le gosier. Les types comme lui ne s'éloignaient jamais trop de chez eux et ne buvaient qu'avec des amis. Hawker devrait se méfier. Un homme entouré des siens était toujours plus dangereux qu'un individu isolé.

Doyle fit signe à Pax de prendre la position de tête et resta en retrait. Il fallait bien trois hommes pour suivre quelqu'un comme Hawker. C'était le gros problème du Service : jamais assez d'agents.

Après s'être débarrassé de la planche qu'il transportait, Pax sortit une casquette de sa poche et la coiffa.

Hawker ressemblait à un Français, marchait comme un Français, se tenait comme un Français. Il avançait à la même allure que les hommes qui l'entouraient. Poisson parmi les poissons, il se laissait entraîner par le courant. L'art et la manière de se mêler à la foule, il les possédait sur le bout des doigts, c'était indéniable.

Il se dirigeait vers l'est et vers la Seine, ce qui signifiait qu'il emprunterait tôt ou tard un pont. Dans Paris, impossible de suivre quelqu'un sans tenir compte des ponts. Même en perdant sa cible des yeux, il était possible de la retrouver sur l'autre rive.

S'engageant dans une ruelle, Doyle prit la direction du fleuve.

Hawker finit par repérer son homme à L'Abondance, la dixième des tavernes dans laquelle il entra. Le Brochet était assis au fond de l'établissement, en compagnie d'un groupe d'individus peu recommandables.

— Tu te souviens de moi ? lui demanda-t-il.

Le Brochet cligna les yeux, puis :

— Tu es le gars qui travaillait pour Lazarus... Hawker. Ils t'appelaient « La Main ». Je me souviens de toi, oui.

Il prononçait son nom à la française – avec un h muet –, ce qui en fait lui plaisait bien.

— C'est toi qui m'as trouvé cette fille, reprit-il. Polly. Un sacré numéro, celle-là.

— Une véritable artiste au lit.

Hawker s'assit en tournant le dos à la salle, une erreur qui le désignait comme un imbécile. Sauf que les verres sur la table étaient suffisamment propres pour refléter quiconque approcherait derrière lui.

— On a à parler, annonça-t-il.

Comme les compagnons de Le Brochet ne bougeaient pas, il ajouta :

— Seul à seul.

Le Brochet sourit – une vision qui n'avait rien d'agréable –, puis adressa un signe à ses amis qui s'éclipsèrent, les laissant discuter de Dorcas, de Lucy-les-grosses-jambes et d'autres relations qu'ils avaient en commun. Le Français gardait de bons souvenirs de son passage chez Lazarus.

Au bout d'un moment, il fallut passer commande.

— Du vin ! lança Hawker à la matrone qui veillait derrière le comptoir.

Il avait employé le ton dont Doyle avait usé ce matin-là et posé sur la table la même pièce que lui. Contrairement à son mentor, cependant, il n'eut droit qu'à un verre à demi rempli d'une piquette infâme. Raison supplémentaire pour ne boire que du gin.

— Je suis en mission, lâcha-t-il. Pour le compte de Lazarus. Je me suis dit que tu pourrais m'aider. Je dois trouver le type qui l'a payé pour les meurtres.

Le rire de Le Brochet se transforma en quinte de toux.

— C'est pas ici que tu risques de le croiser.

— Et il est où ? Je pourrai pas quitter ce fichu pays tant que je lui aurai pas rendu l'argent.

— L'argent ? répéta son interlocuteur, intéressé.

— On a pas pu honorer le contrat. Lazarus m'a dit : « Va lui rendre son fric. Débrouille-toi pour lui mettre la main dessus. »

Si Le Brochet avalait cette histoire, c'est qu'il ne connaissait pas Lazarus. Pour faire bonne mesure, Hawker palpa sa ceinture, dans laquelle il avait glissé ses liasses d'assignats. Et pour achever d'appâter sa cible, il les fit bruisser sous ses doigts.

— C'est ce que je vais faire, poursuivit-il. Le problème, c'est que je sais pas où trouver ce citoyen.

Il feignit de boire un coup, s'essuya la bouche sur sa manche et conclut :

— Je sais même pas où commencer à chercher, et je déteste avoir tant d'argent sur moi.

Il palpa les billets de plus belle et son sort fut scellé. Il lut dans les yeux de Le Brochet qu'il avait l'intention de le tuer.

« Ne sois pas impatient, disait toujours Lazarus. Tout ce qu'on se donne la peine de faire mérite qu'on prenne le temps. »

Hawker laissa Le Brochet ferrailler un quart d'heure avant de se laisser convaincre de le suivre dans la cour de l'auberge.

— C'est tranquille, commenta-t-il en examinant les lieux.

Suffisamment pour tuer cinq ou six hommes. Tout en marchant, Hawker roula ses manches jusqu'aux coudes, ce qui aurait pu mettre la puce à l'oreille de quelqu'un de plus sensé.

Le Brochet arriva derrière lui. Un bruissement d'étoffe et un changement de rythme dans sa respiration l'avertirent qu'il avait dégainé son couteau.

Un homme incapable de se servir d'une lame ferait mieux de la laisser chez lui. La brandir inutilement monopolisait une main pour rien, et mal s'en servir empêchait de mener d'autres attaques plus efficaces.

Le combat commença donc par un brusque assaut de Le Brochet, qu'il n'eut aucun mal à feinter en passant sous son bras. Un coup de coude dans la bouche, suivi d'un coup de genou dans les parties achevèrent de le neutraliser. Il ne lui avait fallu que dix secondes pour venir à bout de son adversaire, le coucher au sol et envoyer valser son arme d'un coup de pied. À califourchon sur son dos, il lui redressa la tête en lui empoignant les cheveux et plaqua sa propre lame contre son cou. Une saignée bien nette et tout serait terminé. Il ne se serait même pas sali. Il aurait escaladé le mur et serait sorti du faubourg Saint-Marcel avant que le corps ait fini de tressaillir.

Doyle n'aimerait pas ça.

Cela suffit à mettre à mal sa concentration. Le Brochet commença à s'agiter, aussi dut-il presser le couteau un peu plus fort pour lui rappeler qu'il était mortel.

Lazarus lui avait ordonné de le tuer pour ne laisser aucun indice. Personne ne désobéissait au roi des voleurs.

Mais Doyle voulait les noms qui figuraient sur cette liste, pour éviter que d'autres hommes ne meurent. Il n'aurait pas été contre connaître aussi ceux des agents français qui travaillaient sur le sol anglais. Or personne ne pouvait obtenir de réponses d'un mort.

Que Doyle aille au diable !

Le sentant hésiter, Le Brochet se mit à gémir.

— Je te jure que je voulais juste te faire un peu peur. Je le jure devant Dieu ! Bon saint Vincent, pardonnez-moi ! J'allais pas te tuer. Pas même lever la main sur toi.

Contrairement à certains, Hawker n'éprouvait aucun plaisir à se faire supplier. C'était pour cela qu'il était bon dans son boulot : il ne se laissait pas distraire.

Doyle dirait que le premier imbécile venu pouvait tuer un homme. Un chien pouvait tuer un homme. Un insecte pouvait tuer un homme.

— Ferme-la ! ordonna-t-il. J'arrive pas à réfléchir quand tu déblatères.

— J'ai de l'argent ! Des bijoux ! Des biens confisqués aux aristos... Tu peux tout prendre. J'allais pas te faire de mal, je le jure ! Je voulais juste m'amuser un peu. J'allais pas...

S'il laissait cette ordure en vie, Lazarus lui briserait le cou, il le savait. Et en riant !

— Parlons un peu de ta visite en Angleterre, suggéra Hawker d'une voix doucereuse. Juste de toi à moi, entre amis... Tu vas me parler de tous ceux que tu as rencontrés là-bas. De chaque document que tu as transmis. Je veux tous les détails, y compris chaque fois que tu t'es arrêté au bord de la route pour pisser.

Hawker commençait à avoir mal au bras à force de maintenir la tête de Le Brochet soulevée.

— Je sais pas qui c'était, assura-t-il. Juste un homme de la haute. Rien de spécial. Je le jure ! Il m'a abordé dans la rue. Je le connaissais pas. Lui me connaissait.

Le Brochet émit un gargouillis. Il s'étouffait avec son sang, Hawker ayant dû lui rafraîchir la mémoire en lui entaillant un peu le visage.

— J'ai fait que transmettre des messages, poursuivit-il. Transporter des paquets. Je fais ça tout le temps. Il m'a donné l'argent et m'a dit où aller. D'abord chez Lazarus. Ensuite, un nommé Crawford. Après, aller à cette taverne, demander M. Phineas, lui donner l'enveloppe. Ensuite, demander M. Tuckahoe dans un autre endroit.

Il ne se souvenait pas de ce à quoi ils ressemblaient. Juste « des hommes » ordinaires. Certains étaient français, lui semblait-il. D'autres, anglais, lui semblait-il encore. Non, il n'avait pas jeté un coup d'œil sur les documents qu'il était chargé de leur remettre. Il se souvenait de chaque fille avec qui il avait couché et les détails obscènes ne manquaient pas, mais il ne gardait en mémoire aucun signe distinctif concernant les assassins qu'il avait chargés de tuer des hommes.

Ce serait une perte de temps de tuer cet imbécile, décréta Hawker. Et Lazarus n'avait rien à craindre s'il le laissait en vie. Quoi qu'il puisse raconter sur lui, personne ne le croirait.

— Je le jure devant Dieu, je sais rien de plus, haletait Le Brochet.

Le plus embêtant, en laissant ce cloporte en vie, c'était qu'il fallait supporter ses jérémiades. De plus, son sang avait fini par poisser les mains de Hawker. Rien qu'à cause de cela, il aurait pu le tuer sans remords.

Il était temps de se carapater. Se redressant, il donna à Le Brochet un coup de pied dans les côtes pour le dissuader de dégainer un couteau qu'il aurait pu cacher à un endroit quelconque de son corps de vermine. Puis il bondit par-dessus le mur et prit ses jambes à son cou.

Quelques rues plus loin, il tomba sur une fontaine où il se lava les mains. Il entendait au loin Le Brochet éructer des menaces de mort.

Tout compte fait, la moisson n'était pas si mauvaise. Il avait obtenu les lieux de rendez-vous des espions français en Angleterre. Les descriptions qu'il avait arrachées ne mèneraient pas bien loin, mais les mots de passe utilisés par les Français pouvaient être utiles. C'était un début. Peut-être le Service pourrait-il s'en servir pour traquer certains d'entre eux. Personne n'aurait pu faire mieux.

Plutôt pas mal pour une fouine enragée.

Doyle désarma son pistolet et le baissa. Il avait bien failli s'en servir. Si le garçon ne s'était pas repris juste avant de trancher la gorge de Le Brochet…

Le grenier dans lequel il s'était posté était un véritable four. Raison pour laquelle aucune des filles de joie de la taverne n'était venue remplir son office sur le matelas puant posé dans un coin pendant qu'il était tapi derrière un volet à claire-voie pour observer ce qui se passait dans la cour.

Hawker avait tiré les vers du nez de Le Brochet et l'avait laissé en vie. Il n'y avait pas dans tout Paris un seul agent qui s'en serait mieux tiré.

La porte de la taverne s'ouvrit à la volée, libérant, tel un essaim de frelons, les amis de Le Brochet venus lui porter secours. Hawker avait disparu depuis longtemps.

Il était temps de le ramener à Carruthers, histoire qu'elle l'étrille un peu. L'heure était aussi venue pour lui de faire son premier rapport à un chef de section.

Doyle était soulagé de ne pas avoir eu à le tuer. Il avait pris un risque en le laissant traiter seul à seul avec Le Brochet. Ç'aurait pu être une erreur. Le genre d'erreur qui aurait pu lui coûter son poste.

Restait à espérer que sa confiance n'était pas mal placée.

23

Les Bains chinois étaient un établissement respectable. Les femmes les plus honorablement connues pouvaient le fréquenter. Pourtant, personne ne se serait étonné de découvrir qu'ils abritaient des activités louches ou illicites. L'endroit s'y prêtait. Marguerite y avait rencontré Jean-Paul un nombre incalculable de fois.

Un bruit de pas se fit entendre dans la coursive – des bottes d'homme, pas des sabots d'employée.

— Entrez, lança-t-elle en réponse à un faible coup frappé à la porte.

Au-dessus de celle-ci, une imposte restait ouverte afin que la vapeur s'échappe, mais personne n'aurait pu se poster de l'autre côté pour espionner sans être aussitôt repéré par Olivie. Quant aux cabines voisines, on avait fait en sorte qu'elles restent inoccupées.

Jean-Paul – ce cher Jean-Paul – ouvrit la porte. Olivie l'aurait avertie s'il avait été arrêté. Marguerite savait donc qu'il était sain et sauf, mais c'était une grande joie de le constater de ses propres yeux.

Quand elle courut l'étreindre, il la serra dans ses bras avant de la repousser.

— J'aurais préféré que tu sois habillée, avoua-t-il.

— Mais je le suis !

Marguerite avait revêtu le peignoir de bain fourni par l'établissement. Il lui tombait jusqu'aux chevilles, et elle se trouvait parfaitement décente. Il lui arrivait d'être moins couverte dans la rue.

— Je ne m'attendais pas que tu deviennes si prude, commenta-t-elle. Le mariage t'a ôté tout sens de l'humour, j'ai l'impression. Tu es tellement sérieux depuis que tu as femme et enfant.

— J'ai surtout vieilli. Beaucoup.

Jean-Paul soupira et pivota pour refermer la porte.

— S'il y avait encore des églises en ville, reprit-il, et non des « Temples de la Raison », j'irais allumer cinquante cierges. Marguerite, quand j'ai appris que le château avait été incendié, je t'ai crue morte.

— J'en suis sortie indemne, à part quelques brûlures aux mains qui sont déjà guéries.

— Gabrielle a pleuré pendant deux jours ! Tu m'as fait si peur que, si je m'écoutais, je te secouerais comme un prunier.

— Dans quel état d'esprit crois-tu que j'étais ? s'insurgea-t-elle. J'avais peur d'arriver trop tard à Paris, d'apprendre qu'on t'avait arrêté. Ou que tu étais mort ! J'ai eu peur pour toi.

— Moi j'étais malade d'inquiétude de t'imaginer sur les routes, seule.

Il tendit la main, lui caressa brièvement les doigts et ajouta :

— Et voilà que je te retrouve toute rose et fraîche. Normal que je sois furieux.

— Normal ! Oh, je te frapperais volontiers, juste pour me soulager !

Jean-Paul retira sa veste afin de donner l'illusion d'une scène de badinage mondain au cas où quelqu'un arriverait. Il était athlétique, car en tant que botaniste en chef du Jardin des Plantes, il déplaçait de lourds spécimens de plantes à longueur d'année. Blond, les traits fins, il était – avait toujours été – beau garçon. Seul son dos, strié de cicatrices, déparait. Oncle Arnault l'avait fouetté après les avoir surpris ensemble. Il n'en restait pas moins que si Marguerite était venue chercher l'aventure, c'est sur lui qu'elle aurait jeté son dévolu.

On ne pouvait pourtant pas dire qu'il était un bon amant à quinze ans. Il s'était sans doute amélioré avec l'expérience, mais elle ne se serait pas risquée à poser la question à Gabrielle, sa femme.

Son gilet prit le même chemin que sa veste.

— Nous n'avons eu vent que de rumeurs, reprit-il. Que s'est-il passé en Normandie ?

— Le pire. Il ne reste que des ruines du château. Les Wisigoths n'auraient pas fait mieux. Heureusement, tous les domestiques sont sains et saufs. Le maire va s'occuper d'eux. Je lui ai envoyé de l'argent.

Jean-Paul chercha son regard.

— Tu as perdu tous tes écrits. Tes notes. Tes livres. Je suis désolé…

— J'ai des copies, ici à Paris.

— Pas de tout.

— Non, pas de tout, reconnut-elle.

Lui qui l'avait suivie de masure en masure pour récolter les vieilles légendes de la bouche des paysannes savait mieux que quiconque quelle perte c'était. Il avait été le seul à la prendre au sérieux, quand tous les autres lui riaient au nez.

— Mais je me souviens de certaines d'entre elles presque mot pour mot, poursuivit Marguerite. J'ai déjà commencé à reconstituer mes notes.

Jean-Paul desserra sa cravate.

— Je t'aiderai si je le peux, proposa-t-il. Cela dit, je n'ai pas ta mémoire.

Les doigts crispés sur l'étoffe, il demanda d'un air gêné :

— Quand ces hommes sont venus brûler le château, ont-ils… l'un d'eux a-t-il osé…

— Je n'ai pas été blessée.

— Je sais, mais…

— Avant que tu ne prononces des paroles qui risquent de nous embarrasser tous les deux, laisse-moi te rassurer : personne ne s'en est pris à moi de la façon que tu redoutes. Sais-tu que Roitelet était là ? Nous nous sommes battues comme des Amazones, vraiment. Elle te le racontera sans doute un jour, je l'ai sauvée en balafrant le visage d'un homme avec un coupe-papier. J'étais d'une intrépidité et d'une détermination sans nom !

Il se mit à rire. Il semblait juvénile soudain, et tellement soulagé.

— Je n'en doute pas une seconde ! Où est Roitelet ?

— Je l'ai envoyée en Angleterre. Et ne commence pas à te plaindre, elle était démasquée. L'heure était venue pour elle de se retirer.

— Tu m'amputes de mon bras droit, fit-il remarquer.

Après avoir déboutonné sa chemise, il entreprit de se débarrasser de ses bottes. Impossible de faire croire à un rendez-vous galant en restant chaussé.

— Mais tu as sans doute eu raison, reconnut-il.

— Nous savons quand nous arrêter. C'est pour cela que nous sommes encore là au bout de quatre ans.

— Cinq, rectifia Jean-Paul. Cela fait cinq ans.

Il lâcha un grognement, luttant pour retirer sa botte, qui lui résistait.

— Seigneur ! poursuivit-il. Tu te souviens que nous pensions que tout serait terminé au bout d'un mois ? Nous étions persuadés que chacun finirait par retrouver ses esprits et que la tuerie prendrait fin.

— Je me souviens que tu avais prédit que ce serait terminé en octobre. Nous nous étions retrouvés à sept dans un café, chuchotant comme des écoliers préparant un mauvais coup, pour mettre en place la filière d'émigration de Paris vers la côte. Nous pensions sauver cinquante personnes avant de nous séparer.

Constatant qu'il ne s'en sortait pas, elle décida dc prendre les choses en main.

— Laisse-moi t'aider.

Comme elle l'avait fait si souvent, elle s'agenouilla devant lui, empoigna la tige et le talon de sa botte et tira. Seule l'expérience l'empêcha de basculer en arrière quand celle-ci céda.

— Cela m'ennuie que tu fasses cela, maugréa-t-il.

Ce qui ne l'empêcha pas de lui tendre son autre pied.

— Gabrielle ne te retire pas tes bottes quand tu rentres ?

— Gabrielle est enceinte de sept mois, ce que tu n'aurais pas oublié si tu venais nous voir plus souvent. J'ai pris à notre service quelqu'un de costaud pour lui éviter d'avoir à porter l'eau, le charbon, et me retirer mes bottes le soir. Tu peux te redresser, à présent ?

— Bien sûr.

C'était un plaisir de le taquiner, tant il était devenu respectable, elle veilla toutefois à resserrer discrètement son peignoir qui s'était entrouvert.

— Ce que tu dois sans doute ignorer, reprit-elle, c'est que ce sont des jacobins venus de Paris qui ont conduit les émeutiers au château. Il paraît qu'ils étaient porteurs de papiers officiels. Je n'ai pu le vérifier, vu que nos rapports n'ont pas été très cordiaux.

— Il n'y a pas eu de mandat d'arrêt à ton nom. Même en tenant compte de la confusion qui règne dans les comités, il n'aurait pas pu se perdre. J'ai demandé à tous nos contacts de vérifier. Ils n'ont rien trouvé.

Jean-Paul s'était levé et arpentait la cabine.

— Aucun document officiel, insista-t-il. Ni à ton nom ni pour aucun de nous. Aucune dénonciation au Comité de Salut public.

— C'est ce que Victor m'a affirmé. Je n'ai pas pour habitude de le croire, mais là…

— Il serait le premier averti, dit-il en roulant ses manches. J'ai entendu dire qu'ils avaient emménagé chez toi, sa mère et lui ?

— Ce qui me comble de joie, tu t'en doutes. Et mon père a disparu, mais c'est la moindre de mes inquiétudes, ce qui en dit long sur ce qu'est devenue ma vie.

Jean-Paul sortit les pans de sa chemise de son pantalon.

— Je pensais qu'il t'avait rejointe à Voisemont, que tu l'avais aidé à se cacher.

— Je n'ai aucune idée de l'endroit où il se trouve. Au moins, ces dernières semaines, j'étais heureuse de ne pas l'avoir sur les bras. Mais maintenant qu'il a disparu, cela m'inquiète, surtout dans le contexte de ce désastre incompréhensible. Et son absence complique les choses.

— Je vais mettre nos contacts au courant. Nous allons essayer de le trouver.

— C'est le mieux à faire, je suppose.

Marguerite commença à se démêler les cheveux avec le peigne que son père lui avait rapporté d'Angleterre.

— Victor est très fâché que le château ait été incendié, reprit-elle. Il semblerait que je sois une piètre gardienne des biens familiaux censés lui revenir un jour.

Elle grimaça et ajouta :

— Apparemment, il aurait préféré que je ne survive pas à l'incendie, ou que je ne traverse pas la moitié de la France en étant livrée à moi-même. Ma réputation ne vaut à présent pas beaucoup plus que celle d'une chatte de gouttière.

— Ta réputation vaut de l'or. Et ton cousin n'est qu'un porc. Il l'était déjà quand il avait douze ans et adorait me rosser. Il n'a pas changé.

Jean-Paul fourragea dans ses cheveux. Ils étaient si débraillés, l'un et l'autre, que quiconque les aurait surpris aurait conclu à une relation adultère.

— Des hommes sont venus arrêter Aigrette, raconta Marguerite. Corneille te l'a-t-il dit ?

— J'en ai eu vent par Aigrette lui-même. Il se cache. L'homme ne manque pas de famille le long de la côte.

— Ils sont aussi venus arrêter Bertille.

— Mon Dieu, non !

D'un sourire, elle le rassura.

— Je ne serais pas rentrée tranquillement à Paris si l'un de nous avait été pris. Elle a réussi à fuir avec Alain et les enfants. Personne n'a été blessé. Et elle est décidée à reprendre le combat dès que possible. Tu la connais.

Cela faisait des jours que Marguerite portait ce fardeau. Elle était heureuse de pouvoir le partager.

— Les soldats qui sont venus l'arrêter connaissaient son nom, enchaîna-t-elle. Ils savaient où elle habitait. Ils nous connaissaient tous : Roitelet, Aigrette, Corneille, moi. Douze des nôtres qui travaillaient en Normandie. Mais personne à Paris.

— Seigneur, Marguerite ! compatit Jean-Paul.

Elle eut l'impression d'avoir l'estomac empli de plomb quand elle conclut :

— Ce n'est pas seulement l'un des nôtres qui nous a trahis. C'est quelqu'un qui m'est proche.

— Ce peut être également l'un des moineaux. Arrivés en Angleterre, ils doivent parler.

— Aucun d'eux ne pourrait aligner autant de noms. Seul l'un de nous en est capable.

Marguerite avait drapé une serviette sur ses épaules pour que ses cheveux ne mouillent pas le peignoir. Elle s'en empara pour s'essuyer le visage et ajouta :

— Ce doit être quelqu'un qui m'est très proche. À qui fais-je le plus confiance ? C'est là qu'il faut chercher.

— Nous savions que cela pourrait arriver. Nous étions prêts. Les membres de ton réseau ont déjà pris de nouveaux noms dans d'autres endroits. Nous allons remplacer les mots de passe. Et nous continuerons à aller de l'avant.

— En compagnie du traître, constata-t-elle, morose. Tu auras d'autres moineaux pour moi prochainement ?

— Pas prochainement : aujourd'hui. Une famille de cinq personnes. L'arrestation est prévue pour ce soir. Chouette est en train de les transférer dans le grenier du bordel.

— Je ne peux pas… commença Marguerite.

— Ils quitteront Paris dans des charrettes de linge sale demain à l'aube, l'interrompit-il. Qui vois-tu pour les prendre en charge ? Il y a urgence. Le fils est âgé de quatorze ans – suffisamment vieux pour suivre son père à la guillotine.

Le silence n'était jamais complet. Il émanait de la tuyauterie un bourdonnement continu.

— Tu es en train de me dire que je n'ai pas le choix, constata-t-elle. Même aujourd'hui, avec les menaces qui pèsent sur nous.

— Je peux aussi faire sortir ces moineaux de Paris et les laisser se débrouiller pour quitter la France.

Il se tut, attendant sa décision. Le garçon qu'elle avait connu autrefois n'était plus qu'un souvenir, songea-t-elle. Bertille l'avait dit : tous s'engageaient dans La Flèche en connaissance de cause et nul ne plaçait sa propre sécurité avant celle de leurs protégés.

— Linotte, décida-t-elle. Linotte pourra les prendre en charge. Demande à Olivie de passer le message elle-même.

Elle s'efforça de ne pas penser aux catastrophes que sa décision pouvait entraîner. Le rôle des membres du réseau était de jouer les héros, le sien, de les mettre en danger.

— Rien n'a changé, déclara Jean-Paul. Depuis la nuit où tu as choisi de nous appeler La Flèche. Nous ne pouvons pas reculer.

— Alors continuons de nous conduire stupidement, dit-elle, fataliste. Si on le laisse faire, Robespierre va transformer cette ville en nécropole. Au fait, il m'est venu une idée pendant que je rongeais mon frein à la barrière ce matin.

Tout en achevant de se démêler les cheveux, elle lui expliqua son nouveau plan, les moineaux étant censés quitter la ville déguisés en nouvelles recrues de l'armée.

— Le problème, ce seront les bottes, estima-t-elle. Celles de l'armée ne sont pas faciles à trouver.

— Nous pourrions les voler.

Secouant la tête, elle écarta cette suggestion.

— Il va falloir les faire fabriquer en prétendant qu'il s'agit d'une livraison pour Lyon. Tu devras te charger de réaliser quelques faux documents. La situation là-bas est tellement confuse que personne n'ira vérifier et…

Elle s'interrompit et tendit l'oreille. Elle avait cru entendre un bruit dans la coursive. Un bruit de porte ? Des pas ?

La porte de la cabine fut rabattue brusquement. Éclairée à contre-jour, la silhouette de Guillaume Lebreton s'encadra sur le seuil.

24

Guillaume avait beau porter le peignoir blanc de l'établissement, il n'avait rien d'un homme venu se détendre. À tout prendre, il ressemblait à un dangereux centurion ayant si souvent servi contre les barbares qu'il en était devenu un lui-même.

— Tu t'es trompé de porte, lourdaud, lança Jean-Paul en venant se placer devant Marguerite. Sors d'ici.

— Eh bien, eh bien... répondit tranquillement l'intéressé en les regardant à tour de rôle. J'avais raison d'imaginer que vous étiez venue ici pour rencontrer quelqu'un, mais je m'étais trompé de personne. Vous ne faites pas les présentations, Maggie ?

— Je ne tiens pas à ce que vous fassiez connaissance, répondit-elle. N'entrez pas.

Sans tenir compte de sa demande, il pénétra dans la cabine. Des mèches humides de sueur lui collaient au front. Sa cicatrice apparaissait livide et luisante. Elle avait oublié à quel point il était intimidant.

Jean-Paul s'approcha vivement de sa veste pendue au dossier d'une chaise et en tira un long couteau semblable à ceux qu'on utilise en cuisine. Au comble de l'étonnement, Marguerite lui ordonna :

— Arrête cela tout de suite ! Guillaume, ajouta-t-elle, ne lui faites pas de mal. Je ne plaisante pas.

— Moi ? s'étonna-t-il en écartant les mains qui, pour être vides, n'en étaient pas moins menaçantes. Ce n'est pas moi qui suis armé.

— Arrêtez de jouer les imbéciles ! Je déteste quand vous faites cela. Jean-Paul, veux-tu ranger ce couteau avant que Guillaume te taille en pièces !

— Il ne risque pas, assura Jean-Paul sans s'émouvoir.

— Et depuis quand te promènes-tu avec un couteau ? voulut savoir Marguerite. Nous ne sommes pas des bandits de grands chemins ou des Mohicans sur le sentier de la guerre !

— Je m'en sers pour ouvrir des boîtes de spécimens, répliqua-t-il. Et pour séparer des rhizomes.

C'était Guillaume qu'il regardait en disant cela, pas elle. Elle ne s'était jamais rendu compte qu'il pouvait se montrer aussi froid.

— Dans ce cas, tu devrais le réserver à un usage professionnel et ne pas en menacer les gens. Que crois-tu donc pouvoir faire avec ? Tu es ridicule !

— Je m'en suis déjà servi deux fois.

Elle comprit le message en croisant son regard : il s'en était servi pour tuer. Elle le croyait sans difficulté. Il tenait cette arme en professionnel, exactement comme Hawker. Jean-Paul avait changé sans qu'elle s'en aperçoive, et l'homme qu'il était devenu lui était presque étranger.

Guillaume referma la porte. La cabine de bain paraissait plus petite quand il s'y trouvait.

— Cela tourne à la farce, protesta-t-elle en venant se placer entre eux. Guillaume, ne bougez pas ! Compris ? Jean-Paul, j'ignore ce que cet homme fait ici, mais il ne me veut pas de mal.

Calme, presque méditatif, Guillaume ne quittait pas Jean-Paul du regard, mais son immobilité évoquait celle d'une montagne sur le point de s'effondrer sur un passant.

— Ce doit être un de vos amis, devina-t-il.

— C'est avec vous qu'elle était en Normandie, observa Jean-Paul en jaugeant Guillaume du regard. Vous m'avez été décrit.

— Vous savez alors que je ne lui ai rien fait. Allez-vous ranger ce cure-dents avant que je vous brise le poignet ?

Du menton, Guillaume désigna le couteau.

— Marguerite ne m'a rien dit de vous, remarqua Jean-Paul. Je me demande bien pourquoi.

Il baissa néanmoins son arme.

— Elle ne m'a rien dit de vous non plus, répliqua Guillaume. Je suppose que vous êtes de vieux amis.

— De très vieux et très bons amis. Le genre d'amis qui s'entretiennent en privé.

— Et moi, je suis le genre d'ami avec qui elle traverse la Normandie.

Marguerite aurait tout aussi bien pu ne pas être là.

— Je suis prête à assumer le scandale d'être surprise aux Bains avec un homme, intervint-elle. Pas avec *deux* ! Je n'ai pas envie d'être la risée de tout Paris. J'aimerais que vous sortiez d'ici tous les deux. Maintenant !

Guillaume s'adossa à la porte et croisa les bras.

— Avez-vous besoin qu'on vous protège de moi ? s'enquit-il.

— Je suis parfaitement capable de vous affronter, rétorqua-t-elle. Je pourrais le faire une main liée derrière le dos. Vous n'êtes pas…

— Voulez-vous que je m'en aille ?

— C'est terminé entre nous.

— Vous l'avez déjà dit une ou deux fois. Dois-je sortir ou rester ?

Marguerite n'avait aucune idée de ce qu'elle lui dirait si elle se retrouvait seule avec lui. Mais parfois, il faut se jeter à l'eau en espérant trouver les gestes pour se maintenir à la surface une fois dans la rivière.

— Restez, répondit-elle.

— Très bien.

Il fit un pas de côté, libérant le passage, ce qui ne diminua en rien la menace que sa présence imposante représentait.

— Vous pouvez me laisser avec elle, dit-il à Jean-Paul. Elle me fracassera ce tabouret sur le crâne si je l'ennuie.

Jean-Paul le dévisagea, puis :

— Elle fera pire que cela. Elle criera et vous aurez aussitôt trente femmes à demi nues à la porte pour vous demander ce que vous faites là.

— Une perspective qui a de quoi inspirer la terreur, commenta Guillaume. J'espère donc qu'elle ne criera pas.

Jean-Paul réfléchit un instant avant de prendre une décision qui n'impliquait plus l'usage d'un couteau.

— Ma présence n'est plus nécessaire, déclara-t-il en s'asseyant pour enfiler ses bottes.

Quand ce fut fait, il fourra sa lame dans une gaine habilement dissimulée dans sa veste. Puis il ramassa le reste de ses vêtements et alla déposer un baiser sur le front de Marguerite avant de s'éclipser, le sourire aux lèvres.

Marguerite se retrouva en tête à tête avec Guillaume. Il affichait un visage impénétrable, ce qui était l'un de ses multiples talents. Dans l'austère peignoir dont les plis drapaient son corps de géant, il paraissait plus dangereux et exotique que jamais. Comment parvenait-il à passer inaperçu dans la rue ? s'étonna-t-elle. Il était aussi repérable qu'un lion dans une meute de chiens.

— M'avez-vous suivie depuis chez moi ? voulut-elle savoir.

— C'est possible, reconnut-il. Vous n'avez pas cherché à cacher où vous alliez.

— Me suivre était parfaitement inutile. C'est fini entre nous. Nous savons tous deux que c'est impossible. Nous nous sommes dit adieu.

— J'ai changé d'avis.

Pour se donner une contenance, Marguerite reprit son peigne en main, puis le reposa. Elle aurait été moins nerveuse s'il s'était décidé à parler.

N'y tenant plus, elle lâcha :

— Je vois clair dans votre jeu. Vous ne voulez pas que je regrette notre séparation. Vous êtes venu m'infliger votre compagnie une heure de plus afin que je sois ensuite soulagée définitivement d'être débarrassée de vous. Je reconnais qu'il y a là une certaine logique.

Sans prêter attention à ce qu'elle racontait, Guillaume desserra nonchalamment sa ceinture.

— Il n'y a aucune raison de vous conduire de manière inconvenante en faisant mine de vous déshabiller, reprit-elle. Nous ne ferons rien qui nécessite d'être nu. Quand je vous ai dit que vous pouviez rester…

Je n'avais pas votre corps sous les yeux. Je n'y pensais même pas. Je n'arrive plus à réfléchir quand vous êtes près de moi.

— … c'était afin de discuter.

Son peignoir pendait à présent le long de son corps. En trois enjambées, il l'eut rejointe. Marguerite ne bougea pas. Il l'attira contre lui jusqu'à ce qu'ils se touchent.

Il n'en fallut pas davantage pour que ses dernières résistances cèdent. Elle écarta les pans de son peignoir et, les mains plaquées contre son torse, y pressa les lèvres.

Parler ne lui était plus possible. Ses muscles entraient en action spontanément, sans consulter son cerveau. Une chaleur intense se déploya en elle, dans ses veines, au creux de son ventre.

Ses mains repoussèrent impatiemment le peignoir, coururent sur la peau bronzée, les muscles saillants. Elle savait que si elle pensait à ce qui était en train de se passer, elle y mettrait un terme. Et comme elle ne voulait pas se priver de lui, elle préférait ne pas penser.

Elle s'aperçut soudain qu'elle n'avait plus son peignoir, mais aurait été incapable de dire à quel moment Guillaume l'en avait débarrassée.

Plus rien ne comptait que les affolantes sensations qui naissaient sous ses doigts au contact de sa peau. Il était un brasier qui consumait ses sens.

Guillaume n'était pas en reste. Ses mains calleuses se promenaient sur ses flancs, pressaient sa chair comme s'il était un sculpteur et elle sa création vénérée.

Il était un fruit succulent et pourtant défendu de bien des façons. Au terme d'un bref et unique moment d'abandon, elle avait dû renoncer à lui dans la douleur, plus que jamais consciente des limites de sa liberté. Et voilà que le fruit défendu revenait de manière inattendue s'offrir à ses lèvres. Comment aurait-elle pu résister ?

Guillaume l'embrassa à pleine bouche avant de déposer une pluie de baisers sur son visage et dans son cou. Les yeux fermés, le souffle court, elle releva la tête pour mieux s'y prêter. Il était homme à connaître toutes les nuances d'un baiser. Tremblante, elle se plaqua contre lui, se livra corps et âme au plaisir qu'il lui procurait.

Sa force était telle qu'elle ne sentit même pas ses muscles se tendre lorsqu'il la souleva pour aller l'asseoir au bord de la desserte, repoussant sans ménagement les objets qui s'y trouvaient. Marguerite plongea les doigts dans les cheveux de Guillaume, s'y agrippant presque.

Ses jambes s'écartèrent pour l'accueillir. Elle ne se souvenait pas quand elle avait décidé d'être stupide, mais peu importait.

Il lui écarta davantage les cuisses pour la caresser intimement, la propulsant dans une escalade sans fin vers le plaisir. Chaque frôlement de ses doigts l'enchaînait un peu plus à lui. Pantelante, cramponnée à ses épaules, elle se sentit glisser lentement vers lui. Les mains en coupe sous ses fesses, il la guida doucement vers l'union inéluctable de leurs deux corps à laquelle elle aspirait de tout son être.

Enfin, avec un soupir de reconnaissance, il la pénétra. Sans la brusquer, il s'introduisit là où brûlait le feu de son désir pour lui. Jusqu'à la garde. Elle s'accrocha à lui, le souffle coupé, tandis qu'il commençait à aller et venir, de plus en plus fort, de plus en plus vite, ses mains puissantes la maintenant en équilibre au-dessus de lui.

— Nous faisons une belle paire d'idiots, grogna-t-il.

C'était si conforme à ce qu'elle pensait qu'elle ne put qu'approuver.

— Aussi stupides qu'un couple de pintades.

Il s'esclaffa et son rire vibra en elle.

— Alors profitons-en, renchérit-il.

Lorsque l'orgasme s'empara d'elle, ce fut comme une déflagration de plaisir qui l'ébranla jusqu'au tréfonds. Elle s'arc-bouta contre lui, se couvrit la bouche de la main et la mordit pour étouffer ses cris. Ses muscles intimes se contractèrent sans fin autour de son sexe profondément fiché en elle tandis que son souffle se faisait erratique, presque semblable à des sanglots.

Guillaume la serra avec force. Un coup de reins puissant, puis un autre l'amenèrent à son tour au bord de la jouissance. À l'instant décisif, il se retira et ce fut sur le ventre de Marguerite qu'il libéra sa semence en grondant.

Coïtus interruptus. Il était prudent. Il n'y aurait pas d'enfant, pas de scandale, pas de désastre. Il avait réussi à garder la tête suffisamment froide quand elle-même s'était laissé déborder par la passion. Quand il eut repris ses esprits, il la laissa reprendre pied sur le sol en douceur.

Il ne pourrait jamais lui appartenir, admit-elle tristement. Mais jamais son désir pour lui ne faiblirait, elle le savait.

Elle appuya le front contre sa poitrine pour cacher les larmes qui perlaient à ses paupières.

Ils demeurèrent un long moment serrés l'un contre l'autre, dans un silence complice que Guillaume fut le premier à rompre.

— À l'odeur, on jurerait que certains ont fait l'amour ici. Les servantes n'auront pas besoin de poser des questions.

— Vous êtes d'un romantisme sans nom, commenta-t-elle en s'écartant de lui.

Il posa les mains sur ses épaules et l'embrassa avec une ferme tendresse, en prenant tout son temps. Quand il lâcha ses lèvres, il scruta son visage et demanda :

— Il m'est impossible de prendre soin de vous, n'est-ce pas ? Je ne peux m'interposer entre vous et ce que vous avez à affronter, quoi que ce puisse être ?

— Vous ne pouvez tout simplement pas être avec moi.

Il était... unique. Son visage taillé à la serpe, d'une brutale beauté. Sa cicatrice, effrayante et livide. Il fallait passer outre cette laideur superficielle. Une fois cet effort accompli, il ne restait que la puissance et la force. C'était pour cela qu'elle l'aimait.

— Je pensais que nous nous étions dit adieu, reprit-elle. Je ne peux vous faire des adieux définitifs à répétition. Le faire deux fois de suite est déjà difficile.

— Alors renoncez-y, lui conseilla-t-il posément. Vous paraissez différente quand vos cheveux sont humides. Cela fait ressortir la structure de votre visage.

Il lui caressa la joue, suivit le contour de sa mâchoire.

— Ici... et là aussi. Votre beauté se révèle comme jamais.

Le cœur serré, Marguerite protesta :

— Il n'est pas censé y avoir de tendresse entre nous.

— Il y en a pourtant. Personne ne vous a jamais parlé des hommes ?

Lui prenant la joue en coupe avec délicatesse, comme si elle était une fleur qu'il craignait d'abîmer, il ajouta :

— Je serai donc le premier à le faire. Sachez que vous ne pouvez pas nous faire confiance.

La gorge nouée, elle articula d'une voix mal assurée :

— Nous devons en rester là. Je ne veux plus jamais vous revoir.

Il lui fallut un instant de trop pour laisser retomber sa main, et ce délai fut la plus éloquente des réponses.

S'écartant d'elle, il rajusta son peignoir, puis sortit sans bruit, et sans avoir dit un mot.

25

Hawker grimpa cinq étages et ouvrit prudemment la troisième porte sur sa droite au fond du couloir. À l'intérieur, un grand escogriffe assis sur une chaise faisait le guet à la fenêtre. Un mètre quatre-vingts, tout en muscles, les cheveux incolores, agent des services britanniques.

— Salut, le rat, lança-t-il.

— Bien le bonsoir… Pox ? Pocket ? Non : Pax !

— Paxton, rectifia-t-il. Pour toi, le rat, ce sera Paxton.

C'était bien le nom que la vieille pie lui avait indiqué.

— Te voilà donc revenu, le rat ? s'était-elle étonnée. Va te laver les mains, elles sont pleines de sang.

Ensuite, jamais à court d'amabilités, en le regardant manger un morceau elle s'était écriée :

— Ferme la bouche. Tu n'es pas un animal !

Elle ne s'était pas radoucie en lui ordonnant finalement :

— Tu vas aller à l'hôtel de Fleurignac et remplacer Paxton pour la nuit.

Ainsi se retrouvait-il dans l'immeuble d'en face, à se faire traiter de rat par un blanc-bec qui devait avoir deux ou trois ans de plus que lui. Triste retour au bercail.

— Tu dois prendre la relève, paraît-il, fit le garçon aux cheveux blancs. On ne m'a pas demandé mon avis. Ne vole rien si possible.

Hawker le gratifia de quelques insultes savoureuses qu'il avait captées à la taverne où s'abreuvait Le Brochet, et dont il lui faudrait trouver le sens.

En réponse, Pax lui tourna le dos, s'étira, puis rassembla ses affaires : chapeau, canne, lunette d'approche escamotable, quignon de pain.

— Tout le monde est rentré, expliqua-t-il. Victor de Fleurignac est revenu il y a une heure. La poulette de Doyle est arrivée des Bains vers 6 heures.

— Bien.

Ce serait intéressant de voir où Maggie se rendait quand elle ne se croyait pas surveillée.

— Te voilà sur le pont jusqu'à l'aube, poursuivit Pax. Surveille les entrées de l'hôtel. Suis la fille de Fleurignac si elle sort. Les lunettes de vision nocturne sont sur la table. Ne les casse pas ! Et surtout, ne t'endors pas.

— Je ne m'endors jamais en travaillant.

— Alors ne commence pas cette nuit.

Après avoir jeté un dernier coup d'œil par la fenêtre, Paxton ajouta :

— Note bien qui entre et sort. Domestiques compris. Et pour l'amour de Dieu, n'allume aucune lumière !

— Je sais ce que je dois faire.

Hawker commençait à être agacé d'être traité comme un débutant par un type à peine plus âgé que lui.

— La rue sera éclairée, enchaîna Paxton. Tu pourras voir quiconque se présentera à cette porte. Si cela te paraît intéressant, descends et prends en filature. Tu n'es pas censé rester assis sur ton cul. Et ne te fais pas voir !

Pax semblait décidé à lui débiter tout le catalogue des recommandations.

— Nous avons un homme à nous là-bas après le coin de la rue, indiqua-t-il. Si tu dois sortir, arrange-toi pour lui faire signe que tu t'en vas.

— Ce sera fait, répliqua Hawker. Referme la porte sans bruit en sortant.

Cette remarque lui valut un regard mauvais du citoyen Paxton avant que celui-ci le laisse enfin seul.

La fenêtre donnait directement sur la maison de Maggie – l'endroit idéal pour espionner.

La chaise était encore chaude quand il s'y assit. Hawker détestait cela.

Les coudes sur l'appui de fenêtre, il se pencha. À cette hauteur, il n'avait pas à s'inquiéter qu'on le repère. Il flottait dans l'air une odeur de grande cité, ainsi que le murmure assourdi typique de la ville. C'était un soulagement de n'avoir plus à traîner dans la campagne. Il ne l'aurait admis pour rien au monde, mais le silence et la tranquillité de la nature la nuit lui flanquaient la chair de poule.

La pièce aussi lui semblait familière. Il avait vécu dans des endroits tels que celui-ci le plus clair de sa vie. Ce grenier n'était pas inhabité. Il devait même être assez peuplé en comptant les puces. Six matelas de paille encombraient le plancher. Apparemment, ceux qui y dormaient ciraient les chaussures pour gagner leur croûte.

Doyle leur avait graissé la patte pour qu'ils vident les lieux. Il était ainsi. Plutôt que de leur faire peur, il les payait.

Il restait environ deux heures de jour avant la nuit. Il savait ce qu'était une garde de nuit. Il n'avait pas besoin des conseils de Paxton-le-fantôme.

« Si ce freluquet peut faire partie du Service, alors moi aussi », songea Hawker.

Cela ne le changerait pas tellement de Lazarus. Sauf que les services d'espionnage britanniques ne se livraient pas au meurtre avec le même entrain et le même abandon que le roi des voleurs. Il s'y ferait, s'il le fallait. En fait, il avait déjà pris le pli.

Ce matin, par exemple. N'était-il pas parvenu à se retenir d'égorger Le Brochet ? Il s'était même montré bougrement miséricordieux.

Après en avoir terminé avec lui, il s'était esquivé sans difficulté, ses poursuivants s'élançant dans la mauvaise direction. Il ne connaissait pas de plus grand plaisir que d'entendre les chiens lancés à vos trousses aboyer à l'est quand vous filez vers l'ouest.

Il avait constamment gardé une carte en tête, comme Doyle le lui avait recommandé. C'était ainsi qu'il était tombé sur cette ruelle tranquille dans laquelle se trouvait une fontaine. Alors qu'il était occupé à laver les traces de sang sur ses mains, Doyle était arrivé derrière lui, aussi silencieux qu'un chat.

— Te voilà ! s'était-il exclamé, lui fichant la trouille de sa vie.

Qu'un homme aussi impressionnant soit capable de se déplacer sans faire le moindre bruit était vraiment inexplicable. Et devrait être interdit.

Doyle n'avait pas sorti son couteau. Il était on ne peut plus affable et serein.

— Bel interrogatoire, l'avait-il félicité. Tu l'as pressé comme un citron. Pourquoi l'avoir laissé en vie ?

Le moment était mal choisi pour se demander comment Doyle l'avait retrouvé ou comment il connaissait l'existence de Le Brochet.

— Je me suis dit que ce serait une bonne idée de le laisser respirer, répondit-il.

— Vraiment ?

Doyle paraissait aussi patient qu'un fauve aux aguets. Et presque aussi menaçant.

— Je pourrai toujours revenir le tuer plus tard, se justifia Hawker.

— Bien vu.

Doyle ne pouvait qu'aimer ça, lui qui avait répété à maintes reprises : « Il est plus facile de revenir tuer quelqu'un que de le ressusciter. Et si d'autres questions me viennent à l'esprit après coup, il ne sera pas très bavard s'il est mort. »

Doyle attendait, comme si sa confession ne le satisfaisait pas totalement.

Hawker inspira à fond, puis décida, pour une fois, de donner sa chance à la vérité.

— Je savais aussi que vous aimeriez pas que je lui tranche la gorge.

— C'est un début. Prends une poignée de boue, sous la fontaine, et étale-la sur ta chemise pour cacher le sang.

Personne ne parut surpris que Doyle le ramène dans la maison du Marais. La vieille pie l'écouta lui rapporter les confessions de Le Brochet et l'envoya à la cuisine manger un morceau. Après l'avoir appelé le rat.

26

Marguerite termina une lettre destinée à son banquier de Rouen et en entama une autre pour le citoyen maire de Voisemont. Il fallait donner des ordres pour la fenaison. Une dizaine de femmes, au village, avaient été laissées sans moyen de subsistance quand l'armée avait enrôlé leurs fils. Ce n'étaient pas les braillards de la taverne criant vengeance contre les aristocrates qui les nourriraient.

Il y avait d'autres lettres à écrire. L'orphelinat de Rouen devait être secouru, de même que l'usine de Lyon dont les ouvrières n'avaient plus de travail. Il s'écoulerait sans doute un certain temps avant qu'elle puisse s'asseoir de nouveau pour écrire tranquillement des fables.

Quand le soir tomba, elle alluma des bougies un peu partout dans la pièce, puis alla se rasseoir et commença une autre lettre.

La porte de sa chambre s'ouvrit soudain, livrant passage à Victor, une tasse à la main.

— Vous ne devriez pas venir seul dans ma chambre, lui fit-elle remarquer sans lui laisser le temps de refermer le battant. Ce n'est pas convenable, même entre cousins. Votre mère serait dans tous ses états si elle l'apprenait.

— Je n'ai aucune intention de le lui dire.

Il traversa la pièce et posa la tasse sur le bureau de Marguerite avant de poursuivre :

— J'aimerais que vous vous montriez plus aimable avec maman. Cela ne vous coûterait rien et ce serait généreux de votre part de lui donner ces signes de respect qui comptent tant pour elle.

Désignant la tasse, il ajouta :

— Camomille. Votre cuisinière affirme que c'est votre tisane préférée. Je me souviens que lorsque vous étiez petite, vous aviez l'habitude d'arpenter la campagne avec cette petite servante… comment s'appelait-elle, déjà ? Berthe ? Bérénice ?

— Bertille.

— C'est cela. Vous alliez cueillir avec elle tout un tas de plantes, dont la camomille, pour préparer un brouet infâme.

Appuyant la hanche contre le bureau, comme s'il comptait s'attarder, il poursuivit :

— Nous avons toujours été honnêtes l'un envers l'autre, n'est-ce pas, Marguerite ?

Elle évitait de lui parler. C'était différent.

— Je suis fatiguée ce soir, prétendit-elle. Ne pourrions-nous pas…

— Nous sommes amis autant que cousins, l'interrompit-il. Vous avez toujours été ma préférée, même quand vous étiez petite.

Comme c'était étrange qu'ayant eu tous deux la même enfance ils aient vécu des histoires si différentes.

Impossible d'échapper à la famille. Si elle buvait rapidement sa tisane, elle pourrait peut-être se débarrasser de lui en le chargeant de rapporter la tasse vide à la cuisine.

— Dites-moi plutôt ce que vous voulez.

Elle repoussa sa lettre en cours sur un coin du bureau pour la laisser sécher et essuya sa plume.

— Vous êtes une femme intelligente. Éduquée. Responsable. Et vous êtes raisonnable.

— Merci.

— Votre père, lui, ne l'est pas.

— Mon père est complètement fou. Il l'a toujours été. Vous ne m'apprenez rien.

Elle reposa sa plume près de la tasse et attendit qu'il se décide à en venir au fait.

— Savez-vous qu'il a fait deux séjours en Angleterre au cours des six derniers mois ? lâcha-t-il enfin. De nos jours, seuls les criminels et les contre-révolutionnaires s'y rendent.

Marguerite éprouva un certain malaise. Son père ne lui avait rien dit de ces voyages.

— Quand je le retrouverai, il aura sans doute une bonne explication à me fournir, j'en suis sûre. Peut-être est-il allé chez son bottier préféré, ou observer les différentes phases de la lune depuis la flèche de la cathédrale Saint-Paul. La prochaine fois, il ira à Milan parce qu'il aura entendu parler d'un nouveau mécanisme dans la tour de l'horloge. Avec lui, c'est toujours comme cela.

— Voilà pourquoi vous devez m'aider à le retrouver. Vous le comprenez mieux que personne.

Victor se redressa et croisa les mains derrière le dos.

— C'est pour son bien, expliqua-t-il, le regard grave. Robespierre devient de plus en plus soupçonneux. Il voit des complots partout. Même les errances d'un vieux fou pourraient attirer son attention. Malgré l'influence que je peux avoir sur lui, si votre père est surpris en train de quitter la France, il sera ramené à Paris et condamné. Vous-même pourriez être arrêtée en tant que fille d'émigré. Tous vos biens seraient confisqués. Il faut à tout prix retrouver votre père.

Marguerite n'avait pas besoin que Victor lui rappelle ces déplaisantes réalités.

— Quand mon père reviendra… commença-t-elle.

Mais il ne la laissa pas achever sa phrase.

— Nous ne pouvons attendre qu'il revienne. Les espions de la police sont partout. Réfléchissez, Marguerite. Où peut-il être ? Où a-t-il pu aller ?

— N'importe où. Ses lubies peuvent le retenir au loin assez longtemps, comme quand il est allé mesurer le débit du Rhin pendant dix semaines à Strasbourg. Mais il est toujours revenu.

— Il n'a jamais tenu aucun compte du reste de la famille. Jamais.

Victor faisait les cent pas sans chercher à cacher son mécontentement.

— Cette fois, il va causer notre perte ! s'emporta-t-il. Vous n'étiez pas à Paris, ces dernières semaines. Vous ignorez ce qui s'y passe.

Sur ce point, il se trompait. Les moineaux qu'elle avait côtoyés étaient plus désespérés que jamais, en proie à une incrédulité sans nom à l'idée que la machinerie folle de la Révolution puisse les avaler.

Victor ne paraissant pas décidé à partir, elle décida de lâcher du lest pour s'en débarrasser.

— Je demanderai à ses amis s'ils savent quelque chose, promit-elle. Parfois, il leur dit…

— Ne vous donnez pas cette peine, coupa-t-il. Je ne veux pas que des rumeurs commencent à se répandre.

Il jouait nerveusement avec un bouton de son gilet. Puis soudain, comme s'il lui tardait de quitter la pièce, il gagna la porte en lançant par-dessus son épaule :

— Buvez votre tisane tant qu'elle est chaude.

Après son départ, Marguerite goûta la camomille. Elle la trouva un peu amère et à peine tiède, et n'en but qu'une autre gorgée avant de la reposer avec une grimace.

Sur la cheminée, l'horloge en porcelaine de Meissen carillonna. Il était 10 heures. Les fenêtres ouvertes donnaient sur le jardin qui s'étendait derrière la maison. Marguerite percevait la rumeur de la ville. Après de longs mois passés à la campagne, il lui fallait s'y réhabituer. Les voitures ne cessaient pas de circuler parce que les honnêtes gens étaient couchés. Au contraire. Les marchands profitaient de ce que les rues étaient vides pour effectuer leurs livraisons dans toute la capitale.

Un quartier de lune empêchait que la nuit soit tout à fait noire et seules les étoiles les plus brillantes étaient visibles. La fumée de charbon mêlée à la brume montant du fleuve empêchait le ciel nocturne d'être limpide.

Appeler Agnès afin qu'elle l'aide à se changer pour la nuit devait être ce qu'elle avait de mieux à faire. Elle n'avait pas menti en affirmant à Victor qu'elle était fatiguée. Elle aurait tant à faire le lendemain, et le jour suivant, et celui d'après...

Les cinq moineaux dont lui avait parlé Jean-Paul allaient quitter Paris à l'aube, sous un tas de linge sale. Et cette nuit même, La Flèche devait faire embarquer un autre groupe sur une barge transportant du charbon. C'était la troisième fois qu'ils utilisaient ce stratagème et ce serait la dernière. Il fallait sans cesse en trouver de nouveaux pour éviter d'être repéré.

Mais quel que soit le nombre de moineaux qu'ils parvenaient à sauver, il s'en présentait toujours d'autres. Autant chercher à vider la mer avec une petite cuillère...

Marguerite regretta de ne pouvoir en parler à Guillaume.

Peut-être, comme elle, observait-il la lune en cet instant même. Ou peut-être était-il déjà en route pour Rouen, et, dormant à la belle étoile, regardait-il l'astre nocturne s'élever à la cime des arbres. Dans un cas comme dans l'autre, il n'aurait pu être plus loin d'elle.

Alors qu'elle s'apprêtait à tirer les rideaux, une face fantomatique apparut devant elle. Elle bondit en arrière de frayeur, le cœur battant.

Puis se mit à rire lorsqu'elle se rendit compte que l'apparition n'avait rien d'un fantôme. Il s'agissait de

Nico, le petit singe de ses amis Peltier. Après avoir escaladé le mur, il avait bondi sur sa fenêtre, lui causant la peur de sa vie. Quand elle lui tendit les bras, il s'y réfugia sans hésiter, puis se mit à lui lécher la joue en poussant des petits cris.

— Calme-toi, lui conseilla-t-elle en s'efforçant de se soustraire à ses effusions. Si tu veux rester, pas de bruit !

Pour un singe capucin, Nico ne manquait pas de jugeote, mais il était surexcité.

— Si tu continues, tu vas attirer l'attention de ma tante Sophie. Et je t'assure que tu n'aimerais pas faire sa connaissance.

Ses petites plaintes aiguës, semblables à celles d'un oiseau, allaient finir par donner l'alerte.

— Tu dois te calmer, insista-t-elle.

Ce qu'il fit dès qu'elle commença à le caresser.

Marguerite se demanda ce qu'il faisait là. Mme Peltier ne l'avait certainement pas abandonné avant de partir pour Genève. Une vieille gouvernante était censée prendre soin de lui. Comment avait-il pu traverser la moitié de Paris pour la rejoindre ? Il connaissait certes le chemin, car il lui était arrivé d'accompagner Sylvie Peltier lorsqu'elle leur rendait visite.

— Tu m'as retrouvée ? s'étonna-t-elle. Tu t'es montré aussi habile et astucieux qu'un… singe. Attends que je te trouve quelque chose à grignoter.

Il n'y avait ni noisettes ni raisins secs dans sa chambre, mais elle dénicha une boîte de dragées de Limoges. Nico les adorait.

— Cela ne peut pas être bon pour toi, dit-elle. Tu le sais.

Mais en jouant de son charme, le petit singe parvint à lui en extorquer trois. Il en fourra deux dans sa bouche et cessa tout à fait de se plaindre. La troisième, il la garda dans la main qui ne s'accrochait pas à elle.

Quand elle revint à la fenêtre pour essayer de comprendre par quel chemin il était passé, Nico glissa le bras autour de son cou.

— Tu avais peur, dans le noir, tout seul ? Pauvre petit ! Tu n'as plus rien à craindre à présent. Demain, je te ramènerai chez toi.

Il portait une veste rouge cerise munie d'épaulettes dorées. À son revers était épinglée la cocarde révolutionnaire. Le vêtement trop long était fendu dans le dos afin de laisser passer sa queue.

— Tu es très chic, le complimenta-t-elle. Et patriote, avec cela. Que la vision d'un singe arborant le symbole de la Révolution paraisse normale à Paris de nos jours, je ne sais ce qu'il faut en penser...

Sa veste était dotée de larges poches plaquées. Dans l'une d'elles, Marguerite découvrit une feuille pliée. Aucun homme sain d'esprit ne chargerait un singe de transmettre une lettre.

Il ne pouvait donc s'agir que d'un homme qui ne l'était pas. Son père !

Quand elle eut réussi à soustraire le pli à Nico, qui n'était pas décidé à s'en défaire, elle ne fut pas surprise d'y découvrir un grand *M* ornementé en guise d'adresse.

Boudeur, le capucin l'abandonna et bondit sur le bureau. Ce faisant, il renversa la tasse et pataugea dans la tisane, couvrant le buvard d'empreintes.

Trop intriguée par la lettre pour s'en soucier, Marguerite déplia celle-ci et n'y découvrit que deux mots tracés de la main de son père : *Tuileries* et *Argent*.

Sans doute ce dernier avait-il lâché Nico dans le jardin, sachant qu'elle comprendrait immédiatement dans quel endroit du parc des Tuileries il lui donnait rendez-vous. Quant à la deuxième partie du message, elle coulait de source elle aussi.

Tout en repliant le feuillet, Marguerite songea que même si son père était fou et égoïste, même s'ils étaient en désaccord à peu près sur tout, ils se comprenaient parfaitement. Et n'était-ce pas là ce que l'on pouvait attendre d'une famille ?

Décidant que la nuit se prêtait à toutes les folies, Nico, quant à lui, avait entrepris de piller allègrement la boîte de dragées.

27

Hawker s'entraînait à se fondre dans le décor, art dans lequel il était déjà raisonnablement expert. Les premières heures de la nuit se prêtaient à ses fins. L'obscurité, plus dense dans les coins, permettait à ceux qui en avaient besoin de s'y tapir. Et ceux qui n'avaient pas envie de se cacher pouvaient se rendre invisibles en se mêlant à la foule qui sortait des cafés et des théâtres. Les pauvres prenaient le frais dans la rue parce que leur taudis était surchauffé. Les riches arpentaient le pavé à la recherche d'une femme. Tout le monde pouvait être de sortie, à cette heure tardive.

À Londres, les camarades de Hawker devaient se mettre au travail, eux aussi, pénétrant par effraction dans quelque boutique ou dévalisant sur les quais de la Tamise quelque cargaison délaissée par un équipage en virée.

Adossé à un mur, il feignait, quant à lui, d'ôter un caillou de sa chaussure. La maison qu'il surveillait était située cinquante pas plus bas, dans la rue Honoré. Quelques années plus tôt, avant la désacralisation des lieux publics, c'était rue Saint-Honoré qu'il aurait fallu l'appeler.

Cinq hommes passèrent devant lui, trop occupés par leurs propres affaires pour le remarquer.

À Londres, à cette heure-ci, il aurait été en compagnie de Betts, Rory, Sticker et les autres. Après avoir achevé leur travail de nuit, ils se seraient arrêtés dans une gargote de Saint-Giles pour manger quelques saucisses avant d'aller confier leur butin à Lazarus. Où s'ils avaient fait chou blanc, ils auraient fini dans une taverne et se seraient enivrés en s'inventant des excuses.

S'il n'était plus à Londres avec eux, il travaillait toujours : filatures, effractions, vols. Pour le compte du Service désormais. La vie était une sacrée farceuse, parfois.

Des réverbères éclairaient la rue. Certains propriétaires allaient même jusqu'à pendre une lanterne au-dessus de leur porte. Il allait devoir se débrouiller avec toute cette lumière pour pénétrer dans la maison qu'il surveillait.

Celle du citoyen Robespierre.

L'homme le plus puissant de France – rien moins que l'égal d'un roi – habitait un appartement au-dessus d'une menuiserie que rien ne distinguait du voisinage. Il suffisait pour le rencontrer d'aller frapper à sa porte.

— C'est un des nôtres, avait expliqué fièrement la vendeuse de journaux auprès de qui il s'était renseigné. Notre Robespierre, petit citoyen. Il vit comme nous, sans pots-de-vin ni favorites. C'est pas pour rien qu'on l'appelle « l'Incorruptible ».

Pas de gardes en faction. Pas de bataillon de soldats en uniformes ridicules. Pas de grilles en fer pour empêcher quiconque d'approcher. Pas de joyaux de la Couronne. Il semblait bien que la Française ne lui avait pas menti.

Hawker se détendit d'un haussement d'épaules. Cela lui était devenu aussi naturel que de hausser le menton pour marquer sa désapprobation ou tendre la main, paume vers le haut, pour conclure un marché. D'ici peu, il serait plus français que tous ceux qui l'entouraient.

Après tout, son père, qu'il n'avait pas connu, l'était peut-être.

Mais l'attitude ne faisait pas tout. Les vêtements aussi avaient leur importance. Doyle l'avait rhabillé de la tête aux pieds avant de traverser la Manche. Il lui avait aussi fait couper les cheveux. En plus de lui apprendre à manger, à s'asseoir, à marcher comme un Français.

Toutes ces astuces, Doyle les connaissait par cœur. Sans doute aurait-il pu faire la différence entre un Anglais et un Français rien qu'à l'odeur de son pet.

Le valet de pied qui était sorti de chez Maggie était venu droit ici et avait remis un pli à la porte. Il n'avait pas attendu de réponse. Ce serait intéressant de savoir qui, à l'hôtel de Fleurignac, envoyait une lettre au beau milieu de la nuit à l'homme le plus puissant de France – et ce qu'elle contenait.

Quant à savoir comment pénétrer chez lui… Comme le disait Doyle, « c'est souvent l'approche la plus directe qui se révèle la meilleure ».

Personne ne prêta attention à lui quand il traversa la rue et entra dans la cour de la menuiserie. Après s'être glissé derrière une pile de planches, il se résigna à attendre une petite heure, histoire de s'assurer qu'il ne risquait rien.

Manifestement, on ne craignait rien ni personne dans cette maison. Aucune bougie n'était allumée. Derrière les volets clos, les fenêtres devaient être ouvertes. Tout le monde dormait du sommeil du juste. Demeurer incorruptible à longueur de journée devait probablement être épuisant.

En arrivant rue Palmier, Doyle découvrit que Talbot ne s'y trouvait plus. Ce n'était sans doute pas l'être le plus brillant qu'ait produit l'Angleterre, mais c'était un agent consciencieux. S'il avait déserté son poste, c'était pour suivre quelqu'un qui était sorti de ou entré dans l'hôtel de Fleurignac. À cette heure de la nuit, ce quelqu'un devait être intéressant.

Dans le poste de guet du grenier où il se rendit ensuite, il constata que Hawker n'était plus là non plus. Quelqu'un – Hawker lui-même supposait-il – s'était servi d'une brosse à reluire et de cirage pour écrire sur le mur le mot *SWIVE*[1].

Il n'aurait pas été impossible à ce gosse de se laisser séduire par quelque catin à la démarche chaloupée, mais il ne connaissait sûrement pas le vieil anglais. Il y avait donc fort à parier qu'il s'était essayé à transcrire le verbe français « suivre » avant de se lancer dans une filature.

Doyle, qui avait apporté un pain garni de viande, ne se fit pas prier pour le manger lui-même. De toute évidence, il allait devoir se charger de la surveillance de nuit. C'était l'une des joies de ce métier : on n'était jamais trop vieux pour tirer la paille la plus courte. S'installant sur une chaise, il posa les pieds sur une autre et s'abîma dans la contemplation de la maison de Maggie.

Sa chambre, il le savait, était située au premier étage, à l'arrière du bâtiment. De là où il était, il ne voyait donc pas sa fenêtre. À cette heure, Marguerite était sans doute allongée sur la courtepointe, pour profiter de la fraîcheur de la nuit. Elle devait dormir en chien de fusil, un oreiller serré contre elle, telle une femme comblée après l'amour. Il le savait parce qu'il l'avait épiée dans son sommeil, chaque nuit qu'ils avaient passée ensemble sur la route.

Le type blond et svelte en compagnie de qui il l'avait surprise aux Bains ne pouvait être que Jean-Paul Béclard, son partenaire de La Flèche. Un ancien amant, à l'évidence, mais il était prêt à parier que tout était fini

1. Marcher en ondulant des hanches, en vieil anglais. *(N. d. T.)*

entre eux depuis longtemps. Ce qui signifiait qu'il n'aurait pas à le suivre pour le battre comme plâtre afin de lui apprendre à garder ses distances.

Le bruit de fond de la ville finit par décroître. La nuit se fit plus tranquille. L'heure propice aux « mauvais desseins » selon Lazarus.

Hawker sortit de sa cachette. La cour était éclairée par la lune et par ce satané éclairage public venant de la rue, aussi veilla-t-il à demeurer dans les quelques zones d'ombre qui subsistaient en périphérie. Une odeur de chien lui parvint. Dressant l'oreille, il perçut un ronflement intermittent et étouffé qui devait être celui d'un de ces animaux auxquels les braves gens n'avaient pas toujours raison de confier la garde de leur foyer.

La porte qui donnait sur la cour aurait résisté aux plus vigoureux coups de bélier, mais la fenêtre qui se trouvait à côté était ouverte derrière ses volets clos. À croire qu'il n'y avait aucun voleur dans cette ville.

Sortant son couteau, Hawker le glissa entre les volets et souleva le loquet. Retenant son souffle, il rabattit les volets qui s'ouvrirent sans un grincement, et n'eut plus qu'à s'introduire dans la place.

Pour un homme qui tranchait deux centaines de têtes par semaine, le citoyen Robespierre se souciait sacrément peu de sa propre sécurité. À l'étage, cinq ou six ronflements différents indiquaient que toute la maisonnée dormait sur ses deux oreilles, ainsi que le font les honnêtes gens. Il semblait bien que le chien, lui aussi, appartenait à la confrérie des toutous honnêtes.

La fenêtre par laquelle Hawker était entré lui fournissait assez de lumière pour se repérer. Une enveloppe était posée sur la grande table de bois sombre ; sans doute celle que le valet de pied des Fleurignac avait apportée dans la soirée.

Il la ramassa en passant avant de pénétrer dans la pièce voisine : une cuisine. Des braises achevaient de se consumer dans l'âtre. Il détestait abîmer une bonne lame en la chauffant, mais on n'avait pas toujours le choix. Quand son couteau fut suffisamment chaud, il décolla le sceau de la lettre.

Lui qui lisait déjà difficilement un livre imprimé ne risquait pas de déchiffrer des griffonnages en français. Mais la signature était celle de Victor de Fleurignac.

Que faire ? Remettre le document à sa place pour que nul ne se doute de son intrusion, ou l'emporter ?

Lazarus s'amusait souvent à le placer devant de tels dilemmes. Il lui exposait un problème et ne lui laissait que le temps d'une respiration pour se décider. Et s'il n'y parvenait pas, il le poursuivait à travers la pièce pour le frapper.

À côté de la cheminée, Hawker repéra une caisse en bois pleine de feuilles plus ou moins froissées. Sans doute la réserve pour allumer les chandelles. En s'approchant, il constata qu'elles aussi étaient couvertes d'une écriture nerveuse.

Il y avait là toute une correspondance…

Sachant qu'un homme puissant habitait ici, une telle négligence laissait pantois. Y avait-il des chances que ces documents recèlent des informations intéressantes pour le Service ?

Sans réfléchir davantage, il fourra dans sa chemise autant de feuilles que possible, ainsi que la lettre de Victor de Fleurignac. Il s'éclipsa ensuite par où il était entré en prenant soin de refermer les volets. En moins de temps qu'il n'en faut pour le dire, il eut retraversé la cour et regagné la rue Honoré.

28

Marguerite savait où trouver son père. Tout au fond du parc, au bout d'une allée bordée de peupliers, où une statue de Diane chasseresse à demi nue tirait à jamais une flèche de son carquois. Autour d'elle prospérait un petit jardin de roses. Ils fréquentaient ce lieu lorsqu'elle était toute petite. Alors qu'elle ramassait des pétales, il lui avait exposé la théorie des séquences numériques. Elle lui racontait des histoires de fées vivant dans les rosiers. Il lui répondait en lui expliquant comment calculer l'orbite des lunes de Jupiter.

Et en effet, il était là.

— Laisse-moi commencer par la pire nouvelle, lui dit-elle d'emblée. Ils ont incendié le château.

Mais l'un de ses serviteurs – il ne voulut pas dire lequel – l'avait déjà averti. Le choc était donc passé. Elle n'eut qu'à lui raconter le reste, ce qui fut rapide. Elle dut admettre qu'elle n'avait pas pu sauver sa bibliothèque. Et reconnut que s'il avait été là, les choses se seraient sans doute passées autrement. Il lui servit le petit discours qu'il aurait fait aux émeutiers pour les empêcher de commettre l'irréparable. C'était émouvant.

— Ils m'auraient écouté, conclut-il. Tu es bien certaine qu'il ne reste rien de mes livres ?

Il était vêtu de manière curieuse, même pour lui qui avait l'habitude des mises excentriques. Il portait un tricorne et une veste militaire bleu foncé bien trop grande dont les boutons de cuivre scintillaient. L'écarlate de son gilet était assez éclatant pour être visible à la faveur des lumières qui provenaient des cafés de l'autre côté de la rue. Ses cheveux pendaient de chaque côté de son visage. Il apparaissait à la fois miteux et flamboyant.

Levant les yeux vers le ciel, il soupira. Il se retenait visiblement de lui demander une fois encore si elle était certaine qu'aucun de ses livres n'avait été sauvé.

Enfin, au terme d'une longue méditation silencieuse, il déclara avec fatalisme :

— Abandonnons nos possessions sur l'autel de l'Histoire puisqu'il le faut. Il était inévitable que le château soit détruit. Il avait fait son temps. La République récupérera toutes ces vieilles et grandes demeures. Elle en fera un usage rationnel et les transformera en hôpitaux, en écoles, en orphelinats. Voire même en prisons et en manufactures.

— Ils n'ont pas saisi le château pour en faire bon usage, répliqua Marguerite. Ils en ont fait un tas de ruines !

Il ne répondit pas. Son père avait le don de n'entendre que ce qu'il voulait entendre.

— Tout le monde se demande où tu es passé, reprit-elle plus calmement. Nous nous inquiétons pour toi.

Se passant les doigts dans ses cheveux, elle ajouta :

— Et que fabriques-tu avec Nico ? Il devrait être chez les Peltier, avec leur gouvernante.

— Je suis allé le chercher. Après tout, Sylvie l'avait abandonné à ses serviteurs, et j'en avais besoin.

— Tu avais besoin d'un singe ?

— Je suis devenu joueur d'orgue. J'avais donc besoin d'un singe. Ce n'est pas facile de trouver un singe dressé à Paris, de nos jours.

Avec lui, on ne savait si ses propos relevaient de la ruse, de son grain de folie ou de sa manière particulière d'exposer les idées les plus rationnelles.

Marguerite remarqua soudain la grosse boîte peinte munie d'une poignée appuyée contre un arbre, à ses pieds. Un orgue de barbarie.

— Tu es devenu musicien des rues ? s'étonna-t-elle.

— Il faut bien faire quelque chose. Si je reste dans ma chambre à écrire, je deviens suspect à leurs yeux. Avec Nico, je suis au-delà de tout soupçon.

— Tu fais la quête dans un chapeau ?

— Ne sois pas ridicule ! C'est le singe qui s'en charge. Moi, je joue de l'orgue.

— J'aimerais bien voir cela !

Adossée contre le muret séparant l'allée gravillonnée du parterre de fleurs, Marguerite tenait le singe au creux de son bras.

— Le nourris-tu correctement ? s'inquiéta-t-elle. Il a l'air d'avoir maigri.

— Bien sûr que je le nourris ! s'emporta son père. Je lui donne mon propre dîner. Marguerite, venons-en au fait. As-tu apporté de l'argent ?

Elle avait récupéré tout ce qui se trouvait dans sa chambre, ce qui représentait une jolie somme. Les activités de La Flèche lui imposaient d'avoir toujours des ressources à disposition en cas de coup dur.

— Je te le donnerai quand j'aurai compris ce qui se passe.

— Je suis italien, voilà ce qui se passe. Je joue de l'orgue de barbarie dans la rue et je vis parmi les Italiens de cette ville. Je viens de Padoue.

Il se rembrunit, se perdit un instant dans ses pensées avant de reprendre :

— Tout bien réfléchi, c'était une erreur. Padoue est une ville que j'abomine ! J'ai dit cela au hasard, et je n'ai pu me raviser ensuite. Je leur ai tout de même laissé entendre que mon père était originaire de Sospel, ce qui explique que j'aie des papiers d'identité français.

Parfois – comme en ce moment –, quand elle était avec son père, il prenait à Marguerite des envies de hurler comme un animal et de marteler le sol de ses poings.

Plongeant la main dans sa poche, elle en sortit une dragée qu'elle offrit à Nico. Restait à espérer qu'il digérait bien.

Elle-même avait quelques soucis de ce côté-là. Elle avait dû s'arrêter en chemin pour vomir sur les pavés, et ne se sentait pas très bien. Quelque chose qu'elle avait mangé, sans doute.

— Tu te fais passer pour un Italien, répéta-t-elle, abasourdie.

— N'est-ce pas ce que je viens de te dire ? Sois un peu plus attentive, Marguerite. Sais-tu que je suis allé rue Manon m'offrir de nouveaux papiers d'identité pour vingt-sept livres ? Ce n'est pas cher. J'étais surpris.

— Le commerce des faux papiers est florissant, papa. Cela n'a rien d'étonnant. Pourquoi as-tu soudain ressenti le besoin de devenir italien ?

— Je me cache.

Sur ce, il s'abîma dans une de ces ruminations soudaines dont il était parfois difficile de le tirer.

— Pour échapper à mes ennemis, précisa-t-il au bout d'un moment. Peut-être aurais-je dû devenir allemand. Les Allemands sont un peuple plus sérieux.

— Mais tu n'as pas d'ennemis, papa ! L'incendie n'était pas commandité par Paris. Et il n'y a aucun ordre d'arrestation à ton nom. J'ai demandé à Victor.

— Ils ne veulent pas m'arrêter. Ils veulent me tuer ! C'est fort différent. La Révolution n'arrête pas les assassins. Ils ont tenté de me poignarder.

— Qui « ils » ?

— Deux hommes, dans une ruelle. Je ne les connais pas.

Posée sur l'orgue de barbarie se trouvait une fine lanière tressée, qui devait servir de laisse à Nico. Il s'en empara et la fit glisser entre ses doigts avant de poursuivre :

— Ce sont peut-être des martinistes. Ou peut-être est-ce Fouché qui les a envoyés. Mais je crois plutôt que c'est un coup des Anglais. Peut-être même sont-ils responsables de l'incendie du château.

Les yeux perdus dans le vague, il s'interrompit.

— Oui, reprit-il dans un souffle, en hochant la tête avec conviction. Les Anglais. Pour me réduire en cendres en même temps que le château. J'espère que tu as apporté l'argent. Il y a un exemplaire du *Teutsche Algebra* de Rahn en vente dans une librairie de la rue Percée. Il me le faut, et je ne l'aurai que si je paye comptant. Ils ont aussi d'autres textes dignes d'intérêt.

Marguerite n'avait pas oublié les voyages de son père outre-Manche dont Victor lui avait parlé. Il s'y était rendu non pas une mais plusieurs fois.

— Qu'es-tu allé faire en Angleterre ? demanda-t-elle à brûle-pourpoint.

— Rien d'important. Je n'ai aucune intention d'y retourner. La nourriture y est infecte ! Tu devrais me donner cet argent et rentrer à la maison, ma fille. Ce n'est pas prudent pour une femme de sortir à cette heure de la nuit. Des gens te recherchent, et il y a toujours des bandits qui traînent.

Il y avait beaucoup de monde dehors, en tout cas. Au bout de l'allée, des groupes d'hommes et de femmes, prenant le frais, remontaient la promenade en riant, mais il ne serait venu à l'idée de personne de s'aventurer dans ce coin isolé.

Le père de Marguerite siffla doucement. Aussitôt, Nico sauta à terre, puis alla prestement escalader son nouveau maître.

— Qu'es-tu allé faire en Angleterre ? insista-t-elle en sortant la bourse emplie de pièces de sa poche.

Son père détourna le regard.

— Mes recherches, répondit-il. Mon étude sur les génies.

C'était une autre des marottes de son père, comme de calculer l'orbite de Jupiter ou de tenir à jour un registre des précipitations saisonnières. Il n'y avait que lui pour se demander s'il était possible de repérer, dans une génération donnée, les génies potentiels dans tous les domaines : chimistes, experts en physique, mathématiciens, ingénieurs, inventeurs de toutes sortes, militaires, hommes politiques, philosophes. Une occupation inoffensive, à n'en pas douter. Après tout, il ne faisait que recueillir des informations et établir des listes. Il était très doué pour cela. Il tentait de voir si tel Anglais, tel Italien, tel Allemand prometteur deviendrait un génie en dix, vingt ou trente ans. Et pouvait fort bien avoir raison dans certains cas, car si fou fût-il, il n'en demeurait pas moins extrêmement brillant.

— Cela n'a aucun sens, dit-elle. Tu ne peux avoir offensé les Anglais en t'efforçant de repérer les génies parmi eux.

— J'en ai parlé à Victor, reconnut-il en baissant les yeux. Ton cousin a montré la liste à Robespierre. Il était très excité. Chacun de ces noms, s'il venait à disparaître, pourrait sauver la vie de milliers de citoyens français.

Marguerite laissa son père s'emparer de la bourse. L'air content de lui, il la rangea dans sa ceinture, fit grimper Nico sur son épaule, puis se pencha pour ramasser son orgue.

— Robespierre était très excité, répéta-t-elle à voix basse.

Tout était immobile autour d'eux, soudain, comme si Paris retenait son souffle. Elle avait l'impression qu'un sifflement aigu lui perçait les tympans.

— De quelles vies parles-tu ? Qu'est-ce qui excite Robespierre à ce point ? Pourquoi des hommes venus d'Angleterre te rechercheraient-ils ?

Elle en connaissait un qui était venu depuis la côte jusqu'au château de Voisemont. Elle pensait qu'il cherchait son père. Elle pensait que c'était l'Anglais dont ce dernier avait peur.

Voyant qu'il s'apprêtait à lui fausser compagnie, Marguerite se campa devant son père et attendit.

— Nous sommes en guerre, bougonna-t-il. Des soldats de la République meurent chaque jour pour la France. Robespierre a fait en sorte que certains soldats anglais meurent avant d'atteindre un champ de bataille.

— Papa...

— Juste quelques hommes. Les futurs génies militaires anglais.

D'un air digne, il rajusta sa veste et la bandoulière de l'orgue de barbarie à son épaule.

— En revêtant l'uniforme, se justifia-t-il, ces hommes ont choisi de devenir nos ennemis. Robespierre me l'a promis : seulement dans les pays en guerre contre nous. Et seulement des militaires.

— Papa, répéta Marguerite, accablée, qu'as-tu fait ?

— Je dois retourner chez moi, dit-il précipitamment. La nuit est pleine d'hommes qui nous épient.

— Dis-moi où je peux te trouver.

— J'ai loué une pièce rue Ventadorn, près du Café de Chantecler. Tu n'as qu'à demander le citoyen Gasparini. Apporte-moi davantage d'argent quand tu en auras.

La contournant, il enchaîna :

— Robespierre m'a tout expliqué. Au prix de la vie de quelques soldats anglais, je sauve la vie d'un grand nombre des nôtres. Et peut-être même la République.

Il s'était déjà éloigné de quelques pas quand il ajouta :

— Je regrette d'avoir montré cette liste à ton cousin.

Un instant plus tard, il disparaissait dans la nuit.

29

Hawker tambourina à la porte de la maison du Marais.

Le portier – cet homme ne dormait donc jamais ? – vint lui ouvrir. Carruthers l'attendait dans la cour. Il n'existait rien de plus dur qu'une vieille femme. Celle-ci n'était qu'un fagot de ronces et de badines liées ensemble par de la pure méchanceté.

— Tu es revenu, constata-t-elle. J'espérais bien ne jamais te revoir, le rat.

Des mots d'amour, dans sa bouche…

— Je regrette, madame. Moi aussi, j'espérais ne jamais vous revoir. Le citoyen Lebreton est-il là ?

Il avait pris son accent d'aristo. La fille qui lui avait appris le français était originaire d'une vieille famille noble de Toulouse.

— Tu as quitté ton poste.

— J'ai quitté mon poste pour suivre…

— Un valet de pied. Il est rentré. Pas toi. Qu'as-tu fait ces cinq dernières heures, le rat ?

Aucune chance qu'elle l'invitât à entrer dans la cuisine pour discuter de cela en privé. Sa voix résonnait entre les murs de pierre qui les entouraient. La maison était plongée dans le noir, mais derrière chaque fenêtre se trouvait un agent du Service au sommeil léger, prêt à bondir pour écouter les propos de la vieille pie.

— Je suis pas sous votre commandement, madame Cachard, répliqua-t-il calmement. Encore qu'on en serait ravis tous les deux. Si je suis un rat, je suis celui de Doyle.

Il s'était exprimé d'un ton aussi tranchant qu'une lame de rasoir.

— Il vous a dit où on pouvait le trouver ? s'enquit-il.

Carruthers laissa s'écouler quelques secondes, puis :

— Café des Marchands. Tu lui présenteras tes excuses.

Malgré son jeune âge, il avait déjà croisé quelques femmes effrayantes. Celle-ci les surpassait toutes. Elle avait le même regard que Doyle : un regard qui voyait tout, jaugeait sans cesse.

Pour l'heure, c'était le mépris qui dominait.

— Le monde sera plus propre le jour où quelqu'un se décidera à te briser la nuque, lâcha-t-elle.

Hawker serait volontiers rentré sous terre pour ne plus jamais ressortir. Pourtant il sourit et déclara :

— Si je suis un rat, madame, je suis le plus dangereux que vous rencontrerez jamais hors de vos cauchemars. Je vous souhaite une bonne nuit.

Sans lui laisser le temps de répliquer, il pivota et se dirigea vers la porte. Il préférait encore se torcher les fesses avec les documents subtilisés chez Robespierre plutôt que de les confier à cette vieille sorcière.

Qu'elle aille au diable ! Qu'ils aillent tous au diable !

30

Marguerite pensa d'abord retourner à l'hôtel de Fleurignac. Mais Victor s'y trouvait, ainsi que sa mère, et qu'une multitude de serviteurs bien intentionnés qui regarderaient son visage et devineraient que quelque chose n'allait pas. Ils lui apporteraient des mets délicats, lui prépareraient des tisanes. Et rôderaient autour d'elle.

Impossible. Les bras serrés contre elle, elle se mit à marcher.

Ce qu'avait fait son père – quand bien même il ne s'agissait que de laisser d'autres utiliser son travail à des fins néfastes – était horrible. Ce n'était pas le hasard qui avait conduit Guillaume au château de Voisemont. Il était venu y chercher son père. Comme il avait dû être déçu de n'y trouver qu'elle.

À elle de réparer cette erreur, à présent.

Un violon jouait dans une ruelle toute proche, ou peut-être dans un café. La mélopée s'élevait dans le silence, belle et douce, tel le chant d'un oiseau dans un bois, à l'aube. Sans même l'avoir décidé, elle marcha dans cette direction.

Si elle avait su où était Guillaume, si elle avait eu ne serait-ce qu'une vague idée de l'endroit où il pouvait être, elle l'aurait rejoint sans hésiter. Cela n'aurait pas été un choix. Ses jambes se seraient mises en branle d'elles-mêmes et ne se seraient pas arrêtées avant qu'elle se retrouve nez à nez avec lui.

Quelle idiote je fais ! Elle trébuchait sur les pavés inégaux. Elle avait l'impression que son corps n'était plus qu'une boule de douleur. Des crampes lui serraient l'estomac.

Il était anglais. Comment avait-elle pu ne pas s'en apercevoir ? Guillaume n'était ni un contrebandier, ni un vendeur de livres, ni un petit voleur, ni même un membre de la police secrète. C'était un espion à la solde de l'Angleterre. Il avait été envoyé en France pour retrouver son père et se venger.

Elle avait dû marcher longtemps. Dans quelque ruelle sombre près de la rue d'Anduza, elle se courba en deux et ne s'arrêta de vomir que quand elle eut l'estomac vide. À l'approche de l'aube l'atmosphère avait fraîchi, et elle frissonna longuement. Dans la rue Montmartre, elle passa devant des cafés dont toutes les tables étaient occupées. Des hommes bien habillés attendaient tranquillement que la nuit s'achève en buvant du cognac, parlant fort, lisant les journaux à peine sortis de l'imprimerie. Autour d'eux, à d'autres tables, des hommes qui venaient de se réveiller s'apprêtaient à aller travailler. C'était comme si le monde était divisé entre hommes de la nuit et hommes du jour.

Guillaume était les deux à la fois : jour et nuit. Il pouvait s'asseoir avec les uns ou avec les autres, et tous l'accueilleraient parmi eux.

Marguerite s'aperçut soudain que ses pas l'avaient conduite au Café des Marchands, où elle était venue avec Guillaume, où il lui avait dit qu'elle pouvait laisser un message à son intention, où elle lui avait rétorqué qu'elle n'avait pas besoin de lui.

Elle prit place à l'une des tables installées sur le trottoir ; quitte à être découragée et triste, elle pouvait aussi bien l'être assise qu'en déambulant dans les rues tel un fantôme. Lorsque la serveuse vint prendre sa commande et commença à s'impatienter de son silence, Marguerite demanda un café et un petit pain.

Le tout lui fut apporté promptement.

— Vous vous sentez bien, citoyenne ? s'inquiéta la jeune femme.

Marguerite se contenta de secouer la tête. La serveuse n'insista pas et s'éclipsa.

Elle n'avait pas faim. Elle voulait rentrer à Voisemont, retrouver son bureau, écrire des contes où il était question d'aventures. Elle ne voulait surtout pas en *vivre* une. C'était trop douloureux.

Du bout de la rue, Doyle aperçut Maggie assise à une table sur le trottoir. Elle avait la tête baissée si bien qu'il ne voyait pas son visage.

Il lui avait dit qu'elle pourrait le trouver là, mais n'avait pas imaginé qu'elle le prendrait au mot.

Elle avait choisi la table la plus éloignée de la porte, sans doute pour ne pas être gênée par le va-et-vient des clients. Une tasse de café et un petit pain étaient posés devant elle.

— Bonjour, Maggie, fit-il en s'approchant.

Elle redressa la tête d'un mouvement fluide. Ses yeux brun clair croisèrent les siens.

— Je vais me joindre à vous, ajouta-t-il.

La certitude s'imposait à lui qu'il ne pouvait plus se passer d'elle, qu'il n'en avait même pas envie. Elle était devenue l'unique, celle qu'il lui fallait, celle pour qui il pourrait envisager de quitter le Service. La veille, ou peut-être le jour d'avant, ou celui de leur rencontre, il avait pris cette décision. Ou plutôt son esprit l'avait prise en catimini, alors qu'il était occupé ailleurs. Elle était désormais *sa* Maggie. Penser à elle en ces termes lui semblait tellement naturel qu'il s'étonnait qu'il ait pu un jour en être autrement.

Il adossa une chaise au mur de manière à surveiller la rue, puis s'assit à côté de Maggie, si près que leurs jambes se touchaient presque. Dans la lumière du petit matin, elle paraissait triste et épuisée.

— Vous vous êtes levée tôt, commenta-t-il.

— Je ne me suis pas couchée.

Elle avait traversé la moitié de la ville, lui avait expliqué Talbot, qui l'avait suivie à distance respectueuse. Elle s'était rendue aux Tuileries, où elle avait discuté avec un organiste de rue, avait caressé le singe de celui-ci, puis l'avait quitté. Si quelqu'un était supposé la rencontrer, il ne s'était pas montré.

Talbot avait ajouté qu'elle était malade, qu'elle avait vomi dans une ruelle.

Guillaume rêvait d'avoir un foyer à lui où l'emmener, de la coucher dans son lit et la tenir dans ses bras pendant qu'elle dormait. Il rêvait de tendre la main, à n'importe quelle heure du jour et de la nuit, et la trouver là, près de lui.

Mais c'était impossible. Il devait la ramener à l'hôtel de Fleurignac et l'y laisser, même si cela ne lui plaisait pas.

— Ce n'est pas une bonne idée de marcher seule dans Paris la nuit, observa-t-il. Vous risquez de faire de mauvaises rencontres.

— Comme vous, par exemple, répliqua-t-elle. Mais la première fois que nous nous sommes rencontrés, c'était en plein jour, cela ne garantit donc pas l'absence de danger. J'adorais me promener la nuit, à Voisemont.

Maggie porta son café à ses lèvres et y goûta à peine avant de la reposer.

— J'aime marcher, ajouta-t-elle.

La veuve à qui appartenait le Café des Marchands quitta son comptoir pour apporter une tranche de pain, un morceau de fromage et un verre de vin à Guillaume sans qu'il ait eu à commander. Elle lui avait déjà laissé entendre qu'il était à son goût et qu'elle ne comptait pas rester seule. Son regard rusé fit un aller et retour entre Maggie et lui, puis elle haussa les épaules et s'en alla.

— Êtes-vous venue ici parce que vous me cherchiez ? hasarda-t-il.

— Je ne pense pas. Je ne sais pas trop ce que je fais ici, à vrai dire, avoua-t-elle, les yeux rivés sur sa tasse. Cela s'est fait comme cela. Peut-être une part de moi-même très bête et qui ne sait pas qu'il ne m'est plus permis d'être avec vous voulait-elle vous voir. Vous savez, comme ces chiens qui ne comprennent pas que leur maître est mort et continuent de le chercher à travers toute la ville. Cela ne vous paraît-il pas triste et larmoyant ?

— Pas de la part de quelqu'un qui écrit des fables. Cela pourrait en faire une excellente.

— Peut-être. En fait, je suis venue ici parce que je ne veux pas rentrer chez moi. Je ne peux pas dormir. Ce café étant la dernière chose dont vous m'ayez parlé, je ne l'avais pas encore effacé de ma mémoire. Mes pas m'ont donc tout naturellement conduite ici.

Elle but une gorgée qu'elle se força visiblement à avaler et conclut :

— Vous devriez faire attention à ce que vous me dites.

Chacun de ses gestes lui semblait d'une exquise beauté. Sans doute n'était-elle pas à cette minute la plus belle des créatures sur terre, mais il avait perdu toute objectivité.

— Il me faut un peu de temps pour chasser vos paroles de mon esprit, reprit-elle. Cela me conduit à commettre des actes inconsidérés. Vous ne voudriez pas ma perte…

— Certainement pas.

— Je suis vraiment stupide. Je suis venue dans un endroit que vous avez l'habitude de fréquenter, et je suis pourtant surprise de vous y trouver. Chaque fois que nous sommes ensemble, je suis persuadée que c'est la dernière fois. Raison pour laquelle, sans doute, je suis tellement déconcertée quand je vous revois.

— Cela n'a jamais été la dernière fois. Et ça ne l'est pas plus aujourd'hui.

— Je pense que ça pourrait l'être.

Serrant sa tasse entre ses mains, elle ajouta :

— Je n'arrive décidément pas à apprécier ce café, mais au moins il est chaud. J'ai de vieilles amies qui ont eu de nombreux amants. Elles adorent l'animation que cela met dans leur vie : l'approche prudente, le flirt, les rencontres furtives et passionnées, les rendez-vous risqués, la jalousie, les accusations... et l'inévitable trahison. Cela m'épuiserait, tant d'émotions. Je suis fatiguée rien qu'en les écoutant m'en parler.

— J'aime quant à moi une vie tranquille.

— Et simple, renchérit-elle en hochant la tête.

Venant d'une femme qui avait mis sur pied des dizaines de plans d'évasion en prenant tous les risques, c'était assez savoureux.

— La simplicité n'a pas de prix, admit-il néanmoins.

— J'en suis partisane. En ce qui me concerne, il n'y a eu que deux amants. Au premier, je n'ai amené que du malheur. Mon oncle l'a fouetté presque à mort pour m'avoir pris ma virginité. Le second m'a plongée dans la dévastation. Je ne suis décidément pas douée dans ce domaine.

— Je suis le second ?

— Oui. J'ai commis une erreur de jugement.

Elle ne tourna pas la tête pour croiser son regard quand elle enchaîna :

— Je vous ai regardé approcher, Guillaume. Vous saviez que vous me trouveriez là. Ma présence ne vous a en rien surpris.

— Qu'essayez-vous de me dire ?

— M'avez-vous fait suivre ? Cela ne doit pas être un problème pour vous, dans votre profession.

Elle savait ! À un moment donné au cours de la nuit qui venait de s'écouler, elle avait compris qu'il était un espion. Il le sentait dans le changement subtil qu'il percevait dans leur relation. Elle savait.

— Nous parlerons de cela dans un instant.

Pas ici. Il était connu dans le quartier. Quand il se trouvait à Paris, il prenait tous ses repas au Café des Marchands, louait une chambre à quelques pâtés de maisons de là, se procurait son eau et son bois chez les mêmes marchands, faisait cirer ses bottes par le même gamin, achetait son journal à la même marchande. Tous auraient pu jurer qu'il était un bon citoyen, un parfait patriote.

— À l'avenir, reprit Maggie, je serai plus prudente dans le choix de mes amants.

Elle était donc décidée à ce qu'il fasse partie de son passé.

Trop tard, Maggie. Il faudra faire avec moi.

Il ramassa le petit pain et le lui offrit. Elle refusa d'un signe de tête.

— Ce n'est pas le genre d'endroit où on commande de la nourriture pour ne pas la manger. On va se demander pourquoi vous avez de l'argent à jeter par les fenêtres.

Il fit un sort au petit pain avec le reste de son fromage.

— Buvez un peu de café si votre estomac le supporte, recommanda-t-il. Ensuite, nous marcherons et vous m'expliquerez pourquoi vous êtes restée dehors toute la nuit. Ainsi, je pourrai déplorer votre manque de prudence.

— Vous êtes si gentil avec moi, dit-elle, s'emparant de sa tasse. Comme toujours.

Elle but deux gorgées et continua :

— Je suis tentée d'inventer les pires bêtises rien que pour vous faire plaisir. J'ai beaucoup d'imagination.

Savait-elle à quel point il avait envie d'elle ? Existait-il des mots suffisamment éloquents pour le lui faire comprendre ?

— Cela fait des heures que le soleil est levé, observa-t-elle. Aux premières lueurs du jour, les femmes respectables peuvent sortir. Regardez autour de vous, il n'y a que des femmes bien sous tout rapport. Normal, il ne doit rester plus une seule prostituée dans Paris. Savez-vous qu'on leur a déclaré la guerre ? Ils en ont ramassé des dizaines et des dizaines pour remplir davantage les prisons. Dieu merci, on ne les tue pas. Ils veulent les réformer en leur faisant tricoter des chaussettes pour l'armée. Sachant cela, on se sent plus en sécurité dans les rues, n'est-ce pas ?

Maggie avait déjà réglé sa note, mais Doyle ajouta son obole, comme un galant homme le ferait lorsqu'il courtise une dame.

— Cette mesure a beau ne pas être populaire, précisa Marguerite, personne ne s'élèvera ouvertement contre de crainte d'aller « éternuer dans le panier », comme on dit que le font les guillotinés. Je ne pense pas que la réforme des mœurs gagnera. Les Français sont trop attachés à leurs putains.

— Allons-nous continuer à discuter de cela ici, où tout le monde peut entendre, ou aimeriez-vous appeler sans attendre au renversement du gouvernement ? Ce serait dommage de se faire arrêter pour moins que cela.

— Entièrement d'accord. Les risques ne valent d'être pris que s'ils sont grands. Pour ce qui est des sujets de moindre importance, mieux vaut être prudent. Les dieux ne récompensent pas la frivolité.

Doyle allait l'escorter jusqu'à sa porte et la confier à quelqu'un qui prendrait soin d'elle. Pas à son cousin Victor. Maggie devait bien avoir, dans cette maison, quelqu'un en qui elle avait confiance.

— Laissez-moi vous reconduire chez vous. Peut-être n'ont-ils pas remarqué que vous étiez sortie boire un café à l'aube avec des hommes à la réputation discutable.

Marguerite se leva, et le suivit d'un pas mal assuré. Il attendit d'être hors de portée des oreilles indiscrètes pour demander :

— Alors ? Que croyez-vous savoir sur moi ?

31

Marguerite marchait au point du jour dans des rues encore endormies, au côté de Guillaume.

Son père avait peur de cet homme. À raison.

— Êtes-vous venu en France pour tuer mon père ? lui demanda-t-elle de but en blanc.

Elle en avait plus qu'assez de lui mentir et qu'il lui mente en retour.

— Qu'est-ce qui vous fait penser cela ?

— Mon père est persuadé que les Anglais ont envoyé des hommes pour le tuer. Je ne vous demande pas d'admettre que vous êtes un espion anglais, même si j'en suis à présent convaincue. Je vous demande juste de ne pas tuer mon père. C'est un idiot et il est à moitié fou, mais personne ne mérite de mourir pour cela.

Comme après réflexion, elle s'empressa d'ajouter :

— Vous ne devez pas laisser Adrien le tuer non plus.

— Ce garçon ne tuera personne. Ni moi.

Doyle chercha son regard, puis :

— Si vous vous imaginez que je suis capable de faire l'amour avec une femme et tuer ensuite son père, vous me connaissez bien mal.

— Je pense que vous regretteriez de trahir une femme, mais que vous le feriez quand même.

Les rues sinueuses qu'ils empruntaient tenaient à distance les bruits de la cité. À cette heure, on rentrait les lanternes dans chacune des maisons devant lesquelles ils passaient. C'était là le travail des premiers serviteurs à se lever, et chaque bout de chandelle était récupéré pour resservir. Désormais, tout le monde faisait attention.

Leurs pas résonnaient au même rythme dans le silence matinal. Au terme d'un long moment de réflexion, Guillaume répondit :

— Je ne veux aucun mal à votre père. Pouvez-vous lui transmettre un message ?

— Non.

Accepter aurait signifié qu'elle savait où le trouver.

— Vous lui avez parlé. C'est pour cela que vous êtes sortie cette nuit. Il est toujours à Paris.

— Me direz-vous pourquoi vous le cherchez ?

— Non, désolé. Cela m'est impossible.

Parfois, Marguerite avait l'impression que discuter avec Guillaume Lebreton revenait à remplir une tasse percée.

— Dans ce cas, cette conversation n'a plus de raison d'être, décréta-t-elle. Je finirai tôt ou tard par découvrir la vérité vous concernant et, croyez-moi, je risque de ne plus vous porter dans mon cœur.

Ils n'avaient pas pris le chemin le plus court pour rentrer chez elle. Guillaume empruntait des petites rues désertes. Peut-être souhaitait-il éviter les embarras de la circulation, mais c'était surtout prudence de sa part. L'un comme l'autre passaient inaperçus.

Il prenait des précautions de ce genre parce que c'était un espion. Elle n'avait jamais voulu y songer avant.

C'était confortable de marcher en compagnie d'un homme aussi imposant. Il avait endossé le rôle de chevalier servant dès qu'elle lui avait permis de lui prendre le bras pour l'aider à éviter le caniveau qui courait au centre de la chaussée. Il était l'incarnation des vertus masculines les plus populaires, songea-t-elle comme deux femmes d'âge moyen et d'allure respectable qui discutaient sur le seuil d'une maison le saluaient d'un hochement de tête. Il avait glissé le bras autour de sa taille, et elle s'était interdit de réfléchir à la signification d'un tel geste.

Enfin, ils arrivèrent chez elle.

Guillaume la scruta d'un air inquiet. Derrière lui, le ciel avait la couleur du papier sur le point de s'enflammer. La journée s'annonçait suffocante.

— Je n'aime pas l'idée de vous laisser seule ici, dit-il. Venez avec moi. Je trouverai un endroit où vous emmener et nous pourrons...

Marguerite secoua la tête. Il connaissait aussi bien qu'elle les raisons pour lesquelles ce n'était pas possible.

— Vous n'êtes pas bien, constata-t-il avec sollicitude.

— Agnès va me mettre au lit avec une brique chaude entourée d'un linge, que je pourrai serrer contre mon estomac pour atténuer la douleur. Elle me fera boire des tisanes et de la limonade, et cela ira mieux demain.

— Alors rentrez, puisqu'il le faut. Seigneur, les yeux vous sortent presque de la tête ! Allez vous coucher. Laissez-les prendre soin de vous.

Comme la fois précédente, il la contourna et frappa à la porte. Sauf que cette fois-ci, il posa la main sur son bras et l'y laissa.

— Je reviendrai ce soir. Je passerai par la cuisine. Prévenez-les pour qu'ils me laissent entrer.

— Non.

Le soleil brillait, mais ne parvenait pas à la réchauffer. Marguerite se sentait malade et vide et glacée. Elle devait se résoudre à faire ses adieux à Guillaume. Une fois de plus.

— Vous ne devez pas revenir ici, murmura-t-elle. Jamais. Mon cousin...

Elle déglutit. Elle avait un goût amer dans la bouche.

— Mon cousin représente un danger pour vous. Il vous faut à tout prix l'éviter. Je reviendrai dans ce café dans une semaine, ou un mois, ou… un de ces jours. Je reviendrai, et je vous attendrai. Je ne peux rien vous promettre de plus.

Le temps leur était compté. Elle entendait des pas approcher derrière le battant.

Guillaume lui tenait toujours le bras.

— Ce n'est pas terminé entre nous, assura-t-il. Pensez à moi. J'en ai besoin.

— Il y a cent choses terribles auxquelles je dois penser. Vous êtes quatre-vingt-dix-neuf d'entre elles.

— Maggie, regardez-moi !

Lui saisissant le menton entre le pouce et l'index, il tourna son visage vers la lumière.

— Gardez les yeux ouverts, ordonna-t-il. Prenez-vous un remède quelconque ? De la belladone ?

La clé tourna dans la serrure, la porte s'ouvrit derrière eux.

— Ne soyez pas ridicule, protesta-t-elle. Laissez-moi. Je ne peux pas rester.

— Maggie, encore une minute. Quelque chose ne tourne pas rond ici.

Elle se libéra et franchit le seuil avant même que Janvier ait ouvert le battant en grand. Le hall était désert. Elle gravit l'escalier en trébuchant, gagna le salon dont les fenêtres donnaient sur la rue. D'une main tremblante, elle écarta le rideau pour voir Guillaume une dernière fois.

C'était un espion. Il ne se souciait d'elle que parce qu'elle pouvait lui permettre de retrouver son père. Il l'utilisait, elle le savait pertinemment. Il ne pouvait y avoir entre eux aucun lien d'aucune sorte, aucun sentiment. Rien qui ne conduise au final à la trahison et au déshonneur.

Après s'être attardé devant la porte, Guillaume Lebreton tourna les talons et remonta la rue, sans se presser mais sans traîner non plus. On aurait dit que dans la liste des tâches qu'il avait à accomplir, il venait d'en terminer une et s'apprêtait à passer à la suivante, qu'il accomplirait avec autant d'efficacité. Tout cela, elle le lisait dans sa démarche. Nul mieux que lui ne faisait parler son corps avec autant d'éloquence.

Marguerite écarta plus largement les rideaux de brocart et pressa le visage contre la vitre afin de le suivre des yeux le plus longtemps possible.

Si elle pleurait, ce n'était pas parce qu'elle avait le cœur brisé, tenta-t-elle de se convaincre, mais parce qu'elle était épuisée.

Et parce qu'elle était tellement stupide quand il s'agissait de Guillaume, elle le vit se faire arrêter.

32

Devant l'entrée de la dernière maison de la rue, une jeune servante à genoux frottait les marches. Elle leva la tête quand Guillaume passa, puis se redressa vivement.

Cinq soldats venaient de surgir au coin de la rue, vêtus de l'uniforme de la Garde nationale. À leur tête se trouvait un homme que Marguerite reconnut aussitôt. Il n'avait plus son bandage, mais son visage s'ornait à présent d'une affreuse balafre rouge. C'était le jacobin qu'elle avait blessé à Voisemont.

Il désigna Guillaume aux soldats.

Marguerite avait l'impression d'assister à une pièce de théâtre dont les répliques auraient été inaudibles. Elle aurait voulu crier à Guillaume de s'enfuir et donner à l'histoire une fin différente. Elle aurait voulu se précipiter sur la scène pour sauver le héros. Mais elle ne put qu'assister, impuissante, à son arrestation.

Il montra ses mains vides, afficha une expression incrédule, protesta, vivante image de l'innocence.

Marguerite entendit la porte d'entrée s'ouvrir bruyamment, puis vit son cousin Victor sortir en trombe. Il rejoignit les hommes de troupe. À grands gestes, il leur donnait des instructions. Ils lui répondirent par des hochements de tête approbateurs.

Il leur demandait d'arrêter Guillaume !

Les soldats encadrèrent celui-ci, puis le poussèrent rudement devant eux. À la dernière minute, il regarda vers la maison. Il la regarda *elle*.

Il secoua la tête. *Non !*

Il lui demandait de ne pas intervenir, de rester chez elle. De ne rien faire. Ce bougre d'idiot !

Le petit groupe tourna au coin de la rue, et Guillaume disparut à la vue.

Victor jubilait visiblement. Il se tenait épaule contre épaule avec le jacobin. Leur familiarité témoignait d'une complicité ancienne. Ils devisaient aimablement tandis qu'on emmenait Guillaume. Ces deux-là se connaissaient bien. Ils étaient complices de ce triste forfait et de Dieu savait combien d'autres.

Marguerite n'avait plus aucun doute. C'était son propre cousin qui avait envoyé ces hommes à Voisemont. Mais pourquoi ?

La porte du salon s'ouvrit derrière elle. Tante Sophie fit son entrée, les sourcils froncés, se plaignant de ceci et de cela comme à son habitude.

Marguerite s'efforçait de réfléchir. Guillaume allait être enfermé dans quelque prison révolutionnaire. Dès cet instant, plus personne ne pourrait rien pour lui.

Je ne le permettrai pas !

Repoussant sa tante, elle s'élança vers l'escalier de service. Bouche bée, la cuisinière la regarda traverser la cuisine en courant. Elle remonta en trébuchant l'allée de brique, ouvrit le portillon et sortit.

Il ne fallait pas que Victor la voie. Elle emprunta la ruelle qui conduisait à la rue Martin. C'était par là que les soldats allaient passer. Elle courut à perdre haleine, aveuglée par le soleil.

Elle venait d'apercevoir Guillaume au bout de la rue, cerné par les hommes en armes, lorsque quelqu'un se mit en travers de son chemin. Elle le percuta violemment. Petit, les cheveux noirs, le visage mince, un grand manteau sombre, un gilet rayé. *Adrien.* Il lui agrippa les bras pour la retenir, serrant si fort que ses doigts s'enfonçaient douloureusement dans sa chair.

— Arrêtez !

— Ils ont Guillaume, gémit-elle. Je dois…

— Vous la fermez et vous m'écoutez, coupa-t-il.

— Ils ont…

— J'ai tout vu, bon sang.

— Ils l'emmènent en prison. Tu ne comprends pas ! Il va mourir !

— Vous risquez pas de l'aider s'ils vous jettent dans la cellule voisine de la sienne. Vous aviez l'intention de vous précipiter sur eux ? Nom de nom, vous avez pas plus de jugeote qu'un âne !

Marguerite réalisa alors qu'il parlait anglais, avec un tel accent qu'elle le comprenait à peine. Ce n'était plus le garçon mal embouché, rusé et sarcastique en compagnie de qui elle avait traversé la moitié du pays. Celui qui lui faisait face était un jeune homme brutal, déterminé et impitoyable. Et elle avait peur de lui tout à coup.

D'un mouvement sec, elle parvint à se libérer.

— Je n'allais pas accoster seule un groupe de soldats, se défendit-elle. Je ne suis pas complètement idiote.

— Bien. Alors faites comme si de rien n'était et regardez-moi.

Adrien s'exprimait de nouveau en français. Il lui attrapa le bras pour l'inciter à lui obéir et poursuivit :

— Vous regardez que moi, pas lui. On discute tranquillement, vous et moi, en faisant notre balade matinale. Disons qu'on va aller faire quelques courses. On se dirige dans la même direction que lui, mais on le regarde surtout pas.

Ce garçon était anglais !

— Ce n'est pas toi qui vas m'apprendre la prudence, riposta-t-elle. Nous allons leur donner le temps de s'éloigner, puis nous les suivrons à distance.

Elle avait donc raison. Guillaume était bel et bien un espion anglais !

Le souffle court, Adrien murmura :

— Voilà qui est mieux. On perdra pas leur trace, rassurez-vous. La rue, c'est mon monde. Je sais ce qu'il faut faire.

— Paris est *mon* monde, lui rappela-t-elle. À présent, allons-y, avant que nous les perdions de vue.

Guillaume et ses gardes marchaient d'un bon pas, mais il ne leur fut pas difficile de les retrouver. La petite troupe ne passait pas inaperçue. Les passants s'arrêtaient pour les suivre des yeux, s'interpellaient, discutaient entre eux. Au niveau de l'église Saint-Grégoire, une voiture les attendait. En compagnie de trois soldats, Guillaume y fut embarqué et l'attelage se dirigea vers le sud.

Se tenant en retrait au coin de la rue, Marguerite les regarda s'éloigner.

— Ils peuvent l'emmener n'importe où, dit-elle. Paris regorge de prisons.

— Alors on doit pas les lâcher ! décréta Adrien avec détermination. Dépêchez-vous, ou je vous laisse derrière moi.

Marguerite fit mieux que se dépêcher. Elle connaissait cette ville mieux que lui. Lorsque la voiture se dirigea vers le Pont-Neuf, elle prit un raccourci et ils parvinrent à le traverser avant elle.

À la prison de la Conciergerie, la voiture fit halte et un seul soldat en descendit. Il revint à peine une minute plus tard et ils se remirent en route. De toute évidence, il n'y avait pas de place pour un prisonnier supplémentaire.

Ils s'enfoncèrent alors dans les quartiers les plus anciens de Paris, ceux de la Sorbonne et de la montagne Sainte-Geneviève. Marguerite les connaissait comme sa poche, et traça sans hésiter un parcours astucieux dans ce labyrinthe, anticipant quand il le fallait les déplacements de leur cible. Dans ce secteur de la capitale, on devait rouler au pas, et l'homme qui tenait les rênes portait un bonnet phrygien d'un rouge éclatant facilement repérable.

Le véhicule s'arrêta de nouveau rue Tessier. Cette fois, le soldat envoyé en reconnaissance revint le sourire aux lèvres : le prisonnier pouvait être admis. Marguerite entraperçut Guillaume lorsqu'il sortit du véhicule entouré par ses trois gardiens.

Elle laissa Adrien surveiller la porte de la prison, et s'éloigna en titubant. Elle tourna dans une ruelle toute proche, s'appuya contre un mur, et vomit une fois de plus. Son cœur battait si fort que tout son corps en tremblait.

En boitant, Adrien la rejoignit, les lèvres pincées.

— Ils l'ont emmené à l'intérieur, annonça-t-il.

Marguerite continuait de trembler violemment, mais elle n'aurait su dire si c'était dû à cette course folle à travers Paris, à la peur, ou à son indigestion.

— Les soldats sont remontés en voiture et sont repartis, précisa Adrien.

Les mains plaquées sur l'estomac, elle articula :

— Je dois... je dois entrer dans cette prison et trouver le moyen de les convaincre que c'est une erreur, qu'ils doivent le libérer.

— Essayez et je serai obligé de vous faire mal pour vous en empêcher.

— Tu ne comprends pas.

Marguerite avait l'impression qu'un chaos rugissant avait élu domicile au centre de son crâne, l'empêchant de réfléchir.

— Si j'attends que les charges retenues contre lui aient été établies en vue de son passage au tribunal, il sera impossible le faire sortir. Il nous reste une heure, à partir de maintenant. Il faut que j'aille leur parler...

Se plantant résolument devant elle, Adrien demanda d'un air sombre :

— C'est quoi, cet endroit ?

— C'était autrefois un couvent. C'est aujourd'hui une prison. Attends... Donne-moi une minute pour réfléchir.

Marguerite inspira à fond, s'efforçant de mettre à distance son malaise et sa peur. Victor était à l'origine de cette arrestation. L'acte d'accusation devait avoir été rédigé à l'avance, le mandat d'arrêt préparé au cours de la nuit. Il était trop tard pour négocier, supplier, tenter de graisser la patte des geôliers.

— Vous êtes malade comme un chien, on dirait, marmonna Adrien. Et vos yeux... Ils sont tout noirs. Vous auriez pas pris de l'opium, par hasard ?

— Non ! Bien sûr que non. Laisse-moi réfléchir.

Avant même qu'elle ait bu son café ce matin-là, le sort de Guillaume avait été réglé. Victor était allé donner des ordres à des soldats qui se trouvaient déjà là, en embuscade. Il s'était attendu que Guillaume la raccompagne tôt ou tard et avait préparé son piège.

— Vous êtes enceinte ?

— Quoi ? Mais non ! C'est juste...

Une nouvelle crampe d'estomac la fit se plier en deux.

— J'ai dû manger quelque chose qui n'est pas passé. Cela arrive à n'importe qui.

S'écartant du mur en titubant, elle ajouta :

— Cette prison est l'ancien couvent Saint-Barthélemy. Puisqu'il n'y a plus de nonnes et trop de prisonniers, on enferme ces derniers dans ce genre d'endroits désormais.

Elle remonta la ruelle pour étudier le bâtiment où Guillaume était à présent détenu – et où il resterait jusqu'à ce que Victor le fasse guillotiner.

Ce couvent très ancien était bâti comme une forteresse. Au-delà de la longue et haute muraille de pierre de taille, on apercevait la toiture de la chapelle et un bout de vitrail bleu et rouge ayant échappé à la destruction. Des piques menaçantes hérissaient le sommet du mur, et un garde armé patrouillait dans la rue.

— Quel que soit le nombre de condamnés à mort, les prisons sont toujours pleines, murmura Marguerite. C'est mathématique.

La lumière blanche lui blessait les yeux et lui brouillait la vue. Pourtant, elle se sentait toujours glacée à l'intérieur.

— Le nom de Guillaume est déjà sur les registres du tribunal.

— Vous évanouissez pas, la prévint Adrien, sinon je serai bon pour vous frapper. Et vous avisez pas de pleurer.

— Je ne pleure pas.

Marguerite ferma les yeux et ajouta :

— Mais il se pourrait que je sois de nouveau malade.

— Vous faites ça et je vous abandonne. Je le jure ! La vieille pie va pas me louper ! Elle croira jamais que je ne suis pour rien dans cette affaire.

De quelle vieille pie parlait-il ? s'interrogea Marguerite, avant de décider que cela n'avait pas d'importance.

— C'est ma faute, souffla-t-elle. C'est mon cousin Victor qui a manigancé tout cela.

— Je l'ai vu à l'œuvre, gronda Adrien. Cette saloperie de gobeur de mouches !

Son visage dénué d'expression était terrifiant.

— Mais c'est Doyle le principal responsable, décréta-t-il. Il aurait pas dû se montrer près de votre maison. S'il faut blâmer quelqu'un, c'est lui.

— Je n'y manquerai pas. Mais seulement après l'avoir tiré de là.

Elle connaissait enfin son vrai nom : Doyle.

— Je… je vais devoir aller m'asseoir quelque part, balbutia-t-elle. Nous ne pouvons pas rester ici.

Il leur fallait se réfugier dans l'une des planques de La Flèche, mais les rouages de son cerveau s'étaient arrêtés comme ceux d'une horloge cassée et refusaient de se remettre en marche. Quelle était la planque la plus proche ? Laquelle était encore vide ? Par mesure de sécurité, elle s'était interdit de connaître toutes les adresses de secours de Paris. Suffisamment de vies dépendaient déjà d'elle et de ce qu'elle savait.

Derrière eux, une voix lança :

— Vous faites bien de partir.

Marguerite se retourna. Une servante se dirigeait vers eux. Elle n'était certes pas apparue par magie, mais elle était si banale, si jeune, qu'ils ne l'avaient pas remarquée, avec son panier sous le bras et son tablier blanc coincé dans sa ceinture pour éviter qu'il ne se salisse sur le pavé. Peut-être s'agissait-il d'une nourrice, comme il s'en trouvait des milliers dans la capitale, même si elle sortait elle-même à peine de l'enfance. Nul ne les remarquait tant leur présence était familière.

Son regard, en revanche, n'avait rien de banal. Il était profond, sardonique et entendu. Moqueur, aussi.

— Si vous restez plantés là, continua-t-elle, les gardes vont venir vous demander pourquoi vous gardez les yeux fixés sur une prison où croupissent les ennemis de la République.

— Je t'ai déjà vue, lança Adrien, méfiant.

Marguerite connaissait ce ton-là. Il précédait généralement l'apparition d'un couteau. Guillaume n'étant plus là pour le retenir, c'était à elle de s'en charger.

— Du calme, Adrien, ordonna-t-elle. N'interviens que si je te le demande.

— Oui, mon garçon, du calme, renchérit la jeune fille d'un ton ironique. Tu m'as sans doute vue nettoyer le perron d'une maison ou d'une autre. Cela fait un moment déjà que je m'intéresse à vous.

Elle se tourna vers Marguerite et plongea son regard dans le sien et ajouta :

— Avant que cet assoiffé de sang m'ait fait passer de vie à trépas, je m'empresserai de dire que quand le vent est bon, on peut sentir les roses du jardin.

C'était l'une des leurs ! Un membre de La Flèche.

— Les roses sont magnifiques, mais il est interdit de les cueillir, récita Marguerite. Qui es-tu ?

— On m'appelle Chouette. On m'a demandé de vous garder à l'œil pour vous aider en cas de besoin. Il me semble que le moment est venu. Je peux vous donner d'autres mots de passe si vous le souhaitez.

Chouette. L'une des recrues de Jean-Paul.

Marguerite se souvenait qu'il lui avait parlé d'elle, mais elle ne s'attendait pas qu'elle soit si jeune.

— J'aime pas beaucoup les gens qui s'intéressent à moi, Chouette, lâcha Adrien d'un ton rogue.

— Dans ce cas, arrange-toi pour être moins intéressant, répliqua-t-elle sans se démonter.

Puis, s'adressant à Marguerite :

— Citoyenne, si vous le permettez, je vais vous trouver un fiacre et vous mettre à l'abri. Après quoi, j'enverrai chercher le Jardinier.

Jean-Paul. Oui ! C'était Jean-Paul qu'il lui fallait.

Mais que faire d'Adrien ? Certes, La Flèche avait sauvé la vie de dizaines d'Anglais au fil des ans. Mais accueillir un de leurs espions dans une cache secrète était une autre histoire. Il n'aurait pas dû être au courant de l'existence de Chouette, ni entendre le mot de passe ni se rendre dans une de leurs planques. Elle avait néanmoins du mal à imaginer que cela puisse avoir la moindre importance. Quelle sorte d'espion pouvait bien être un garçon de cet âge ?

Cela dit, sa jeunesse ne l'empêcherait pas d'être arrêté. Quelqu'un pouvait l'avoir aperçu en compagnie de Guillaume.

— Le grenier de la remise de la maison de passe est vide, reprit Chouette. Nous pouvons nous y rendre. Il n'y a pas d'autre endroit disponible, aujourd'hui.

La dévisageant d'un œil méfiant, Adrien fit remarquer :

— N'importe qui peut connaître cinq ou six mots sans queue ni tête. Moi aussi, je les connais, maintenant. Ça fait pas de toi quelqu'un de spécial.

— Possible, mais le souligner fait de toi un sombre idiot, rétorqua-t-elle. Si je voulais vous faire du mal, je n'aurais qu'à appeler ce soldat qui monte la garde devant la prison. Cela ne prendrait pas plus d'une minute. Je n'ai pas de temps à perdre à échanger des mots de passe avec un imbécile !

Marguerite comprit que si elle n'intervenait pas, ils seraient encore là dans une heure.

— Cela suffit, lança-t-elle. Nous devons partir. Chouette, tu vas prendre les devants pour qu'ils ne s'étonnent pas de nous voir tous ensemble.

— Entendu.

Hochant la tête, elle pointa le doigt vers le bout de la rue comme si elle leur indiquait une direction.

— Ne me suivez pas de trop près, conseilla-t-elle.

Sur ce, elle s'éloigna d'un pas vif, les rubans de son bonnet flottant derrière elle.

— Elle se croit maligne, grogna Adrien. Mais vous êtes pas obligée de lui faire confiance. Je peux vous emmener où vous voulez. Vous avez qu'à parler.

Marguerite savait que Victor devait déjà s'être lancé à sa recherche. S'attarder dans la rue les mettait en danger.

— Nous allons lui faire confiance, décréta-t-elle.

— *Vous*, rectifia-t-il. Pas moi.

Ils attendirent que la jeune fille ait quasiment disparu avant de se mettre en route.

33

Doyle s'adossa contre le mur et se laissa glisser jusqu'au sol. Une fois assis, il replia les jambes et les entoura de ses bras.

Nul ne prêtait attention à lui. Posant la tête sur ses avant-bras, il se força à respirer profondément. Il n'aurait jamais cru que cela lui arriverait un jour, mais du diable s'il n'avait pas peur.

Il allait mourir.

Il s'empara de cette idée, l'examina sous tous les angles. Mourir. Ici, en France. Bientôt. Son heure était venue. Son père avait toujours affirmé qu'il serait pendu. Apparemment il s'était trompé.

Il n'y avait pas la moindre trace d'amour entre le vieux comte et lui. Quand il était gamin il avait fait quantité de bêtises – comme souvent les enfants. Chacun de ses forfaits s'était conclu par une volée de coups de canne dans le bureau de son père, au point qu'il ne pouvait plus dormir sur le dos. Il s'était toujours demandé ce qu'il avait bien pu faire pour qu'il le haïsse autant.

Un jour qu'il s'apprêtait à affronter une nouvelle raclée, il s'était tourné vers son père… et avait dû baisser la tête pour soutenir son regard. Le comte était désormais plus petit que lui. Ni l'un ni l'autre n'avait dit quoi que ce soit, mais Doyle n'avait plus jamais tâté de sa canne.

Cela devait faire cinq ou six ans qu'il n'avait pas parlé au vieil homme. Il se demandait s'il l'appelait toujours « ce bâtard de papiste ».

Lorsqu'il fut certain de s'être suffisamment ressaisi pour être capable d'afficher une expression indéchiffrable, il releva la tête. Aucune intimité ici. Aucun moyen de s'isoler quand on était entassés comme des harengs dans un baril. Les hommes dormaient sur des paillasses posées à même le sol, avec juste ce qu'il fallait d'espace entre elles pour circuler. Pour délimiter un semblant de territoire, les détenus posaient leurs effets personnels à la tête de leur couche.

Il y avait vingt-cinq matelas, et à peu près autant d'hommes. Certains se regroupaient par affinités en rapprochant leurs literies. À l'extinction des feux, Doyle s'efforcerait de déterminer les forces en présence et de repérer les chefs.

S'il parvenait à débouler dans le corps de garde au milieu de la nuit et tuer deux ou trois hommes, il lui serait peut-être possible de s'évader. Parmi ses compagnons d'infortune, il y aurait bien une ou deux fortes têtes prêtes à tenter le coup.

Au moins mourraient-ils en s'étant battus.

Une distribution de pain était en cours dans le corridor. Les hommes revenaient avec un quignon noirâtre et s'affalaient sur leur paillasse pour manger. Les aristos se trouvaient d'un côté. Les détenus de droit commun de l'autre. Il se demandait dans quel groupe on l'avait rangé.

Leur cellule, une salle de trente-cinq pas sur cinquante, était autrefois le réfectoire du couvent. La fresque du plafond datait du XVIe siècle. Vu la hauteur où elle se trouvait, nul ne s'était donné la peine de la détruire. Les murs étaient plus vieux encore, bâtis avec cette pierre calcaire extraite des carrières qui subsistaient encore sous Paris. Une couche de plâtre blanchi à la chaux recouvrait les blocs massifs.

« Je ne risque pas de sortir d'ici en creusant un tunnel », songea Doyle.

Il n'y avait qu'une porte, pour le moment ouverte afin de laisser l'air circuler, et qui devait être fermée la nuit. La serrure ne lui poserait aucun problème, mais se retrouver dans le corridor ne l'avancerait peut-être pas à grand-chose. Cela restait à déterminer.

À part cela ? Quatre fenêtres, haut perchées et munies de barreaux, ce qui était décourageant quelle que soit la façon dont on abordait le problème qu'elles posaient. Se référant à la carte qu'il avait dressée mentalement, Doyle estima qu'elles devaient donner sur le jardin du cloître, lui-même bordé par la muraille d'une vingtaine de pieds hérissée de piques. De l'autre côté, un garde patrouillait. Tout plan d'évasion à partir de là nécessitait un certain degré d'élaboration.

Il s'essuya la bouche d'un revers de main. Sa barbe commençait à pousser et la fausse cicatrice ne tarderait pas à partir s'il continuait à transpirer ainsi. Il en avait trois autres dans sa poche, au cas où. Peut-être resterait-il en vie suffisamment longtemps pour avoir à les utiliser.

Il regrettait de n'avoir pu passer plus de temps avec Maggie. Ne serait-ce qu'une journée. Quand ils s'étaient séparés, elle n'était manifestement pas dans son état normal, et il l'avait laissée…

« Ne pense pas à cela », s'ordonna-t-il.

Fermant les yeux, il s'imprégna de l'atmosphère du lieu. Durant quatre siècles, des nonnes avaient mangé ici, y avaient fait leurs travaux d'aiguille, réglé leurs affaires. Leurs prières et leur dévotion auraient dû imprégner les murs. Ces pierres auraient dû rayonner de sérénité, inciter à la contemplation.

Sauf que trop d'hommes avaient attendu la mort à l'endroit même où il était assis. Si cette pièce inspirait quelque chose, c'était la désolation et l'angoisse. L'air lui-même était suffocant, comme s'il pesait du poids de tous les morts qui l'avaient précédé.

Doyle retira son chapeau et appuya la tête contre le mur recouvert de plâtre. Ses cheveux, de même que sa chemise et son gilet, étaient humides de sueur. Il transpirait la peur. Il était habitué à être sale quand le travail l'exigeait, mais là, il se sentait moite et crasseux.

Défait par un petit Français jaloux protégeant l'honneur de sa famille... Quelle fin pour un espion !

Il avait beau s'efforcer de se persuader que Maggie était capable de prendre soin d'elle-même, il n'arrivait pas à oublier son regard étrangement fixe, ses pupilles dilatées. Quelque chose clochait, de toute évidence. Il fallait qu'il sorte d'ici. Qu'il retrouve Maggie. Qu'il...

« Mets cela de côté jusqu'à ce que tu puisses trouver une solution », s'ordonna-t-il. Carruthers s'occuperait de Maggie. Il pouvait lui faire confiance.

Ses compagnons – il en avait compté vingt-trois – étaient assis sur leur matelas, ou adossés au mur. Certains allaient et venaient comme des lions en cage, enjambant ce qu'ils ne pouvaient éviter. Ça discutait, toussait, transpirait, respirait, transformant l'air ambiant en une soupe épaisse et puante.

Personne ne s'était approché de lui. On évitait aussi de le regarder, de lui parler. On savait accueillir les nouveaux prisonniers, ici. On savait qu'il valait mieux les laisser tranquilles, leur donner le temps de se faire à leur nouvelle situation.

Doyle avait bien besoin de ce temps d'adaptation.

Il posa son chapeau près de lui avec des gestes mesurés, s'efforçant de contrôler sa respiration pour se retenir de se jeter contre les murs. Sous lui, le parquet de chêne sombre, récuré religieusement pendant un siècle ou deux, était à présent recouvert d'une couche de crasse où se mêlaient la poussière, la peur, la sueur – et pire encore.

Victor de Fleurignac l'avait attendu.

Il s'était jeté directement dans la gueule du loup. L'amour était vraiment le pire des conseilleurs.

Un garde apparut à la porte, qu'il n'avait pas encore vu. Doyle en déduisit que la relève avait lieu à midi. D'âge moyen, de taille moyenne, l'homme portait le bonnet phrygien du révolutionnaire loyal. Il était mieux habillé que les autres. Ce qui signifiait qu'il avait peut-être une femme pour s'occuper de lui. Être un dandy chargé de famille parmi les sans-culottes pouvait l'amener à ne pas cracher sur un pot-de-vin.

De plus, celui-là savait lire. Il consultait la feuille qu'il avait à la main, s'efforçant de mettre un nom sur chacun des visages.

Ils les nourrissaient à midi. Puis ils les comptaient. Combien de temps avant le prochain pointage ?

Sa tâche achevée, le garde alla faire la même chose dans la salle voisine où les femmes étaient détenues, dont des nonnes. Doyle les avait vues en passant.

Ce serait à Galba d'aller annoncer à son père qu'il avait été exécuté en France. Quel affront pour le vieux comte. Un Markham, même un fils inutile, ne pouvait connaître une fin aussi infamante. Comme son père l'avait prédit, il finirait par salir leur nom.

Peut-être emporterait-il cette pensée sur l'échafaud, histoire de se réconforter et de s'empêcher de trembler. Mais il ne laisserait pas un vieillard aigri gâcher ses derniers instants. Son ultime pensée serait pour Maggie.

Il déglutit. La peur lui asséchait la bouche et l'emplissait d'un goût aigre. Quand on l'avait amené ici, il avait repéré un puits dans le cloître. Dès qu'on les laisserait sortir, il irait s'y désaltérer.

Il se sentirait moins piégé s'il avait un coin de ciel au-dessus de la tête.

Depuis quelques minutes, il sentait un regard peser sur lui. Il repéra vite l'ecclésiastique en soutane noire qui venait dans sa direction d'une démarche claudicante, s'arrêtant en chemin pour échanger quelques mots avec l'un ou l'autre. Ce devait être l'un des prêtres qui avaient refusé de prêter serment à la République. Il n'en restait pas beaucoup à Paris. La guillotine les avait fauchés comme le blé mûr.

— Un nouveau venu, dit-il en l'abordant.

L'élocution était claire, l'accent parisien.

— Ne vous levez pas, l'arrêta-t-il. Je vais m'asseoir près de vous si cela ne vous dérange pas. Nous sommes à court de chaises, voyez-vous.

La main qui se posa sur l'épaule de Doyle pour y prendre appui était étonnamment ferme, mais l'homme devait avoir un problème avec ses jambes. Il ne pesait pas grand-chose : les os creux et le cuir tanné étaient l'apanage de la vieillesse.

Doyle l'aida à s'asseoir. La soutane était usée à l'ourlet, mais elle était taillée dans un tissu de qualité. Son propriétaire avait dû être un aristocrate de la prêtrise.

— Mon père, le salua Doyle en s'adossant de nouveau au mur.

Le visage crispé par la douleur, le prêtre prit quelques brèves inspirations avant de se risquer à parler. Il était au bout du rouleau, Doyle le lisait dans ses yeux. Si la République tardait trop, elle ne pourrait même pas lui prendre sa vie. Mais peut-être attendait-on qu'il meure en prison.

— Merci, dit-il dans un souffle. Votre nom, mon fils ?

— Guillaume, mon père. Guillaume Lebreton.

— À votre accent, je devine que vous êtes loin de chez vous. Il m'arrive souvent d'écrire des lettres pour les hommes qui ne le peuvent pas et de les faire parvenir chez eux. Je tenterai volontiers d'envoyer la vôtre jusqu'en Bretagne, si cela peut vous réconforter.

— Je n'ai personne là-bas à qui écrire. Personne qui attende mon retour.

Le prêtre posa sur sa manche une main décharnée qui évoquait une serre d'oiseau.

— Donc, personne non plus pour avoir peur pour vous, dit-il. Un pauvre réconfort, mais un réconfort tout de même. Je suis le père Jérôme, prêtre à Saint-Sulpice. Mon inconfortable fin viendra solder une folle existence.

Il posa dans son giron la boîte noire coincée sous son bras. Doyle découvrit qu'il s'agissait d'un échiquier et non d'un livre, comme il l'avait d'abord cru.

— Voyez-vous, ajouta-t-il, j'ai fini par découvrir que j'avais une conscience. Un appendice fort gênant. Et vous ? Pourquoi êtes-vous ici, mon fils ?

— Une erreur.

— Comme nous tous ici.

Il laissa échapper un rire discret, puis :

— À l'exception peut-être de certains de nos frères criminels qui avouent honnêtement quelques broutilles. Nous avons ici notre contingent de voleurs, de catins, et même un pauvre faussaire qui a eu la mauvaise idée d'imprimer des pamphlets politiques quand il ne fabriquait pas de faux papiers. Si vous êtes un voleur, je tiens à votre disposition de très bons sermons au sujet du vol.

— Je n'ai pas cette chance, répondit Doyle. Il semble que j'aie commis un crime impardonnable contre la Révolution. Mais je suis tellement bête que je ne m'en souviens pas.

— Voilà qui est fâcheux, Guillaume. Mais vous verrez, la créativité dont sait faire preuve le tribunal est sans limites. Vous serez étonné de ce qu'ils trouveront à vous reprocher.

Le père Jérôme se cala contre le mur en poussant un soupir exténué.

— Le soir, j'entends en confession dans le hall de l'étage, reprit-il après un silence. Les gardes acceptent de regarder ailleurs pendant une heure. Vous qui êtes costaud, pourriez-vous m'aider à gravir l'escalier ? Les deux malheureux qui m'assistaient jusqu'ici sont partis ce matin.

Inutile de demander où ils étaient « partis ». On les avait conduits à la Conciergerie, et s'ils n'étaient pas déjà morts, c'était tout comme.

— Volontiers, répondit Doyle. J'ai le dos assez large pour vous transporter où vous voudrez.

— Dans ce cas, nous en ferons bon usage. Quand ils viendront nous compter ce soir, après nous avoir porté la soupe, prenez un quignon supplémentaire pour en faire l'hostie. Nous profiterons du trajet pour discuter de vos péchés, qui sont sans doute nombreux.

— Il y en a quelques-uns, en effet.

— Vous serez ma première absolution de la soirée. Les pénitences que j'inflige sont minimes, ces temps-ci. Vous n'aurez qu'à me laisser dans la pénombre, assis sur la dernière marche. Elle me sert de confessionnal. Ceux qui auront été appelés pour être jugés demain passeront les derniers. Venez me rechercher quand ils auront fini. Depuis quand ne vous êtes-vous pas confessé, Guillaume ?

— Des années.

Peut-être avait-il cru en un dieu bienveillant quand il était enfant, mais cela n'avait pas duré longtemps.

— Vous avez un échiquier, constata-t-il.

Le prêtre se redressa et demanda gaiement :

— Vous jouez ? Ils m'ont autorisé à le garder ainsi que mon bréviaire. Je déteste devoir l'admettre, mais ils me sont tous deux d'un grand réconfort. Mon dernier partenaire aux échecs a, hélas, dû déménager.

— Je joue, fit Doyle.

Sans mot dire, il regarda le prêtre ouvrir la boîte et disposer les pièces sur le sol entre eux. C'était un jeu ancien, d'origine vénitienne, en papier mâché peint et doré à la main. Chaque figurine était d'une exquise délicatesse. Que diable faisait cette pièce de collection dans un endroit pareil ?

— Magnifique, commenta-t-il en s'emparant du chevalier blanc.

— Il m'a été offert par un jeune homme qui a été mon partenaire de jeu durant quelque temps, expliqua le père Jérôme. Lui-même le tenait d'un autre infortuné qui avait dû partir, et ce dernier d'un autre avant lui. Personne ne sait depuis quand cet échiquier circule de main en main, de survivant en survivant. Nous jouerons donc aux échecs jusqu'à ce que le destin en décide autrement.

Il se tut un instant, l'air pensif.

— Il doit y avoir quelque morale chrétienne là-dedans, reprit-il. Mais je n'arrive pas à en trouver une qui ne paraisse pas sentencieuse. Prenez les blancs, si vous voulez.

Il disposa les pièces avec une aisance due à une longue pratique.

— Ça ne me dérange pas d'ouvrir le jeu, déclara Doyle. Dites-moi, mon père, qu'en est-il de ces hommes qui nous gardent ? Y en a-t-il un dont je doive me méfier ?

34

Assise sur son lit de fortune, le dos calé contre le mur, Marguerite luttait contre les nausées qui l'assaillaient par vagues. Elle se sentait mieux lorsqu'elle s'allongeait, mais elle n'était pas décidée à se laisser dicter sa conduite par ce mal étrange et malvenu. Rester assise constituait pour elle une petite victoire, et elle avait besoin de petites victoires.

— Je crains que mon estomac ne me trahisse bientôt, annonça-t-elle à Jean-Paul, qui lui prenait le pouls. Je risque de vomir sur toi.

Elle ne faisait pas de manières avec lui. Outre qu'ils avaient été amants, ils jouaient nus dans le bassin à poissons de Voisemont à l'âge de quatre ans.

La montre en or héritée de son père dans une main, Jean-Paul comptait en silence.

— Tu ne m'impressionnes pas, tu sais, reprit-elle. Et tu n'es pas médecin.

Appuyant la tête contre le mur, elle replia les jambes contre elle pour ne pas glisser et ajouta :

— J'irai voir demain de quoi il retourne. Cela ne devrait pas être impossible. À toute boîte il y a une clé, et je finirai par trouver celle de cette prison. Si je n'étais pas aussi malade, j'irais dès aujourd'hui.

— Tu n'as pas de fièvre, constata Jean-Paul après lui avoir tâté le front.

— Merci. Mais tu pourrais peut-être m'épargner la liste de tout ce que je n'ai pas : la lèpre, la goutte, la variole. Si tu penses que cela me réconfortera, tu te trompes.

Sans se formaliser, Jean-Paul lui demanda de montrer sa langue. Puis il couvrit alternativement ses yeux observant avec attention celui que ne l'était pas.

— Aurais-tu par hasard pris de l'opium ? s'enquit-il enfin. Ce n'est pas bon pour la santé, tu sais.

— Pourquoi tout le monde me demande-t-il cela ? Comme si j'avais le temps de m'amuser à...

— Tes pupilles sont dilatées, l'interrompit-il. Tu as dû prendre quelque chose. Y a-t-il toujours de la digitale dans votre jardin ?

— En abondance. Et, oui, je sais que c'est un poison. Mais, Dieu merci, je ne m'amuse pas à brouter dans le jardin comme une chèvre. Alors quelle importance ?

Elle le repoussa, et conclut :

— Si tu crois pouvoir me convaincre que je suis trop malade pour me rendre à la prison, c'est peine perdue. Demain, très tôt, j'irai voir Guillaume et je jetterai un coup d'œil sur les murs et les barreaux de cette prison.

— Si ton Guillaume était ici, il ferait tout pour t'en dissuader.

— Et je ne l'écouterais pas plus que toi.

Ayant terminé de l'examiner, Jean-Paul retira son chapeau, déboutonna son gilet et se laissa tomber dans un fauteuil. La couverture qui le recouvrait masquait le fait qu'il perdait son rembourrage. Une caisse en bois retournée servait de repose-pieds.

— Fais preuve d'un peu de bon sens. Victor sera là-bas, à t'attendre.

— Il ne peut pas savoir dans quelle prison Guillaume a été emmené. Pas encore. La paperasse n'arrivera pas au tribunal avant demain après-midi, je pense.

— Simple conjecture.
— Parfois, elles se révèlent fondées.
— Et parfois pas. Allonge-toi avant de t'évanouir.

Marguerite ne lui obéirait que lorsqu'elle l'aurait persuadé de faire ce qu'elle voulait.

Le « lit » sur lequel elle était assise était en fait une porte en bois posée sur deux bancs. Quelques balles de foin recouvertes d'une couverture rêche mais propre servaient de matelas. C'était assez confortable, et cela sentait divinement bon. En tout cas, elle avait connu bien pire.

Chouette – qui s'appelait Justine – l'avait emmenée dans le plus sûr des refuges de La Flèche, un endroit réservé aux situations de grand péril. La planque se trouvait au-dessus d'une remise, dans la cour de la plus distinguée des maisons de passe de Paris. On y accédait par une échelle. Dans ce vaste espace, un bric-à-brac soigneusement orchestré dissimulait le petit nid qui servait de cache. À vrai dire, le débarras d'un bordel ressemblait furieusement à n'importe quel grenier.

Il n'avait fallu que dix minutes à Justine pour installer ce qui était en tout point une cache idéale. En cas de besoin, il suffisait de replier la couverture, d'enlever les balles de foin et de redresser la porte pour que personne ne puisse deviner que quelqu'un avait logé là.

Adrien s'était positionné à l'extrémité de la pièce, près d'une fenêtre qui lui permettait de surveiller la cour jusqu'à l'entrée. Justine, quant à elle, était perchée sur l'échelle entre deux étages, de manière à repérer quiconque se glisserait dans la remise pour les écouter. Sans qu'on ait à le leur demander, de façon tout à fait naturelle, l'un et l'autre s'étaient placés en sentinelles. Avoir affaire à ces deux enfants silencieux, si débrouillards et déjà si éloignés de l'enfance, était assez troublant.

Et Marguerite devait également composer avec Jean-Paul, qui semblait fatigué et nerveux. Il crispait si fort les mains sur les accoudoirs du fauteuil que les jointures de ses doigts avaient blanchi. Il lui faisait de la peine, mais elle était bien décidée à ne pas laisser la tendresse qu'elle éprouvait pour lui la détourner de son but.

— Il y a quelque chose qui cloche avec ton pouls, dit-il. Je pense qu'on a tenté de t'empoisonner.

— Et moi, je pense que j'ai mangé quelque chose qui n'était pas frais. J'irai mieux demain, et je serai de nouveau capable de réfléchir efficacement. Est-ce que ce serait difficile d'organiser une émeute ? Une petite ?

— Dans la rue Tessier ? Ce serait très risqué, et ça ne marcherait pas. Marguerite, nous ne pourrons pas le faire évader, et j'en suis sincèrement désolé.

— Je m'en moque ! C'est de ton aide que j'ai besoin, pas de ta compassion. Nous avons déjà fait ce genre de chose.

— Même si c'était faisable, nous n'avons pas assez de temps pour nous organiser. Les opérations improvisées ont tendance à tourner à la catastrophe. Au cas où tu l'aurais oublié, je te rappelle que j'ai vu Claude et Virginie mourir sous mes yeux.

C'était également dans la cour d'un ancien couvent que le drame avait eu lieu. Marguerite ravala sa salive et répliqua :

— Ne faisons pas un concours de blessures de guerre, Jean-Paul. Je ne suis pas en train de discuter avec toi pour savoir si je vais tenter ou non de le libérer. Je te dis que je vais le faire et je te demande ton aide.

— Tu vas sacrifier ta vie en pure perte. Ainsi que celle de ceux qui te suivront.

— Dans ce cas, je ne ferai appel qu'à mes propres recrues, maugréa-t-elle. Peut-être se montreront-elles moins timorées que toi.

Honteuse, Marguerite regretta ces paroles dès qu'elle les eut prononcées.

— Je retire ce que j'ai dit, reprit-elle. Pardonne-moi.

Sur la malle recouverte d'une nappe qui servait de table se trouvaient une corbeille de pain, une bouteille de vin et une carafe d'eau. Marguerite but directement au goulot de celle-ci et ajouta :

— Je ne prendrai aucun risque avec la vie d'autrui. Il n'y aura pas de morts. Je te le promets.

— Sauf peut-être la tienne.

— Pas même la mienne. Je serai très prudente.

Par une petite ouverture en losange dans le mur, elle avait vue sur la cour encombrée et bruyante. Des hommes riches et puissants fréquentaient cet établissement. Seule une tombe à minuit aurait été un refuge plus sûr. Dans ce genre d'endroit, la discrétion était assurée. Nul ne s'étonnerait de voir une femme entrer et sortir d'une remise. Cécité et surdité étaient garanties.

Loin d'être convaincu, Jean-Paul continuait de la fusiller du regard.

— Tu serais davantage à l'abri en Normandie, observa-t-il. Si cet homme est digne de toi, il te dirait la même chose. Quitte Paris. Va protéger ceux qui te sont chers. Occupe-toi de rebâtir ton réseau.

— Dès que j'en aurai terminé ici.

— Victor doit être en train de te chercher partout.

— Nous sommes experts pour cacher ceux que les hommes tels que lui recherchent.

— Mais nous ne sommes pas experts pour prendre d'assaut une forteresse telle que ce couvent. Si tu essaies, tu vas te faire tuer.

— Certainement pas. Cela ne m'est jamais arrivé, et je n'ai pas l'intention de commencer maintenant.

— Tu es plus têtue qu'une bourrique !

Marguerite sut qu'elle avait gagné lorsqu'il repoussa violemment la caisse qui lui servait de repose-pieds.

— Et aussi stupide qu'une génisse, ajouta-t-il. Comment comptes-tu t'y prendre ?

— Je trouverai un moyen.

— Une telle précision a de quoi remplir mon cœur de terreur ! Mais je gaspille mon souffle en pure perte.

Il se débarrassa de son manteau, qu'il alla draper sur un paravent.

— À présent, essaie de me convaincre que c'est faisable. Mais avant, j'aimerais que ces jeunes gens sortent. Moins ils en sauront, mieux cela vaudra.

— Le garçon est déjà impliqué. Il voyage avec Guillaume. Quant à la fille, elle semble être ici chez elle.

À ces mots, Jean-Paul détourna le regard, gêné.

— Je vois, dit-elle. Si Chouette est employée ici, nous devons tout faire pour que cela cesse.

Il roula ses manches sur ses avant-bras.

— Naturellement, bougonna-t-il.

— Je suis sérieuse, Jean-Paul ! Je ne permettrai pas qu'elle continue à être exploitée ainsi.

— Tu ne changes pas, Marguerite, soupira-t-il. Et tu as raison. Nous ferons le nécessaire pour qu'elle arrête de se prostituer, si c'est ce qu'elle fait. Mais pouvons-nous le faire *après* que nous aurons tenté de libérer ton Guillaume et que nous nous serons fait tuer dans la foulée ?

— Je peux attendre. Je ne suis pas déraisonnable.

— Tu es une vraie tête de cochon.

— Absolument pas. Mais je ne peux rester les bras croisés pendant qu'une gamine travaille dans un bordel ! Même si celui-ci n'a pas la réputation d'offrir les services de filles de cet âge.

— Qui t'a parlé des services offerts par les maisons de passe ? s'enquit-il, suspicieux. Marguerite, si tu as besoin de savoir quoi que ce soit dans ce domaine, il te suffit de…

— Je vous entends, vous savez, coupa Justine, qui était remontée. Vous vous trouvez dans un établissement huppé, monsieur. Si vous le désirez, je peux faire en sorte qu'on vous divertisse pour la soirée. Pas le gamin, naturellement. Son innocence doit être préservée à tout prix. Mais vous pouvez venir avec la demoiselle charitable qui veut me priver de mon gagne-pain si vous le souhaitez. Nous nous plions à toutes les fantaisies.

À l'autre bout du grenier, Adrien marmonna :

— Si cette petite expédition en prison ne suffit pas à vous tuer tous, je crois que je m'en chargerai.

Jean-Paul ferma brièvement les yeux.

— Une catastrophe à la fois, s'il vous plaît. À moins que vous n'ayez autre chose à dire, vous pouvez aller vous rendre utiles ailleurs tous les deux.

Il attendit un instant, puis il ajouta d'une voix plus douce :

— Votre âge n'est pas en cause. Je dirais la même chose à tout autre membre du réseau. Allez-y, maintenant.

Pointant fièrement le menton, Justine déclara :

— Puisque j'ai fait si peu…

« Nous avons manqué de tact, comprit Marguerite. Ce ne sont plus des enfants. »

— Je te suis redevable de ce que tu as fait pour moi, dit-elle vivement.

Justine la dévisagea, et son regard n'avait rien d'enfantin.

— Je vous demanderai un jour de payer votre dette, mademoiselle. Soyez-en sûre.

Sur ce, elle disparut. Adrien ne tarda pas à l'imiter, et tous deux veillèrent à traverser le rez-de-chaussée en faisant le plus de bruit possible. C'était leur façon de manifester leur mécontentement tout en montrant à Jean-Paul qu'il avait été obéi.

« Quel triste monde, songea Marguerite, que celui ou des enfants doivent grandir si vite. »

— Quand Guillaume sera en sécurité, dit-elle, ces deux-là partiront en Angleterre avec un convoi de moineaux. Ils n'ont aucun avenir ici.

— Très bien. Nous les enverrons en Angleterre. Nous les inscrirons à l'école où ils étonneront leurs camarades par leur science des choses de la vie. Si nous en revenions à ce qui nous occupe, à présent ? Je vais essayer de trouver quelqu'un qui connaît ce couvent afin de dresser un plan des lieux.

— Essaye, mais le temps nous est compté, lui rappela Marguerite. Demain, il faut que j'aie décidé comment venir à bout de ce problème.

35

Carruthers affichait un visage sombre.

— Au moins, nous savons où il se trouve, commenta-t-elle.

Althea posa son plateau sur la petite table devant la cheminée et précisa :

— L'ancien couvent Saint-Barthélemy, rue Tessier.

— J'ai eu l'occasion de passer devant. Une véritable citadelle. Avons-nous des relais dans la place ? Quelqu'un peut-il nous renseigner sur cet endroit ?

— Pas encore. J'ai fait passer le mot. On s'en occupe, répondit Althea en versant l'eau bouillante dans la théière.

La discipline que Carruthers s'imposait en permanence ne masquait qu'à peine la colère qui l'habitait.

— Naturellement, reprit-elle, il faut sonder en priorité les gardes. Si c'est possible, nous essaierons de les acheter.

— Nous ne pourrons faire retirer l'acte d'accusation : c'est Victor de Fleurignac en personne qui l'a établi.

— C'est ainsi qu'on perd des agents, déplora Carruthers. Un imbécile qui se laisse tournebouler par un jupon. Un sombre idiot qui se croit obligé de défendre l'honneur de sa cousine.

Roulant en boule le journal qui se trouvait sur le bureau devant elle, elle le jeta dans la corbeille à papier.

— Pas pour des raisons politiques, poursuivit-elle. Ni pour un idéal. Juste à cause d'une femme. Même un homme tel que Doyle s'y est laissé prendre. Où se trouve-t-elle ?

Althea haussa les épaules.

— Elle n'a pas été arrêtée. Elle n'est pas rentrée chez elle. Et nous savons qu'elle est douée pour se cacher.

— Alors nous serons doués pour la retrouver.

Le regard de Carruthers s'égara vers la fenêtre. Dans la cour, les ombres commençaient à s'allonger.

— Bien sûr, nous avons des yeux au sein de La Flèche, reprit-elle.

— Pas du côté de Pinson. Sinon, nous aurions su qui elle était il y a longtemps.

Althea servit le thé, y ajouta une pincée de sucre et trois gouttes de lait.

— J'ai promis à William de prendre soin d'elle, expliqua Carruthers. Encore faut-il que je sache où elle est et ce qu'elle fabrique.

— Elle doit être en train de chercher à le libérer.

— Ou à le trahir un peu plus.

Les lèvres pincées, Carruthers enchaîna :

— Ne commettez pas la même erreur que lui. Nous n'avons aucune raison de faire confiance à cette femme.

— Tout ce que nous savons au sujet de Pinson nous incite à penser que c'est quelqu'un de bien.

— Mais c'est une Française. Elle a beau diriger La Flèche admirablement, Marguerite de Fleurignac n'est pas des nôtres.

Althea posa une tasse devant elle.

— Tout de même, Helen...

— Je suis moins troublée que vous par les charmes du premier amour. J'attendais mieux de Doyle. Qu'est-ce qui lui a pris de se laisser avoir à ce jeu imbécile au beau milieu d'une mission ?

— Vous devenez cynique. William ne se trompe jamais quand il s'agit de jauger quelqu'un. S'il a choisi de placer sa vie entre les mains de cette femme, c'est qu'elles sont dignes de confiance.

— Vous êtes une romantique, Althea.

Carruthers se leva et, sa tasse à la main, alla se camper devant la fenêtre.

— Très bien, lâcha-t-elle après réflexion. Admettons qu'elle tente de le secourir.

— Elle y parviendra peut-être. Dans sa partie, elle est la meilleure. Personne dans le Service ne l'égale.

— Nous connaissons la qualité de son travail.

— S'il fallait choisir quelqu'un pour libérer Will, ce serait elle, assurément.

— Possible.

Carruthers regarda le plus jeune de ses agents traverser la cour. Paxton n'avait que dix-sept ans. N'importe lequel de ses hommes pouvait se retrouver en prison du jour au lendemain, et être exécuté la semaine d'après. Jamais elle n'aurait imaginé que ce serait William, l'invincible et talentueux William, qui tomberait.

— La Flèche a déjà essayé de tels coups de force, fit-elle remarquer. Et a échoué.

— Il leur est également arrivé de réussir. Plus d'une fois. J'ai un bon pressentiment. Elle arrivera à tirer son Guillaume de là, Helen. Il n'y a pas sur terre de force plus puissante qu'une femme déterminée.

Althea fit une pause, puis :

— Nous devons l'aider.

— Elle peut compter sur les ressources de La Flèche.

Carruthers sirota son thé d'un air pensif avant de conclure :

— Mais vous avez raison. Si nous parvenons à retrouver sa trace, et si notre aide est nécessaire, nous la lui offrirons. Prévenez tout le monde. Et nous ferons en sorte qu'elle reste en vie. En ce sens-là, au moins, elle est l'une d'entre nous. Qui pensez-vous envoyer à la prison ?

— Je vais y aller moi-même.

— Puisez dans les assignats que William a apportés. Et soyez prudente. Tout le monde n'est pas prêt à se laisser acheter. Le personnel pénitentiaire regorge de fanatiques, et le fanatisme, c'est le diable.

En bas, à la porte de la cuisine, Claudine achevait de laver la pierre de seuil. Après avoir posé son balai, elle alla remplir un seau à la pompe.

— Le rat a-t-il refait surface ? demanda Carruthers.

— Non.

La cour regorgeait de fleurs. Même dans un espace aussi réduit, la passion d'Althea pour le jardinage trouvait à s'exprimer.

— Ne prenez pas de risques inutiles, conseilla Carruthers. Je ne peux me permettre de vous perdre.

— Nous ne pouvons nous permettre de perdre Doyle.

— J'ai bien peur qu'il faille nous y résoudre.

Le visage de marbre, elle se retourna et reprit :

— Si le rat est pris, il nous trahira. Peut-être même a-t-il déjà trahi William. Dites à nos agents de retrouver Adrian Hawkins et de le tuer.

36

Son panier au bras, Marguerite se présenta à la prison, armée de sa seule intelligence et d'une petite somme d'argent.

Elle ne se considérait pas comme une belle femme. Il lui arrivait de le regretter, mais pour l'heure, un visage quelconque convenait à ses desseins. Les gardes n'auraient manqué de s'intéresser à une beauté. Ils se seraient souvenus d'elle. Toutes celles qui travaillaient pour La Flèche n'essayaient pas d'être jolies.

Parvenue à la grande porte, Marguerite pinça les lèvres pour manifester une colère qu'elle n'avait pas à feindre. Elle s'appliqua à garder cette expression jusque dans le poste de garde qui donnait dans la cour de la prison.

Celui-ci était installé dans ce qui était autrefois le parloir réservé aux visiteurs du couvent. Il y flottait une immonde odeur de sueur et de mauvais vin. Des slogans révolutionnaires et des dessins obscènes ornaient les murs. Trois matraques en bois étaient posées sur une table. Elles n'étaient certes pas là pour décorer les lieux.

Guillaume ne s'était pas débattu quand il avait été arrêté. Qu'aurait-il pu faire contre cinq hommes armés ? Avait-il fini par se rebeller en arrivant ici et en comprenant qu'il n'avait aucune chance d'être libéré ? S'était-on chargé de lui apprendre la discipline à coups de gourdin ?

— Guillaume Lebreton a été amené ici, déclara-t-elle d'une voix ferme.

Elle ne tenait pas à ce qu'on lui demande comment elle le savait.

— Vous êtes de sa famille ?

La question lui avait été posée par un homme assis à la longue table, qu'elle avait tout l'air d'importuner.

— Montrez-moi ce que vous lui apportez, ordonna-t-il.

On trouvait de tout parmi les gardes-chiourmes. Certains étaient des révolutionnaires convaincus. D'autres des petits despotes gonflés d'orgueil. Il y en avait aussi qui voulaient prendre leur revanche sur les classes supérieures. Dans certains cas, on avait affaire à de simples brutes qui aimaient tourmenter ceux qui avaient le malheur de montrer leur peur.

Il n'était donc pas question de paraître effrayée. Marguerite s'était habillée comme une commerçante, soignée mais pas excessivement riche. Elle ne se présentait pas tremblante et soumise devant ces hommes. Elle faisait front, guidée par la colère.

— Vous avez arrêté mon homme et vous l'avez conduit ici, reprit-elle en posant brutalement son panier sur la table. Pourquoi ? Je n'en sais fichtre rien !

Elle rabattit le torchon qui le recouvrait et enchaîna :

— Il ne sert à rien.

Du panier, elle tira une miche de pain.

— C'est un rustre et un ivrogne.

Un long saucisson bon marché suivit le même chemin, puis une bouteille de vin et trois prunes jaunes.

— Mais c'est un bon patriote !

— On n'accuse pas les bons patriotes au tribunal, répondit le garde d'un ton las. Si le citoyen Lebreton est innocent, il sera libéré.

Suggérer que rien n'était moins sûr aurait relevé de la trahison. Sans se départir de sa mine revêche, Marguerite choisit de se taire.

Le garde s'empara de la bouteille et lui fit signe de remballer le reste.

Le vin était un bon test. Maintenant, elle savait...

Quatre hommes occupaient le poste de garde. L'officier, un homme aux cheveux gris hirsutes et au visage ridé, se trouvait à sa droite, en bout de table. Il s'était assigné la tâche fastidieuse qui consistait à démonter son arme et à poser chaque pièce sur un mouchoir étalé devant lui. Elle sut d'emblée qu'un homme aussi minutieux et discipliné ne se laisserait pas soudoyer.

Son collègue, en revanche, avait la bouche molle et le regard suffisant de celui qui se laisse tenter facilement, comme le montrait la « réquisition » de la bouteille.

Le doigt sur la pièce d'identité qu'elle avait posée devant lui, il l'examinait en fronçant les sourcils. Le document sortait de l'atelier du faussaire, mais il était parfaitement sec, elle s'en était assurée.

— Vous êtes la citoyenne Lebreton ? demanda-t-il. Vous êtes sa femme ?

Il ne savait pas lire.

— Je suis la citoyenne Odette Corrigou, de la section des Marchés. Je ne suis pas sa femme, et je ne risque pas de le devenir puisque vous l'avez emprisonné. Qu'est-ce que je vais devenir, avec un bébé en route et plus de mari pour m'aider, j'aimerais bien le savoir !

C'était plus que suffisant pour justifier son énervement, et c'était une bonne raison pour rendre visite au citoyen Lebreton. Cela pouvait même justifier qu'elle revienne. Les gardes seraient plus enclins à faire preuve de compassion avec une petite amie qu'avec une épouse légitime. En général, les hommes préféraient leur maîtresse à leur femme.

— Vous me laisserez le voir ? demanda-t-elle en replaçant les provisions dans son panier.

D'un hochement de tête, l'officier aux cheveux gris signifia qu'elle pouvait être admise à l'intérieur. Il la gratifia même d'un regard de sympathie avant de poursuivre sa tâche. Le garde ventripotent à qui elle s'était adressée – un certain Hippolyte – la conduisit dans le hall et jusqu'à la porte qui donnait accès au bâtiment principal. Elle compta scrupuleusement ses pas et les directions qu'ils prenaient. Elle dessinerait un plan dès qu'elle sortirait.

Cette porte séparait autrefois les nonnes du monde extérieur. Désormais, elle marquait la limite entre le monde des prisonniers et celui des hommes libres.

Hippolyte avait emporté la bouteille, de peur sans doute que ses camarades ne la boivent sans lui.

— J'aimerais bien offrir ce vin à Guillaume, dit-elle. C'est un de ses petits plaisirs.

Marguerite se fichait de le lui apporter ou pas. Elle cherchait juste à savoir si le gardien se laisserait corrompre. Un homme qui acceptait un petit pot-de-vin pouvait aussi bien en accepter un gros.

Sortant de sa poche un porte-monnaie, elle l'ouvrit et en tira un assignat de quinze sous. C'était un faux – un de ceux qu'Adrien avait miraculeusement produits devant elle et qu'il lui avait donnés –, mais le garde l'ignorait. Une telle somme était un bon prix pour cette bouteille.

À présent, nous allons voir…

Hippolyte tendit la main et s'empara du billet, mais il ne s'en contenta pas. Elle lui en offrit un autre, qu'il prit aussi, de même que toutes les pièces qui suivirent. Il ne lui rendit la bouteille que quand son porte-monnaie fut vide.

Tous deux étaient satisfaits de cet échange, mais pour des raisons différentes. S'il fallait acheter un garde, Marguerite savait à présent où s'adresser.

— Dites à votre amoureux de boire un coup à ma santé, lança-t-il.

Après avoir fait cliqueter ses clés sur leur anneau, il déverrouilla la porte et la laissa entrer dans la prison proprement dite. Le battant se referma derrière elle, et la clé tourna dans la serrure. Marguerite lutta contre la peur qu'elle sentait monter en elle. Ce n'était pas le moment de flancher. Elle n'était là que depuis quelques minutes, et avait déjà appris des choses utiles.

Elle entendit la voix d'Adrien à travers le vantail de bois.

— Je m'en fiche, citoyen. Ouvrez cette porte ou pas, moi, je serai payé.

Il était entré dans la prison un peu après elle, porteur d'une lettre à destination d'un détenu ayant un problème d'héritage urgent à régler.

— Je suis supposé attendre la réponse, conclut-il. Et j'ai toute la matinée.

Il n'était pas inhabituel que des messages entrent et sortent des prisons. Pendant la Révolution, les affaires continuaient, les lettres devaient circuler. Nul ne prêtait attention aux coursiers que l'on chargeait de ces tâches ingrates. Adrien pourrait fureter où bon lui semblait sans qu'on le remarque.

Marguerite découvrit Guillaume dans la troisième des salles qui ouvraient sur le long corridor. Il se trouvait dans les quartiers où logeaient les prisonniers qui n'avaient pas les moyens d'obtenir de meilleures conditions. Assis en tailleur sur une paillasse grisâtre, il discutait avec deux autres hommes. Il était tête nue, ne portait ni gilet, ni veste, ni cravate. Pour autant qu'elle puisse en juger, il n'avait pas été frappé.

Dès qu'il la vit, il se leva d'un bond.

— Pour une surprise, murmura-t-il.

Il se ressaisit bien vite. Ramassant sa veste, il agrippa le poignet de Marguerite et l'entraîna hors de la pièce.

— Nous ne pouvons pas discuter ici, expliqua-t-il.

Arrivés au bout du corridor, il lui fit grimper rapidement un escalier étroit. Manifestement, il voulait lui parler en privé et se donnait les moyens d'y parvenir. Elle s'en réjouissait. Au moins pourrait-elle le serrer dans ses bras, ne serait-ce qu'un instant, ce qui était impossible au milieu de tous ces gens.

— Avez-vous été blessé ? lui demanda-t-elle.

Comme il ne répondait pas, elle continua :

— Ce n'était pas nécessaire de m'entraîner par la main comme une enfant récalcitrante. Un geste, un regard, auraient suffi pour que je vous suive.

Comme toujours, Guillaume affichait une expression impénétrable, et elle n'avait pas le temps d'épier les signes qui lui auraient permis de deviner ce qu'il pensait. Il était tendu, et la pression de sa main sur son poignet indiquait qu'il était en colère, ce qui n'était pas vraiment une surprise. Même s'il était content de la voir, il ne pouvait que lui en vouloir d'avoir pris le risque de venir. Bien que folle de joie de pouvoir enfin le toucher, elle-même n'était pas sans ressentir de la peur et de la colère.

Installés sur le palier chichement éclairé, trois hommes jouaient aux dés.

— Déguerpissez, ordonna Guillaume d'un ton qui aurait suffi à déloger des lions affamés dînant d'une antilope.

Quand les joueurs de dés eurent disparu sans insister, il entraîna Marguerite jusqu'à une porte fermée.

— Je ne peux pas rester longtemps, souffla-t-elle. Nous n'avons que quelques minutes devant nous.

Il le savait parfaitement. Elle lui rappelait une évidence, mais ce n'était pas une raison pour qu'il la regarde ainsi.

— Et inutile de me foudroyer du regard !

— Rassurez-moi, gronda-t-il. Vous ne logez plus dans cette maison ?

— La mienne ? Non. Je l'ai abandonnée à mon cousin. Pas très courageux de ma part, mais je n'ai pas le temps de m'occuper de lui alors que je dois vous faire sortir d'ici.

Incapable de s'en empêcher, elle posa la main sur son bras. Il se figea, comme s'il était en proie à un débat intérieur, ou engagé dans une bataille qu'il était en train de perdre contre lui-même.

Puis il écarta une mèche qui s'était échappée de son chignon, et murmura :

— Vous n'auriez pas dû venir.

37

Un bruit de voix au rez-de-chaussée brisa le sortilège ténu qui les coupait du monde.

Guillaume recula d'un pas et sortit de sa poche la pipe en terre qui ne le quittait jamais, même s'il la fumait rarement. La tenant par le fourneau, il s'éloigna sur le palier et la brisa contre un mur. Parmi les débris étaient apparues quelques tiges en métal qu'il libéra rapidement de leur gangue.

— Et voilà nos bons vieux rossignols.

Adrien se matérialisa derrière eux, tel un djinn jaillissant de sa lampe. Il jeta un coup d'œil à la serrure de la porte devant laquelle se tenait Marguerite, et ajouta :

— Je sais pas pourquoi je risque ma peau à venir vous délivrer. Vous pouvez vous en charger tout seul.

— Surveille l'escalier, lança Guillaume sans daigner lui accorder un regard. Toi non plus, tu n'as rien à faire ici.

Du bout de sa botte, il éparpilla les débris sur le sol, puis se pencha, et introduisit l'un après l'autre ses deux passe-partout dans la serrure.

— Je suis impressionnée par votre habileté, avoua Marguerite.

Sans lui répondre, il fit pivoter délicatement les tiges de fer, qui paraissaient minuscules dans ses grandes mains.

— Moi aussi, je sais faire ça, fit remarquer Adrien.

— Surveille l'escalier, répéta Guillaume sans cesser de tourner et retourner les tiges dans la serrure, le bruit du métal contre le métal évoquant des couinements de souris.

— Je pourrais même le faire plus vite, le nargua Adrien.

La serrure cliqueta. Guillaume poussa la porte, entra dans la pièce, tira Marguerite à l'intérieur et referma le battant au nez d'Adrien.

Il dévisagea la jeune femme, le souffle rauque.

— C'est une lingerie, constata-t-elle.

Parfois, quand on avait des choses importantes à dire et qu'on ne savait par où commencer, on se surprenait à débiter des banalités.

— Je le savais, répondit Guillaume. J'ai parlé avec l'une des nonnes. Trois sont encore emprisonnées en bas.

La pièce était éclairée par deux petites fenêtres garnies de barreaux. Situées en hauteur, elles n'encourageaient pas les nonnes à contempler le monde extérieur. Une longue table occupait le centre. Des piles de draps, de taies, de serviettes et de linge de maison remplissaient les étagères qui couraient le long des murs.

— Je suppose que tout cela ira à l'armée, devina-t-elle. Quand quelqu'un finira par se rappeler l'existence de cette lingerie. Ce doit être pour cela que l'endroit n'a pas encore été pillé. C'est étonnant de constater…

La main de Guillaume se posa sur elle, aussi légère qu'un rayon de soleil. Elle tressaillit pourtant. En douceur, il la fit pivoter vers lui, et ce qu'elle lut dans son regard lui dit mieux que des mots ce qu'il avait en tête.

Il entreprit de dénouer tranquillement son fichu.

— Vous êtes aussi gai qu'un pinson, plaisanta-t-elle pour masquer sa nervosité.

— Je suis généralement de bonne humeur le matin.

Elle le trouvait plus que jamais imposant et magnifique. Il aurait pu être l'un de ces hommes qui partageaient la couche des déesses aux premiers matins du monde.

Elle s'efforça de soutenir son regard. Elle voulait qu'il continue de la déshabiller ainsi, sans hâte, avec des gestes délibérés. Du bout des doigts, il joua avec ses cheveux. Ils n'avaient que très peu de temps, mais il paraissait décidé à en faire le meilleur usage possible.

— J'avais un chat, autrefois, commença-t-elle. Il était aussi fou que Caligula. Il me réveillait chaque matin à l'aube en s'attaquant à mes pieds sous la couverture. Il avait le même genre d'humeur que le dieu Mercure…

Le fichu de Marguerite glissa de ses épaules et tomba au sol. Avec lui disparut ce qui lui restait d'assurance. Elle se sentait fiévreuse, brûlante à l'intérieur, et ne savait que faire sinon parler pour se donner une contenance.

— Saviez-vous que Mercure était le dieu des voyageurs autant que des voleurs ?

— Vraiment ?

Guillaume évoquait un dolmen de granit qui aurait soudain pris vie. À l'image de ces pierres dressées, il offrait au monde une apparence solide, inébranlable.

Ses mains reposaient à présent sur sa peau nue, à la naissance de ses seins. On aurait dit qu'il était… non pas incertain – l'incertitude lui semblait totalement étrangère –, mais qu'il se contenait, qu'il gardait sur lui-même un étroit contrôle, comme les chevaux piaffant sur la ligne de départ.

— Je suis ici, dit-elle simplement, parce que j'ai envie de vous.

— Redites-moi cela, ordonna-t-il tout bas. J'ai besoin de l'entendre encore.

Il s'était remis à l'œuvre. Aucun bouton, aucun ruban ne lui résistait. Une simple traction sur le lacet de son corset – l'avait-elle à peine serré, ce matin, pour lui faciliter la tâche ? –, et ce dernier lui fut ôté.

— Je veux ce qui va se passer, souffla-t-elle. Je vous veux.

Guillaume tira sur sa chemise, lui dénudant les seins.

— Oui, murmura-t-elle.

Cet encouragement suffit pour qu'il déferle sur elle telle la marée sur la plage, l'enveloppant de sa force, la retranchant du monde.

Elle sentit sa bouche, douce et tiède, sur son front, sur ses paupières. Il déposa un chapelet de baisers sur son visage. Son souffle chaud lui caressa le creux de l'oreille avec un bruit de vague battant les rochers.

L'univers s'était mis à tourner follement autour d'elle. Elle en occupait avec lui le centre immobile. Après l'avoir soulevée comme si elle ne pesait rien, il la déposa en douceur sur la table.

Quand bien même il contrôlait sa force, son avance était celle d'un animal fondant sur sa femelle. Elle était sa compagne, sa camarade de plaisir, la femme qui le rendait fou.

Il la désirait avec une détermination sans faille, tout en la vénérant. Des grondements de plaisir montaient de sa gorge tandis qu'il lui embrassait l'épaule, le creux du cou, la nuque.

Être adorée ainsi, désirée avec cette intensité était une expérience inouïe. Le corps de Marguerite était prêt – plus que prêt même – à l'accueillir en elle. Guillaume dut le sentir, car il déboutonna sa braguette et l'attira vers lui, au bord de la table. Il la souleva, entra en elle jusqu'à ce qu'ils ne fassent plus qu'un.

Marguerite enroula les jambes autour de ses hanches et se cramponna à lui, gémissant et haletant de plus en plus fort à chacun de ses coups de boutoir.

L'extase était là, toute proche, à portée de main. Arrimés l'un à l'autre, ils oscillaient, en équilibre au bord du gouffre, chaque parcelle de leur corps exultant.

— Mon cœur… mon âme… souffla-t-elle. Je t'aime, Guillaume.

— Je m'appelle William… Épouse-moi.

Tout au fond de son corps, elle sentait la vague de l'orgasme se ramasser, prête à déferler.

Pourquoi fallait-il qu'il fasse sa proposition à un moment pareil ?

— Je suis anglais. D'une bonne famille qui a aussi du sang irlandais et français. La cicatrice est fausse. Je peux l'enlever. Je…

— Oui ! J'accepte de t'épouser.

Ses paroles les propulsèrent sur la crête de la vague. Un véritable cataclysme sensuel les balaya, Guillaume redoublant d'énergie entre ses cuisses, elle lui répondant avec une fougue proche de la folie. La jouissance qui les emporta avait la puissance d'un raz de marée, et Marguerite dut se mordre les lèvres pour ne pas crier.

Le temps se suspendit tandis que son corps était secoué de tremblements, encore et encore. Puis ceux-ci refluèrent lentement, telle la mer qui se retire.

Guillaume l'allongea sur la table avec une infinie douceur. Il prit la peine de rabattre sa jupe sur ses jambes, mais ne fit rien pour couvrir sa poitrine. Étendu près d'elle, en appui sur le coude, il caressa de son pouce la pointe d'un de ses seins, et elle sentit son désir renaître. Seigneur, ils venaient de faire l'amour ! C'en était presque embarrassant.

— Tu es ma lumière dans les ténèbres, murmura-t-il. Je vais te prendre au mot : nous allons nous marier.

Sur ce, il se releva, se reboutonna en hâte, puis aida Marguerite à descendre de la table.

— Dépêchons-nous de te rhabiller…

Après avoir récupéré son corset, il le lui passa et le laça avec dextérité.

— Si l'enjeu n'était pas de te garder en vie, reprit-il, nous pourrions remettre cela. Peut-être même une demi-douzaine de fois, en faisant preuve de plus d'inventivité chaque fois.

— Je n'aime pas devoir me presser ainsi. Je préférerais me rallonger et m'étirer comme un chat. Et ronronner, peut-être. J'aimerais...

— Tu ne veux plus m'épouser ?

— Il n'est pas nécessaire de...

— Oh que si, femme, il est sacrément nécessaire de savoir si nous allons nous marier ou pas !

Toujours avec la même efficacité, il lui drapa son fichu sur les épaules et le noua en un tournemain. Marguerite n'avait pas été habillée avec autant de célérité depuis qu'elle était enfant.

— Ton bonnet, s'impatienta-t-il en le cherchant des yeux. Où est-il passé ?

Elle ne se rappelait pas l'avoir perdu. Sans parler de sa tête...

— Il est sous la table, dit-elle. Tu as l'air d'avoir une certaine expérience pour aider les femmes à s'habiller. Je trouve cela séduisant chez un homme.

Elle se coiffa avec les doigts tandis qu'il ramassait son bonnet.

— Tu es la plus belle femme du monde, déclara-t-il quand il en eut terminé. Nous allons descendre et nous marier. Je crois pouvoir arranger cela.

— Maintenant ?

— Maintenant, répéta-t-il, l'air décidé. J'ai de l'argent. Suffisamment pour te faire vivre. Ma famille n'est pas l'égale de la tienne, mais...

— Je sais qui tu es, l'interrompit-elle. Tu es le fils d'une grande maison qui ne savait que faire de toi. Mon ancêtre, le Fleurignac qui s'est illustré aux croisades, était comme toi. Il a assiégé nombre de cités avec succès et maniait une épée aussi grande que moi. Il écrivait aussi de la poésie. Je ne suis pas complètement idiote.

— Je ne t'ai pas dupée une seule minute, n'est-ce pas ?

— Pas même une seconde. Et nous reparlerons mariage plus tard, quand ta vie ne sera plus en danger.

— Nous n'allons pas en parler. Je veux que tu aies quitté les lieux quand Victor arrivera. Qu'est-ce qui t'a pris de venir te fourrer en travers de sa route ?

— Je ne me suis pas fourrée en travers de sa route. Ce serait un miracle qu'il arrive à te localiser avant cet après-midi.

— Il n'empêche, tu n'aurais pas dû prendre un tel risque.

Il ne semblait pas exactement en colère, mais il n'était pas non plus dans un état d'esprit propice à une discussion rationnelle.

La main sur la poignée de la porte, il se retourna et demanda :

— Pourquoi es-tu venue ici, Maggie ? Tu es pourtant avisée, d'ordinaire.

— Je suis venue en repérage pour te faire évader. Cela demandera un peu de travail, mais la…

— Nom de Dieu ! s'exclama-t-il en sortant de la pièce au pas de charge.

— Je ne sais pas encore comment je vais faire, mais je suis douée pour ces choses-là. Sauver des gens en situation désespérée, je fais cela depuis des années.

— Tu ne sauveras personne ! Tu quittes Paris !

Il rejoignit Adrien, qui les attendait, assis en tailleur en haut des marches.

— Hawker ! Tu vas la sortir de cette fichue ville le plus vite possible. Je veux qu'elle aille à Londres, c'est compris ? Mets-la dans un sac que tu porteras sur ton dos s'il le faut !

— Compris, répondit le garçon. Je l'emmène tout de suite ?

— Dans une minute. Je dois d'abord l'épouser.

— Ça me va, assura Adrien qui se releva pour les suivre dans l'escalier.

38

— Mais puisque j'ai accepté de t'épouser, s'impatienta Marguerite. Cela peut attendre. Admets que la situation ne s'y prête guère.

— On ne va pas s'arrêter à cela, décréta Guillaume.

Le cloître était un carré à ciel ouvert entouré d'une galerie dotée d'une magnifique colonnade. Situé au cœur de l'ancien couvent, il était bordé d'un côté par la chapelle et sur les trois autres par la muraille, le dortoir et le réfectoire. Un puits abrité par un petit toit en occupait le centre. Deux hommes étaient en train d'y puiser de l'eau.

La chaîne montait et descendait en grinçant. Le seau était ensuite vidé dans un long bassin en pierre situé du côté ombragé. Une dizaine de femmes et de jeunes filles aux manches retroussées y lavaient leur linge. Les femmes disposaient du jardin le matin, les hommes, le soir.

Guillaume fit intrusion dans ce monde de femmes et réquisitionna un coin de la cour. En dix minutes, il réussit à y réunir un prêtre estropié, une nonne joviale d'âge moyen, l'acerbe marquise de Barillon – qui depuis Versailles ne gardait pas un bon souvenir de Marguerite –, ainsi qu'Adrien.

Elle allait se marier apparemment. Sur-le-champ. Elle avait beau en avoir accepté le principe, elle n'avait pas encore eu le temps de se faire à cette idée.

À trente pas de là, des femmes discutaient tout en travaillant comme elles l'auraient fait dans n'importe quel lavoir de village. Une religieuse se retrouvait au coude à coude avec une prostituée. Une paysanne au visage tanné aspergeait de mousse la descendante au teint de lys d'une famille de la noblesse. Elles lavaient leur linge. Elles se lavaient. Le courage des femmes s'illustrait dans ces infimes gestes de résistance. Marguerite les trouvait admirables.

Elle aussi allait avoir besoin de courage. Ce n'était pas qu'elle n'avait jamais songé au mariage, mais elle s'était résignée à faire un mariage de raison, comme il était d'usage pour une femme de son rang. Jamais elle n'aurait imaginé se marier avec un homme qu'elle aimait – un espion anglais, qui plus est ! En prison !

La cérémonie commença. Marguerite n'aurait pas été moins mariée si le père Jérôme avait ânonné un texte qu'il ne comprenait pas, mais c'était un réconfort de savoir qu'en l'occurrence, ce n'était pas le cas.

Elle s'était confessée dix minutes plus tôt, à l'écart derrière un poirier. Elle avait avoué sa tentative de meurtre sur la personne du jacobin qui l'avait attaquée au château, ainsi que ses relations sexuelles avec son futur mari. Sa conscience soulagée de ces deux péchés mortels, elle n'avait pas jugé utile d'y ajouter ses pensées peu charitables envers sa tante et le décompte de ses mensonges et fautes mineures.

Le prêtre n'avait pas été aussi choqué qu'elle s'y attendait. Il est vrai qu'il venait d'entendre Guillaume en confession.

Du linge avait été mis à sécher sur les murs bas, les buissons, les branches des arbres. Dans la lumière aveuglante du soleil qui durcissait les contrastes, le cloître avait des allures de gravure ancienne.

Marguerite avait toujours pensé qu'elle se rendrait à l'église en procession, somptueusement vêtue, que l'on danserait ensuite, et mangerait trop et boirait jusqu'à se rendre gris. En lieu et place, elle avait droit à un prêtre qui ne disait pas toute la messe, seulement la consécration du pain et du vin, comme s'ils se trouvaient au bord d'un champ de bataille et devaient se contenter du strict nécessaire.

Quand la mort menaçait, seul ce qui était important demeurait. Marguerite de Fleurignac pouvait encore décider librement d'épouser Guillaume. Elle avait le choix, et c'était là l'essentiel.

Le visage grave, Guillaume se tenait à côté d'elle, plus solide et fort que jamais. Sa cicatrice avait beau être fausse, elle n'en paraissait pas moins faire partie de lui et allait lui manquer. Le jour où il ne l'arborerait plus, il ne serait plus le même homme. Encore un autre Guillaume qu'il lui faudrait apprendre à connaître.

Marguerite s'agenouilla pour accepter l'hostie de pain noir que le prêtre lui tendait. Guillaume l'imita, et vinrent ensuite la marquise et la nonne.

Le vin se révéla une aigre piquette, mais le verre qui faisait office de calice n'était pas dépourvu d'élégance dans sa simplicité. Quand les mariés eurent communié, le prêtre essuya le rebord du verre avec un mouchoir blanc et but à son tour. Il réprima une grimace mais n'en laissa pas une goutte.

Puis il leur glissa en aparté :

— Encore une messe interdite dans le Paris de la Terreur. J'adore cracher à la figure de Robespierre. Nous pouvons être interrompus à tout moment, je vous épargnerai donc mon homélie sur les liens sacrés du mariage, elle est quelque peu ennuyeuse.

Ouvrant son bréviaire pour que Guillaume puisse y déposer l'alliance, il poursuivit :

— Procédons plutôt au mariage. Guillaume, *vis accípere* Marguerite *hic præséntem in tuam…*

— William, l'interrompit-il. Je m'appelle William Doyle Vaudreuil Markham.

Il donnait sa véritable identité pour que leur mariage soit valide, Marguerite le savait. Mais ce faisant, il prenait un grand risque. Si quelqu'un le dénonçait, il était perdu. Pourtant, il n'avait pas hésité.

Le père Jérôme hocha la tête. Vraiment rien ne le surprenait.

— William, reprit-il. *Vis accípere* Marguerite...

— *Volo*, dit Guillaume peu après.

— Marguerite, *vis accípere* William...

Son tour était venu de donner son consentement.

Elle pourrait feindre d'hésiter, songea-t-elle. Histoire d'inquiéter un peu Guillaume. Après tout, il le méritait.

Mais elle ne le fit pas.

— *Volo*, répondit-elle d'une voix claire.

Le père Jérôme reprit le déroulement du rituel.

— ... être fidèle en toutes choses pour lesquelles un homme doit être fidèle à sa femme, selon les lois de Dieu ?

Toujours sérieux et concentré, Guillaume répondit au prêtre sans le quitter des yeux.

À Versailles, Marguerite avait vécu parmi les hommes les plus puissants, les plus brillants, les plus influents du royaume. Des hommes de privilège et de vieille noblesse, rivalisant d'esprit et de charme. Guillaume était le chevalier en armure qui entrait dans le château du roi et jetait son gant. Comparés à lui, tous ces courtisans ressemblaient à des enfants vicieux jouant à des jeux pervers.

Le temps était venu de lui passer la bague au doigt. Guillaume épousait Marguerite en lui offrant l'alliance qui avait appartenu à sa mère et à sa grand-mère avant elle – l'anneau qu'il lui avait extorqué en gage du paiement de ses services. Guillaume, qui était aussi William Doyle, et sans doute d'autres encore dont elle ignorait tout, et qui était un espion, et qui était anglais, et qu'elle devait dissuader de menacer son père, et qu'elle devait faire évader de cette prison pour lui sauver la vie.

Elle était une femme mariée, désormais. Il avait suffi de quelques mots pour qu'elle change de nom. De nation. En quelques instants, elle était devenue anglaise. Elle commençait à peine à se rendre compte de la portée de ce qui venait de se produire.

Levant les yeux, elle surprit une lueur amusée dans le regard de son nouvel époux. Peut-être avait-il deviné ce qui lui traversait l'esprit...

Quoi qu'il arrive, songea-t-elle, elle ne pourrait jamais s'empêcher de l'aimer.

— *Dóminus vobíscum*, conclut le père Jérôme.

Elle ne laisserait pas Guillaume mourir, se jura-t-elle. Elle l'extirperait de cette prison !

— Quelle que puisse être la mode révolutionnaire cette semaine, reprit le prêtre, aux yeux de Dieu, vous voilà mari et femme.

— Bien, se réjouit Guillaume. Il faut coucher tout cela par écrit.

Il bouillait d'impatience. Dans la plupart des mariages, celle-ci aurait été motivée par la hâte du jeune marié à goûter à sa nuit de noces. Mais dans le cas de Guillaume, c'était l'envie de se débarrasser d'elle qui le tenaillait.

Le prêtre tendit son bréviaire ouvert à la dernière page.

— Vous allez signer ici, dit-il. Mes frères, à Saint-Sulpice, inscriront vos noms sur les registres paroissiaux. Je vais également rédiger un certificat de mariage pour votre femme. J'ai besoin de papier pour cela.

Guillaume fit un signe à Adrien.

— File chercher du papier à l'intérieur, ordonna-t-il. Je veux que vous soyez tous les deux sortis d'ici au plus vite.

Adrien haussa les épaules et tira les pans de sa chemise de son pantalon.

— J'en ai sur moi, dit-il.

D'une large ceinture en tissu dépassait une liasse d'assignats et un paquet de feuilles.

— On s'est servi dans la caisse, commenta Guillaume sans avoir pour autant l'air de le désapprouver.

— Irrésistible tentation, répliqua Adrien. Vous l'avez su à l'instant où vous me les avez montrés.

D'un coup d'œil, il vérifia que personne ne les observait, puis il tendit à Guillaume la moitié des faux billets.

— Je vous donnerais bien le tout, mais on risque d'en avoir besoin. Et voilà votre papier.

Il tendit à Guillaume la liasse de feuillets froissés et expliqua :

— J'ai volé ça il y a deux nuits, et j'ai décidé de pas le donner à la vieille pie. Considérez que c'est un cadeau de mariage.

Guillaume lissa la première feuille, qui n'était utilisée que d'un côté, contre la colonne la plus proche. Il la remit au prêtre qui s'assit sur le muret pour rédiger le certificat de mariage.

— Je fais au plus vite, assura-t-il. Ce n'est pas un endroit pour votre femme.

Guillaume prit la main gauche de Marguerite et contempla son alliance.

— Si je survis et que tu le désires, murmura-t-il, je t'en offrirai une autre.

— Celle-ci me convient parfaitement.

— Alors je t'offrirai des rubis pour aller avec.

Il déposa un baiser sur ses doigts et ajouta :

— Tout se passera bien. Hawker va te conduire chez des amis à moi. Ils te protégeront.

— J'ai mes propres amis ici, objecta-t-elle. Je ne me suis pas transformée en gourde incapable de se défendre en devenant ta femme.

Un sourire fugace éclaira le regard de Guillaume.

— Dans un mois, je veux que tu sois à Londres.

— Je ne peux pas…

— Maggie, écoute-moi ! Une fois là-bas, tu iras trouver un homme du nom de Galba – Hawker le connaît. Il habite Meeks Street, au numéro 7. Si jamais… il devait y avoir un enfant…

Marguerite sentit ses doigts serrés autour des siens se crisper.

— S'il y a un enfant, Galba fera en sorte d'officialiser la situation afin qu'il soit légitime.

— Quand j'irai à Londres, tu seras à mes côtés et tu pourras t'occuper de cela toi-même, décréta-t-elle.

— Si c'est une fille, poursuivit Guillaume, ignorant sa déclaration, appelle-la Camilla – c'est le nom de ma mère. Et William si c'est un garçon.

Seigneur, il parlait comme s'il n'était déjà plus là !

Assis sur le muret, le prêtre poursuivait la rédaction de l'acte. La nonne, qui lui avait apporté plume et encrier, examina la liasse de feuilles abandonnées.

— Ce papier a déjà servi ! s'exclama-t-elle. Laissez-moi aller vous chercher des feuilles vierges.

— Cela fera l'affaire, assura le père Jérôme. Madame, ajouta-t-il à l'adresse de Marguerite, si vous voulez bien apposer votre paraphe dans ce livre et sur cette feuille.

Marguerite s'exécuta.

— Guillaume, mon fils…

Guillaume signa de son nom anglais. La marquise fit de même en sa qualité de témoin.

— Votre père ne désapprouverait sans doute pas cette union, Marguerite, commenta-t-elle. Il a toujours été très excentrique.

Après avoir considéré Guillaume un instant, elle avoua :

— Ma foi, je ne suis moi-même pas certaine de la désapprouver.

— Sœur Anne, intervint le prêtre. Si vous voulez bien…

Patiemment, il balaya les objections de la nonne qui fit valoir que ce n'était pas un registre de mariage en bonne et due forme et que les bans n'avaient pas été publiés, sans compter que le certificat était sale et froissé.

Il se tourna Adrien.

— À toi, mon garçon.

— Moi ? croassa-t-il.

— Toi, confirma le père Jérôme. Ici, si tu veux bien.

Adrien prit la plume qu'il lui tendait d'une main hésitante, comme s'il s'agissait d'un serpent. Lentement, il traça son nom au bas du document.

Le prêtre l'avait choisi comme témoin parce que de tous ceux qui avaient signé, il serait peut-être le seul survivant, devina Marguerite.

— C'est fait ! annonça Adrien en rendant la feuille au prêtre, qui la remit à Marguerite.

Elle la prit par un coin pour la laisser sécher. Et remarqua alors, au verso, un texte manuscrit – des lignes et des lignes d'une écriture nerveuse.

Guillaume donnait à Adrien ses dernières instructions. Il aurait aussi bien pu épargner sa salive.

— Si elle est encore à Paris quand on me raccourcira, assure-toi qu'elle n'y assiste pas. Enferme-la s'il le faut.

— Vous voulez aussi que j'aille décrocher la lune ? répliqua le garçon, goguenard. Ce serait aussi réaliste.

« *... une fausse idolâtrie qui tolère la corruption*, lut Marguerite, *la faiblesse, le vice et les préjugés d'hommes indignes des idéaux de la Révolution.* »

Ou encore :

« *... des monstres qui ont mis au cachot d'ardents patriotes et porté la terreur parmi les citoyens de toutes conditions... exigeons que soient expurgés de notre sein ceux qui préparent une contre-révolution en...* »

Suivait une liste de noms, dont certains étaient raturés, d'autres ajoutés comme après coup : Joseph

Fouché, Tallien, Vadier, d'Herbois, et une dizaine d'autres.

— Il est très étrange, ce papier, dit-elle. Difficile de ne pas connaître ceux dont le nom est cité. Où as-tu trouvé cela, Adrien ?

Guillaume lui prit le certificat des mains, le parcourut en fronçant les sourcils, puis le lui rendit avant d'aller examiner les autres feuilles abandonnées sur le muret. Il les compulsa un moment, puis se figea.

— Parle, ordonna-t-il à Adrien.

L'explication fut des plus brèves.

— Si je t'ai bien compris, résuma posément Guillaume, tu t'es introduit de nuit dans la maison de Robespierre...

— Je voulais juste savoir...

— ... et tu lui as volé le brouillon de son prochain discours, enchaîna-t-il. Te rends-tu compte de l'importance que peut avoir cette liste de noms ?

En réponse au regard incrédule du garçon, Marguerite expliqua, autant pour sa gouverne que pour clarifier ses propres idées :

— Robespierre a annoncé qu'il dénoncerait ses ennemis à la prochaine session de la Convention. Demain, après-demain au plus tard, chacun s'attend à le voir réclamer leur tête du haut de la tribune. Tout Paris retient son souffle de peur de découvrir son nom sur cette liste.

— Il n'a pas l'air sûr de lui, observa Guillaume. Il n'a cessé de biffer des noms ou d'en ajouter.

— Combien en reste-t-il ? demanda Marguerite. Sept ? Huit ? Il faut les prévenir, qu'ils aient le temps de fuir !

— Je ne veux pas qu'ils fuient, répliqua Guillaume. Je veux qu'ils se rebiffent et qu'ils se battent. Se sachant condamnés, certains de ceux qui se trouvent sur cette liste ne se laisseront pas faire. Et s'ils sont assez nombreux...

À l'instant où leurs regards se croisèrent, Marguerite sut quel plan il était en train d'échafauder.

— Tu veux envoyer une copie de ce discours, devina-t-elle. À Fouché, à Tallien, à Vadier… et même à ceux dont les noms ont été barrés.

Guillaume approuva d'un hochement de tête.

— On peut faire mieux, assura-t-il. En ajoutant d'autres noms qui n'y figurent pas. Il devrait être possible de mettre sur le qui-vive la moitié de Paris. Personne ne se sent intouchable. Tous sentent déjà la lame de la guillotine sur leur cou. S'ils se pensent menacés, ses alliés comme ses ennemis conspireront contre lui.

— Encore faut-il leur faire parvenir une copie de ce document avant que Robespierre monte à la tribune, nuança Marguerite.

Robespierre n'avait pas été seul pour établir la Terreur, mais c'était lui qui tenait le fouet. Il ne paraissait que trop indiqué d'utiliser ses propres armes dans l'espoir qu'elles se retournent contre lui.

— Varenne, décréta-t-elle. Il faut ajouter Varenne. Et Barère.

Guillaume acquiesça.

— Hawker, file à l'intérieur chercher un certain Ladislaus, dit-il. C'est un faussaire. Dis-lui que j'ai besoin de lui.

39

Marguerite dégagea un passage à l'étage de la remise de la maison de passe afin de pouvoir y faire les cent pas à son aise. Elle n'arrivait pas à réfléchir lorsqu'elle restait assise.

— Nous avons deux jours, peut-être trois, avant que Guillaume ne passe en jugement, résuma-t-elle.

— Deux, estima Jean-Paul. Sois sûre que Victor y veillera.

Autant dire rien du tout !

— Va pour deux jours, se résigna-t-elle. Soudoyer un gardien est la solution la plus évidente et la plus facile. Après nous être assurés de son aide, reste à trouver un prétexte pour que Guillaume soit conduit à la porte.

— Un ordre de libération ? suggéra Jean-Paul.

— Ils le feront vérifier s'il n'est pas délivré par un messager qu'ils connaissent.

— Alors un ordre de transfert ? Nous agitons quelques papiers d'allure officielle sous le nez des gardiens en espérant qu'ils nous livrent Guillaume. Nous aurons besoin d'une voiture et d'un attelage. Nous pouvons les voler. Deux hommes pour monter la garde plus un cocher. Nous l'avons déjà fait. Plus d'une fois.

Marguerite se heurta à une pile de caisses et fit demi-tour.

— C'était il y a cinq ans, objecta-t-elle. Alors que les premiers soubresauts de la Révolution secouaient le pays. Paris était sens dessus dessous. Nous aurions pu tromper les gardiens avec un ordre signé à la craie sur une ardoise d'écolier. Ce n'est plus le cas désormais.

— Les principes de base n'ont pas changé. Confrontés à un ordre écrit d'allure officielle, les hommes ont tendance à obéir.

— Quand nous avons joué à cela nous étions les premiers. Trop d'imbéciles romantiques nous ont imités depuis et s'en sont vantés dans toute l'Europe. Le subterfuge est connu.

— Alors, nous trouverons quelque chose d'inédit.

— Inédit, ça le reste pour moi également.

Elle poursuivit sa marche, passant en revue tout ce qu'elle avait pu observer lors de sa visite à la prison. La solution devait se trouver dans ces souvenirs, mais où ?

Assise sur une caisse, une enfant, qui ne devait pas avoir plus de trois ou quatre ans, la regardait aller et venir. C'était sans doute la fille d'une des prostituées, qu'on autorisait à jouer dans la cour dans la journée. Elle était propre et semblait bien nourrie. C'était rassurant de constater que sa mère s'occupait bien d'elle, et infiniment triste de se dire qu'elle n'aurait peut-être pas d'autre choix que d'embrasser la profession de celle-ci.

— Qu'en penses-tu, toi ? demanda-t-elle à la petite fille, qui lui avait dit s'appeler Séverine. Devons-nous nous présenter à la porte avec de faux papiers et un prétexte cousu de fil blanc ?

La fillette secoua négativement sa tête blonde.

— Non, répondit-elle gravement.

— Tu as raison. Nous n'avons pas survécu en jouant les héros pleins de panache qui prennent tous les risques. Nous sommes comme des petites souris. Rien de plus discret qu'une souris.

Marguerite se remit en marche et conclut :

— Il nous faut trouver un trou de souris dans cette prison. Je mettrais ma main à couper qu'il y en a un !

Jean-Paul se leva pour jeter un nouveau coup d'œil aux plans et aux cartes étalés sur le lit. Il n'approuvait pas son initiative, mais il était prêt à risquer sa vie pour l'aider. N'était-ce pas là la définition d'un véritable ami ? Il n'approuvait pas davantage son mariage. Il lui arrivait de traiter Guillaume de « gros tas de muscles », quand il ne l'appelait pas « cette espèce de lourdaud ».

Il arrangea différemment les papiers étalés devant lui. Quand elle le rejoignit, il lui en montra un.

— Le boulanger, dit-il.

— Le boulanger ?

— Le mur de son atelier est mitoyen avec le couvent, mais il y a installé ses fours. Nous devrions les déplacer, et ses trois commis dorment dans la boutique.

— Pas très prometteur.

— Dans cette maison, poursuivit-il en ramassant un autre plan, nous avons le citoyen Vilmorin, qui vit avec sa femme et ses deux enfants. Son jardin est situé à l'arrière de la chapelle. Le sol de sa cave est en terre battue. S'il y a une crypte sous la chapelle – et nous n'en savons rien –, elle se trouve à trente pieds du mur de sa cave.

— Nous avons déjà creusé des tunnels et percé des trous dans les murs. Rien d'impossible.

Sauf qu'ils n'avaient pas le temps de se lancer dans de tels chantiers, et qu'ils le savaient tous les deux. Cette fois, alors que l'enjeu était si important, l'esprit de Marguerite demeurait désespérément vide.

Jean-Paul reposa son plan et en prit un autre.

— La veuve Desault, enchaîna-t-il. Vit seule avec un chien de noble aspect mais d'allure redoutable. Elle partage un mur avec le couvent – la chapelle, une fois encore. Apparemment certains des gardiens qui y dorment. Quant à celle-ci…

Il poursuivit son énumération. En si peu de temps, les autres membres du réseau et lui avaient abattu un travail de titan. Une douzaine d'hommes et de femmes y avaient travaillé toute la nuit et toute la matinée. Son propre plan de la prison, tracé de mémoire, était posé sur ce qui leur tenait lieu de table. Les corridors, le cloître et les cellules y étaient représentés avec les distances qu'elle avait notées. Adrien avait apporté sa précieuse contribution en ajoutant des endroits qu'elle n'avait pas visités.

Pour ne pas céder au désespoir, Marguerite se remit à marcher de long en large. Jean-Paul, morose, alla se rasseoir dans son fauteuil et regarda par la fenêtre.

— Votre ami, le gros lourdaud, il a des ennuis ? voulut savoir Séverine.

— De très graves ennuis, oui.

— Il faut l'aider alors.

— Oui ! Et se montrer avisé. Si j'étais Sinbad et que je n'avais pas mon rokh sous la main…

— C'est quoi, un « rokh » ?

Marguerite alla s'accroupir devant la fillette.

— Un rokh est un grand oiseau blanc avec de très longues ailes. Elles iraient d'un bout du marché à l'autre s'il se posait ici. Ces oiseaux-là ne mangent que des éléphants et du gingembre. Ils acceptent de laisser grimper sur leur dos ceux qui le leur demandent gentiment, et ils aiment beaucoup les petites filles habillées en bleu. Le savais-tu ? Est-ce pour cela que tu as mis ta robe bleue ?

L'enfant parut réprimer une envie de rire. Elle n'était pas timide, non, juste prudente, comme si rire ouvertement pouvait lui valoir des ennuis.

— J'ai mis ma robe bleue parce que la verte est au lavage, répondit-elle.

— C'est aussi une excellente raison. Mais comme je te le disais, si j'étais Sinbad et si je n'avais pas mon rokh sous la main, je grimperais dans un ballon, je m'envolerais au-dessus de Paris, et je jetterais l'ancre…

Elle mima le geste.

— … et laisserais descendre une longue échelle jusqu'à terre, afin que mon lourdaud d'ami puisse monter jusqu'à moi. Nous n'aurions plus ensuite qu'à nous envoler très loin.

Séverine approuva d'un hochement de tête. Jean-Paul grommela et alla une nouvelle fois examiner les plans. Il était habitué à ses lubies et savait à quel point elle était fantasque.

Faute de mieux, Marguerite reprit sa déambulation.

Dans un terrain favorable, ils pouvaient creuser un pied de tunnel à l'heure, mais il fallait compter avec l'imprévu. Trente pieds de long pouvaient prendre un jour et demi comme une semaine.

Elle avait organisé bien des sauvetages. Elle savait intuitivement ce qui était possible et ce qui ne l'était pas.

Jean-Paul repoussa ses paperasses en soupirant. Après usage, il leur faudrait tout brûler.

— Pas assez de temps pour creuser un tunnel jusqu'à la prison, résuma-t-elle. Ni pour percer un mur.

— Je sais.

Séverine, qui la suivait des yeux, demanda :

— Est-ce que vous allez me…

Adrien surgit de la trappe menant à la planque, l'empêchant de conclure. Ils n'avaient pourtant entendu aucun bruit venant du rez-de-chaussée. Il se hissa sur le plancher en s'aidant d'un seul bras, l'autre demeurant caché sous son manteau. Lorsqu'il l'en retira, il était taché de sang.

— Adrien ! cria Marguerite en se ruant vers lui. Que s'est-il passé ? Montre-moi cela…

Sa manche était lacérée en plusieurs endroits, et quand elle l'eut aidé à se dévêtir, celle de sa chemise apparut détrempée par le sang.

— Tu as dû laisser des traces, lança Jean-Paul d'un ton accusateur en se précipitant vers l'échelle.

— Non, j'en ai pas laissé, cria Adrien.

» J'en ai pas laissé, répéta-t-il à l'adresse de Marguerite. Je suis pas idiot. J'ai caché mon bras sous mon manteau avant de revenir ici. Il y avait pas une goutte derrière moi.

— Naturellement, le tranquillisa-t-elle. Je suis sûre que tu as fait très attention.

Elle se retourna et découvrit, effarée, Séverine portant le lourd broc d'eau à deux mains. Après l'avoir posé à terre, elle repartit chercher le bassin et des linges de toilette.

Quel genre de vie cette enfant menait-elle pour savoir à son âge comment soigner un homme blessé au couteau ?

Adrien remonta sa manche, découvrant quatre longues entailles parallèles, peu profondes et propres, sur le dessus de l'avant-bras. L'étoffe épaisse du manteau lui avait sans doute évité le pire.

Il se montra stoïque lorsqu'elle examina ses plaies, et ne broncha pas quand elle les nettoya. Il était si calme, si détaché, qu'on aurait dit qu'il ne s'agissait pour lui que d'une simple formalité.

Lorsqu'elle essaya de déchirer un linge pour lui faire un pansement, il tira un couteau de derrière son dos et le lui tendit. Marguerite déposa une compresse sur les entailles les plus importantes.

— Je n'aurai pas besoin de recoudre si tu gardes le pansement bien serré, expliqua-t-elle.

Il demeurait malgré tout en lui quelque chose de l'enfance. Elle s'en rendit compte à sa manière confiante et presque reconnaissante d'accueillir ses paroles.

— T'as un couteau ? s'étonna Séverine qui fixait l'arme d'un air fasciné.

Ce n'était pas le genre de chose qu'une enfant si jeune devrait voir, mais il était trop tard pour l'en protéger.

— J'en ai même plusieurs, répondit Adrien avec gravité. Et Justine, elle en a un, elle aussi ?

Séverine le dévisagea, le visage fermé, mais ne répondit pas.

— Apparemment, t'as déjà appris le premier commandement, commenta-t-il. Tu réponds jamais aux questions qui concernent ta sœur.

— Justine ? Sa sœur ? s'étonna Marguerite.

— Regardez ses yeux, sa bouche. Elle peut pas être sa fille. Elle doit donc être sa sœur.

À y regarder de plus près, il avait raison. Séverine avait les cheveux plus blonds que Justine, ses yeux étaient verts et non marron, mais elles étaient sœurs.

Il lui fallait à présent en sortir deux de cette maison : Justine et cette magnifique enfant. Dès qu'elle aurait libéré Guillaume, elle s'y attellerait.

La porte d'en bas grinça. Un instant plus tard, Jean-Paul les rejoignait.

— Tu avais raison, dit-il à Adrien. Aucune trace nulle part. Nous allons nous débarrasser de ce manteau, enchaîna-t-il en ramassant ce dernier. Et nous assurer qu'il n'y a pas de traces sur le plancher. Pourquoi te battais-tu ?

— Moi ? s'insurgea Adrien. Je suis innocent comme l'agneau qui vient de naître ! J'ai tout fait pour pas me battre. Pas de ma faute si on voulait me trouer la peau.

— Qui ça ?

— Il s'appelle Paxton, répondit-il sombrement.

Un autre Anglais, donc. Les Anglais en France avaient tout l'air d'une bande de malfrats assoiffés de sang.

— Et pourquoi ce Paxton voulait-il te transformer en passoire ?

— J'ai pas eu le temps de lui demander, répliqua le garçon. J'étais trop occupé à tenter de sauver ma peau.

Avec un claquement de langue agacé, il poursuivit :

— Bon, vous voulez que je vous délivre le message de Doyle ou pas ?

À l'entendre, on avait l'impression qu'on l'avait bâillonné dès son arrivée.

— Parle, bon sang ! s'impatienta Marguerite.

— Il m'a demandé de vous dire : « Maggie, c'est fait. J'ai joué à Cadmus avec les papiers du garçon. Surtout ne traîne pas dans les rues. »

— De quels papiers parle-t-il ? demanda Jean-Paul. Qu'est-ce que Cadmus vient faire là-dedans ?

Elle lui résuma la situation, puis conclut :

— Guillaume a fait faire des copies du discours de Robespierre en rajoutant quelques noms. À combien de personnes les a-t-il fait parvenir, Adrien ?

— Vingt en tout. Je dois encore aller en porter six. C'est qui Cadmus ?

— Le héros d'une histoire qui semait des dents de dragon comme autant de graines d'où naissaient des guerriers. Jusqu'à présent, enchaîna-t-elle, Robespierre ne s'attaquait qu'à un ou deux de ses ennemis à la fois, et toujours sans prévenir. Il comptait refaire de même, mais cette fois, ce sont vingt hommes craignant pour leur vie qu'il va trouver devant lui. Ces lettres que tu as portées sont l'équivalent des griffes de dragon.

Jean-Paul émit un long sifflement admiratif.

— Je me doute de qui figure sur cette liste, dit-il. En découvrant leur nom sur un brouillon de la main même de Robespierre, ils seront aux abois et prêts à tout pour rester en vie. S'ils parviennent à s'unir…

— Robespierre tombera. La Terreur prendra fin.

Mais il serait trop tard pour sauver Guillaume, et il le savait. Quand bien même il aurait sauvé tant de monde.

— Cela pourrait marcher, reconnut Jean-Paul.

Retirant son manteau, il le tendit à Adrien et poursuivit :

— Enfile ceci pour cacher ta chemise pleine de sang. Je vais t'envoyer Justine, elle t'aidera à trouver les six derniers destinataires.

— J'ai pas besoin d'elle !

Le manteau était certes trop grand, mais il n'y avait rien d'anormal à ce qu'un jeune coursier achète ses vêtements dans des friperies.

— Ça fera l'affaire le temps que je trouve autre chose de mieux, marmonna Adrien.

— Inutile de me remercier, lâcha Jean-Paul. Allez, va porter tes messages. Change le cours de l'histoire pendant que je récure le plancher pour éliminer toute trace de sang. Et sois prudent. Si ce que tu as raconté est vrai, tu n'as pas que des amis ici.

Adrien haussa les épaules.

— Si c'était pour me faire trouer la peau, j'aurais pu rester à Londres, lança-t-il avant de tourner les talons.

Il disparut dans la trappe. C'est à peine s'ils entendirent l'échelle grincer. Et dès qu'il fut en bas, plus un bruit.

— Je vais reconduire cette jeune fille chez elle, annonça Jean-Paul en soulevant Séverine dans ses bras.

Songeuse, Marguerite hocha vaguement la tête. Ainsi, son Guillaume avait réussi, depuis sa prison, à semer ses dents de dragon. Il ne restait plus qu'à attendre pour savoir ce qui en résulterait.

Elle se sentait plus que jamais impuissante. Guillaume était piégé derrière de hauts murs protégés par des gardiens. Elle ne pouvait même pas envisager de lui rendre de nouveau visite. À l'heure qu'il était, Victor devait faire surveiller les lieux.

Elle serait pourtant descendue jusqu'aux Enfers, comme Orphée, pour le sauver. Il n'y avait aucun voyage qu'elle n'aurait entrepris pour lui.

Marguerite se pétrifia soudain.

— Il y a un moyen ! lança-t-elle d'une voix que l'émotion faisait trembler.

Jean-Paul, qui s'apprêtait à descendre, se retourna.
— Lequel ?
Sans lui répondre, elle poursuivit :
— Je n'aurais jamais cru dire cela un jour, mais je vais avoir besoin de mon père.

40

— Vous êtes sourd ? marmonna Doyle. Je ne peux vous dire ce que j'ignore, espèce de chèvre bêlante !

L'un des gardiens esquissa un sourire dans le dos de Victor, mais sur un signe de celui-ci, il précipita de nouveau Doyle contre le mur, en s'arrangeant pour lui faire mal.

— Où est-elle ? répéta Victor.

— J'en sais rien. Et je m'en fiche.

Il s'était fendu la lèvre en embrassant le mur. Il lui était impossible de distinguer cette douleur-là parmi toutes les autres, mais il avait un goût de sang dans la bouche.

Ce n'était pas la bonne réponse. Obéissant à un autre signe de Victor, le gardien l'envoya de plus belle contre le mur. Cela faisait un bout de temps déjà qu'ils s'amusaient à ce petit jeu. Il n'y avait tout simplement aucun moyen de discuter avec un homme qui comptait vous tuer.

— Où est-elle ?

— Si votre cousine s'est enfuie, ce n'est pas avec moi.

— Vous choisissez mal votre moment pour faire de l'humour, citoyen. Garde ! Amenez-le ici.

Il semblait bien qu'après l'intimidation, on allait passer directement aux os brisés.

Une porte menant à la prison – fermée à clé – donnait dans le poste de garde. Une autre – fermée, mais pas verrouillée – conduisait dans la rue, mais il fallait d'abord traverser une cour de la taille d'un mouchoir de poche. Une petite fenêtre ouvrait sur la cour en question.

Ici, les gardiens prenaient leurs aises. Des bouteilles de vin vides s'alignaient sur le manteau de la cheminée. Verres et tasses sales traînaient un peu partout. Des vestes d'uniformes pendaient au dos des chaises. La table était encombrée de matraques, de menottes et de vieux journaux. Les armes à feu avaient été déposées contre un mur – quatre mousquets d'infanterie standard, en relativement bon état et chargés.

Victor portait un habit noir et des bas blancs. Il arrivait sans doute directement de la Convention. À côté des gardiens, il faisait pâle figure. Un chien de salon.

— Attachez-le, ordonna-t-il.

Après l'avoir extrait de sa cellule, ils lui avaient lié les mains dans le dos. C'était un autre des désavantages dus à sa stature : les autorités avaient tendance à se méfier de lui. Les gardes débarrassèrent la plus solide des chaises et le forcèrent sans ménagement à s'y asseoir. Ils entreprirent ensuite de lui ligoter la poitrine et les jambes, solidement mais sans zèle excessif. Inutile de se donner trop de mal pour un mort en sursis.

Il y avait du jeu dans ses liens, et la chaise ne semblait pas si résistante que cela. Livré à lui-même, il lui aurait suffi d'une demi-heure pour se libérer. Hélas, Victor avait des plans le concernant pour la demi-heure à venir !

— Laissez-moi seul avec lui.

Cette instruction provoqua un certain trouble.

— Nous n'avons pas reçu l'ordre de vous laisser la responsabilité du prisonnier, déclara l'un des gardiens.

Celui-ci avait tout d'un vétéran des guerres coloniales. C'était gâcher son talent que d'en faire un geôlier.

— Je vous ai dit de nous laisser ! articula Victor.

— C'est sans précédent. Sans ordre direct...

— Je fais partie du Comité de Salut public, coupa-t-il sèchement. Et je suis un ami personnel de Robespierre. C'est le seul ordre dont vous ayez besoin !

Cela jeta un froid. Un homme chuchota à l'oreille d'un autre. Une main se posa sur la manche du soldat récalcitrant pour l'inciter à la prudence. Le vétéran hésita encore un instant, puis acquiesça d'un hochement de tête et tous sortirent en silence. Cependant, la porte ne se referma pas complètement derrière le dernier d'entre eux.

Ils l'avaient laissée entrouverte à dessein. Un homme devait faire le pied de grue de l'autre côté, l'oreille aux aguets. Tout ce qui se passait ici devait être rapporté – à la police secrète, aux royalistes, à l'armée. Impossible de garder un secret à Paris.

Victor prit un moment pour faire son choix dans la collection de matraques en tout genre posées sur la table. Il opta finalement pour une solide barre de bois qui avait dû être à l'origine un pied de table.

« C'est là que je vais avoir mal », songea Guillaume.

Cela en disait long sur le cousin de Marguerite, qu'il n'osât approcher son adversaire que muni d'une arme et quand celui-ci était à sa merci.

Victor se planta devant lui, sa matraque se balançant négligemment au bout de son bras.

— Ma cousine n'a pas quitté Paris. Vous allez me dire où elle est allée se cacher.

— J'ai laissé la citoyenne Fleurignac à votre porte. C'est la dernière fois que...

Doyle ne vit pas venir le pied de table. Mais il le sentit.

La douleur fut si violente qu'il en eut le souffle coupé. Il dut s'y reprendre à trois fois avant de réussir à articuler :

— Je ne sais pas où elle est. Ce n'est tout de même pas ma faute si vous êtes incapable de...

Son insolence lui valut un coup de poing en pleine face.

— Où est ma cousine ?

C'était un cercle vicieux. Le premier qui s'en lasserait aurait perdu.

Doyle cracha du sang, s'arrangeant pour maculer la belle chemise blanche de son tortionnaire.

— Votre cousine n'est rien pour moi, assura-t-il. Je ne l'ai jamais touchée. Je n'en ai jamais eu envie. J'ignore où elle est.

Cette fois, il vit la matraque venir. Elle s'écrasa contre son bras. Il cria sans retenue, de manière à se faire entendre de la rue.

— Si vous ne me dites pas où elle est, menaça Victor, vous allez mourir. Mais avant, je vous aurai brisé les os un à un.

— Je ne sais pas où elle est.

Doyle s'affaissa sur sa chaise en grognant. Jouer les héros ne servait qu'à inciter les gens à vous battre encore.

— Je ne sais pas… où… elle est, nom de Dieu !

Après avoir décrit un arc de cercle, la matraque de Fleurignac s'abattit de nouveau. Une douleur fulgurante explosa dans la poitrine de Doyle.

Bon sang, cet idiot allait finir par le tuer accidentellement ! Il suffirait qu'une côte brisée lui transperce le poumon pour qu'il s'étouffe dans son propre sang. Il en serait le premier surpris. Seigneur ! Il détestait les amateurs.

Il se mit à tousser. Une douleur atroce lui perçait le flanc.

— Attendez ! haleta-t-il. Juste une minute…

« Dis-lui quelque chose qu'il a envie d'entendre, s'exhorta-t-il. Pendant qu'il écoute, il ne te frappe pas. »

— Je l'ai ramenée à l'aube, mais ce n'est pas ce que vous croyez. Je l'ai trouvée aux Tuileries, où elle n'aurait jamais dû se trouver. C'est pour ça que je l'ai reconduite chez vous. Je ne l'ai pas touchée ! Ça fait deux fois que je lui sers de chaperon. Vous devriez me...

Le coup suivant l'atteignit de nouveau au bras. Il s'arrangea pour crier plus fort encore.

— Où Marguerite est-elle allée en sortant d'ici ? siffla Victor.

Doyle compta jusqu'à trois avant de relever la tête. Il parvint même à paraître sincèrement surpris.

— La prison ? répéta-t-il en laissant un filet de salive ensanglantée couler sur son menton. Votre cousine ? Elle n'est jamais venue ici. C'est mon Odette qui est venue.

— Que voulez-vous dire ? demanda Victor, qui détourna les yeux, la mine dégoûtée.

Tu n'aimes pas voir cela, pas vrai ? La torture, tu n'en supportes pas la vue.

Les demi-frères de Doyle avaient pris l'habitude de le battre chaque fois qu'ils rentraient d'Eton. Ils lui donnaient la chasse en hurlant et en brandissant des battes de cricket. Ils auraient pu en remontrer à ce pleutre. Eux ne rechignaient pas à admirer leur œuvre.

— C'était... répondit-il, pantelant. C'était Odette Corrigou. Ma femme. Elle travaille pour une couturière, rue de Roule. Rien à voir... avec vous.

Il s'arrangea pour se mordre la lèvre afin de saigner davantage. Rien de tel qu'un homme en sang pour inspirer la confiance et la pitié.

— Mensonges ! éructa Victor.

Nouvelle déflagration de douleur.

— Ma cousine vous a rendu visite ici. Elle a dû vous dire où elle se cachait, où son père se cachait. Je veux le savoir !

— C'était ma femme. Juste ma femme.

En cela, au moins, il ne mentait pas. Sa femme. Maggie. Sienne maintenant et à jamais.

Hawker devait être en train de semer ses dents de dragon à travers tout Paris, et c'était une consolation.

Vingt hommes puissants allaient connaître à leur tour la morsure de la terreur. Ils feraient bientôt tomber le gouvernement. Et le cousin Victor avec lui.

Maggie, quant à elle, serait sauvée.

Doyle laissa retomber sa tête en marmonnant, comme s'il était en train de perdre conscience.

Victor baissa le bras et détourna de nouveau les yeux.

« Regarde-moi, espèce de lâche ! lui ordonna Doyle en silence. Tu crois que les réponses que tu réclames sont inscrites sur ce mur ? Si tu prêtais attention à l'homme que tu tortures, tu comprendrais qu'il n'est pas encore au bout du rouleau contrairement à ce qu'il prétend. La peste soit des imbéciles ! »

Victor alla reposer sa matraque sur la table.

— Vous êtes vraiment très doué, marmonna-t-il. Je pourrais presque vous croire.

Pour faire sa sale besogne, il avait enlevé ses gants de cuir fin. Les renfilant avec un soin maniaque, il enchaîna :

— Voilà des semaines que j'ai découvert l'implication de ma cousine dans les activités de La Flèche. Les émigrés, à Londres, ne parlent que de cela. J'ai reconnu dans les rapports de nos espions ces gens de basse extraction qu'elle tient pour ses amis. Marguerite a de la chance que personne n'ait compris ce qu'elle avait fait. Vous êtes un membre de cette bande de traîtres qu'elle dirige, je pense. Héron, peut-être. Je n'ai jamais deviné lequel c'était.

Doyle gardait la tête baissée, concentré sur la tâche de paraître hébété pour rester en vie.

— Vous et les autres qui avez trahi la France serez balayés comme les ordures que vous êtes. Mais je protégerai le nom de ma cousine. Vous commettez une erreur en m'empêchant de la retrouver. Je suis le seul atout dont dispose Marguerite pour rester en vie.

Ou pour se faire tuer.

— Des hommes à moi sont à sa recherche. J'ai déjà découvert certains de ses secrets. J'y parviendrai encore. Une piste finira par se présenter. Dans Paris aujourd'hui, une femme ne peut rester longtemps cachée.

Florignac n'avait pas la moindre idée de qui elle était, de ce qu'elle valait réellement.

Redressant la tête, Doyle marmonna :

— Rien à voir avec moi. Je vous l'ai dit.

— Je ne suis pas un idiot, citoyen Lebreton.

Un mince sourire joua sur les lèvres de Victor.

— Vous pensiez vraiment que je ne me rendrais pas compte que ma cousine avait couché avec un homme ? Vous n'auriez pas dû toucher à une Fleurignac. C'est la plus grave erreur que vous ayez jamais commise.

Oh que non ! C'était la meilleure chose qui lui soit jamais arrivée.

Victor, qui avait fini d'enfiler ses gants, conclut :

— Je reviendrai dans un jour ou deux vous dire que je l'ai trouvée.

Puis, semblant se raviser :

— Suis-je bête. Ce sera inutile puisque vous serez mort.

41

— Et ensuite ?

Justine faisait un rapport concis, comme on le lui avait appris, à Madame, qu'elle venait de croiser dans l'escalier. Celle-ci était toute vêtue de noir et portait des anneaux d'argent aux doigts. Des papillons, en argent eux aussi, agrémentaient ses cheveux relevés en chignon.

— Il est allé porter ses deux dernières missives à Tallien et à Vadier, répondit-elle.

— Qui sont des ennemis jurés de Robespierre. As-tu découvert ce qu'il y avait dans ces plis ?

— Hélas, non. J'ai pourtant essayé de tirer les vers du nez à Adrien, sans succès. Je pense qu'il s'agit d'une affaire d'importance.

La main sur la rampe, Madame attendit la suite.

— Le Jardinier m'a recommandé de ne pas sortir au cours des jours à venir, expliqua Justine. Je ne suis pas innocente au point de croire qu'il ait peur de me savoir seule dans les rues. Je pense qu'il redoute des émeutes.

— À cause de ces lettres, devina Madame. Quelqu'un joue avec le feu, et Paris risque de s'embraser. Le Jardinier n'a rien d'un imbécile, je ne peux donc qu'approuver ses conseils. Sois prudente, Justine. En cas de désordre dans la rue, cours te mettre à l'abri.

C'était bon d'avoir quelqu'un qui se souciait de vous, songea Justine.

— Adrien s'est fait agresser, précisa-t-elle. Quelqu'un a tenté de le poignarder. Il ne s'est pas montré non plus très bavard à ce sujet.

Puis, comme en passant, elle ajouta :

— Je l'ai installé dans ma chambre pour cette nuit. J'espère que ça ne vous dérange pas.

Madame étudia un instant ses bagues avant de répondre.

— J'en ai appris davantage à son sujet depuis la dernière fois que nous nous sommes vues. Il s'appelle Hawker et a servi de tueur à Lazarus, le « roi des voleurs » de Londres. C'est un compagnon de jeu dangereux. Il a tué plus d'hommes que tu n'as de rubans dans les cheveux.

Justine n'était pas vraiment surprise. Elle avait parfois vu dans les yeux du garçon une lueur inquiétante.

— Je ne le sous-estime pas, répondit-elle. Et je ne suis pas... intéressée par lui, sauf pour tout ce qui touche au dossier Fleurignac. Je lui ai installé un lit de fortune à côté du mien au cas où il aurait une poussée de fièvre cette nuit. La situation est déjà assez compliquée sans qu'en plus il tombe malade.

Madame toussa délicatement derrière sa main.

— Ont-ils arrêté un plan pour porter secours à William Doyle dans sa prison ? s'enquit-elle.

— Ils ne m'en ont pas parlé. Je retournerai demain me mêler à eux, histoire d'essayer de deviner ce qui se prépare. Ce sera intéressant de voir Marguerite de Fleurignac, que j'admire depuis des années, élaborer un de ses fameux plans. Cela dit, c'est étrange de devoir l'aider à libérer un espion anglais, dont vous me demanderez peut-être la semaine prochaine de contribuer à l'arrestation.

— C'est amusant au-delà de toute mesure, estima Madame. La vie est une table toujours chargée de mets délicieux. Tu ne trouves pas ?

— Certainement.

Madame descendit les quelques marches qui les séparaient, et s'arrêta à son niveau.

— Je n'oublie pas combien tout ceci peut être dangereux pour toi, dit-elle. Ne crois surtout pas que je t'expose ainsi de gaieté de cœur.

— Le danger ne me dérange pas.

Madame lui effleura la joue. Justine avait remarqué qu'elle veillait à ne jamais la toucher de manière brusque, sans doute eu égard à ce qui lui avait été infligé.

— Es-tu sûre de ne pas vouloir que je vous mette à l'abri, ta sœur et toi ? Il existe une école, à Dresde, dirigée par de bons amis à moi. Ils possèdent une maison près de la rivière... Non ? Je ne suis pas ravie d'envoyer une jeune fille aussi jeune que toi faire un tel travail.

Mais la propre fille de Madame travaillait aussi pour elle. Et elle n'était pas la moins douée des membres de son réseau. Tous savaient qu'elle avait refusé d'aller se mettre à l'abri à l'étranger quand sa mère le lui avait ordonné. Elle effectuait les missions les plus dangereuses, y compris sur le champ de bataille. Et elle était plus jeune qu'elle.

— Je veux rester ici, répondit-elle fermement. Continuer à faire ce que je fais. Je me sens vivante quand je travaille.

L'une des pensionnaires de la maison se mit à chanter. Il devait s'agir de Péronette, qui avait une très jolie voix.

— Nous nous ressemblons beaucoup toi et moi, constata Madame. Va prendre soin de ton jeune espion, ajouta-t-elle en la renvoyant d'un geste. Je demanderai à Babette d'aller jeter un coup d'œil sur ses plaies. Oui, je sais : tu es parfaitement capable de soigner toi-même toutes sortes de blessures. Mais nous ferons plaisir à Babette en la laissant glousser devant ton joli garçon.

Qu'aurait-elle pu dire ? Ce « joli garçon », rusé et dangereux, n'était en rien à elle, mais démentir n'aurait servi qu'à accréditer cette idée. Aussi se contenta-t-elle de secouer la tête avant de gravir l'escalier pour aller voir s'il avait fouillé dans ses affaires en son absence.

— Justine ?

Elle se retourna.

— C'est le Service britannique qui l'a fait venir à Paris, mais Adrian Hawkins n'est pas des leurs. Il n'a aucune raison de leur être loyal, et il se pourrait même qu'il les haïsse. Recrute-le si tu peux. Il nous serait très utile.

Songeant que c'était là une perspective intéressante, Justine répondit :

— J'essaierai.

42

L'enfer à sa création, encore vide de tout occupant, avait dû ressembler à cela, songeait Marguerite. Avant que les démons y emménagent, avant que l'odeur des flammes et du soufre et des légions infernales empuantisse l'atmosphère, cela avait dû sentir la roche humide.

Chacun d'eux avait une chandelle à la main, cinq petits points lumineux qui trouaient les ténèbres. De tout ce qui lui paraissait étrange depuis qu'elle était descendue dans cet endroit, le plus bizarre était encore cette flamme qui ne frémissait qu'au contact de son souffle. Aucun courant d'air pour la faire osciller.

Ils étaient dans les anciennes carrières qui s'étendaient sous Paris, d'où l'on avait tiré la pierre de taille qui avait servi à bâtir la cité.

— Ne bouge pas, maugréa le père de Marguerite.

Il était grincheux. Et il était le seul à ne pas porter de chandelle. Quand il en avait besoin, il faisait appel à elle pour consulter ses cartes et soulever le couvercle de sa boussole, et se plaindre encore. Selon lui, l'instrument qu'elle avait acheté ne valait pas grand-chose.

— Tu fais dévier l'aiguille, lui lança-t-il, accusateur.

— Ce n'est pas possible, s'insurgea-t-elle. Je ne la touche pas.

— Tu n'as pas besoin d'y toucher. Ton énergie animale suffit à l'influencer. Si tu pouvais t'abstenir de respirer et de penser, cela irait beaucoup mieux. Les principes qui...

Et il poursuivit dans cette veine.

À présent, Marguerite devait écouter son père expliquer l'influence exercée par le corps humain sur la mesure du champ magnétique terrestre. Elle ne croyait pas un mot de ce qu'il racontait et elle s'en fichait, mais au moins sa conversation lui offrait-elle une distraction. Personne d'autre que lui ne se sentait d'humeur à discuter dans ces étendues menaçantes.

Le sol était inégal, creusé d'ornières laissées par les traîneaux sur lesquels les carriers remontaient les blocs de pierre. Parfois, ils pataugeaient dans des flaques d'eau parfaitement limpides qui devenaient laiteuses après leur passage. Des piliers montant du sol tels de monstrueux troncs supportaient le plafond bas. Il aurait fallu dix hommes formant une ronde pour en faire le tour.

Justine lui avait déniché des bottes d'homme. Étonnant tout ce qu'on pouvait trouver d'utile et d'inattendu dans un bordel. Si leur petite troupe devait disparaître à jamais dans ces carrières, quelqu'un finirait par découvrir une paire de chaussures – les siennes – en haut d'un escalier s'enfonçant dans les profondeurs de Paris.

Elle marchait à côté de René Petitot, l'une des recrues du Jardinier qu'elle connaissait de réputation. Au sein de La Flèche, il avait reçu le surnom de Poulet et ses exploits étaient fameux. Il faisait partie des rares personnes qui connaissaient les accès discrets et peu nombreux aux anciennes carrières. À travers ce dédale de salles souterraines, il conduisait nuitamment les moineaux jusque dans quelque arrière-cour de carrier hors de la capitale.

Poulet s'avérait être aussi un dandy. Pour cette expédition dans les entrailles de la capitale, il portait un manteau de velours brun aux poignets garnis de dentelle.

— Votre père pense vraiment pouvoir localiser un endroit précis dans ces cavernes ? dit-il d'un air dubitatif.

— Il y parviendra, assura-t-elle.

Il le fallait.

— C'est plus difficile que vous ne l'imaginez, insista Poulet. Je peux vous montrer quelques repères, mais rien qui soit proche de la rue Tessier et de ce couvent. Pas facile de savoir sous quel endroit de la surface on se trouve.

Ils s'engagèrent dans un passage entre deux salles dont les parois étaient constituées de blocs taillés scellés au mortier. Il leur fallut se mettre en file indienne. Justine venait en tête, suivie du père de Marguerite, qui dissertait sur le lien entre le magnétisme et les couleurs. Jean-Paul fermait la marche. De chaque côté, telles de grandes bouches sombres, s'ouvraient de vastes salles voûtées.

Il ne faisait pas glacial, sous terre. La fraîcheur ambiante évoquait davantage la mort, ou plutôt l'absence de vie. Jamais aucune plante ne s'accrochait à ces roches. L'eau des flaques et des bassins n'était bue par personne. Aucun être vivant ne respirait cet air. Tout ici était dépourvu de justification.

Marguerite avait tout risqué sur ce coup de dés. Elle avait raison, elle sauvait Guillaume. Si elle se trompait...

Poulet reprit la tête résolument.

— Je vous conduirai le plus près possible de l'endroit que vous cherchez, assura-t-il. Les cartes des carrières ne sont pas des plus précises, et quand il s'agit de les faire correspondre au plan des rues de Paris...

Il essayait de l'avertir qu'ils pourraient échouer. Comme si elle ne le savait pas déjà.

Uniquement pour le réconfort que procurait la chaleur de la flamme, Marguerite la protégea de sa paume.

— Il y a six ans, raconta-t-elle, mon père a passé tout un hiver à mesurer des distances dans Paris, à l'aide de longues chaînes et avec le concours de trois hommes. Cela l'a rendu célèbre pendant quelque temps.

Quant à elle, en tant que fille du grand homme, elle avait dû composer avec la douteuse notoriété que cet exploit lui avait value.

— Ensuite, reprit-elle, il a jeté des poids du haut des immeubles les plus hauts, pour vérifier sa théorie selon laquelle la gravité serait plus faible près d'un point d'eau. Ou plus puissante. Je ne me souviens jamais.

— Je connais sa réputation, intervint Poulet. Mais ne dit-on pas qu'il est…

— Fou, acheva-t-elle à sa place. Personne ne le sait mieux que moi. Mais c'est un fou parfois très sensé qui peut avoir raison. Il trouvera le couvent.

L'intéressé avait achevé son exposé sur le magnétisme. Il s'arrêta pour consulter une inscription sur une paroi qu'éclairait obligeamment Justine.

87 G 1777 avait été gravé dans la pierre et surligné à la peinture noire. En dessous se trouvait une autre indication.

— Rue Jacques, lut le père de Marguerite.

Ils se trouvaient donc soixante pas sous ce qui s'appelait autrefois la rue Saint-Jacques. Les révolutionnaires étaient venus jusqu'ici pour mener à bien leur œuvre de désacralisation, quand bien même l'endroit n'était fréquenté que par les inspecteurs des Mines, les contrebandiers et les membres de La Flèche.

Le père de Marguerite, qui aimait souligner l'évidence quand il ne disait pas des folies, énuméra ensuite à haute voix chaque inscription devant laquelle ils passaient.

— *45 G 1777.*

Poulet y jeta un coup d'œil, puis leva les yeux et observa des lettres grecques et un symbole en forme d'arc gravés dans le calcaire du plafond.

— Si loin vers le nord, expliqua-t-il, il n'y a pas eu d'exploitation systématique. Il se pourrait qu'il n'y ait pas de galeries ni de salles sous la rue Tessier. Vous vous en rendez bien compte.

— Oui, répondit-elle.

Ils touchaient presque au but. Elle avait l'intuition qu'il y aurait une salle sous la rue Tessier.

Ils marquèrent une pause au 37 de la rue Jacques. Son plan dans une main, la boussole dans l'autre, le père de Marguerite se lança dans de drôles de contorsions censées lui permettre de faire se superposer deux plans de réalité différents par la grâce d'une aiguille aimantée.

Adrien et Jean-Paul, qui portaient de lourdes charges, se reposaient, leurs sacs à dos calés contre une paroi. Le cœur lourd, Marguerite vit son père examiner d'un air soucieux un pan de roche après avoir tapoté du doigt la boussole.

« Faites que ce ne soit pas la direction du couvent, supplia-t-elle. Il y a tant d'excavations… Pourquoi n'y en aurait-il pas une sous la rue Tessier ? »

— Il nous faut faire le tour, décréta-t-il.

D'un pas décidé, il rebroussa chemin et reprit son monologue sur le magnétisme.

Tout en marchant, Poulet levait le bras pour estimer la dureté du plafond rocheux.

— Vous savez que nous ne pourrons pas percer une telle épaisseur, dit-il. Cela prendrait des mois, et nous nous ferions coincer à la sortie. Si nous ne trouvons pas le puits…

— Je préfère ne pas envisager le pire et garder l'espoir.

Le père de Marguerite s'immobilisa. Il rabattit le couvercle de la boussole et la rempocha.

— Ici ? risqua-t-elle.

— Cela ne peut être su. C'est une erreur de croire que tout peut être connu. Héraclite a écrit de fameuses pages là-dessus. Le flux des lignes de force telluriques...

— Papa, l'interrompit-elle, est-ce là l'endroit que nous cherchons ?

— Je viens de te le dire : on ne peut savoir.

Marguerite était à bout de patience. Il n'existait rien de plus sûr que l'aiguille d'une boussole. Longtemps après sa mort, celle-ci indiquerait toujours le nord.

— Si l'on ne peut pas savoir, peut-on au moins deviner ?

— Si c'est une supposition que tu veux...

Dans un haussement d'épaules, il pointa le doigt devant lui et poursuivit :

— Fais cinquante pas dans cette direction, et le portail du couvent devrait se trouver juste au-dessus de toi.

Il pinça les lèvres.

— Probablement.

Sa bougie tendue devant elle, Marguerite compta ses pas, le cœur battant.

« Il faut y croire, se dit-elle. Je dois y croire ! »

Jean-Paul la suivit. Lorsqu'elle s'arrêta, il posa son sac à dos sur le sol et entreprit d'allumer d'autres bougies. Ils avaient pris soin d'en apporter un grand nombre. De même qu'on n'emportait jamais trop d'eau dans le désert, on n'emportait jamais trop de sources de lumière dans des carrières.

— Nous nous trouvons sous le couvent Saint-Barthélemy.

Marguerite n'avait pas à élever la voix pour se faire entendre. Tous avaient fait cercle autour d'elle.

— Il y a un puits dans ce couvent, poursuivit-elle. Il a été percé bien avant l'exploitation de ces carrières. Le conduit doit donc se trouver non loin de nous. Lorsque les carriers tombaient sur un puits, expliqua-t-elle, ils s'arrangeaient pour creuser autour ou l'entourer d'un mur. Notre puits – celui du couvent – doit donc se trouver dans un de ces piliers qui nous entourent.

Comme personne ne disait mot, elle conclut :

— À nous de le trouver.

Adrien laissa tomber son sac à ses pieds. Comme Jean-Paul, Justine et Poulet, il alluma des chandelles qu'il arrima au sol avec de la cire chaude. Le cercle de lumières s'agrandit peu à peu. Ils dressaient le camp dans ces ténèbres et ces lueurs étaient leurs sentinelles.

Après avoir achevé sa tâche, Adrien rejoignit Marguerite.

— Si je comprends bien, je dois chercher lequel de ces piliers sonne le creux sous le poing ? C'est ça ?

— Exactement.

Si la chance n'était pas de leur côté, ils pouvaient y passer une semaine. Or, il ne restait qu'un jour de sursis à Guillaume, peut-être deux. Savaient-ils tous à quel point la possibilité de réussir était mince ?

— Faut être idiot pour bâtir une cité sur des coquilles d'œufs, marmonna Adrien avant de s'éloigner en secouant la tête d'un air dégoûté.

Poulet but une gorgée de vin, puis reboucha sa flasque et la fourra dans son sac à dos.

— Ne vous aventurez pas où vous ne voyez plus les lumières des autres, lança-t-il à la cantonade. Si vous vous perdez, asseyez-vous et attendez. Il se pourrait que je vienne vous chercher… Bon courage !

Durant une heure, ils examinèrent et sondèrent les parois et les piliers de la salle qu'ils occupaient. Ils passèrent ensuite à la suivante.

À la cinquième heure, ils firent une pause pour manger. Ils dévorèrent les excellentes provisions venues des cuisines de la maison de passe, burent un peu de vin, mais n'échangèrent que de rares paroles.

Le père de Marguerite commençait à être fatigué. Malgré son gros manteau, il avait froid.

À la dixième heure – il était 18 heures –, ils élargirent le cercle de leurs recherches à une nouvelle galerie. Des chauves-souris s'envolèrent à leur arrivée et disparurent dans quelque faille située dans les hauteurs. Un faible rayon lumineux venu du plafond éclairait le sol, aussi frais et réjouissant qu'une source en plein désert.

Il s'agissait d'un conduit de ventilation percé dans le roc. Marguerite s'arrêta dessous, le visage levé vers la lumière. Il lui semblait en être privée depuis un siècle.

— Il doit déboucher dans un jardin, commenta Poulet. Ce conduit est assez large pour laisser passer un homme, mais inutile de tenter d'y grimper pour repérer où nous nous trouvons. Cela prendrait beaucoup trop de temps..

Tous regardaient la source de lumière en silence. Ils étaient proches du but. Marguerite le sentait.

Jean-Paul s'approcha et suggéra :

— Nous pourrions tenter le coup d'un transfert de prison juste après l'aube. Nous aurons le temps de préparer les faux papiers si nous rentrons dès maintenant. Harrier peut nous prêter une voiture et servir de cocher. Moi, je peux encore faire un sans-culotte convaincant.

Il n'était pas question qu'il risque sa vie alors qu'il avait une femme, un enfant, et un autre en route.

— Non !

— Marguerite...

— C'est décidé, Jean-Paul. Ce sera cela ou rien.

Personne n'éleva d'objection, mais personne ne bougea non plus. Ils étaient prêts à poursuivre les recherches, mais ils ne se faisaient plus d'illusions quant à leurs chances de réussite.

Soudain, un petit souffle de vent leur parvint des profondeurs. Il produisit un sifflement léger et fit trembler les flammes de leurs bougies.

Cet endroit n'était pas seulement le royaume des ténèbres. C'était aussi celui du silence total. Le bruit, ici, était un intrus...

Marguerite comprit alors la nature de leur erreur.

— Un puits n'est pas qu'un trou dans la terre, expliqua-t-elle. Il sert à remonter de l'eau à la surface. La chaîne se déroule en grinçant. Le seau heurte les parois. Il touche le fond dans un éclaboussement. Et la chaîne grince de plus belle quand on le remonte. Nous nous sommes trompés. Nous ne devons pas chercher le puits. Nous devons *l'entendre*.

Ce fut Justine qui l'entendit. À moins de trente pas de l'endroit où ils avaient déposé leurs sacs, elle perçut le bruit de chaîne caractéristique derrière un mur de blocs maçonnés.

Adrien courut chercher barres à mine et piolets. Il ne fallut que cinq minutes pour faire sauter les joints et desceller la pierre. Sans bruit.

— Si c'est bien le puits, chuchota Jean-Paul, ils peuvent nous entendre de là-haut. Je ne tiens pas à ce qu'ils se demandent pourquoi les grenouilles se mettent à parler.

Il retira le bloc de pierre et recula. Un gouffre sombre s'ouvrait devant eux, que traversait un infime rayon de lumière.

— Nous avons réussi, souffla Marguerite.

43

Quand l'ouverture fut suffisamment large, Marguerite y introduisit le buste et se tordit le cou pour étudier la lueur vive émanant du sommet du puits. Ce n'était qu'un point de lumière de la taille d'une pièce de monnaie, mais dans ces ténèbres, il scintillait.

Ils ne se parlaient plus qu'en murmurant. De temps à autre, le seau descendait au bout de sa chaîne, puis remontait plein d'eau, plus lentement.

Elle choisit un endroit à l'écart de l'ouverture, afin que la lumière de ses chandelles ne la trahisse pas, au cas où quelqu'un s'aviserait de regarder au fond du puits. À l'abri de deux murs qui formaient un angle, elle décida d'établir son campement pour y attendre le retour de ses compagnons.

— Te dire que tu ne peux rester seule ici ne servira à rien, n'est-ce pas ? maugréa Jean-Paul. Comme d'habitude, tu n'en feras qu'à ta tête.

— Je ne peux pas me rendre utile en surface, répondit-elle. Autant que je le fasse ici. Victor me cherche. Je risque de tomber sur lui chaque fois que je fais un pas dans la rue. Ma présence vous met tous en danger.

Mais ce n'était pas uniquement pour cela qu'elle voulait rester, Jean-Paul n'était pas dupe.

— Tu sais bien qu'à La Flèche, nous ne sommes pas pour les grands sacrifices, Marguerite.

— Celui-là, je tiens à le faire.

Argumenter avec elle ne servirait à rien, il s'en abstint donc.

Poulet lui laissa son manteau. Il déballa d'autres chandelles, ainsi qu'un briquet d'amadou de secours, et lui fit également cadeau de sa flasque de vin et de la nourriture qui restait.

Jean-Paul lui fourra dans la main la montre en or qu'il tenait de son père comme s'il s'agissait d'une babiole. Il attacha également près d'elle l'extrémité d'une bobine de ficelle, qu'il prendrait soin de dérouler jusqu'à la sortie.

— Juste au cas où, dit-il.

Pour faire bonne mesure, il lui offrit aussi son manteau.

Le père de Marguerite lui tendit les quelques dattes collantes entourées d'un mouchoir qu'il avait trouvées au fond de sa poche. Il entreprit de lui parler des observations sur le magnétisme terrestre qu'il avait faites au cours des dernières heures, mais ne renâcla pas quand elle fit dévier la conversation sur sa liste de génies qu'il avait donnée à Robespierre. Oui, il en existait une copie dans la bibliothèque, à la maison. Non, elle ne se trouvait pas dans son bureau. Il avait préféré la laisser dans un livre. Il n'aurait aucun mal à la retrouver.

Elle lui expliqua que Victor avait tenté de l'empoisonner et que c'était très probablement lui qui avait lancé des assassins à leurs trousses. Victor, qui occupait l'hôtel de Fleurignac.

— Je vois, dit-il d'un air absent.

Justine, pas effrayée pour un sou, menue et compétente, le prit en charge et l'emmena.

Adrien s'approcha.

— Vous inquiétez pas si on est en retard.

— Je ne suis pas d'une nature inquiète, assura-t-elle. Et j'ai une quantité de chandelles pour me tenir compagnie.

— Il va falloir qu'on aille chercher des cordes et une échelle, dans l'atelier du Jardin des Plantes. Et qu'on traverse toute la ville pour les emporter dans ce café. Et qu'on descende ensuite tout ça ici. Ça va prendre un peu de temps.

— Je le pense, oui.

— Des courants d'air pourraient passer par cette brèche dans le conduit du puits. Comme dans une cheminée, vous savez ? Installez certaines chandelles là où elles risquent pas d'être soufflées.

Observant la configuration des lieux, il indiqua un coin éloigné, puis :

— Ici, par exemple.

— Excellente idée. Merci du conseil.

— Allez pas vous aventurer n'importe où et vous perdre. Si vous avez envie de pisser, faites-le ici.

— Ne t'inquiète pas, Adrien, j'ai suffisamment peur de ces ténèbres qui nous entourent pour ne pas me montrer imprudente.

— Et pensez à vous recouvrir de ces manteaux avant d'avoir froid ou vous vous retrouverez sans vos forces.

— Je le ferai.

— Ça m'étonnerait. Vous écoutez jamais personne à part Doyle. Et encore, pas toujours. Je lui dirai que vous êtes ici, à l'attendre. Ça l'encouragera. Je vous laisse aussi ce manteau. Il est plein de sang à l'intérieur, ça pourrait me valoir des ennuis. Vous voulez un couteau ? J'en ai plusieurs, je peux vous en laisser un.

— Tu es gentil, Adrien, mais je ne saurais qu'en faire.

— Mes amis m'appellent Hawker.

— Alors, je t'appellerai Hawker désormais.

Il s'attarda encore un instant, puis se décida enfin à partir.

Le son se propage loin sous terre. Marguerite entendit les pas de ses compagnons décroître pendant très longtemps. Puis elle se retrouva tout à fait seule. Le manteau de Poulet était le plus chaud. Il était imprégné d'un parfum musqué, mais cela ne la dérangeait pas. Elle le drapa autour de ses épaules, après s'être installée sur les vêtements de Jean-Paul et de Hawker, qu'elle replia autour de ses jambes.

Régulièrement, elle entendait le seau descendre dans le puits et en remonter. Ces bruits avaient l'avantage de la rattacher au monde extérieur.

Ce n'étaient pas la peur de Victor ni le bon sens, qui l'avaient convaincue de rester ici. Elle avait voulu assurer une veille, comme dans une église illuminée de cierges. Guillaume n'était pas très loin. Cernée par la nuit comme elle l'était, elle avait néanmoins l'impression de lui tenir compagnie.

Du sac de toile qu'elle avait apporté, elle tira de menues choses pour se tenir occupée. Un livre. Un tricot. Il ne fallait pas beaucoup de lumière pour tricoter. Quant au livre, c'étaient des sonnets de cet Anglais – Shakespeare ; ils lui étaient si familiers qu'elle n'avait pas besoin de voir très bien pour les déchiffrer.

Elle s'était également munie d'un petit flacon de colle, de deux brosses et de feuilles d'or. Bien décidée à se dorer les ongles de pieds, elle retira ses chaussures et se mit à l'ouvrage. Le processus était long et laborieux, car il fallait attendre qu'une couche sèche avant d'appliquer la suivante, mais elle s'en acquitta avec une infinie patience.

Si Guillaume parvenait à s'échapper et à survivre – et elle aussi –, elle lui ferait la surprise de sa vie avec ces ongles dorés. Cela le rendrait fou de passion. Et se retrouver au lit avec Guillaume quand la passion le rendait fou était très satisfaisant. Cette idée avait de quoi réchauffer n'importe quelle femme, même au fond d'une ancienne carrière souterraine.

44

Dans le grenier du bordel, la sœur de Justine était affalée sur le lit tel un soldat ivre mort. Elle avait sans doute eu une dure journée, à faire ce que font les enfants de son âge. Creuser des trous au fond du jardin. Manger des vers. Se jeter sous les sabots d'un cheval et n'en réchapper que par miracle. Dur labeur.

— Ça t'inquiète pas de la voir comme ça ? s'étonna-t-il.

— Pas du tout, répondit Justine. Estime-toi heureux qu'elle ne ronfle pas. À quoi songes-tu, Hawker. Tu te fais du souci pour cette nuit ?

— Je préfère pas y penser. Je finirai peut-être par aimer me cogner partout dans le noir. Et j'irai faire ma petite promenade du dimanche après-midi là-dessous.

— Ne compte pas sur moi pour t'accompagner. Sais-tu qu'ils ont entreposé de vieux squelettes dans ces carrières ? Ils sont rassemblés en un seul endroit, mais il suffit d'une fois pour tomber dessus. Ils ont ramassé les os provenant d'anciens cimetières et les ont entassés dans une de ces salles. Je crois même qu'ils en ont fait des piles bien nettes.

Elle y réfléchit un instant avant d'ajouter :

— Ça rend la chose encore plus effrayante. Ils les ont transportés en secret, la nuit, sur des charrettes.

— Tu pourrais me raconter n'importe quoi au sujet de cette ville que je te croirais.

Et dire qu'il n'avait pas savouré la chance qu'il avait de vivre à Londres quand il s'y trouvait. Cette ville avait beau être humide et froide – sans compter que Lazarus l'y attendait pour lui régler son compte la prochaine fois qu'il y mettrait les pieds –, au moins on n'y transportait pas les os des morts comme de vulgaires bouts de bois. De plus, le sous-sol de Londres offrait l'avantage d'être solide.

— C'est vrai que vous mangez de l'âne ? demanda-t-il.

— Moi, non ! Mais on ne sait jamais ce que la vie vous réserve. Ne t'inquiète pas, je te préviendrai si un jour j'envisage de te servir de l'âne.

Doyle, lui, avait bien l'intention de lui en faire manger. Il le lui avait dit et n'était pas homme à ne pas tenir parole.

— Certains boulottent vraiment n'importe quoi, déclara-t-il d'un ton chargé de mépris. Si on les laissait faire, ils mettraient du griffon et de la chauve-souris au menu.

— Je ne te servirai pas non plus de la chauve-souris, sois tranquille.

Justine achevait de débarrasser la table. Il n'y avait pas de restes. La nourriture était bonne, à Paris, du moins dans les maisons de passe.

L'établissement était bien tenu. Il n'en avait vu que les coulisses – la cuisine, la remise de l'écurie et l'escalier menant au grenier –, mais tout était luxueux et sentait le propre. Les filles semblaient heureuses. On les entendait rire même quand « ces messieurs » n'étaient pas là.

Justine était plus jeune que toutes ces femmes de quelques années. Ce n'était donc pas un bordel où l'on satisfaisait à… ce genre d'appétit. La petite, sur le lit, n'avait rien à redouter. Cela lui donnait envie de vomir de penser à ce qu'on faisait à de pauvres gosses dans certains endroits.

— Qui s'occupe de...

Hawker agita la main en direction du lit. Le brouhaha qui montait du rez-de-chaussée ne la gênait en rien, mais il aurait suffi de prononcer son nom pour la réveiller.

— ... la môme quand tu vadrouilles à travers la ville ?

— Ne t'inquiète pas pour elle.

Justine déplia une nappe blanche brodée de fleurs et en recouvrit la table.

— Nous nous en occupons toutes.

Elle tuerait pour elle, devinait-il. Elle mourrait pour elle. Trahirait, volerait, mentirait, se prostituerait pour elle. Lazarus appellerait ça une « faiblesse coupable ». Hawker connaissait la sienne, désormais.

— Tu veux dire qu'elle est en partie élevée par des putains ?

— Je veille à ce qu'elle ne voie rien de ce qui se passe ici. Elle ne comprendrait pas, de toute façon. Tu n'as pas à tenter de nous réformer.

— Ça, c'est le rayon de Maggie, pas le mien, répliqua-t-il.

— Que ça le reste. Je déteste qu'on essaye de faire mon bonheur malgré moi.

Avant le repas, elle avait ôté de la table une dizaine de livres qui l'encombraient. Elle les y replaça bien alignés, appuyés contre le mur.

— Ma sœur est jeune. Elle oubliera.

— Elle oubliera jamais, assura Hawker.

Il savait de quoi il parlait.

— Te leurre pas, poursuivit-il. Elle voit tout et comprend tout ce qui se passe ici. Demande-lui si tu me crois pas.

Justine choisit de l'ignorer et poursuivit son rangement.

Ses livres étaient reliés plein cuir, rien à voir avec les éditions bon marché à couverture en papier que l'on vendait dans les rues. Peut-être avaient-ils été dérobés dans la bibliothèque de quelque noble déchu.

— Lebreton prétend que la Révolution réchauffe la bouilloire de l'idéalisme en brûlant des livres dessous. Jamais à court de bons mots, celui-là.

— Au moins, dit-elle, personne ne brûlera ceux-là.

— Ils viennent d'où ? Tu les as volés ?

Cela n'aurait pas été pour lui déplaire, mais elle les avait plus probablement achetés. Cédant à la curiosité, Hawker alla en ouvrir un. Les pavés de texte l'impressionnèrent, même si certains mots ne lui étaient pas inconnus.

— C'est une amie qui me les prête, répondit-elle, sur la défensive. Fais attention de ne pas les abîmer.

— J'ai les mains propres ! s'insurgea-t-il.

Bonté divine, elle donnait l'impression de le juger indigne de toucher à ses précieux livres.

— Je ne voulais pas être désagréable, s'excusa-t-elle. C'est juste que... personne ne vient jamais ici. J'ai perdu l'habitude de recevoir.

Non. Aucun homme ne montait dans ce placard qui lui servait de chambre. Il n'en voyait trace nulle part. Quel que soit le rôle de Justine dans cette maison, il ne consistait pas à faire la bête à deux dos ici. Comment elle gagnait sa vie dans ce cas, c'était une question qui méritait d'être posée. Si Doyle ne montait pas à l'échafaud le lendemain, il lui demanderait ce qu'il en pensait.

Après avoir remis le livre en place, il en prit un autre et interrogea Justine du regard pour obtenir sa permission. Elle la lui accorda d'un hochement de tête assorti d'un sourire.

Comme il ne se voyait pas prendre place sur la chaise à frous-frous, il alla s'asseoir sur le plancher, dos au mur sous la fenêtre, où la lumière était bonne.

C'était là qu'elle lui avait installé un lit, la nuit dernière. Il n'avait pas besoin qu'on veille sur lui à cause de quelques égratignures, et il n'était pas non plus utile de les nettoyer et de refaire le bandage comme elle avait tenu à le faire le matin venu. Mais si une fille se proposait d'être aux petits soins pour lui, il n'allait tout de même pas l'en décourager. C'était là l'un des principes, si l'on peut dire, qui guidaient sa vie.

La nuit passée, il avait découvert que Justine ronflait. Un gentil ronflement très féminin. Assez plaisant, somme toute.

Le livre qu'il avait choisi était composé en caractères minuscules, mais il comportait des illustrations, ce qui l'aidait beaucoup. S'il ne comprenait pas la plupart des mots, les images lui permettaient de se faire une idée du territoire qu'il explorait.

Hallebarde. Suivant les lignes du bout du doigt, il lut à haute voix :

— Arme offensive composée d'un long bâton d'environ cinq pieds, qui a un crochet ou un fer…

Ici venait un mot qui ne lui disait rien. Même s'il pensait savoir comment le prononcer, sa signification lui demeurait inconnue. De toute façon, ce n'était probablement pas le genre de mot dont il aurait l'utilité.

Justine vint s'asseoir près de lui et lui prit le livre des mains.

— Tu prononces très mal le français, commenta-t-elle. On dirait que tu débarques d'un village du fin fond de la Gascogne. Quiconque t'a envoyé en France en s'imaginant que tu pourrais faire illusion doit être stupide. Écoute-moi.

Avec un accent parisien, elle lui lut la fin de l'article avant d'expliquer :

— C'est du Diderot : *L'Encyclopédie*. Il y a là-dedans tout ce qu'un honnête homme doit savoir.

Voilà qui devenait intéressant. Honnête ou pas, Hawker ne demandait pas mieux que de savoir tout ce qu'il y avait à savoir.

— Lis-moi autre chose.

Justine s'exécuta de bonne grâce. Elle ne s'exprimait pas tout à fait de la même manière que Daisy, qui lui avait appris le français. Effectivement, Daisy était bien originaire de Gascogne. Hawker était tout à fait capable d'assimiler des accents différents. Il lui suffisait de les engranger et d'aller les y chercher au besoin.

Il glissa le bras derrière les épaules de Justine. Par simple galanterie, pas pour lui faire des avances. Mieux valait qu'elle s'appuie contre lui plutôt que contre le plâtre dur et froid. À elle de voir. Au bout de quelques instants, elle se laissa aller contre lui, posant le livre à moitié sur son giron, à moitié sur le sien.

Ils étaient passés à *halibran*, qui se révéla être un caneton, puis à d'autres termes dont il n'aurait jamais qu'un usage modéré. Justine interrompit soudain sa lecture et lui coula un regard de biais.

— Guillaume Lebreton allait bien quand tu es allé le voir ?

— Aussi bien que possible.

Il avait été frappé, c'était évident, mais cela ne l'empêchait pas de marcher.

— On a pas vraiment eu le temps de discuter, précisa-t-il.

Ils avaient eu droit à trois minutes dans le corridor. Juste le temps nécessaire pour lui passer une pelote de ficelle et lui demander de la dérouler dans le puits le moment venu. Il lui avait expliqué que l'opération de sauvetage débuterait à minuit, que nul n'avait pu empêcher Maggie de l'attendre en bas, et qu'il ferait aussi bien de s'y résigner parce que dans le sillage d'une femme pareille, ils n'étaient tous que des bouchons ballottés par les flots.

— Est-ce que ça va marcher ? s'enquit Justine.

— S'il peut forcer deux serrures pour accéder au cloître – et il en est parfaitement capable. Il m'a dit qu'il serait pas seul. M'est avis qu'il va vider la prison.

— Ce n'est pas prudent, observa-t-elle. Et cela va nous rendre la tâche plus difficile.

— Je suis sûr qu'il s'en fiche comme de sa première chemise. De toute façon, j'ai pas eu le temps d'essayer de l'en dissuader.

— Tu crois qu'il sera au rendez-vous à minuit ?

— Je pense qu'il a pas le choix.

Comme il n'y avait personne d'autre à qui il aurait pu confier cela, il décida de le dire à Justine.

— Il m'a avoué que son nom avait été appelé. Ils viendront le chercher au matin. Si on arrive pas à le faire évader cette nuit, il sera guillotiné demain à l'heure du thé.

45

Marguerite étendit trois couches de feuilles d'or sur chacun de ses orteils, s'arrêtant entre chaque pour lire ou tricoter. Elle entendit les voix de ses amis avant de percevoir le bruit de leurs pas, car ils ne se souciaient pas d'être discrets. En dernier lui parvint le claquement intermittent des outils contre les parois.

Approchant la montre de Jean-Paul de la bougie, elle constata qu'il était déjà 23 heures. Le temps avait passé bien plus vite qu'elle ne le redoutait.

Ils ressemblèrent d'abord à des étoiles trouant la nuit, les hommes qui approchaient. Ils devaient être une dizaine. Deux d'entre eux portaient à l'épaule des rouleaux de corde. D'autres étaient chargés de gros sacs bosselés.

Poulet, qui menait la troupe, vint s'asseoir en tailleur devant elle.

— Ma chère Marguerite, vous devriez vite vous rechausser, lui conseilla-t-il, où vous allez rendre mes amis fous de désir. Vous avez les pieds les plus exquis qui soient.

— Je me le suis laissé dire, répondit-elle avec une coquetterie feinte. Cela flatte énormément ma vanité.

Les amis en question étaient jeunes – de l'âge de Marguerite, voire un peu moins âgés. Ils s'habillaient avec beaucoup de recherche, de vêtements coûteux et extravagants – manteaux ornés de grands boutons de cuivre et de revers aussi larges que des ailes. Deux d'entre eux portaient des anneaux d'or à l'oreille, comme des pirates.

Ils n'étaient pas très doués pour garder le silence. Ils avaient bien dîné et sentaient le vin. Certains étaient même un peu éméchés. À les entendre, il paraissait évident qu'ils étaient familiers des lieux. Ils venaient y chercher l'aventure, parce que c'était interdit et dangereux.

Aucun d'eux n'appartenait à La Flèche. Ils donnaient leurs noms ouvertement. À côté d'eux, Marguerite se sentait vieille.

Lorsqu'ils se furent un peu calmés, Poulet les emmena dans la salle voisine pour y déposer cordes et barreaux afin d'assembler l'échelle que Jean-Paul avait sélectionnée. Ce dernier arriva quelques minutes plus tard, suivi de Hawker et de trois autres jeunes gens, qui allèrent eux aussi superviser les travaux en cours.

Marguerite demeura assise, écoutant ce qui se passait à côté. Bientôt, d'autres lumières apparurent au loin. Les hommes qui les portaient se déplaçaient d'un pas furtif, ils inspectèrent tous les recoins à leur arrivée. Justine les accompagnait.

— J'ai amené des amis, expliqua-t-elle.

Elle attendit, silencieuse, les sourcils froncés, qu'ils procèdent à leurs vérifications. L'un d'eux, puis un autre vinrent lui parler à l'oreille. Sur un hochement de tête de sa part, chacun battit en retraite dans un coin.

Aucun de ceux-là n'était bien habillé, ni ne riait ni ne plaisantait. Et aucun d'eux, non plus, ne donna son nom. Certains, en revanche, sentaient aussi le vin.

Justine vint s'asseoir à côté de Marguerite et lui confia :

— Ce sont des contrebandiers, mais ce sont aussi de bons amis à moi. On peut leur faire confiance.

— J'avais deviné, avoua Marguerite. Ceux qui travaillent sur la côte normande leur ressemblent.

Elle lui tendit la flasque laissée par Poulet. Après s'être désaltérée, Justine essuya poliment le goulot avec sa manche avant de la lui rendre.

— Quelle heure est-il ? s'enquit-elle.

— 23 h 40. L'échelle doit être presque prête, à présent.

Justine acquiesça.

Comme il leur restait encore un peu de temps à patienter, Marguerite se décida à lui poser la question qui lui brûlait les lèvres.

— Pourquoi m'as-tu amené des contrebandiers ? Ce n'est pas que je ne t'en sois pas reconnaissante, mais je ne vois pas trop ce que je peux en faire.

— Je suis presque certaine que nous aurons besoin d'eux, répondit Justine en riant doucement.

46

Doyle espérait que cela allait marcher. Il avait provoqué quantité de conjectures.

Il avait fait s'aligner hommes et femmes à travers la cour et jusqu'au cloître, et s'appliquait à rassurer les uns et les autres, d'un geste ou d'un sourire. Tirés de leur sommeil au milieu de la nuit, il était normal que tous aient un peu peur. Les lieutenants qu'il s'était choisis – trois hommes et une femme – s'efforçaient eux de calmer leur petite troupe.

Plus que cinq minutes à attendre. Choisissant les plus jeunes et les plus en forme le long de la file, il les fit passer devant. Ceux-là seraient rapides. Outre que leurs chances de s'en tirer étaient plus grandes, ils donneraient l'exemple.

Deux chandelles, dont la lueur ne pourrait être perçue de l'autre côté du mur d'enceinte, avaient été posées sur la margelle du puits. Tout le reste du cloître était plongé dans l'obscurité. Personne ne parlait. C'était tout juste si l'on s'autorisait à respirer. À vingt pas de là, de l'autre côté du mur, des gardiens patrouillaient.

La présence éventuelle d'un espion dans leurs rangs qui les trahirait, représentait le plus grand des dangers. Ils en avaient laissé un – celui que tous connaissaient – pieds et poings liés dans la prison. À présent, chacun surveillait son voisin, de peur qu'un autre ne finisse par se révéler.

Ladislaus, le faussaire polonais, possédait une montre. À la lueur des chandelles, ils virent qu'il était minuit.

Le seau était posé à côté du puits. Étant donné le bruit qu'il faisait au bout de sa chaîne, mieux valait ne pas s'en servir. Doyle allait envoyer au fond un éclaireur discret. Au bout de la ficelle solide dont se servaient les jardiniers.

Hawker n'avait pas eu le temps de s'expliquer. Il lui avait glissé la pelote en lui donnant rendez-vous au puits à minuit. Des quelques mots qu'il lui avait dits ensuite, il n'avait eu aucun mal à deviner le plan de Maggie, comme si elle le lui avait expliqué de vive voix. Il s'étonnait de n'y avoir pas pensé lui-même, alors qu'elle avait tout de suite vu la faille dans le système de sécurité.

Il remplit de terre un mouchoir qu'il accrocha au bout de la ficelle. Un peu plus haut, il en noua un autre, déplié, en guise de drapeau blanc. Il n'eut plus qu'à faire descendre progressivement son appât, en espérant que leurs sauveteurs étaient prêts à secourir ses compagnons.

Il laissa ainsi filer une dizaine de mètres de ficelle, puis une autre dizaine, en veillant à ce que le lest heurte le moins possible les parois. Quand il atteignit le niveau de l'eau, il remonta le tout et fit une nouvelle tentative. Peut-être n'étaient-ils pas tout à fait prêts, en bas.

Il y avait tant de choses qui pouvaient mal tourner au dernier moment…

Lentement, patiemment, il fit descendre sa sonde. Soudain, la ficelle donna du mou, et sitôt après il sentit qu'on la tirait vers le bas. Quelqu'un s'affaira quelques instants à l'autre bout de la ligne, puis lui donna trois coups secs.

Doyle remonta sa ficelle, et découvrit qu'on y avait fixé une corde. Empoignant celle-ci, il constata que le poids de ce qui s'y trouvait attaché avait considérablement augmenté. Il dut se faire aider de Ladislaus pour achever de remonter l'échelle de corde à barreaux de bois qui s'y trouvait fixée, et pour l'arrimer par de solides crochets en fer à la margelle du puits.

À peine avaient-ils achevé cette tâche que Doyle sentit quelqu'un monter. Une minute plus tard, la tête de Hawker émergea du puits. Il repéra aussitôt la file de candidats à l'évasion.

— Vous m'avez fait perdre dix sous, marmonna-t-il, agacé.

Le premier à se présenter fut un soldat originaire de Vendée – un bandit, comme on les appelait à Paris. Il n'eut pas besoin d'aide pour enjamber le rebord. Habitué à obéir aux ordres, il était vif. Un bon choix pour tracer le chemin.

— Vraiment ? chuchota Doyle à Hawker. Pourquoi ?

Il donna le signal de départ et compta trente secondes avant de permettre au suivant de s'installer. Une femme se présenta, qui avait déjà fait lier le bas de sa jupe au-dessus du genou.

— J'avais parié que vous emmèneriez pas plus d'un ami ou deux, répondit Hawker.

La femme prit appui sur les épaules du garçon tandis qu'il l'aidait à se positionner.

— Jean-Paul, lui, poursuivit-il, soutenait que vous alliez vider la prison.

— Ah.

— Je lui ai répliqué que vous feriez jamais un truc aussi stupide, murmura Hawker, sarcastique.

— Nous faisons tous des erreurs, répondit Doyle.

D'un hochement de tête, il fit signe au suivant d'approcher.

Ils arrivèrent enfin au dernier. Une jeune fille morte de frayeur. Hawker l'empoigna par la taille et la hissa sans effort par-dessus la margelle. Elle resta accrochée à lui en gémissant de terreur. Hawker décrocha les doigts agrippés à sa chemise et la lâcha, ne lui laissant d'autre choix que d'empoigner l'échelle ou de tomber.

Sœur Anne se pencha pour la rassurer, lui caressant la joue en chuchotant des paroles de réconfort.

— Allez-y, mon enfant. Tout se passera bien. Ils vous attendent en bas.

De manière plus expéditive, Hawker menaça :

— Descends ou je te frappe !

À eux deux, ils finirent par la convaincre. Doyle fit signe à Hawker de la suivre. Si quelqu'un pouvait faire en sorte qu'elle ne reste pas coincée à mi-chemin, c'était bien lui, fût-ce en lui écrasant les doigts sous ses pieds.

Il leur avait fallu une heure pour faire passer tout le monde. Il ne restait plus que le père Jérôme et la sœur Anne. Ils avaient dû abandonner les deux autres nonnes, trop faibles pour marcher.

— Coincez le bas de votre robe dans votre ceinture, ma sœur, lui conseilla Doyle.

— Oh, mais c'est inutile ! souffla-t-elle. Je ne viens pas.

Seigneur ! Il n'avait pas de temps à perdre avec cela.

— Vous n'avez pas le choix, ma sœur. C'est le seul moyen de sortir d'ici. Vous verrez, ce sera facile une fois que vous aurez les pieds sur les barreaux.

La prison était trop silencieuse depuis trop longtemps. Un gardien allait finir par s'étonner de ne pas entendre les habituels ronflements et toux.

— Mon cher enfant, dit-elle en lui posant la main sur l'épaule, vous deviez vous douter que je n'avais pas l'intention de partir. Je ne le peux pas.

Maggie l'attendait en bas, songea-t-il. Dieu savait ce qu'elle s'imaginerait en ne le voyant pas arriver.

— Si vous restez, vous allez mourir.

La voix du prêtre s'éleva sereine et posée.

— Guillaume, c'est décidé, la sœur et moi ne vous suivrons pas.

— Père, nous ne pouvons pas...

— La sœur reste parce que c'est son devoir.

— Il m'est impossible de laisser derrière moi sœur Scholastica et sœur Bénédicte, expliqua-t-elle. Il n'y aurait plus personne pour prendre soin d'elles et elles ne comprennent pas ce qui leur arrive. Quelqu'un doit les accompagner quand elles seront amenées à la guillotine. Elles sont trop âgées et trop frêles pour affronter cela toutes seules.

À court d'arguments, Doyle ferma les yeux. *Oh, bonté divine !*

— Voilà trente ans que nous sommes sœurs, poursuivit la religieuse. Nous serons ensemble jusqu'au bout.

Elle lui tapota la joue comme elle l'avait fait avec la jeune fille récalcitrante.

— Dépêchez-vous, que j'aille les retrouver, conclut-elle. Elles se réveillent parfois la nuit en s'imaginant qu'il est déjà matines. Et elles s'effraient de ne pas être dans leur lit.

— Vous ne pouvez pas...

— Elle le peut et elle le veut, intervint le prêtre. Son travail est ici. Le vôtre est ailleurs et exige que vous vous y atteliez sans tarder.

— Père... vous savez ce que j'essaie de faire avec ces papiers falsifiés. Même si j'arrive à mes fins, cela n'arrivera peut-être pas assez rapidement pour vous sauver. Ils pourraient vous emmener là-bas dès demain.

— Tout est, tout a toujours été entre les mains de Dieu. Je ne pense pas que même vous, si fort que vous soyez, puissiez jouer à Énée en me transportant hors de Troie sur vos épaules. Pas avec une côte fêlée. Des dizaines d'hommes et de femmes vous attendent en bas. Votre devoir est de les rejoindre.

— Je peux vous porter. Je suis assez solide.

— Nous n'essaierons pas de le vérifier. Tenez, ajouta-t-il en lui glissant entre les mains l'échiquier ancien. Je suis ravi à l'idée qu'il ne reste plus personne à qui le transmettre. Il est temps pour moi de regagner mon lit. Je suis en train de préparer un discours édifiant à délivrer sur l'échafaud.

— Un homme ne peut renoncer à la vie pour avoir le dernier mot.

— Au contraire. Dans ma situation, c'est exactement ce qu'un homme doit faire. Rangez cet échiquier dans votre chemise. Vous allez avoir besoin de vos deux mains.

— Au moins, sauvez cette nonne entêtée ! Vous avez le pouvoir de lui ordonner de descendre.

— Mais je ne le ferai pas. Elle aussi aura le dernier mot. Vous pensiez donc que la bravoure était interdite au sage ? demanda-t-il, une lueur espiègle dans le regard. Allez, mon fils. Et que Dieu soit avec vous.

Il n'y avait plus rien à faire, plus rien à dire. Le cœur lourd, Doyle enjamba la margelle, empoigna les barreaux et commença à descendre.

Au-dessus de lui, le père Jérôme chuchota :

— Je regrette de n'avoir pu terminer notre dernière partie. J'aurais gagné.

Le prêtre et la nonne demeurèrent penchés au-dessus du puits tout le temps de sa descente. Quand il eut pris pied en bas et qu'il eut retrouvé Maggie, l'échelle fut soulevée une ou deux fois, pour vérifier qu'elle était vide. Puis il l'entendit chuter au fond où elle s'abîma à jamais dans l'eau, effaçant toute trace de leur évasion.

47

— Ils sont sauvés, assura Marguerite. Tous ceux à qui nous les avons confiés ont déjà fait ce genre de choses.

— Tu as des amis intéressants, commenta Guillaume.

Le dernier des contrebandiers venait de les quitter, emmenant avec lui le reste des prisonniers – un Polonais aux cheveux noirs, une couturière qui tremblait comme une feuille et un contre-révolutionnaire nantais effrayé.

Dans les semaines à venir, La Flèche allait avoir du travail avec tant d'hommes et de femmes à faire sortir de Paris.

Bientôt, leurs voix se firent de simples murmures, puis le silence revint. Les salles souterraines, si animées depuis quelques heures, retrouvèrent leur quiétude coutumière. Désormais, les lieux leur appartenaient. Autour d'eux, les chandelles achevaient de se consumer, lumignons obstinés dans les ténèbres qui cherchaient à les étouffer. Dans quelques heures, l'obscurité serait de nouveau totale.

— Tu es transie jusqu'aux os, constata Guillaume.

Il lui caressa le visage.

— J'ai un peu froid, reconnut-elle.

Dans l'agitation qui avait suivi l'arrivée des prisonniers, ils n'avaient pas eu l'occasion de s'étreindre.

Marguerite se rapprocha de lui et se pressa contre son torse, avec précaution car elle savait qu'il avait été maltraité. Le premier homme à descendre l'échelle leur avait dit qu'il avait été battu la veille.

— Victor t'a frappé, murmura-t-elle. Tout le monde l'a entendu.

Elle s'écarta, tendit une main hésitante, mais s'interdit de le toucher.

— Je n'ai pas été assez rapide pour t'épargner cela, se reprocha-t-elle.

— Tout est ma faute, assura-t-il. Je n'avais qu'à ne pas me laisser arrêter. Si je ne t'avais pas raccompagnée, ce ne serait pas arrivé. J'aurais dû te garder avec moi. Te protéger.

— Je suis ravie qu'on veuille me protéger, comme toute femme le serait. Mais il se trouve aussi que je suis capable de décider moi-même quand je veux rentrer chez moi et quand je souhaite me laisser enlever par un séduisant marchand de livres.

— Tu peux faire ce que bon te semble.

Guillaume la prit aux épaules et chercha son regard avant de poursuivre :

— Pourvu que tu te tiennes éloignée de ton cousin. Il sait que tu diriges La Flèche.

La nouvelle était dure à encaisser, mais cela expliquait le comportement de Victor, qui l'avait laissée perplexe dernièrement.

— Il sait. Tu sais. Hawker sait, de même que tous ces gens qui sont venus prendre en charge les moineaux. Ma couverture est fichue. J'enverrais tout de suite n'importe quel membre du réseau qui se trouverait dans ma situation se réfugier en Angleterre.

— Si tu ne le fais pas, ton cousin va s'arranger pour t'enfermer quelque part afin de t'empêcher de lui causer des ennuis. Peut-être même a-t-il encore pire en tête. Je le crois capable de tout.

— C'est ce que pense Jean-Paul également. D'après lui, Victor a tenté de m'empoisonner avec des feuilles de digitale.

Les mains de Guillaume se crispèrent sur ses épaules. D'une voix dangereusement calme, il articula :

— Je vais devoir faire en sorte qu'il ne recommence pas, n'est-ce pas ?

— Voilà qui paraît très menaçant, mais je suis capable de me débrouiller avec le cousin Victor.

Guillaume l'embrassa brièvement sur la bouche.

— Je vais le tuer, annonça-t-il tranquillement.

— C'est une offre généreuse, je préfère cependant que tu t'en abstiennes. Je n'ai aucune preuve, à part sa faiblesse de caractère. S'il fallait assassiner tous les hommes sans scrupule, l'Europe serait dépeuplée. Partons plutôt à la recherche d'un café chaud et d'un lit. Il se trouve que je n'ai jamais couché avec un homme marié.

Guillaume la dévisagea d'un air grave.

— Pourquoi es-tu restée seule ici ? voulut-il savoir.

Il connaissait déjà la réponse.

— Je t'attendais. Je t'attendrai toujours.

— Tu… Bon sang !

La voix lui manqua, et le souffle aussi. Elle avait réussi à lui couper le sifflet, ce qui était fort satisfaisant.

— Fais-moi l'amour, souffla-t-elle.

Il secoua la tête.

— Pas ici. Et puis je suis crasseux.

— Alors dépêchons-nous de trouver un endroit où tu pourras te laver.

Elle s'empara du manteau de Poulet et le drapa sur les épaules de Guillaume. Après quoi, ils se mirent en route, laissant les ténèbres derrière eux.

48

Tandis que Guillaume tenait la lanterne, Marguerite suivit la ficelle que Jean-Paul avait déroulée derrière lui à travers salles et galeries. Dans ce labyrinthe, elle avait l'impression d'être une Ariane qui serait venue à la rescousse du Minotaure et non de Thésée. C'était certes là une réécriture du vieux mythe, mais elle était d'humeur à revoir les tristes fins. La pelote avait considérablement grossi quand ils atteignirent le petit escalier discret qui menait à la surface.

Elle ne fut pas surprise de découvrir Hawker qui faisait un somme sur la dernière marche. Il se réveilla en sursaut à leur approche et fit comme si de rien n'était.

— Pas trop tôt, maugréa-t-il. Au moins, j'aurai pas à redescendre vous chercher. Il y a encore du monde ?

— Nous sommes les derniers.

Quand ils eurent regagné la cave, Guillaume referma la porte à claire-voie qui condamnait le souterrain, puis entreprit d'empiler des barriques devant. Il aurait pu s'en sortir seul, même blessé, mais Marguerite préféra l'aider.

Il s'arrêta soudain en plein travail et déclara tout à trac :

— Désormais, chaque fois que je respirerai, c'est à toi que je le devrai.

— Ce n'est pas...
— Je tenais à te le dire, l'interrompit-il.
Puis il acheva de remettre un tonneau en place.
Marguerite enleva ses bottes et remit ses chaussures. Guillaume éteignit toutes les lanternes, sauf une, et les laissa sur place. Elle s'engageait sur l'échelle de meunier menant au café quand il lâcha :
— Le prêtre et les religieuses n'ont pas voulu venir.
Elle l'avait remarqué mais s'était gardée de s'en étonner.
— Avec un peu de chance, ils pourraient survivre. D'après les amis de Jean-Paul, il y a eu des mises en accusation hier à la Convention. Robespierre semble isolé et les délégués fulminent. Cela pourrait causer sa perte. Demain, si ce n'est aujourd'hui. Cela suffira peut-être à les sauver.
— Je l'espère.
Mais il était sombre et se préparait visiblement au pire. Guillaume garderait comme une blessure le fait de n'avoir pu sauver tous ses compagnons d'infortune. Il ne pourrait se satisfaire d'avoir pu sortir de là *presque* tout le monde.
Ils traversèrent la salle sans déranger la petite foule de consommateurs plus ou moins éméchés qui s'y trouvait encore. À l'extérieur, c'était l'heure la plus noire de la nuit. Guillaume inspira profondément, puis se mit en route. Marguerite ignorait où ils se rendaient, mais lui semblait le savoir et elle était prête à le suivre n'importe où.
Le trajet fut-il aussi tranquille qu'il le lui parut ? Y avait-il des yeux qui les épiaient derrière ces volets clos ? Nul ne vint en tout cas perturber leur cheminement, sauf à une occasion, où ils se réfugièrent sous une porte cochère après avoir entendu un bruit de pas dans une rue voisine.
Ils traversèrent le Pont-Neuf côte à côte. Hawker les suivait à distance, surveillant leurs arrières. Les

réverbères se reflétaient dans le sombre miroir de la Seine. Il n'y avait pas la moindre étoile dans le ciel et pas de lune non plus. Peut-être fallait-il y voir un mauvais présage. Si c'était le cas, elle espérait qu'il concernait leurs ennemis.

— J'ai trouvé la liste que tu cherchais, annonça-t-elle, profitant de ce que nul ne risquait de les entendre sur le pont. Celle qui justifiait ta venue en France. Celle que mon père a été assez imprudent pour établir dans sa folie.

— Ah, cette liste-là, fit Guillaume en ralentissant le pas.

— J'ai fini par lui en parler. Il faisait partie de ceux qui se sont portés à ton secours aujourd'hui, figure-toi, ce qui devrait te mettre dans de meilleures dispositions à son égard. Il sait où se trouve une copie de cette liste et il veut bien te la remettre. Tu ne dois pas toucher un cheveu de sa tête, tu m'entends ? Il n'avait aucune idée de l'utilisation qu'on allait en faire.

— Je ne lui ferai aucun mal, promit-il.

— Bien. C'est Victor le coupable dans cette affaire. Victor et Robespierre. Et à Robespierre, tu peux faire autant de mal que tu le souhaites.

— Je vais peut-être bien te prendre au mot.

Dans le Marais, Guillaume frappa à une porte bleue dans une rue tranquille. Au bout d'un moment, on vint leur ouvrir. Ils entrèrent rapidement, Hawker dans leur sillage.

Ils avaient essayé de ne pas faire trop de bruit, mais dans la maison endormie des bougies s'allumèrent au premier, et bientôt des pièces au rez-de-chaussée s'illuminèrent à leur tour.

Le portier qui leur avait ouvert posa sa lanterne sur le sol et serra chaleureusement la main de Guillaume.

— Nous avons eu peur pour vous, dit-il. Il semblait ne pas y avoir de solution.

À l'évidence, Guillaume était ici chez lui.

Une porte s'ouvrit sur une pièce qui semblait être une cuisine. Une grande femme dont les longs cheveux blancs étaient nattés pour la nuit, en sortit et se dirigea vers eux. Son peignoir de soie écarlate n'était même pas ceinturé et flottait derrière elle tel un étendard.

— Vous êtes sain et sauf !

Cette exclamation avait été poussée par une nouvelle venue, plus petite, qui avait surgi derrière la grande femme émaciée. Elle dépassa cette dernière et vint étreindre Guillaume.

L'autre femme manifesta sa joie de manière plus réservée.

— Guillaume, dit-elle. Vivant. À peu près en bon état.

Elle déporta sa chandelle vers la gauche et ajouta :

— Et Marguerite de Fleurignac.

C'était un constat, pas une question. Des yeux froids comme l'acier la considérèrent un instant avant de se poser sur Hawker.

— Et toi, ajouta-t-elle.

Son regard revint se poser sur Guillaume et se réchauffa, fugitivement.

— Je n'étais pas très optimiste, reprit-elle. Pour une fois, je suis heureuse de m'être trompée. Rentrons. J'ai besoin de savoir où nous en sommes.

— Donnez-moi un instant pour me laver, répondit Guillaume. Je pue la prison.

Il se débarrassa de sa veste qu'il déposa sur un banc avant de se diriger vers un bassin de pierre, au fond de la cour.

— Maggie, lança-t-il tout en marchant, va dans la cuisine et qu'on te serve une boisson chaude. Hawker, grimpe cet escalier, juste derrière toi. Au premier, deuxième porte à gauche, tu trouveras des serviettes propres dans ma chambre. Apporte-les-moi.

Marguerite comprit qu'il agissait ainsi à dessein. En envoyant Hawker à l'intérieur, il signifiait à la maîtresse des lieux que le garçon était son protégé.

— Hawker ? appela-t-elle.

Ce dernier s'arrêta dans son élan et tourna vivement la tête.

— Veux-tu me présenter à madame, s'il te plaît ?

En croisant son regard, il devina quelle était son intention. Tous ceux qui étaient présents l'avaient aussi compris et échangeaient des coups d'œil entendus.

— Bien sûr, répondit-il.

Il vint se placer entre la femme aux cheveux blancs et elle. Après s'être incliné, il s'acquitta des présentations :

— Madame Cachard, je vous présente Mlle Marguerite de Fleurignac. Vous avez dû entendre parler de son père, le marquis de...

— Ma femme, l'interrompit Guillaume avant de faire passer sa chemise par-dessus sa tête. Elle n'est plus « mademoiselle » de quoi que ce soit.

— D'accord ! s'emporta Hawker. Faites le malin si ça vous chante, mais comptez pas sur moi pour savoir comment elle s'appelle maintenant. Quand vous aurez décidé quel nom vous utilisez, faites-moi signe.

Sur ce, il fonça vers la cage d'escalier, dont il claqua la porte derrière lui. Cela le soulagea probablement, et il n'y avait de toute façon plus personne à réveiller dans la maison.

— Vous êtes mariés ? fit Mme Cachard.

Et à son ton, il semblait évident que ce n'était pas pour lui plaire. Mais si cette femme désapprouvait le mariage de Guillaume, elle allait avoir affaire à son épouse.

— Nous le sommes, confirma Marguerite.

Même sans éventail – qu'elle savait manier à la perfection –, elle n'avait besoin que de trois mots pour remettre une femme à sa place.

Mme Cachard arqua un sourcil. Guillaume s'assit sur le banc pour enlever ses bottes.

— Helen, intervint-il, nous parlerons de ma vie privée plus tard. J'ai besoin de savoir ce qui se passe dans Paris.

— Comme nous tous, répliqua-t-elle. Après la grenade que vous avez lancée dans la vie politique française, nous ne savons plus où nous en sommes.

Son regard s'attarda un instant sur Guillaume, puis elle reporta son attention sur Marguerite et ajouta :

— Vous m'expliquerez également comment vous avez fait pour le sortir de prison.

Élevant la voix, elle lança à la cantonade :

— Tous à la cuisine dans un quart d'heure, s'il vous plaît. Le monde est en train de basculer et j'ai besoin de nouvelles fraîches. Vous ne découvririez rien d'intéressant dans vos lits.

Un rire se fit entendre à une fenêtre de l'étage. Mme Cachard leva son bougeoir et fouilla la façade du regard sans repérer le coupable.

— J'épargnerai à mes yeux vieillissants la vue de Guillaume Lebreton dans toute sa glorieuse nudité, conclut-elle. Lavez-vous, mais ne couvrez pas ces côtes meurtries avant que Thea y ait jeté un coup d'œil. Elle pourrait décider qu'un bandage serré est nécessaire.

Elle tourna les talons, puis, se ravisant :

— Vous aviez raison à propos du garçon.

— Je vous l'avais dit.

— Confiez-le-moi.

Guillaume réfléchit, puis :

— Il est à vous. Il va devoir rester hors d'Angleterre pendant quelques années.

— Dans ce cas, nous allons lui permettre de représenter une menace pour les populations du continent durant quelque temps. Je vais me lancer dans la tâche ardue de le civiliser.

Sur ce, elle s'éloigna, impériale dans son peignoir de soie.

Guillaume se leva et annonça, tout sourire :

— Hawker ne va pas s'ennuyer.

— Mme Cachard non plus, renchérit Marguerite.

— Oh que non !

Elle s'approcha de lui. Pour tenir le rôle qu'il s'était choisi, Guillaume avait transformé son corps en celui d'un homme du peuple, il avait peaufiné le hâle de ceux qui travaillent au grand air. Il pouvait se faire passer pour un paysan ou pour un matelot de manière tout à fait convaincante. Elle l'avait vu accomplir ce tour encore et encore. Ses mensonges, il les incarnait physiquement.

Mais la force qui émanait de lui était bien réelle. Elle s'était frottée à son corps intimement. Même au comble de l'extase, sa peau continuait de le découvrir. Une grande part de ce qu'elle avait appris ne pouvait être feint.

Elle sentit sa bouche s'assécher lorsqu'il déboutonna son pantalon.

— Tu ne vas tout de même pas te mettre nu ici !

La protestation lui était naturellement venue aux lèvres.

— Il y a un écran là-bas. Éteins cette lanterne et viens ici, nous pourrons être nus derrière. Personne ne verra rien.

Il avait peut-être raison. Le halo lumineux l'atteignait à peine et il faisait encore nuit noire. Après avoir ôté son pantalon, il resta un instant en caleçon. Puis il acheva de se déshabiller. La nudité lui était naturelle, comme à tous les hommes qui voyageaient, vivaient sur des bateaux ou dans l'armée, où l'intimité n'était guère possible.

— J'espérais avoir l'occasion de goûter à tes charmes avant que le jour se lève, dit-il. Si tu gardes tes vêtements, ce ne sera pas possible. N'est-ce pas ?

Il souleva un seau qu'il plongea dans le bassin en pierre.

— Je ne peux pas me mettre nue dans une cour que tout le monde traverse pour aller prendre son petit-déjeuner, protesta-t-elle. Je suis plus pudique que toi.

Des grenouilles dans un étang sont plus pudiques que toi !

— Le philosophe Zénon ne serait pas d'accord avec toi. Il professait qu'aller nu était plus pudique que de s'exposer entièrement vêtu aux yeux de tous. Et ce, pour tout un tas de bonnes raisons.

— C'est une doctrine pernicieuse. On voit bien que tu as fréquenté l'université. Seuls les gens les plus éduqués peuvent croire à de telles sottises.

— Je dis juste cela pour t'inciter à te déshabiller. Quel dommage que cela ne marche pas !

Marguerite était certaine que Guillaume avait fréquenté les bancs d'Oxford. Ou de Cambridge, plutôt. Elle était persuadée que si elle se promenait dans cette ville, et interrogeait les gens à propos d'un géant brillant et curieux de tout, qui riait de bon cœur et avait un sacré sens de l'humour, tous se souviendraient de lui.

Le seau était plein. Guillaume le souleva sans effort et le renversa sur lui, frissonnant de bonheur, secouant la tête pour écarter ses cheveux trempés de son visage.

Elle pourrait l'aimer rien que pour la splendeur de son corps, si elle ne l'aimait déjà pour son intelligence et sa personnalité, son grand cœur, sa force et sa loyauté.

Il récupéra un pain de savon dans un bocal et commença à se savonner. Arrivé au visage, il fit une pause le temps d'ôter sa fausse cicatrice.

Il était à présent véritablement nu devant elle, sans aucun artifice. L'eau et la mousse qui ruisselaient de son corps s'amassaient dans une rigole qui passait sous le portail pour aller se déverser dans le caniveau. Et tout en se lavant, pas un instant il ne l'avait quittée des yeux.

Des voix murmuraient dans la nuit. Des bruits divers leur parvenaient de la maison dont les occupants se levaient. Marguerite sentit une odeur de café. Ils n'étaient décidément pas seuls...

— Vous êtes tous des espions, ici, n'est-ce pas ? devina-t-elle.

Il n'hésita pas une seconde.

— Oui.

Et par ce seul mot, il affirmait également qu'ils étaient mariés, qu'il ne pouvait y avoir de secrets entre eux, et qu'il faisait toute confiance à sa femme.

— Je ne m'attendais pas à épouser un espion, avoua-t-elle.

— Et cela t'ennuie ?

Il la dévisagea tout en remplissant de nouveau le seau.

— Cela me déstabilise, reconnut-elle.

Elle se sentait un peu intimidée par lui. Pas parce qu'il était anglais, et habitué à lui mentir en sa qualité d'espion, mais parce qu'il était son mari. Elle ignorait comment se conduire avec un époux. La Belle s'était probablement très bien entendue avec la Bête, mais n'avait su quoi dire face au beau prince qu'il était devenu. Comme toujours, quand il s'agissait de Guillaume, rien n'était simple.

— Cela ne m'ennuie pas que tu sois un espion, continua-t-elle. J'ai aidé des hommes à fuir la France qui devaient en être. Je ne le leur ai pas demandé. Ils m'auraient menti.

Guillaume marqua une pause imperceptible et fit remarquer :

— C'est ce que font les espions.

— Il m'arrive aussi de mentir. Je suis moins attachée à la franchise que la plupart des gens vu que j'ai un père qui dit tout ce qu'il pense, ce qui suffirait à pousser n'importe quelle femme normale au meurtre. Et je me moque que tu sois anglais. Je suis très bien disposée envers l'Angleterre. Vous fournissez un refuge à nos idéalistes querelleurs et à nos aristocrates, qui ne vous sont d'aucune utilité et sont même une charge pour vous. Je n'apprécie pas que vos compatriotes veuillent nous imposer un autre Bourbon bouffi sur le trône, mais je déteste encore plus Robespierre. Je crois en fait qu'aucun gouvernement ne me satisferait.

— Je suis sûr que l'on pourrait trouver de bonnes raisons pour se débarrasser de tous les gouvernements de la terre. Attendons un peu, cela va nous venir.

— Tu ne sembles en tout cas pas très anglais. Tu ferais un Français convaincant.

— Je suis à moitié français, en fait. Est-ce que cela t'aide un peu, ou te sens-tu toujours bizarre ?

— Je vais me sentir bizarre quelque temps encore. Être amoureuse de toi, c'est un peu comme si mon âme avait entamé une mue, à la manière d'un serpent. J'ai l'impression d'être fragile et nue. À choisir, je préférerais ne pas t'aimer, en fait. Mais je n'ai pas le choix.

— Je n'ai quant à moi aucun problème avec le fait d'être amoureux de toi. C'est juste un pur plaisir.

Il remplit un autre seau et le renversa de nouveau sur lui. Cette fois, comme elle était près de lui, Marguerite fut mouillée. Elle mit ses mains en coupe pour récupérer un peu de l'eau qui ruisselait de son corps. Elle était très froide, mais elle s'en aspergea néanmoins le visage.

Elle fut déconcertée lorsque Guillaume se pencha pour lui mordiller le lobe de l'oreille, vif et taquin. Une flèche de désir la traversa.

Le souffle court, elle demanda :

— Vivrons-nous dans cette maison ? S'il le faut, je pourrais trouver un terrain d'entente avec cette Mme Cachard.

— Nous vivrons en Angleterre. Du moins, au début. Puisqu'il y a la guerre en France et que la moitié de Paris sait à présent que tu dirigeais La Flèche. Je nous achèterai une maison près de Londres. Peut-être à Hampstead. Ils ne cessent de me demander de travailler là-bas. Je pourrais former des agents, analyser des renseignements. Je pourrais même devenir chef de section si…

— Non, l'interrompit-elle.

Elle crut entendre le soupir qu'il ne se permettait pas de pousser.

— Très bien, dit-il. Alors je ferai autre chose. Il y a dans ce monde suffisamment de travail pour qu'un homme n'ait pas à passer sa vie à espionner ses semblables. Il y a cet article sur les langues celtiques que je rêve d'écrire depuis longtemps. Si j'ai le temps, je pourrais...

— Ce que je veux dire, le coupa-t-elle de nouveau, c'est que tu continueras à faire ce que tu as toujours fait. Tu voyageras, tu te mêleras des affaires du monde, tu influeras sur le sort des nations et leur amèneras la paix par ta seule volonté. Tu feras le travail pour lequel tu es né.

Marguerite sentait son souffle chaud sur ses cheveux. Il était aussi immobile que ces menhirs qui parsemaient la campagne bretonne.

— Chercherais-tu à te débarrasser de moi ? hasarda-t-il. En m'envoyant par monts et par vaux ?

— Tu t'imagines que je souhaite avoir un grand lourdaud comme toi constamment dans les jambes ? Je soupirerai, très discrètement, de soulagement lorsque tu partiras. Mais j'oublierai vite combien tu peux être énervant et je t'accueillerai avec enthousiasme quand tu rentreras.

— J'aime la perspective d'être accueilli avec enthousiasme.

Marguerite se hissa sur la pointe des pieds et pressa les lèvres à l'endroit où sa cicatrice aurait dû se trouver, où elle se retrouverait peut-être quand il reprendrait ses voyages. Il sentait le savon, une senteur masculine mais pas romantique. Elle l'aimait sur lui.

— Cette perspective te réchauffera le cœur, reprit-elle. La nuit, quand tu te trouveras dans des endroits dangereux, tu sauras que je t'attends. Bien sûr, je prendrai quelques amants que je renverrai en hâte quand tu rentreras. Et que tu feindras de ne pas voir disparaître au coin de la rue.

— D'accord.

L'air plus amusé que scandalisé, il l'attira à lui et murmura :

— C'est une bonne chose que je ne sois pas jaloux.

— Je ferai un foyer de notre maison, Guillaume, pas une cage. Tu continueras à aller où tu veux pour ton travail ou pour explorer le monde. Et si tu me laisses ton cœur en garde, j'en prendrai soin comme du plus précieux des joyaux.

Lorsque Hawker finit par arriver avec les serviettes demandées, ils étaient immobiles, enlacés, silencieux.

— C'est à croire que vous avez pas de lit, commenta-t-il.

— J'adore les lits, confia Marguerite. Peut-être que si tu m'emmènes dans le tien, Guillaume, je te montrerai mes orteils. Je les ai dorés spécialement pour toi. Mais je crains, hélas, qu'il n'y ait quelque affaire d'État à discuter dans la cuisine.

— Au diable, les affaires d'État !

La soulevant dans ses bras, Guillaume l'emporta à l'étage.

49

La rumeur de la ville investit la maison du Marais de bon matin et n'en sortit plus de toute la journée. Tout Paris était au courant que Robespierre allait frapper ce jour-là un grand coup contre ses ennemis à la Convention. Les espions anglais portaient à cette situation un extrême intérêt.

Marguerite travaillait aux côtés d'Althea, préparant des omelettes, grillant du pain, tranchant du jambon pour les hommes et les femmes qui s'installaient à la cuisine et se mettaient à parler très vite, et avec excitation, racontant à Carruthers – Mme Cachard – ce qu'ils avaient appris avant de retourner sur le terrain.

En fin d'après-midi, sept hommes et cinq femmes se retrouvèrent dans la cuisine. Comme il n'y avait pas suffisamment de sièges, trois des hommes et Hawker restèrent debout, adossés au mur. Carruthers trônait en bout de table, recueillant les rapports de ses espions.

— … couvraient sa voix quand il essayait de parler, racontait l'un. La moitié des députés ne l'écoutait plus. Robespierre était si furieux qu'il en a perdu la voix. La Convention est en ébullition.

— Quelqu'un a lancé : « C'est le sang de Danton qui l'étouffe ! », rapporta un autre.

— Elle est bien bonne, celle-là !

— Le président de séance ne cessait de jouer du marteau sur son pupitre pour le faire taire.

Althea remplit de nouveau les tasses de café.

— Ils sont tous dans le coup. Tous ceux que Doyle a prévenus, gauche et droite mélangées.

— Ils se sont concertés la nuit dernière, précisa une femme de petite taille aux allures de gitane. Une dizaine d'entre eux se sont réunis aux Tuileries.

Elle se tourna vers Guillaume.

— Fouché brandissait ce faux document que vous avez distribué, poursuivit-elle. C'était bien joué, vraiment !

Carruthers le fixa, les yeux étrécis.

— La prochaine fois que vous décidez de faire tomber le gouvernement, prévenez-moi, lâcha-t-elle d'une voix coupante.

Un rire général secoua l'assemblée. Elle leva la main et le silence revint.

— Il paraît que les charrettes des condamnés ont été arrêtées par une foule en colère au faubourg Saint-Antoine. La rue se réveille. Quelqu'un en sait-il davantage ? Ont-ils libéré les prisonniers ?

Autour de la table, plusieurs participants répondirent par la négative.

— La foule a été repoussée, intervint Hawker. Elle a rien pu faire face aux cavaliers armés. Les charrettes ont fini par passer.

— Bon Dieu ! marmonna un homme.

— Ce seront les derniers, assura un autre.

— La rue a parlé. C'en est fini de la tuerie.

— La Garde nationale a reçu l'ordre de se replier sur la place de Grève, résuma Carruthers. Robespierre a été emmené à la prison du Luxembourg. Autre chose ?

Un homme habillé comme un boutiquier prit la parole :

— La prison n'a pas voulu de lui. Il s'est réfugié à l'hôtel de ville, entouré par ses partisans et protégé par la troupe. On dit dans les rues que la Garde s'apprête à marcher sur la Convention.

— Alors c'est là-bas que j'ai besoin de toi, décréta Carruthers. Gaspard ?

À l'autre bout de la pièce, un homme hocha la tête.

— À l'hôtel de ville, reprit-elle. Les autres, faites le tour de toutes les sections. Tout dépend à présent de la capacité de Robespierre à les rassembler derrière lui. Travaillez par paires. Et si vous vous retrouvez mêlés à des combats, essayez de rester en vie.

Sa conclusion fut saluée par des rires. Hommes et femmes vidèrent leur tasse, prirent un fruit dans la corbeille sur la table, puis quittèrent les lieux. Ces gens posés apparaissaient à la fois compétents et insouciants. On aurait pu les envoyer chercher un morceau de charbon dans les fournaises de l'enfer qu'ils se seraient acquittés de leur tâche avec succès.

Hawker rassembla bruyamment les assiettes et les transporta dans l'arrière-cuisine.

Carruthers, qui annotait des feuillets étalés sur la table, fit remarquer sans lever les yeux :

— Il y a à Paris des serveurs qui parviendraient à débarrasser sans qu'on s'en aperçoive. Ils ont le don de se rendre invisibles.

— Et pendant ce temps-là, rétorqua Hawker, je pourrais leur faire les poches.

Le bruit de vaisselle cessa. Après s'être drapé dans un tablier imaginaire, il devint le plus habile, le plus souple et le plus discret des serveurs.

De véritables caméléons, ces Anglais, s'émerveilla Marguerite.

Guillaume était le plus doué à ce petit jeu. Il était allé sur le terrain dès l'aube, collectant patiemment faits et rumeurs. Il portait l'habit bleu d'un vendeur de marché. Althea lui avait coupé les cheveux et les avait poudrés à la cendre. Sa chevelure était grise, désormais, et sa cicatrice avait disparu. Des rides profondes marquaient son visage, le vieillissant de manière convaincante. Elle ne comprenait pas comment il faisait cela.

Elle l'avait regardé partir, ce matin-là. À l'instant où le portier lui avait ouvert la porte, il était devenu un autre homme. Usé par les ans et le travail, la démarche hasardeuse, il n'avait plus rien de commun avec Guillaume Lebreton.

Il ne devait pas être facile de jouer des rôles si différents pendant si longtemps. Dans le foyer qu'elle leur bâtirait, il serait lui-même et personne d'autre.

Guillaume tendit sa tasse vide à Hawker et annonça :

— Je vais retourner aux Halles. Si quelqu'un doit savoir ce qui se passe vraiment et avant tout le monde, ce sont bien les commerçants sur les marchés.

— Loin de moi l'idée de donner des ordres à un agent indépendant, intervint Carruthers, mais j'aurais plutôt besoin de vous ici pour faire le tri dans ces rapports. J'ai suffisamment d'yeux et d'oreilles sur le terrain. Je vais plutôt envoyer ce garçon sur les marchés.

Son regard perçant se posa sur Hawker et elle conclut :

— Histoire de voir ce qu'il sera capable de me rapporter.

— Ça me va, assura l'intéressé. Je…

La porte s'ouvrit à la volée. Un jeune homme entra, l'air surexcité. Bien qu'il n'eût pas plus de seize ou dix-sept ans, ses cheveux étaient blancs. Ses yeux se posèrent successivement sur tous ceux qui se trouvaient là, s'attardèrent sur Hawker avant de revenir à Helen.

— L'homme que je surveillais… commença-t-il.

— Victor de Fleurignac, dit Carruthers. Tu peux parler, et tu n'as plus à nous débarrasser de Hawker. Il est des nôtres, précisa-t-elle avec un sourire pincé. Et nous en sommes tous soulagés. Qu'en est-il de Victor de Fleurignac ?

— Fouché lui a rendu visite peu après 9 heures ce matin. Il est resté vingt minutes. Trois messagers sont passés entre 10 heures et midi, puis plus rien. Mais il y a une heure, le vieux marquis de Fleurignac s'est pointé. Il a ouvert la porte avec sa propre clé et il est entré. Il n'était toujours pas ressorti quand je suis parti.

50

Doyle compta des dizaines d'hommes dans les rues. Tous marchaient vite et dans toutes les directions. Ni charrettes, ni chariots, ni voitures d'aucune sorte sur la chaussée. Aucune femme sauf celle qui l'accompagnait. Tout le monde s'attendait que des combats éclatent quand la troupe envoyée par la Convention viendrait arrêter Robespierre. Peut-être en résulterait-il même une bonne vieille émeute.

Il avait emmené Hawker et Pax, qui constituaient déjà à eux deux la moitié d'une armée. Maggie marchait à côté de lui d'un pas déterminé, telle une walkyrie. Il n'enviait pas le cousin Victor quand elle lui demanderait des comptes. S'il avait touché à son père, elle le mettrait probablement en pièces à mains nues.

C'était là une autre des raisons pour lesquelles il devait tuer cet homme. Pour qu'elle n'ait pas à porter le poids d'un assassinat.

Les boutiques étaient fermées. Leurs propriétaires s'étaient barricadés à l'intérieur. Armés, ils montaient la garde, prêts à repousser la foule en cas de pillages. Les cafés et les tavernes, en revanche, étaient restés ouverts. Ils étaient si bondés que les clients devaient rester debout. Tous lisaient les dernières éditions des journaux, qu'on se passait de main en main, se querellant et répandant des rumeurs.

— Robespierre a appelé les sections à se lever pour le défendre.

— La Garde marche contre la Convention. Mon beau-frère me l'a dit.

— On les a cantonnés dans leurs baraquements.

— La Gendarmerie est de sortie. On les a positionnés devant la Convention. Ils ont des canons.

— ... déclaré hors la loi. Robespierre lui-même !

Personne en fait ne savait réellement ce qui se passait.

Des coups de feu se firent entendre du côté de la Seine, probablement à l'hôtel de ville. Cela ressemblait davantage à des tirs de sommation qu'à une fusillade. Une véritable bataille n'aurait pas produit le même bruit. Il y aurait eu un affolement général et des gens courant en tous sens s'il y avait eu des blessés.

Le bourdonnement qui s'élevait tel un roulement de tonnerre assourdi n'était que celui de la foule.

Le tocsin se mit à retentir de plus belle. Né à Notre-Dame, au centre de Paris, il s'étendait peu à peu. Les cloches des églises – du moins de celles qui en étaient encore pourvues – sonnaient depuis une heure, sans que l'on sache vraiment qu'en déduire. Ceux qui possédaient un uniforme l'avaient revêtu et déambulaient dans les rues, attendant de recevoir des ordres.

Par deux fois, ils croisèrent de petits groupes de gardes marchant en formation.

Maggie suivait le mouvement, gardant un œil sur les rues, l'oreille tendue mais sans céder à la panique. Doyle ne devait pas oublier qu'elle avait vécu dans cette ville en pleine Révolution. C'était une habituée des émeutes.

— Mon père a bien choisi son heure pour faire sa réapparition, fulmina-t-elle. Paris est un baril de poudre et des milliers d'hommes ont dans la poche de quoi le faire sauter. Je lui ai pourtant dit que Victor était notre ennemi ! Quand j'en aurai fini avec mon cousin, c'est mon père que j'étranglerai.

Lorsqu'ils débouchèrent dans la rue Palmier, ils entendirent quelqu'un jouer du Bach – le *Concerto italien* – à la perfection.

— C'est ton père qui joue ? s'enquit Doyle.

Marguerite acquiesça d'un hochement de tête et pressa le pas.

— C'est tout lui, marmonna-t-elle. Il jouerait encore le jour de la fin du monde.

Fleurignac avait encore l'usage de tous ses doigts. Au moins ils ne tomberaient pas sur un cadavre.

— Au cas où tu te poserais la question, reprit-elle en s'arrêtant devant la porte, je ne joue pas aussi bien.

Doyle n'eut pas le temps de frapper. Janvier, le majordome, ouvrit le battant à la volée.

— Dieu merci, vous voilà ! s'exclama-t-il. Il veut faire interner le maître à l'asile de Charenton.

— Qui cela ? Victor ?

Sans attendre sa réponse, Maggie pénétra dans le hall.

— Je ne le laisserai pas faire cela ! continua-t-elle. Pourquoi mon père est-il là ? L'a-t-il dit ?

— Il est venu provoquer M. Victor en duel.

Marguerite poussa un grondement d'impatience.

— Je ne le laisserai pas non plus tuer mon cousin ! Ils vont l'enfermer pour de bon s'il commence à tuer des gens.

— J'ai caché ses épées à la cuisine, confia Janvier. Dans le placard à balais.

Le hall était vide. Aucune voix ne se faisait entendre dans la maison, aucun pas non plus. Aucun autre bruit hormis le piano et les détonations dans le lointain. Le majordome avait de toute évidence pris soin d'éloigner les domestiques. Doyle retint Maggie par le bras avant qu'elle se rue dans le salon.

— Pas encore, dit-il. Ton père se bat en duel ?

— C'est un bretteur brillant. Au fil des ans, je l'ai empêché de couper en rondelles nombre de ses adversaires en mathématiques. Quelques philosophes aussi. Et un ou deux poètes.

— Je ne tue pas les gens, déclara Doyle en la regardant droit dans les yeux. À moins d'y être obligé. Mais je m'arrange généralement pour ne pas l'être.

« Tu n'auras jamais à t'en faire pour moi comme tu t'en fais pour ton père », tel était son message implicite.

Hawker et Pax se firent des politesses pour savoir qui passerait le premier. Ce fut Hawker qui l'emporta. Aussitôt entrés, ils se postèrent chacun à un bout du hall en se fusillant du regard.

— Il n'y a pas eu de duel, précisa Janvier en refermant doucement la porte. M. Victor a déclaré qu'il ne voulait pas se battre avec un fou. Ils se sont disputés ; ils hurlaient à travers toute la maison. Mme Sophie s'est retirée dans sa chambre, décomposée. Ensuite, votre père s'est mis à jouer du piano-forte, comme vous l'entendez. Rageusement. Votre cousin a envoyé chercher ses deux canailles, qui exécutent ses basses œuvres à travers la ville. Ils viennent d'arriver, mademoiselle. Et ils sont armés de pistolets.

Il devait s'agir de leurs vieux amis, les jacobins qui les avaient pourchassés en Normandie, ceux qui avaient conduit Doyle en prison.

De mieux en mieux.

— J'ai caché l'arme du maître à l'office, expliqua le majordome. Je peux vous l'amener, mademoiselle. Ou à vous, monsieur ?

Doyle avait son propre pistolet. C'était pour cela qu'il devait endurer ce fichu manteau.

— Essayons une approche différente, proposa-t-il, car il ne tenait pas à tuer un homme devant Maggie.

Il fit signe à Paxton d'approcher et lui demanda :

— Tu sais où est le quartier général de Section ?

Le garçon acquiesça.

— Cours-y. Tu trouveras sans doute des gardes en patrouille dans le secteur. Dis-leur que le bras droit de Robespierre, le député Victor de Fleurignac, est ici, dans cette maison.

— Non ! s'insurgea Maggie.

Pax hésita.

— Va, ordonna Doyle.

Pax sortit au pas de course.

Doyle regarda Marguerite tenter de maîtriser sa colère. L'air crépitait presque autour d'elle quand elle lança :

— C'est moi qui déciderai du sort qui doit être réservé à mon cousin.

Mais ils savaient tous deux ce qui devait être fait.

— Il veut éliminer ton père, objecta-t-il calmement. C'est pour cela qu'il a appelé ses chacals à la rescousse. Ils seront là pour témoigner que ton père, pris de folie, a attenté à la vie de ton cousin.

Marguerite avala sa salive.

— Tout va bien tant qu'il joue. Cela prouve au moins qu'il n'est pas en train d'étrangler Victor.

— Il aura terminé ce morceau dans cinq à six minutes. Il faut que je sois entré dans le salon avant.

— Nous entrerons tous les deux, décréta-t-elle. Victor n'osera pas tuer papa si je suis là pour l'accuser. Et il n'osera pas non plus nous tuer tous.

— C'est ce que j'espère. Y a-t-il un moyen de te convaincre de m'attendre ici ?

— Non.

Maggie regardait fixement la porte du salon.

— Je sais pourquoi tu as demandé à Paxton d'aller chercher des gardes, poursuivit-elle. Tu penses que Victor doit mourir et tu préfères laisser à d'autres cette sale besogne. Tu crois qu'il fera d'autres tentatives s'il ne parvient pas à éliminer mon père aujourd'hui.

— Ton père. Toi. Moi. Tes amis de La Flèche. Sans doute aussi quelques autres en route. Il y a pris goût. Il ne s'arrêtera pas. Quand un chien de berger a goûté au sang il faut l'abattre. Dans un pays d'élevage, tout le monde le sait.

— Je connais Victor depuis toujours, expliqua-t-elle d'une voix emplie de tristesse. Tous mes autres cousins, même les plus éloignés, ont disparu. C'est le dernier des Fleurignac. La famille est tout pour moi. Je vais le prévenir que la garde est en route pour l'arrêter. Je lui laisserai une chance de s'enfuir.

Après avoir secoué la tête, elle enchaîna :

— Je sais, hélas, qu'il ne partira pas. Tu as entendu Paxton. Fouché était ici ce matin. Je suppose que Victor a passé un pacte avec lui et retourné sa veste une fois de plus. Il va faire confiance à Fouché, et Fouché le trahira. Quand Robespierre sera arrêté, Victor le suivra de près à la guillotine. Nous allons causer sa mort, toi et moi.

— S'il reste malgré ta mise en garde, il sera responsable de ce qui lui arrivera. Il y a des hommes que nul ne peut sauver, Marguerite. Même toi. À présent, allons-y.

S'adressant à Janvier, Doyle ajouta :

— Gardez les domestiques à l'écart. Et ne laissez pas sa tante descendre, quoi qu'il arrive.

Le majordome s'inclina, reconnaissant son autorité.

— Bien, monsieur. Mme Sophie a pris son remède pour dormir et…

Maggie se figea.

— Mon Dieu ! s'écria-t-elle. Tante Sophie.

— Une chose à la fois. Occupons-nous d'abord de Victor. Peut-être aura-t-il décidé de se réfugier à Kiev, nous épargnant ainsi d'avoir à nous soucier de lui.

Doyle ouvrit doucement la porte du salon. Maggie y pénétra derrière lui, et Hawker leur emboîta le pas, souple et silencieux, véritable concentré d'énergie, prêt à dégainer ses couteaux. Doyle n'avait pas besoin de lui ordonner de protéger Maggie. Il s'en chargerait spontanément.

Quatre hommes se trouvaient dans la pièce. Incliné sur le piano-forte, le père de Maggie plaquait les ultimes accords du troisième mouvement. Victor se tenait debout près de la cheminée. Il s'efforçait de paraître maîtriser la situation, l'air aussi menaçant que peut l'être un homme voisinant avec des sujets en porcelaine représentant un berger et ses moutons. S'il n'était apparemment pas armé, ses deux hommes de main l'étaient. Celui que Maggie avait blessé au visage resterait défiguré à vie.

En voilà un qui allait chercher à se venger, devina Doyle. Il devait se débarrasser de lui en premier.

Si naturellement que cela paraissait accidentel, Hawker se glissa entre Maggie et le pistolet que le balafré brandissait.

Le *Concerto italien* arriva à sa conclusion. Le père de Maggie posa les mains sur ses genoux, secoua la tête et prit conscience de ce qui se passait autour de lui.

— Que fais-tu ici, Marguerite ? s'étonna-t-il. Non. Ne me dis rien. Ce n'est pas important. Va me chercher mes épées, ma fille. Je vais embrocher ton cousin comme un porc.

— Nous avons déjà discuté de cela, papa.

Ignorant les armes à feu, ignorant Victor, Maggie rejoignit son père et poursuivit, les mains sur les hanches :

— Il n'y aura plus de duels. Pourquoi es-tu venu ici ? Victor essaye de nous tuer, pour l'amour de Dieu !

— Certainement pas ! protesta l'intéressé.

Cela aussi, Marguerite préféra l'ignorer.

— Tu es venu te fourrer droit dans la gueule du loup, reprit-elle. As-tu donc complètement perdu la tête ?

— Je ferais un piètre père si je ne le châtiais pas pour ce qu'il t'a fait. Cela dit, il refuse de se battre en duel.

C'est le fils de mon frère, et il n'y a pourtant pas trace d'honneur en lui.

— Naturellement, qu'il est sans honneur. Un homme d'honneur ne mettrait pas du poison dans ma tisane du soir. Il n'amènerait pas des hommes armés, capables des pires forfaits, jusque dans notre salon. Il ne les laisserait pas braquer leurs armes sur moi.

Le vieil homme fronça les sourcils.

— Je crois que je vais changer de méthode. Je vais louer les services d'un assassin. J'ai fait la connaissance de quelques Italiens qui pourraient faire l'affaire.

— Les Fleurignac n'embauchent pas d'assassins, fit valoir Maggie. C'est une question d'honneur.

L'argument parut frapper le marquis.

— Tu as raison, reconnut-il. Si Victor persiste à ne pas vouloir se battre en duel, j'aurai recours à des reptiles venimeux. Je demanderai à Jean-Paul ce qu'il me conseille.

— Tu ne tueras personne avec des serpents, papa. Et Jean-Paul ne t'aidera pas. Du reste, je doute que cela marche. Les serpents ne sont pas fiables.

« Du diable si je ne suis pas tombé dans la famille Borgia », songea Doyle.

Il posa discrètement la main sur la tête d'une statuette qui se trouvait près de lui. Un Pan en bronze très lourd. Il ne regarda pas le balafré qui tentait de se repositionner pour avoir Maggie en ligne de mire.

C'était extrêmement risqué. Il aurait préféré qu'elle ne soit pas là.

Derrière lui, il entendit Victor demander :

— Marguerite, qui est cet homme que vous avez amené ici ? Qui que vous soyez, sortez d'ici ! ajouta-t-il à l'adresse de Doyle. Vous vous mêlez d'affaires de famille qui ne vous concernent en rien.

Tout le monde l'ignora. Quittant son poste près de la cheminée, Victor se rapprocha pour l'observer.

— Je vous connais, lâcha-t-il. Je vous ai déjà vu. Où était-ce donc ?

Le pistolet demeurait pointé sur Maggie. *Pas encore. Pas encore.* Sans se retourner, Doyle répondit :

— Je suis le mari de Maggie.

— Elle n'est pas…

Victor se redressa et s'exclama :

— C'est vous ! Sans la balafre. Vous êtes ce prisonnier : Lebreton.

Faisant volte-face, il ordonna à ses sbires :

— Tuez-le ! C'est un prisonnier en fuite. Tirez !

Le bras du balafré pivota, s'écartant de Maggie.

Maintenant !

Doyle lança la statue, qui heurta le pistolet et le fit dévier. Après avoir attrapé une boîte en argent sur la table, il plongea sur le jacobin et l'écrasa sur son visage. L'homme poussa un grand cri en se tassant sur lui-même. Doyle en profita pour saisir le bras armé et le briser sur son genou au niveau du coude.

L'arme alla rebondir sur le tapis. Les yeux du jacobin, qui était devenu livide, roulèrent dans leurs orbites et il s'effondra comme une masse sur le sol.

Un de moins.

De son côté, Hawker s'était chargé du deuxième. Les mains en l'air, son arme pointée vers le plafond, celui-ci était à la merci de la lame pointée sur sa gorge.

Vive comme l'éclair, Maggie alla ramasser l'arme au sol. Puis, sans gêner Hawker d'aucune manière, elle confisqua celle que le deuxième jacobin tenait encore. Droite comme la justice et aussi écumante qu'une furie, elle alla se camper devant son cousin.

— Marguerite, posez ces armes, conseilla ce dernier, les mains en l'air, s'efforçant de l'apaiser. Faites attention, elles sont chargées.

Maggie ne broncha pas. Un pistolet dans chaque main, elle paraissait diablement menaçante.

— Bien sûr qu'elles sont chargées, rétorqua-t-elle. À quoi bon braquer sur vous des armes qui ne le seraient pas ?

Son père la rejoignit, mais elle s'empressa de le prévenir :

— Non, papa, je ne te donnerai aucun de ces pistolets. Si je veux que Victor meure, je le ferai moi-même. Je suis parfaitement capable d'appuyer sur la détente.

Le marquis laissa échapper une sourde plainte.

— Mais aucun de nous deux ne le tuera, poursuivit-elle. Même les animaux ne s'en prennent pas à leur propre famille. Parce qu'il s'est transformé en vipère, devons-nous l'imiter ?

— Cela suffit, intervint Victor. Arrêtez tout de suite !

Il ne voyait donc pas à qui il avait affaire ? Autant commander à un incendie de s'éteindre.

Lentement, Maggie fit un pas, puis un autre, dans sa direction.

— Que vais-je faire de vous ? Même quand le monde aura retrouvé la raison, vous resterez aussi malveillant que vous l'avez toujours été.

— Vous amenez ce brigand chez moi pour s'en prendre à mes hommes ! Vous pointez une arme sur moi ! Vous êtes aussi folle que votre père. C'est moi qui ai sauvé cette famille année après année. J'en suis l'héritier. Je suis…

— C'est terminé, Victor, l'interrompit-elle d'une voix où perçait un mélange de dégoût, de tristesse et de colère. Je me suis demandé pourquoi vous faisiez tout cela. Peut-être aviez-vous peur. Peut-être étiez-vous l'otage de vos amis révolutionnaires. Peut-être était-ce l'appât du gain, l'envie d'entrer en possession de nos biens.

Marguerite secoua la tête et acheva dans un soupir :

— Au fond, cela n'a pas d'importance. Vous ne vous approcherez plus jamais de nous. Ni de moi ni de mon père. Vous allez partir, sur-le-champ, et ne remettrez plus jamais les pieds dans cette maison.

— Vous êtes tellement sûre de vous. À votre place, je le serais moins.

Victor affichait un masque de rage froide. Il en était encore à chercher comment se débarrasser de Marguerite et de son père.

Dehors, un bruit de bottes martelant le pavé se fit entendre. Une petite troupe remontant la rue Palmier approchait. Pax avait mené sa mission à bien.

— Maggie, nous n'allons pas tarder à avoir de la compagnie, intervint Doyle.

Elle aussi avait entendu.

— Victor, nous avons envoyé quelqu'un chercher la Garde. Vous avez encore le temps de fuir, si vous partez tout de suite. Sortez par-derrière, en passant par la cuisine. Je les retiendrai.

— Ils ne m'arrêteront pas, fanfaronna Victor. Je suis un ami personnel de Robes...

Il s'aperçut de son erreur et rectifia :

— Je suis un ami de Fouché.

— Fouché n'est l'ami de personne. Sauvez-vous, Victor.

Même à présent, elle était prête à tout pour lui sauver la mise.

— Si vous choisissez de rester, argumenta-t-elle, les lois que vous avez fait voter se retourneront contre vous. Allez vous cacher quelque part à la campagne. Dans quelques mois, ils vous auront oublié. Tout le monde en a plus qu'assez de ces effusions de sang.

— Je n'ai aucune raison d'avoir peur.

Sa paupière tressaillit quand il ajouta :

— Fouché m'a promis que je ne serais pas arrêté.

C'est ce que nous allons voir...

Le jacobin évanoui avait un bras cassé et une plaie à la tête. Lui ne poserait pas de problème. Quant à l'autre, pour ce que Doyle en savait, il n'avait blessé personne.

— Laisse-le filer, ordonna-t-il à Hawker.

Dès que celui-ci eut baissé son couteau, l'homme quitta le salon sans demander son reste. Il détala en direction de la cuisine, choisissant la porte de sortie que son patron avait dédaignée.

— Votre homme de main a plus de bon sens que vous.

L'espace d'un instant Victor parut tenté de l'imiter. Puis il redressa les épaules et décida de se conduire en parfait imbécile.

— C'est vous qui devriez fuir, jeta-t-il, méprisant. Un fou bon à interner… un prisonnier en cavale…

Et, adressant un regard mauvais à sa cousine, il conclut :

— Et une aristocrate désœuvrée qui se livre à des activités contre-révolutionnaires. La tête pensante de La Flèche ! S'ils m'arrêtent, je vous livrerai en échange de ma liberté. Je peux dénoncer une dizaine d'ennemis de la République, à commencer par les serviteurs de cette maison, et le fils du jardinier, Jean-Paul. Je vous connais tous. Je vous tiens dans la paume de la main.

— Vous n'avez qu'un faisceau de présomptions, répliqua Maggie. Pas de quoi impressionner les hommes qui vont se présenter à cette porte. C'est votre dernière chance.

— Il est trop tard, de toute façon, intervint Doyle.

Rejoignant Maggie, il enchaîna :

— Ils sont sur le perron. Donne-moi ces pistolets. Je n'aimerais pas avoir à expliquer leur présence aux soldats.

Marguerite les lui remit sans rechigner. Après avoir vidé la poudre sur le sol en traversant la pièce, il alla les fourrer dans le piano-forte, dont il referma le couvercle sans se soucier des protestations du marquis.

On tambourina à la porte d'entrée. Dans les miroirs du hall, ils virent passer Janvier qui allait ouvrir.

Restait à Doyle un dernier problème à régler. Victor avait raison à propos d'une chose : il était encore capable de cracher son venin. Contournant le jacobin évanoui sur le sol, il se dirigea vers lui.

— J'attendais avec impatience de pouvoir vous parler d'homme à homme, dit-il. Surtout quand je me suis retrouvé à votre merci, attaché à une chaise.

Victor battit en retraite.

— C'est vous qu'ils viennent chercher, citoyen Lebreton ! Pas moi. Votre nom, votre description sont placardés dans tout Paris. J'y ai veillé.

— Mais c'est un homme balafré qu'on recherche, objecta Doyle en se rapprochant. Comme ce pauvre diable allongé par terre.

— Vous verrez. Vous verrez qui ils choisiront d'écouter. Un bandit en cavale ou… Ne me touchez pas !

Victor s'élança sur le côté, agrippa Maggie par-derrière et enroula le bras autour de sa gorge. Un petit poignard jaillit dans sa main. Il le pressa sous le sein gauche de sa cousine, au niveau du cœur, si fort que la toile de sa robe se fendit.

— Arrête ! ordonna Doyle avant que Hawker réagisse. Laisse-le-moi.

Alors qu'il dégainait son couteau, Maggie lança vivement le bras vers l'arrière, les doigts comme des serres, visant les yeux.

Victor hurla. Elle en profita pour se libérer et courut se mettre à l'abri.

— Bien joué ! commenta Doyle avec fierté.

Le geste était parfait, aussi fluide que de la soie. C'était lui qui le lui avait enseigné, et elle l'avait exécuté à la perfection.

— Merci, dit-elle. Je ne suis pas un chat que l'on peut attraper par la peau du cou.

Victor sanglotait.

— Mes yeux ! Je saigne… Elle m'a…

— Vos yeux vont très bien, l'interrompit Doyle en venant se camper devant lui. Le reste, en revanche…

Il lui décocha un coup de poing dans le ventre, avant d'ajouter :

— Ça, c'est pour m'avoir matraqué à coups de pied de table alors que je ne pouvais pas me défendre.

D'un coup sec sur le poignet, il lui fit lâcher son élégant petit poignard.

Dans le hall, on entendit une voix demander le citoyen Victor de Fleurignac.

— C'est l'un des partisans du tyran Robespierre, expliqua le soldat. Nous venons l'arrêter.

Quand Janvier tenta de protester, il lui fut répondu :

— Par ordre de la Convention !

Doyle avait encore le temps d'achever ce qu'il avait commençé. Il envoya le poing dans le plexus de Victor, retenant son coup, car ce minable n'était pas bien solide, et il ne voulait pas le tuer.

— Ça, reprit-il, c'est pour avoir envoyé des assassins aux trousses d'un vieil homme.

Victor râlait et hoquetait de douleur.

— Je ne pense pas que quiconque soit d'humeur à vous écouter aujourd'hui, mais au cas où…

Avec une précision toute scientifique, il lui brisa la mâchoire. Chancelant, Victor alla heurter le mur.

— Celui-ci, c'était pour avoir envoyé des soldats arrêter une femme devant ses enfants. Mais celui-là…

Doyle lui appliqua un coup de genou dans l'entrejambe, puis tourna les talons, laissant cette ordure s'effondrer là où bon lui semblait.

— … celui-là, conclut-il, c'était de la part de Maggie.

Dans le hall, on entendit Janvier annoncer :

— Victor de Fleurignac est au salon, messieurs. Je vais vous conduire à lui.

51

Marguerite quitta l'hôtel de Fleurignac à l'aube, en compagnie de Guillaume et de deux ânes conduits par Hawker. Une impression quelque peu familière.

Pourtant, bien des choses avaient changé. Guillaume n'arborait plus de cicatrice au visage. Être tel qu'en lui-même constituait son meilleur déguisement. Curieusement, sans sa balafre il avait tout d'un honnête homme un peu terne. Ce qui était trompeur, c'était le moins qu'on puisse dire.

Aujourd'hui, la Garde nationale s'intéresserait peu aux prisonniers en fuite alors que Robespierre en personne venait d'être guillotiné et que nul ne savait qui gouvernerait la France désormais. Correspondre de manière trop évidente à un homme qui faisait l'objet d'un avis de recherche n'était cependant pas avisé. Mieux valait ne pas narguer le destin.

Marguerite n'avait aucune nouvelle de Victor. Le système pénitentiaire l'avait avalé, et la plus grande confusion y régnait comme partout ailleurs. En ce qui la concernait, il pouvait continuer à vivre, peu lui importait.

Guillaume voyageait désormais sous l'identité d'un marchand breton qui rentrait chez lui avec sa femme après être allé régler des affaires à Reims. Ils devaient afficher une solide respectabilité, il avait donc demandé à Marguerite de n'emporter que ses vêtements et sous-vêtements les plus ordinaires, lui promettant de lui en acheter d'autres, plus indécents, en Angleterre.

Elle répondait à présent au prénom de Martine, ce qu'elle préférait de beaucoup à Suzette.

Hawker vérifia une dernière fois les sangles de Dulce, qui mangeait une carotte et tentait de se faire passer pour la plus douce des créatures.

— Vous pourrez faire le ménage en Angleterre, observa-t-il sans regarder Guillaume. Vous avez les noms à présent.

— C'est juste une question de temps. Nous débusquerons les assassins. Je saluerai Lazarus de ta part. Il ne nous intéresse pas s'il n'a tué personne.

— Je pense pas qu'il ait tué des gens sur cette liste.

Hawker n'en finissait pas de vérifier des courroies, tirant sur l'une, rajustant une autre. Les ânes portaient chacun une paire de valises, ainsi qu'un assortiment compliqué de sacs et de ballots, ce qui représentait pas mal de liens.

— J'irai pas jusqu'à dire qu'il a jamais tué personne de sa vie, précisa-t-il.

— Il ne viendra jamais te chercher ici en France, assura Guillaume. Tu ne lui appartiens plus.

— C'est sûr.

Hawker paraissait sceptique. Il procéda à ses derniers ajustements avec brusquerie.

— Vous avez du vin, du pain, du fromage pour la route, expliqua-t-il. Vous pourrez acheter d'autres provisions dans la campagne, elles seront meilleures.

Il se retourna soudain vers eux et ajouta avec un grand sourire :

— Mais j'ai pas à vous dire tout ça, pas vrai ?

— Non, reconnut Guillaume. Mais cela ne me dérange pas. Tu nous accompagnes un bout de chemin ?

— Jusqu'à la barrière. Histoire de vous voir sortir de Paris. Je pourrai ensuite aller faire mon rapport à la citoyenne Cachard.

D'un ton un peu trop désinvolte, il ajouta :

— Elle a du boulot pour moi.

D'un claquement de langue, il donna aux ânes le signal du départ. Il ne se pavanait pas à proprement parler, mais il avait l'air assez content de lui. Il était en tout cas bien mieux vêtu que Guillaume. À les voir dans la rue, on aurait pris Hawker pour le fils d'un riche marchand accompagné du régisseur de la famille.

Curieusement, ses vêtements élégants le rajeunissaient, et pour une fois, il faisait presque son âge. Ils ne suffisaient cependant pas à le faire ressembler à un écolier. Même une baguette magique n'y serait pas parvenue.

— Espérons que le gouvernement n'aura pas changé encore une fois avant que nous sortions de cette ville, maugréa Guillaume.

En s'engageant dans la rue de Laval, il observa les alentours. Pour un homme méfiant, le plus grand calme pouvait paraître vaguement inquiétant.

La ville paraissait retenir son souffle. Des hommes ayant la violence au cœur se réveillaient en ce matin d'été et s'efforçaient de décider si cela valait la peine de provoquer une émeute par une telle chaleur. Des délégués à la Convention versaient leur chocolat dans leur bol en se félicitant d'avoir échappé à la guillotine. Des officiers de la Garde nationale méditaient sur la difficulté de devoir maintenir l'ordre sans risquer d'arrêter ceux qui se retrouveraient au pouvoir le lendemain.

Une chose était certaine : Robespierre était mort.

Plus aucune charrette de condamnés ne roulerait jusqu'à l'échafaud. À la prison du couvent Saint-Barthélemy, les nonnes et le prêtre étaient saufs. Même Victor était susceptible d'échapper à la mort s'il se faisait oublier.

En somme, c'était un bon jour pour quitter Paris. Les barrières ne seraient que très peu gardées et ceux qui se chargeraient du contrôle auraient la tête ailleurs.

Guillaume inclina en arrière son nouveau chapeau, qui ressemblait fort à l'ancien, en moins usé. Hawker s'arrêta à un carrefour afin de renifler l'air, métaphoriquement parlant. Il fut le premier à repérer Justine assise sous un porche un peu plus loin, Séverine dans les bras. Vêtue de serge sombre, elle aurait pu être une nourrice en charge de la fille de sa maîtresse.

Elle leva le menton à leur approche et leur lança :

— Le bonjour à vous, citoyens. Une bien belle journée pour aller marcher librement sous le soleil, n'est-ce pas ?

— Tout à fait, répondit aimablement Guillaume. Tu nous attendais ?

— J'attendais Marguerite, mais puisque vous êtes mariés, ce que j'ai à lui dire vous concerne également.

Ce devait être un sujet d'importance. Alors que la ville pouvait être la proie d'émeutes à tout moment, Justine ne se serait pas aventurée dans les rues avec sa sœur juste pour leur faire ses adieux.

Se redressant dans le giron de sa sœur, Séverine lança à Marguerite :

— Justine m'a dit que tu me raconterais des histoires.

— Peut-être une.

Elle aurait peut-être le temps si les deux sœurs les accompagnaient.

— Elle vous aime bien, déclara Justine à brûle-pourpoint. Elle est très intelligente. Elle sait déjà un peu lire, et je lui parle anglais depuis qu'elle est toute petite. Elle a aussi quelques notions d'allemand, mais mon accent n'est pas très bon, alors le sien non plus.

— C'est une enfant adorable, assura Marguerite.

— N'est-ce pas ?

Elle n'avait jamais vu Justine timide ou peu sûre d'elle. Mais à cette minute, elle l'était manifestement.

— Elle n'a jamais été malade, reprit la jeune fille. Pas une seule fois depuis sa naissance. Quelles que soient nos conditions de vie, elle ne se plaint jamais et elle est toujours... heureuse et de bonne humeur.

— Je m'en suis aperçue. Elle est venue me voir dans la remise, le premier jour, alors que j'étais tellement malade. Sa présence m'a beaucoup réconfortée.

Justine caressa les cheveux de sa sœur, puis elle se leva et la tendit à Marguerite.

— Elle chante magnifiquement, poursuivit-elle. Sans que personne le lui ait jamais appris.

Séverine sentait bon la lavande et la confiture de framboise. « Quel doux souvenir à emporter de Paris, songea Marguerite, que de pouvoir serrer cette petite fille dans mes bras. »

Justine poursuivit son monologue :

— Vous aviez raison. Une maison de passe n'est pas un endroit où élever un enfant. La France non plus. Une guerre est sur le point d'éclater.

— J'ai bien peur que tu ne te trompes pas.

Ferme et résolue, la jeune fille regarda Marguerite droit dans les yeux et reprit :

— Vous rappelez-vous cette faveur que je m'étais juré de vous réclamer un jour, en échange de l'aide que je vous ai apportée ?

— Oui, bien sûr.

— Pour solder notre dette, je voudrais... que vous emmeniez Séverine à Londres et la considériez comme votre fille. Vous veillerez sur elle. Vous, et personne d'autre.

Oui ! Telle fut la réaction spontanée de Marguerite. Mais sitôt après, la raison lui revint. *Non ! Ce ne serait pas bien de faire cela.* Pourtant, la présence de cette enfant nichée contre sa poitrine lui semblait si parfaitement naturelle.

— Elle ne vous causera aucun ennui pendant le voyage, assura Justine. Elle a appris à se tenir tranquille en toutes circonstances. Elle partira avec vous sans renâcler parce que je lui ai dit qu'il le fallait. Elle sait quand il faut répondre à une question et quand il ne le faut pas. Vous pouvez la laisser vous attendre à n'importe quel endroit, et elle le fera, un jour ou deux, même, s'il le faut. Elle…

— Tu es en train de nous donner ta sœur ? intervint Guillaume.

— Je la donne à Marguerite, rectifia Justine d'un ton sec. Mais je suppose que cela vous implique un peu aussi.

À présent impatiente d'en terminer, elle récupéra un sac de cuir sous le porche.

— Si vous voulez, vous pouvez lui donner un autre prénom, dit-elle avec un sourire un peu triste. Qui fasse plus anglais.

— Elle a déjà un prénom, objecta Guillaume. Il n'est pas question de le changer.

Il se frotta le menton d'un air pensif, puis :

— C'est donc ce que tu réclames pour avoir mis Maggie à l'abri ?

Justine acquiesça d'un bref hochement de tête.

— Maggie, qu'en dis-tu ?

— Je dis oui.

Cette enfant avait besoin d'elle. Sa sœur aussi avait besoin d'elle. Elle les sauverait toutes les deux si elle le pouvait.

— Alors, c'est ce que nous ferons, décréta Guillaume.

Il posa la main sur la tête de l'enfant.

— Séverine est mienne, dit-il d'un ton grave. Je ne la traiterai pas différemment d'un autre de mes enfants nés dans le cadre de notre mariage. Je ferai passer son bien-être avant le mien, je la protégerai au péril de ma vie s'il le faut.

Et, plongeant le regard dans celui de Justine, il conclut :

— Je l'aimerai comme un père. Tu as ma parole. Si tu viens dans quelques années et tente de nous la reprendre, attends-toi à un farouche combat. Je ne laisserai personne me prendre ma fille.

Il retira la main qui reposait sur la tête de la fillette avant de demander :

— Est-ce bien ce que tu veux ?

Les yeux de Justine brillaient de larmes contenues, mais aussi d'une détermination impressionnante.

— Oui, dit-elle.

Quelque chose dans le cœur de Marguerite se cabra. Ce n'était pas possible que cela se termine ainsi.

— Comment pourrais-je emmener ta sœur et t'abandonner à ton sort ? intervint-elle. Tu t'imagines donc que tu ne serais pas toi aussi la bienvenue ? Viens avec nous.

Guillaume lui toucha le bras.

— Maggie... non. Elle ne peut pas. C'est un agent de la police secrète !

— Quoi !

— C'est la meilleure explication possible.

Cela n'avait aucun sens.

— Mais... mais... tu sais bien qu'on l'appelle Chouette, parvint-elle à articuler. Elle est membre de La Flèche. Elle est...

— Elle est une raison supplémentaire pour que Jean-Paul ferme définitivement ce fichu réseau qui prend l'eau de toutes parts et a de toute façon rempli ses objectifs. Je le lui ai dit, et il en est convenu.

L'absence soudaine d'expression de Justine prouvait que l'hypothèse de Guillaume était juste.

— Maggie, en nous donnant cette enfant, elle évite également que quiconque puisse un jour l'utiliser contre elle. C'est aussi ce service que nous allons lui rendre.

Justine hocha la tête. À cette minute, elle semblait avoir vieilli de dix ans.

La cruauté de ce monde était vraiment sans limites.

— Séverine sera ma fille, affirma-t-elle avec force. Je la traiterai comme si elle était la chair de ma chair, comme si je l'avais portée dans mon ventre. Je le jure.

Peut-être que l'enfant qu'elle serrait contre elle se souviendrait un jour de ses paroles.

Justine se détourna rapidement pour charger le sac de cuir sur le dos d'un des deux ânes.

— J'ai préparé quelques affaires pour elle, expliqua-t-elle. Des choses dont elle aura besoin. Sa...

Elle déglutit avec peine avant d'ajouter :

— Sa poupée.

Hawker, qui s'était approché pour fixer le bagage, maugréa pour la forme :

— Certaine personne ici aurait pu s'arranger pour pas s'y prendre à la dernière minute.

Après avoir réaménagé la charge, il installa au creux des ballots une couverture où Séverine pourrait dormir.

— Elle risque d'attirer l'attention sur eux, fit-il remarquer.

— Qu'y a-t-il de plus discret qu'une petite fille ? répliqua-t-elle. Qui irait suspecter une famille voyageant avec un petit enfant ? Tu te trompes. Et elle est de meilleure compagnie que toi, au moins, parce qu'elle a appris à se taire et qu'elle obéit aux ordres.

— J'obéis aux ordres, moi aussi, se défendit-il. Ce sont ses cheveux, le problème... Mais je vais trouver un moyen.

Hawker défit un lacet de cuir sur le harnachement d'un des ânes et le coinça entre ses lèvres. Puis, avec une dextérité étonnante, il natta les cheveux blonds de la petite fille et les noua avec le lacet.

— Voilà qui est mieux, estima-t-il en admirant son œuvre. Mais elle est trop bien habillée. Il faudrait la salir un peu. Mettre de la terre sur ses vêtements.

— Je suis heureuse de savoir qu'elle ne sera pas confiée à ta garde, citoyen Hawker.

D'une main tendre et légère, Justine caressa une dernière fois le dos de sa sœur.

— Je lui ai déjà fait mes adieux, chevrota-t-elle. Vous verrez, ce sera une enfant modèle. Elle ne doit pas...

En hâte, elle se détourna pour cacher son émotion.

— Elle ne doit pas manger de fraises. Cela la rend malade et lui donne des boutons.

— Je ne lui en donnerai jamais, assura Marguerite.

Dans ces quelques mots, elle s'efforça de faire passer tout ce qui pouvait la rassurer.

Justine s'était déjà éloignée quand Guillaume la héla.

— Une dernière chose !

— Quoi ? demanda-t-elle en se retournant.

— Quel est son véritable nom ? Son nom de famille. Le nom de vos parents.

Comme Justine ne répondait pas, il insista :

— Ne compte pas le lui révéler toi-même plus tard. Tu ne sais pas ce qui va se passer en France. Peut-être ne survivras-tu pas.

Toujours aucune réponse.

— Cela restera entre nous cinq, assura Guillaume. Toi, moi, Maggie, Hawker, et Séverine, si elle en retrouve un jour la mémoire.

Il fit une nouvelle pause, puis conclut :

— Ne la condamne pas à ne jamais savoir d'où elle vient.

— Ses parents étaient le comte et la comtesse de Cabrillac, répondit enfin Justine d'une voix blanche. Ils sont morts dans une cour de prison, il y a deux ans. Elle ne se souvient pas qu'elle était présente. Pour autant que je sache, aucun membre de notre famille n'a survécu, d'un côté comme de l'autre.

— Il ne reste que toi ?

— Oui. Dites-lui, un jour, que je ne l'ai pas abandonnée. Quand elle sera suffisamment grande, dites-lui que je traverserai l'enfer pour la rejoindre si jamais elle a besoin de moi.

Sur ce, elle s'éloigna, la tête haute, du pas assuré de l'agent expérimenté.

— Bonté divine, marmonna Hawker, médusé.

— J'ai fait cette promesse en ton nom, Hawker, dit Guillaume. Cette information ne doit jamais franchir tes lèvres. Tu ne dois en parler à personne, jamais.

— Même pas à Cachard ?

— Même pas à elle. C'est un ordre ! Félicitations, tu viens de gagner ton premier secret.

Hawker haussa les épaules.

— J'en ai déjà tout un tas, répliqua-t-il. Et si on se remettait en route avant que Paris se réveille ? L'idée, c'était de vous conduire à la barrière aux premières lueurs de l'aube.

Puis, s'adressant à Maggie :

— Elle doit être lourde. Vous voulez que je l'installe sur Dulce ?

— Inutile, intervint Guillaume en tendant les bras. Je vais la porter.

Séverine n'hésita qu'un court instant avant de lâcher Marguerite pour se pelotonner contre lui.

Pressée contre le torse de Guillaume, elle regardait Marguerite d'un air grave. La famille qu'elle voulait construire venait d'être fondée, songea cette dernière. La force de Guillaume en serait le socle, et sa gentillesse aussi. Cela, même une enfant était capable de le sentir.

D'une voix douce, Marguerite commença à raconter l'histoire qu'elle lui avait promise :

— Sais-tu que, dans la ville de Paris, il existe des oiseaux magiques ? On les voit parfois dans les arbres, juste l'espace d'un instant, si on est assez vif.

Tout en parlant, elle leva la tête pour observer les frondaisons bordant la rue.

— Ils sont rouges comme le rubis, poursuivit-elle. Et verts comme l'émeraude. Certains sont dorés. Ce sont les plus petits, mais aussi les plus braves et les plus sages...

Séverine s'agita et répéta :

— Dorés ?

— Dorés comme l'or que l'on trouve dans les rivières du lointain pays d'Arménie. Dorés comme les flammes. Telle est la nuance de l'or qu'arbore le plumage de ces oiseaux.

Elle souleva délicatement la tresse de Séverine et la fit passer par-dessus son épaule pour la caler contre son buste.

— Un beau jour, enchaîna-t-elle, il arriva qu'un de ces oiseaux magiques, une jeune demoiselle aux plumes d'or, fût choisi pour effectuer un long voyage. C'était toute une aventure, aussi était-elle un peu inquiète…

Dans les rues de Paris qui s'éveillaient lentement autour d'eux, Marguerite poursuivit son récit, le nourrissant des rêves qu'elle faisait pour la vie nouvelle qui s'offrait à eux.

AVENTURES & PASSIONS

19 août

Maggie Robinson

L'agence de Mme Evensong - 2 - Accordez-moi une nuit

Inédit

La vénérable Mme Evensong dirige la meilleure agence de placement de Londres. Le baron Alec Raeburn sollicite son aide : il a besoin d'une actrice qui jouerait une héritière ingénue afin de démasquer le meurtrier de sa femme. Et c'est Mary, la nièce de la vieille dame, qui va l'accompagner en Écosse pour vivre une aventure bien plus trépidante que tout ce qu'elle pouvait imaginer…

✦

Victoria Alexander

Secrets de famille - 1 - Un prince de rêve

Inédit

Camille a rencontré un prince et s'imagine déjà vivant dans un palais des Balkans. Même si pour cela, elle doit organiser un Noël digne des romans de Dickens pour l'impressionner. Et puisque toute la famille est absente, et les domestiques en congé, elle engage une troupe de comédiens. Grayson décide alors d'aider Camille qu'il aimait autrefois et qu'il aime toujours.

✦

Danelle Harmon

La saga des Montforte - 3 - L'intrépide

Andrew de Montforte, frère du duc de Blackheath, est fort attaché au célibat. Surpris dans une situation compromettante avec lady Celsiana Blake, il est dans l'obligation de l'épouser. Or Celsiana refuse : elle préfère la compagnie des animaux à celle des hommes !

26 août

Eloisa James

Les duchesses - 3 - Lady Harriet

Inédit

Harriet, duchesse de Berrow, s'ennuie depuis la mort de son mari. Ce qu'elle veut, c'est s'amuser. Déguisée en homme, elle décide de se rendre au bal organisé par le sulfureux lord Jem Strange à Fonthill, lieu de perdition. C'est l'occasion pour elle d'approcher le maître des lieux et de découvrir un monde bien étrange.

✦

Zoë Archer

Les justiciers - 3 - Une offre à double tranchant

Inédit

Bronwyn Parrish est une aristocrate veuve dont la fortune a mystérieusement disparu. Marco Black, agent de la Némésis, souhaite l'aider. Sa mission l'entraîne jusqu'à un puissant syndicat du crime. Et bientôt, tous deux doivent affronter un danger qui pourrait leur coûter la vie et une passion qui n'a pas de prix.

✦

Mary Reed McCall

Les chevaliers de l'ordre du Temple - La revanche du Templier

Pour protéger sa fortune de l'avidité de Hugues de Harwick, Alissande doit épouser Damien de Ashby, son ancien amour. Mais il est difficile pour elle de s'y résoudre, alors qu'elle l'a trahi et abandonné cinq ans plus tôt. Il doit sûrement la haïr aujourd'hui !

Jess Michaels

Les amantes - 3 - Un amour de courtisane

Inédit

Vivien Manning est une entremetteuse de luxe. Celle que l'on surnomme la « médiatrice » a permis la rencontre de nombreux couples. Lasse de cette vie, elle souhaite tout quitter. Auparavant, elle doit régler définitivement sa relation avec Benedict Greystone, l'homme qu'elle n'a jamais pu oublier.

BEST FRIEND

19 août

Shirley Jump, Susan Meier, Jackie Braun, Barbara Wallace

Un amour d'entremetteur

Inédit

Gaby est convoquée au manoir de son voisin, M. Bonaparte, mystérieux et excentrique milliardaire. Son majordome lui confie Charlie, le protégé à quatre pattes de M. Bonaparte. Car celui-ci doit effectuer un long voyage en Europe. Charlie, facétieux et rusé petit Jack Russell, va alors jouer les entremetteurs pour Gabby, puis successivement pour ses trois amies Marney, Mia et Jenny qui, tour à tour, vont prendre soin de lui. Les quatre amies trouveront-elles grâce à Charlie, le bonheur dont elles rêvent ?

Et toujours la reine du roman sentimental :

Barbara Cartland

« Les romans de Barbara Cartland nous transportent dans un monde passé, mais si proche de nous en ce qui concerne les sentiments. L'amour y est un protagoniste à part entière : un amour parfois contrarié, qui souvent arrive de façon imprévue.
Grâce à son style, Barbara Cartland nous apprend que les rêves peuvent toujours se réaliser et qu'il ne faut jamais désespérer. »

Angela Fracchiolla, lectrice, Italie

Le 19 août
La revanche du vicomte

10419

Composition
FACOMPO

Achevé d'imprimer en Italie
par GRAFICA VENETA
Le 8 juin 2015.

Dépôt légal : juin 2015.
EAN 9782290032527
OTP L21EPSN000717N001

ÉDITIONS J'AI LU
87, quai Panhard-et-Levassor, 75013 Paris

Diffusion France et étranger : Flammarion